LIEBE MACHT ZORNESBLIND

2010

Umschlaggestaltung: Marion Prossliner, Athesiaverlag
Umschlagfoto: www.fotolia.de
Druck: Athesiadruck, Bozen

ISBN 978-88-6011-150-0
Band 2 aus der Reihe „Südtirolkrimi“

www.athesiabuch.it
spectrum@athesia.it

Ralph Neubauer

LIEBE MACHT ZORNESBLIND

Commissario Fameo feiert

SPECTRUM

Null

Der Hieb traf sofort. Mit einem satten Knacken brach der Knochen durch den kräftig geführten Schlag. Nur dieses Brechen des Knochens war zu hören. Sofort umhüllte die Stille der Nacht das Geschehene. Kein Waldvogel war aufgewacht. Das Mondlicht leuchtete hell. „Nicht einmal eine Patrone habe ich verschwenden müssen", murmelte er, legte das Beil auf den Boden und zückte sein Messer.

Er schnitt schnell und routiniert in das Fleisch, öffnete die Bauchdecke und griff in die Bauchhöhle, um alle Innereien mit einem Ruck herauszuholen. Dann schnitt er mit sicheren Bewegungen die Bindegewebe auf und trennte die Luftröhre ab. Mit einem kräftigen Zug riss er die Eingeweide heraus und legte sie neben den Körper. Sein Blick wanderte über die vom Mondschein beleuchtete Lichtung und blieb am Waldrand hängen, wo er zwei dicht nebeneinanderstehende Fichten entdeckte.

Nun hängte er den schweren Körper so in die Fichte, dass er gut ausschweißen konnte. Dann öffnete er seinen Rucksack und verstaute das blutige Werkzeug darin. „Und wenn ich was übersehen habe?", dachte er. Doch gleichzeitig beruhigte ihn der Gedanke, dass hier niemand herauffinden würde. Das war sein Wald. Hierher führte kein Weg. Jagen durfte nur er hier oben. Wanderer hatte er hier noch nie gesehen.

Eins

Nach dem Schuss ging alles sehr schnell. Sepp rief: „Kimm, Iro!“, nahm seine Büchse, den leeren Rucksack und marschierte los. Fabio musste den vollen, schweren Rucksack und die Lodenmäntel aufnehmen. Sepp und Iro waren schon Hunderte Meter voraus, als Fabio ihnen schwer bepackt folgte. Sie nahmen den direkten Weg. Zunächst steil hinunter, quer durch einen Bach, der in der Furche des Taleinschnitts zu Tal stürzte, und dann steil bergan, über felsiges Gelände. Luftlinie und somit Schussdistanz waren es rund 300 Meter gewesen. „Ein toller Schuss“, hatte Fabio gedacht. Aber das Bergen der Gams war dann in diesem schwierigen Gelände eine komplizierte Aufgabe. Zumindest für Fabio, der es nicht gewohnt war, sich wie Sepp schnell und behände im Gebirge zu bewegen. Sepp und sein Hund Iro hatten die Gams bereits erreicht, als Fabio, bepackt wie ein Lastesel, die steil aufragende Wand hinaufkletterte. Kurz vorher war er im Wildbach ausgerutscht und bis zu den Oberschenkeln ins kalte Wasser getaucht. Bei der Gams angekommen, glaubte er ein kleines Grinsen in Sepps Gesicht zu bemerken. „Gamsjagen ist schon anstrengend“, meinte er trocken. „Aber wir haben heute Glück. Das Tier ist uns nicht abgestürzt. Das hätte dann schon arg Arbeit gegeben.“ Er blickte den Abhang hinunter. Jetzt erst wurde Fabio bewusst, dass sie sich auf einem kleinen Plateau befanden, das sich wie ein Balkon an die Felsen schmiegte. An der Kante ging es steil bergab, viele hundert Meter tief, dem Rauschen des zu Tal stürzenden Bergbachs folgend. Wäre die Gams da hinuntergefallen, hätten sie mehr Arbeit mit der Suche gehabt. „Von der Schussposition aus hat das gar nicht so dramatisch ausgesehen“, dachte Fabio. Sepp schaute zum Himmel und sagte trocken: „Wir kommen in die Dunkelheit. Lass uns schauen, dass wir vorher von hier weg sind.“ Fabio schaute auf die Uhr. Es war kurz nach acht. Gegen neun, halb zehn wurde es finster hier oben. Sepp hatte inzwischen sein Messer gezogen und damit begonnen, der Gams den Bauch aufzuschneiden. Fabio schaute mit Interesse zu. So etwas hatte er noch nie vorher gesehen. Mit einem schnellen Schnitt war die Bauchdecke geöffnet. Sepp griff in das dampfende Innere, holte alle Innereien mit einem kräftigen Griff heraus und legte sie neben der erlegten Gams ab.

*

Fabio hatte das Gefühl, sein Rücken würde niemals wieder gerade werden. Alles tat ihm weh. Jede Faser seines Körpers schrie nach Ruhe. „Eigentlich bin ich doch ein sportlicher Typ", dachte er. Aber dieser Gewaltmarsch zurück zur Hütte hatte ihn geschafft. Die schwere Gams auf dem Rücken, das Tempo, das Sepp vorlegte, der mühsam zu begehende Weg über Almen, Geröll und später dann durch das Unterholz, sowie die einbrechende Dunkelheit, das alles war ungewohnt für ihn. Schweißgebadet hatte er die Hütte erreicht. Den letzten Kilometer waren sie beim letzten Licht gegangen. Den Weg mehr erahnend, denn zu sehen war er nicht mehr. Sepp hatte in der Hütte gleich eine Petroleumlampe angezündet und Fabio gefragt, ob er noch „aufs Häusel" müsse. Fabio verstand den Sinn der Frage erst, als Sepp die Gams aus dem Rucksack holte und sie im Inneren des Häuschens mit den Vorderläufen aufängte. In die Körperöffnung steckte er ein dickes Holzscheit, so dass die Hinterläufe auseinandergespreizt wurden. Fabios fragenden Blick beantwortete er mit: „Damit die Gams ausschweißen kann." „Ausschweißen?" Sepp schaute Fabio an, wie ein Lehrer einen Schulbuben anschaut, der eine dumme Frage gestellt hat. Dann überzog ein leichtes Lächeln sein Gesicht. „Wir Jäger haben halt eine eigene Sprache. Wir sagen Schweiß und meinen Blut." Sepp erläuterte: „Die Gams hängt jetzt hier über Nacht und das Blut kann abfließen. Ich hänge sie ins Häusel, damit die Füchse nicht an sie rankönnen. Sonst hätte ich morgen nur noch eine halbe Gams. Alles klar?" Fabio nickte. „Komm jetzt." Damit verschloss er das Häusel mit dem Herzen in der Tür und ging in die Hütte. Fabio kannte die Hütte. Hier hatte er zauberhafte Stunden mit Elisabeth erlebt. Die Hütte gehörte zum Hof ihrer Eltern und wurde vornehmlich von Viehhirten genutzt – und von Sepp, wenn er in den Bergen jagte, wie Fabio nun wusste. Jetzt spürte er seinen Magen und erinnerte sich, dass seine letzte Mahlzeit ein Apfel gewesen war. Gegen Mittag hatten die beiden die Hütte erreicht, um ihren Proviant abzuladen und von dort aus gemeinsam auf die Pirsch zu gehen. Sepp hatte Fabio einen Apfel in die Hand gedrückt. Sein Kommentar war: „Ein voller Bauch jagt nicht gut." Und dann waren sie losmarschiert.

*

Sepp war ein prima Koch – so viel stand schon mal fest. Er hatte die Gamsleber in kleine Streifen geschnitten und in Olivenöl gebraten. Salz, Pfeffer und einige Kräuter, ein Schuss Sahne gaben diesen frischen Zutaten einen besonderen Pfiff. Vielleicht war es aber auch die Atmosphäre. Sepp hatte den mit Holz befeuerten Herd der Hütte in Betrieb genommen. Die Pfanne, in der er das Gericht zubereitete, war aus geschmiedetem Eisen und schwarz wie die Nacht. Von vielen Feuern durchglüht. Außerdem hatte Sepp als Beilage Graupen aufgesetzt, die er mit wildem Thymian würzte. Ein Gedicht! Zum Essen holte Sepp aus seinen Vorräten, die sie am Mittag zur Hütte heraufgetragen hatten, eine Flasche dunklen Rotwein.

Fabio griff kräftig zu. Sepp schien es mit einem leichten Lächeln zu quittieren. „Nun, wie war das für dich?", fragte er Fabio, nachdem sie sich satt gegessen hatten. Sie saßen einander gegenüber. Fabio blickte im flackernden Schein der Petroleumlampe in das wettergegerbte Gesicht seines zukünftigen Schwiegervaters. Er war ein Mann in den Sechzigern, wirkte aber jünger. Eine drahtige Erscheinung, kein Gramm Fett zu viel, wie es schien. Eine kräftige Armmuskulatur wies darauf hin, dass dieser Mann zupacken konnte. Das Haar war voll und streng nach hinten gekämmt. Die Schläfen waren grau. „Du bist ein guter Schütze", lobte Fabio. „Das waren doch mindestens 300 Meter?" „Gut geschätzt. Das waren ziemlich genau 300 Meter", sagte Sepp. „Und du bist ein guter Jagdbegleiter. Das war schon anstrengend, mit der Gams auf dem Rücken." Sepp musterte Fabio interessiert. „Ist ein guter Anfang für dich. Schließlich willst du meine Tochter heiraten. Da will ich schon wissen, mit wem ich es zu tun habe." „Aha", dachte Fabio, „jetzt kommt er auf den Punkt." „Wie findest du eigentlich die Jagd?" Dabei machte Sepp ein neutrales Gesicht. „Jetzt will er nicht hören, dass ich es unsinnig finde, Wild zu jagen, wo es doch in jeder Metzgerei genug Fleisch zu kaufen gibt", dachte Fabio. Er sagte: „Die Jagd hat Ähnlichkeit mit meinem Beruf", und war froh über diesen gelungenen Themenwechsel. Sepps Augenbrauen gingen nach oben. „Wie du das Rudel Gämsen ausgemacht hast und wie du den einen Gamsbock beobachtet hast, um dann zu entscheiden: ‚Der ist es!', hat mich an meinen Beruf erinnert. Auch ich muss viel beobachten, analysieren und dann entscheiden, was ich tue. So wie der Jäger sich zum Schuss bereit macht und auf den Moment wartet, bis das Wild in der richtigen Position steht, so muss auch ich mich manchmal gedulden und warten. Und im passenden Moment muss ich agieren, ohne zu zögern, sonst stellt sich der Erfolg nicht ein." Sepp hörte interessiert zu. „Du meinst, wir sind im Grunde beide Jäger?" „Na ja, der Vergleich hinkt natürlich. Aber in gewisser Hinsicht sehe ich da Parallelen. Zumindest was die Mühen, die Analyse, das Treffen von Entscheidungen angeht." Sepp nickte. „Kann sein, dass da was dran ist. Wen jagst du denn im Moment? Wieder einen Mörder?" Fabio lehnte sich zurück. Sein erster Fall als Commissario in Südtirol war in der Tat ein Mord. Eigentlich gar nicht seine Spezialität. War auch mehr Zufall, dass er dahintergekommen war. Und richtig, während der Ermittlungen hatte er Elisabeth kennengelernt. Das hatte ihn damit versöhnt, dass er sich aus Rom abgeschoben gefühlt hatte. Zu Sepp gewandt sagte er: „Wen jage ich im Moment? Ich weiß es nicht. Wir haben da ein paar arme Wichte in der Mangel. Einfache Leute. Kommen möglicherweise aus Rumänien. Typische Armutskriminelle. Die reisen in ein wohlhabendes Land ein, begehen Eigentumsdelikte und verschwinden, wenn sie genug beisammenhaben. Aber irgendetwas ist da komisch. Die Typen sind für mich die klassischen Einbrecher. Irgendwo hinein, zusammenraffen, was herumliegt, und schnell wieder hinaus. Wenn die am Tag 200 Euro geklaut haben, ist das mehr, als sie im Monat in der Heimat verdienen können. Wenn sie dort überhaupt Arbeit haben. Aber die beiden machen es kompliziert. Brechen nur in Tankstellen ein. Beim ersten Mal manipulieren sie das Zahlungsterminal. Beim zweiten Einbruch holen sie aus dem Zahlungsterminal eine Chipkarte heraus. Und die Verwertung der darauf gespeicherten Daten ist der eigentliche Gewinn. Und genau diese Verwertung, die traue ich den beiden nicht zu. Also müssen andere dahinterstecken. Und da bin ich dran. Aber an die Hintermänner zu kommen ist schwierig." Fameo machte eine Pause und fügte dann hinzu: „Damit habe ich in Rom meine Erfahrungen gemacht. Aber an diese Typen kommt man nur ganz schwer heran. Und wenn sie wittern, dass du ihnen auf der Spur bist, kann es dir passieren, dass du kaltgestellt wirst." Sepp nickte. „Elisabeth hat mir davon erzählt." Fabio war verblüfft, dass Sepp offenbar Bescheid wusste. Also hatte Elisabeth ihrer Familie alles von ihm erzählt. Sepp räusperte sich. „Aber hier fühlst du dich doch wohl?" Die Frage war ernst gemeint. Sepp wollte natürlich wissen, ob Fabio überlegte, später vielleicht von hier wegzugehen und seine Tochter dann möglicherweise mitzunehmen. „Ja, ich fühle mich hier sehr wohl. Und das hängt natürlich mit Elisabeth zusammen. Außerdem gefallen mir das Land und die Leute. Und ich kann mir eine Zukunft mit Elisabeth durchaus auch in Prissian vorstellen. Ich glaube sowieso nicht, dass sie ihre Apotheke aufgeben würde. Sie hängt sehr an ihrem Beruf und an den Leuten. Und ich habe eine klare Perspektive in der Questura. Wenn der Vicequestore in zwei Jahren in den Ruhestand geht, bin ich als sein Nachfolger vorgesehen. Das ist durchaus ein guter Posten. Wie es dann weitergehen wird, kann ich jetzt noch nicht sagen. Aber der Vicequestore hat sein Amt seit vielen Jahren inne, ohne dass er sich jemals verändern hat müssen. Vielleicht gelingt mir das ja auch." Damit wollte er Elisabeths Vater beruhigen. Der nickte nur und sagte: „In der heutigen Zeit kann man damit leider nicht rechnen." Sepp schaute Fabio direkt in die Augen. „Ihr kennt euch gerade mal ein paar Monate und redet direkt vom Heiraten. Ich sehe auch, dass ihr beide innig ineinander verliebt seid. Meine Elisabeth habe ich vorher noch nie so voller Freude erlebt. Aber wollt ihr nicht vielleicht noch etwas zuwarten? Ich meine, ich will euch da nicht dreinreden, aber mich erschreckt das Tempo, das ihr vorlegt, doch ein wenig. Meine Tochter ist sicher ganz reizend. Aber sie ist auch manchmal, wie soll ich das ausdrücken, sie hat halt ihren eigenen Kopf. Und ich weiß nicht, ob du das schon mal erlebt hast. Das musst du nämlich aushalten können. Und das kannst du nur im Alltag erleben. Und wenn ihr vor lauter Verliebtheit den Alltag, ich meine den grauen Alltag, noch nicht miteinander verbracht habt, dann kann das ein Erwachen geben, das euch vielleicht ernüchtert." „Das waren klare Worte aus Sepps Mund", dachte Fabio, „Respekt."

Zwei

„Wenn ich es euch doch sage!“ Die Stimme des Jungen überschlug sich fast. „Im Fang hat der Fuchs einen Arm gehabt, einen richtigen Arm. Von einem Menschen.“ Die anderen Jäger am Stammtisch lachten. „Ja, Junge, was glaubst du werden die Carabinieri dazu sagen, wenn du ihnen erzählst, dass hier ein Fuchs mit einem Menschenarm im Fang herumläuft? Gerade 16, kurz vor der Jägerprüfung, und dann erzählst du eine solche Geschichte. Geh, denk nach, wie oft hast du einen Fuchs schon vorher gesehen? Und wie sicher bist du beim Ansprechen von Wild überhaupt. War es überhaupt noch hell genug?“ „Es war schon dämmrig, aber ich hab den Fuchs genau gesehen. Er schnürte am Waldrand entlang und hatte einen Arm im Fang. Ich hab deutlich die Hand gesehen.“ Und etwas leiser: „Es war, als ob sie winkte.“ Da brach ein Lachen unter den anderen Jägern los. „Sie winkte!“, johlten sie. „Winke, winke, ade und goodbye!“ Der Junge verstummte. Nur einer der Jäger hatte die ganze Zeit aufmerksam zugehört und glaubte dem Jungen. Sicher, die Geschichte war haarsträubend und für sich genommen unglaubwürdig. Aber der Junge hatte in seiner Ausbildung zum Jäger oft bewiesen, dass er eine besonders gute Beobachtungsgabe hat. Der Jäger stand auf und blickte streng in die Runde. Die anderen verstummten nach und nach. Als Stille eingekehrt war, sagte er ganz ruhig und mit der Autorität des Ältesten: „Ich glaube ihm. Und jetzt informieren wir die Carabinieri.“

*

Tommaso Caruso beendete das Telefongespräch mit einem freundlichen „Ciao“ und lehnte sich nachdenklich in seinen Bürostuhl. „Komische Meldung war das“, murmelte er. Dann stand er auf und rief den Sergente vom Dienst zu sich. Es war schon nach zehn Uhr abends und eigentlich nur einem Zufall zu verdanken, dass er überhaupt noch in der Bozner Hauptwache war. Er war mit seiner Frau in Bozen essen gegangen. Sie waren jetzt fast 25 Jahre verheiratet und er hatte überlegt, wie er mit Anna die anstehende Silberhochzeit feiern wollte. Viele Freunde hatten sie hier nicht gewonnen und so lag der Gedanke nah, gemeinsam in Urlaub zu fahren. Eine Kreuzfahrt vielleicht? Oder mit ihren Familien in der sardischen Heimat zu feiern. Aber seit er Fabio kannte, fühlte er sich nicht mehr allein. Er hatte also die Idee, mit Fabio und Elisabeth in einem schönen Restaurant zu feiern. Er hatte vom Batzenhäusl in Bozen viel gehört, er wollte es ausprobieren und hatte Anna deshalb dorthin zum Essen eingeladen. Es sollte ein besonderer Abend werden. Und Anna war begeistert!

„So gemütlich!“, hatte sie gesagt. Man hatte ihnen auf der ersten Etage einen kleinen liebevoll gedeckten Tisch im Erker zugewiesen. Tommaso registrierte, dass man sich besonders nett um sie bemühte. Er hatte vorher angerufen und reserviert. Dabei hatte er erwähnt, dass er „zur Probe essen wolle“. Er hatte auch angedeutet, dass er bald Silberhochzeit habe. Das Essen war fantastisch. Die Kellnerin hatte ihnen als Vorspeise die hausgemachten Schlutzkrapfen, danach die gegrillte marinierte Ochsenlende in der Gemüsepfanne mit Knoblauchbrot empfohlen. Dazu gab es das selber gebraute „Bozner Bier“. Eigentlich waren sie danach satt. Aber als „Sünde danach“ gönnten sie sich die Apfelküchlein mit hausgemachtem Rosmarineis. Anna war entzückt. Auch der dazu empfohlene Wein war vorzüglich. Tommaso war nach diesem Abend überzeugt, dass es eine gute Idee sein würde, seine Silberhochzeit hier mit seinen wenigen, aber guten Freunden zu feiern. Anna und er waren beschwingt, als sie spät am Abend durch Bozen zurück zu ihrem Auto bummelten, das Tommaso im Innenhof der Hauptwache der Bozner Carabinieri geparkt hatte. Als Anna bereits eingestiegen war, fiel ihm ein, dass er das Protokoll über die Vernehmungen der Kartendiebe mit nach Hause nehmen wollte. Fabio hatte ihn gebeten, sie ihm mitzubringen. „Anna, ich muss noch mal kurz ins Büro. Ich habe Fabio versprochen, einige Unterlagen mitzubringen.“ Anna kräuselte ihre Stirn. Das tat sie immer, wenn sie etwas komisch fand. „Fabio will noch am Sonntagabend Akten studieren?“ Soviel sie wusste, war Fabio mit seiner Verlobten bei deren Eltern im Ultental. Fabio hatte Tommaso erzählt, dass es jetzt ernst würde mit ihm und Elisabeth. Sie wollten heiraten. Anna meinte: „Fabio wollte sich doch an diesem Wochenende als zukünftiger Schwiegersohn präsentieren. Dass einer da noch an die Arbeit denken kann?“ Einleuchtend erschien es ihr nicht. Tommaso nickte: „Ist halt ein Römer. Da weiß man eh nicht, ob nicht auch ein wenig Schau dahintersteckt.“ Jedenfalls suchte er gerade die Akte, als das Telefon läutete. Er nahm ab, ohne darüber nachzudenken, wie spät es war und dass seine Frau unten im Auto wartete. Das wurde ihm erst wieder bewusst, als er den Brigadiere vom Dienst rief. „Nur so viel, Brigadiere, das war gerade eine Meldung von der Carabinieristation in Karthaus. Die sind soeben vom Wirt des Gasthauses ‚Jägerrast‘ darüber informiert worden, dass ein junger Jäger heute Abend kurz vor Einbruch der Dunkelheit einen Fuchs gesehen haben will, der einen abgetrennten menschlichen Arm im Maul gehabt haben soll. Klingt irgendwie komisch. Das Gasthaus ‚Jägerrast‘ soll im Pfossental liegen. Einsam da oben. Und sie haben jetzt den Auftrag, die Vermisstenmeldungen der letzten Monate durchzugehen. Alles, was irgendeinen Bezug zum Pfossental, Schnalstal und Umgebung hat, möchte ich am Montag auf meinem Schreibtisch haben, verstanden?“ Der Brigadiere salutierte und entfernte sich. „Merkwürdige Sache“, dachte Tommaso, als er zu seiner Frau ins Auto stieg.

Drei

Als Fabio am Montag um 9 Uhr sein Büro in der Questura in Bozen betrat, war er überrascht, dass er auf seinem Schreibtisch eine Notiz seiner Sekretärin fand, dass der Vicequestore ihn sprechen wolle. Dass der Vicequestore an einem Montag so früh schon da war, hatte es in der Vergangenheit nicht gegeben. Er war ein Herr Anfang der sechzig. Seit Urzeiten, so schien es zumindest, regierte er als oberster Polizeichef seinen Bezirk. Ein Lebemann, dem man nachsagte, an vielem interessiert zu sein – außer an der aktiven Polizeiarbeit. Allerdings täuschte dieser Eindruck. Das hatte Fabio schnell festgestellt, als er vor noch nicht allzu langer Zeit hier angefangen hatte. Der Vice war ein schlauer Fuchs, dem nichts entging, was in seiner Questura vorging. Allerdings hielt er sich nur selten dort auf. Er arbeitete vielmehr an und mit seinem Geflecht aus Beziehungen in der Politik, in der Wirtschaft und vor allem im Baugewerbe. Auf diese Weise steuerte er seine Geschäfte. Es wurde ihm nachgesagt, dass er dabei nicht nur die Geschäfte der Polizei, sondern auch seine privaten wirtschaftlichen Interessen verfolgte. Über familiäre Bande sei er an lukrativen Bauvorhaben beteiligt, munkelte man in der Questura. Fabio konnte sich das mittlerweile gut vorstellen. Aber sicher war er sich dessen nicht. Der Vice hatte ihn hie und da mitgenommen, wenn er „wichtige Leute" traf. Meist in den besten Restaurants der Gegend und immer in separaten Hinterzimmern. Der Vice war ihm gegenüber vordergründig nett. Es war ausgemachte Sache, dass Fabio ihm in zwei Jahren in seinem Amt folgen sollte. Das hatten sie ihm in Rom jedenfalls angedeutet, als man ihn nach Bozen versetzt hatte. Als Trostpflaster dafür, dass man ihn in Rom loswerden wollte. So hatte Fabio es jedenfalls verstanden. Der Vicequestore hatte ihn neugierig in Empfang genommen, und es hatte den Anschein, dass er Spaß daran hatte, seinen „Nachfolger" einzuarbeiten. Damit war allerdings nicht die Polizeiarbeit gemeint. Fabio hatte den Eindruck, dass der Vice ihn in seine „Beziehungen" einbauen wollte, um die Vorteile, die er als Insider der Polizei hatte, auch nach seiner Pensionierung zu nutzen. Fabio betrachtete diese Masche vorerst neutral. Ihm war es zuwider, sich vor den Karren spannen zu lassen. Aber bisher hatte der Vice auch noch nichts Konkretes von ihm verlangt, und er, Fabio, hatte auch noch keine Vorteile genossen. Also gab es auch kein Abhängigkeitsverhältnis. Aber Fabio war auf der Hut. Und so ging er neugierig, aber auch vorsichtig in das Gespräch mit seinem Vorgesetzten.

Der Vice wirkte heute Morgen nicht so souverän wie sonst. Fahrig bot er Fabio einen Platz am Besprechungstisch an. Der Schreibtisch war nicht leer wie sonst, sondern lag voller Papiere. Eine der Schranktüren stand offen und ein Papierschredder stand im Raum, unter dem sich ein nicht zu übersehender Berg von geschreddertem Papier türmte. „Setzen Sie sich, Fameo." Und nach einem Blick in Fabios erstauntes Gesicht fügte er hinzu: „Ja, es sieht hier aus wie nach einem Bombenangriff. Aber Sie werden das gleich verstehen. Setzen Sie sich doch bitte." Fabio nahm Platz. Der Vice sortierte noch einige Papiere auf seinem Schreibtisch und kam dann auch zum Besprechungstisch, um Fabio gegenüber Platz zu nehmen. Sie schauten sich an. Der Vice war ein kleiner dicker Mann. Ihm waren wenig Haare geblieben. Seine unansehnlichen Seiten wusste er allerdings durch ausgewählte Garderobe zu kaschieren. Auch heute sah er aus, als würde er den Innenminister empfangen wollen. Aber die Mimikfalten in seinem Gesicht sagten Fabio, dass sein Vorgesetzter ein Problem hatte.

„Mein lieber Fameo. Ich habe nicht viel Zeit für dieses Gespräch, also hören Sie bitte gut zu." Der Vice machte eine kurze Pause und sammelte sich. „Heute Abend werde ich dieses Büro verlassen haben und Sie sind ab morgen für die Questura verantwortlich." „Gut, dass ich sitze", dachte Fabio, als es auch schon weiterging. „Wir hatten noch nicht genug Zeit, einander wirklich gut kennenzulernen. Aber ich kann mir denken, dass man Ihnen das eine oder andere über mich erzählt hat. Und Sie haben feststellen können, dass ich meine Arbeit auf meine Art erledige. Das, mein lieber Fameo, ist einigen Leuten schon immer ein Dorn im Auge gewesen. Auch wenn man mich hier in Bozen lange Jahre in Ruhe hat arbeiten lassen, so gibt es Leute, die großes Interesse daran haben, mich kaltzustellen." Dem Vice entglitt so etwas wie ein Stöhnen und seine Augen sprühten Funken dabei. „Um es kurz zu machen. Rom hat mir geraten, die Amtsgeschäfte mit sofortiger Wirkung ruhen zu lassen." Pause. Und dann, mehr zu sich selbst: „Ach, was soll's, Rom hat es angeordnet." Dabei blickte er Fabio durchdringend in die Augen. „Meine Widersacher meinen herausgefunden zu haben, dass ich einer lukrativen, nicht genehmigten Nebenbeschäftigung nachgehe, und wollen mir daraus einen Strick drehen." Plötzlich huschte ein Grinsen über das Gesicht des Vicequestore. „Ich glaube aber nicht, dass ihnen der Nachweis gelingen wird. Aber ärgerlich ist das schon für mich. Vor allem kann ich nicht absehen, wie lange ich aus dem Verkehr gezogen sein werde. Und darum müssen Sie, als mein Stellvertreter, jetzt ran. Ich lasse Sie aber nicht alleine. Ich gebe Ihnen jetzt meine private Handynummer. Die kennt sonst niemand. Wenn irgendetwas ist, rufen Sie mich an. Aber wenn Sie mich anrufen, verabreden wir uns nur zu einem Essen. Keine Informationen über das Handy, verstanden? Informationen werden nur mündlich ausgetauscht! Ich würde mich nicht wundern, wenn meine Widersacher meine Telefone abhören. Das private Handy kennt zwar niemand, aber Sie wissen ja selber, dass es für die Polizei nicht schwer ist herauszufinden, über welche Anschlüsse ich verfüge." Der Vice erhob sich, Fabio tat es ihm nach. „Keine Fragen bitte. Ich bin sicher, dass es nicht lange dauert, bis ich wieder da bin." Der Vice gab Fabio die Hand, drückte sie fest. „Sie machen das schon. Da habe ich keine Bedenken." Und mit einem Lachen fügte er hinzu: „Da können Sie schon mal üben, wie das ist, wenn man die Verantwortung für den Laden hat." Fabio fühlte sich entlassen und wollte gehen. Da rief ihm der Vice noch etwas zu. „Das hätte ich fast vergessen." Er trat auf Fabio zu und legte seine rechte Hand auf Fabios linke Schulter. „Ich habe eine Assistentin für Sie besorgt. Eine junge Vicecommissaria. Ganz frisch von der Akademie. Sie wird morgen ihren

Dienst antreten." Fabio wollte etwas erwidern. Dass er sich seine Assistentin oder seinen Assistenten lieber selber ausgesucht hätte, dass die Chemie stimmen müsse und so weiter. Aber der Blick, mit dem der Vice ihn musterte, sagte ihm, dass jetzt nicht die Zeit und nicht der Ort waren, um Bedenken zu äußern. „Sie brauchen jemanden an Ihrer Seite. Jemanden, der Ihnen die Nebensächlichkeiten abnimmt. Damit Sie sich auf das Wesentliche konzentrieren können." Bei diesen Worten drückte er Fabios Schulter und damit war dann wohl auch alles gesagt. Der Vice wendete sich ab. Fabio war entlassen.

*

Zurück in seinem Büro, atmete Fabio erst einmal tief durch. „Die Woche fängt ja gut an." Sein Blick wanderte über seinen Schreibtisch. Da lag die Akte mit den Rumänen. Er hatte sie am Sonntagabend in seinem Briefkasten gefunden. Tommaso hatte sie dort am Samstagabend hineingeworfen. Seit Kurzem wohnten sie im selben Ort. Tommaso war kurz nach ihrem gemeinsamen ersten Fall zum Maresciallo Aiutante befördert worden. Das brachte ihm eine Versetzung in die Hauptwache der Carabinieri in Bozen ein. Damit war er zwangsläufig seine Dienstwohnung in Terlan los. Das wäre nicht so schlimm gewesen. Aber Anna, seine Frau, vermisste ihren Gemüsegarten! Das war ein Drama. Fabio hatte über Kontakte seiner Freundin ein kleines Haus in Tisens ausfindig gemacht, das zu mieten war. Und einen Garten hatte es auch. Und so waren sie Nachbarn geworden. Überhaupt war durch ihre Freundschaft etwas gelungen, was sonst kaum denkbar war. Ein Commissario der Questura machte sozusagen gemeinsame Sache mit einem Carabiniere. Wo die doch sonst eher miteinander konkurrierten. Und so arbeiteten sie auch an ihrem gemeinsamen Fall, wie sie es nannten, gerne zusammen. Die Einbrüche in den Tankstellen bearbeiteten die Carabinieri unter Tommasos Leitung. Fabio erhielt alle Informationen, weil Tommaso sicher war, dass Fabios Vermutung zumindest nicht abwegig war. Tommaso hatte noch nie mit organisierter

Kriminalität zu tun gehabt, Fabio schon. Und so kooperierten sie mehr oder weniger an allen Spielregeln vorbei. Da konnte es auch passieren, dass Tommaso seinem Freund Kopien von Verhörprotokollen der Carabinieri in den Briefkasten legte. Aber Fabio war am Sonntag zu müde, um sie zu studieren. Das Wochenende mit seinem zukünftigen Schwiegervater hatte ihn ganz schön geschlaucht.

Am Sonntagmorgen hat der die „Gams aus der Decke geschlagen." Wieder so ein Jägerausdruck. Das steif gewordene Tier, das über Nacht im „Häusel" ausgeblutet war – ausgeschweißt, wie die Jäger sagen –, hatte Elisabeths Vater mit schnellen Schnitten und entschlossenem Ziehen an der „Decke" – so nannte er das Fell – enthäutet und anschließend zerlegt. Die Teile des Wildbrets kamen in Plastiksäcke und waren so leicht zu transportieren. Das Frühstück gab es anschließend. Eier mit Speck aus der Eisenpfanne, in der sie am Samstagabend die Leber zubereitet hatten. Dann wurde alles aufgeladen und gegen Mittag hatten sie den Abstieg von der Hütte geschafft. Den Geländewagen hatten sie vor dem Aufstieg am Freitag an einem Holztransportweg geparkt. Elisabeth war bei ihrer Mutter auf dem Hof geblieben und freute sich sehr, Fabio gesund und munter wiederzusehen. Als sie Sonntagabend spät zurück nach Tisens fuhren, erzählte ihm Elisabeth, dass ihr Vater recht erstaunt gewesen sei, dass „so ein Bürohengst" ohne zu murren alles mitmache. Es schien, als ob er bei Elisabeths Vater gepunktet habe, war dann aber auch todmüde, als sie zu Hause ankamen. Fabio ging sofort ins Bett und schlief wie ein Murmeltier.

Jetzt, am Montagmorgen in der Questura, so kurz nach der Mitteilung, die ihm der Vicequestore soeben gemacht hatte, fühlte er sich wie ausgelaugt, antriebsarm und innerlich leer.

„Eigentlich war das Wochenende erlebnisreich genug. Das mit dem Vice hätte ich jetzt nicht auch noch gebraucht", dachte er. Da läutete sein Telefon. Es war Tommaso.

„Hallo Fabio, wie wäre es mit einem Espresso. Ich will dir was erzählen.“ Fabio freute sich, die Stimme des Freundes zu hören. Mit ihm konnte er auch über das soeben Erlebte sprechen, ohne Gefahr zu laufen, dass es gleich weitererzählt wurde. „Hast du schon vom Vicequestore gehört?“, fragte Fabio. Tommaso verneinte. „Lass uns einen Kaffee trinken gehen, dann erzähle ich dir alles.“ Die Questura und das Hauptquartier der Carabinieri lagen fast nebeneinander. Sie hatten ein kleines Café in der Nähe zu ihrem Treffpunkt erwählt. Wann immer sie sich etwas zu erzählen hatten, das nur für ihre Ohren bestimmt war, trafen sie sich dort. Als sie ihre Espressi bekommen hatten, erzählte Fabio Tommaso kurz, was er soeben vom Vice erfahren hatte. Tommaso räusperte sich: „Scheint noch nicht die Runde gemacht zu haben. Hat mir noch kein Vögelchen geflüstert.“ „Und was heißt das?“ „Das heißt, dass der Vice einen Anruf bekommen haben muss. Gäbe es einen schriftlichen Befehl aus Rom, wüssten alle darüber Bescheid und ich hätte es schon erfahren. Also wird der schriftliche Befehl aus Rom demnächst hier eintreffen. Und dann ist der Vice schon weg.“ „Du meinst, man hat ihn vorgewarnt?“ „Würde er sonst alleine schreddern? Wäre er sonst um diese Stunde schon im Büro?“ Fabio nickte. Tommaso schmunzelnd: „Muss ich jetzt Vicequestore zu dir sagen?“ Fabio warf ein Zuckertütchen nach Tommaso, der es reaktionsschnell, aber irgendwie lässig mit der rechten Hand auffing. Die beiden verband eine innige Männerfreundschaft. Sie kannten sich zwar erst seit Kurzem, es schien ihnen aber, als ob sie einander schon ewig kennen würden. Tommaso war um einiges älter und war Maresciallo von Terlan, als sie sich kennenlernten. Durch ihre erfolgreiche gemeinsame Arbeit waren sie praktisch Nachbarn geworden, denn Fabio hatte seine kleine, muffige Dienstwohnung in Bozen aufgegeben und war zu Elisabeth gezogen. Elisabeth wohnte in einer kleinen Wohnung über ihrer Apotheke in Tisens. Praktisch war, dass Fabio jeden Morgen mit Tommaso nach Bozen fahren konnte, denn ein Auto hatte er nach wie vor nicht. Auf der Fahrt heute Morgen hatte ihn Tommaso leicht gefrotzelt, ob er glaube, dass sich die Akte mit den Rumänen, die immer nur hin und her gefahren würde, dadurch irgendwie schneller abschließen lasse. Fabio hatte ihm daraufhin erzählt, dass sein Wochenende anstrengender gewesen war, als er es vorhergesehen hatte. Elisabeth hatte von einem Wochenende mit ihren Eltern im Ultental gesprochen – als so eine Art Familientreffen. Dass ihr Vater einen Belastungstest mit ihm durchführen wollte, wusste keiner von ihnen vorher. Tommaso verstand sofort. „Test bestanden. Dann kannst du ja die Hochzeit planen!" Fabio wiegte den Kopf. „Ich weiß nicht, ob ich es bin, der planen darf! Es schien mir so, als ob Elisabeths Vater so seine Vorstellungen hat, bäuerlich traditionell und so. Das klang in einem Nebensatz an. Aber das soll mir alles recht sein. Hauptsache ist, ich konnte überzeugen. Und jetzt muss ich noch meine Eltern ins Bild setzen. Aber da wird es keine Probleme geben. Zum einen werden sie sich freuen, dass ich heiraten will. Und zum anderen ist Elisabeth einfach toll. Das werden meine Eltern nicht anders sehen."

Die beiden schauten sich an und lächelten. Fabio registrierte erst jetzt, dass Tommaso einige Blätter Papier in der Hand hielt. „Ist das was für mich?" Tommaso reichte ihm die Papiere über den Tisch. „Ich habe dir doch im Auto von der Meldung berichtet, die uns am Samstagabend erreichte: die Sache mit dem Fuchs und der Hand." Tommaso hatte Fabio am Morgen auf der Fahrt ins Büro davon erzählt. „Und hier sind die Vermisstenmeldungen aus der Umgebung. Der Brigadiere vom Dienst war recht fleißig. Als er keine echten Vermisstenmeldungen in der Datenbank gefunden hatte, ging er alle sonstigen Meldungen durch, in denen nach Menschen gesucht wird. So kam er auf die Idee, aus den Meldungen der Hotels und Pensionen diejenigen herauszufiltern, in denen Gäste abgereist sind, ohne bezahlt zu haben. Darunter die, die irgendetwas von Wert zurückgelassen haben, und darunter wieder diejenigen, die irgendwie in der Nähe des Pfossentals liegen. Das gab dann null Treffer. Dann kam er auf die Idee, dass der Meraner Höhenweg auch durch das Pfossental führt, und ließ dieselbe Anfrage für alle Orte laufen, von denen für gewöhnlich Wanderer zu diesem Weg aufbrechen. Und das gab dann drei Treffer: einer in Meran, zwei in Naturns. Die Meldungen hältst du in Händen. Die Meldungen aus Naturns betreffen zwei junge Frauen, die im Mai in einer Pension genächtigt, noch vor dem Frühstück das Haus verlassen haben und nicht mehr wiedergekommen sind. Das zurückgelassene Gepäck war vollständig. Also Waschzeug, Koffer mit kompletter Garderobe und Schuhe. Nichts von Wert, aber alles, was man auf Reisen braucht. Die beiden haben sich auch nicht angemeldet, den Anmeldezettel wollten sie am nächsten Morgen ausfüllen. Aber da waren sie ja schon verschwunden. Der andere Fall, der aus Meran, ist auch interessant. Da handelt es ich um einen Mann, der nach Aussagen der Wirtin den Meraner Höhenweg gehen wollte. Der kam auch nicht wieder und hat ebenfalls alles zurückgelassen, auch seine Personalausweise. Davon gab es drei, und alle waren gefälscht. Die Wirtin beschrieb ihn als seriösen älteren Herrn. Sein Gepäck ist bei den Carabinieri in Meran eingelagert. Das können wir uns ja mal ansehen.“ Fabio nickte. „Aber sollten wir vielleicht nicht zuerst eine Leiche haben? Ich meine, was ist mit dem Zeugen? Ein junger Mann, nicht wahr? Ist er glaubhaft? Was sagen die örtlichen Carabinieri? Und wo, mein lieber Tommaso, liegt eigentlich das Pfossental genau?“ Fameo war erst seit einigen Monaten in der Bozner Questura. Seitdem hatte sich sein Leben grundlegend verändert. Er hatte die Frau gefunden, die er heiraten wollte, sein neuer Job war interessanter als er zunächst gedacht hatte, aber das Land kannte er immer noch nicht. Tommaso, der fast von Anfang an dabei war, als Fameo in Südtirol ankam, wusste das. Er erläuterte geduldig: „Das Pfossental ist ein Seitental vom Schnalstal. Bei Naturns fährst du ins Schnalstal und dann musst du aufpassen, dass du die schmale Abzweigung zum Pfossental nicht übersiehst. Dann geht es steil bergauf und oben, am Anfang des Tals, hört der Fahrweg auf. Dann kannst du nur noch zu Fuß weiter.“ Fabio dachte nach. Es wäre schon reizvoll, jetzt dorthin zu fahren. Aber kriminalistisch unprofessionell. Es gab bisher nichts als eine Aussage, die auch die Carabinieri aus Karthaus überprüfen konnten. Dafür musste er nicht raus. „Was sagen denn die Carabinieri von Karthaus? Hast du dort schon angefragt?" Tommaso nickte. „Ich kenne den Maresciallo. Der kennt den Jungen, der den Fuchs gesehen haben will. Es ist ein junger Bursche aus der Gegend, der sich auf die Jägerprüfung vorbereitet und immer draußen im Wald ist, sooft es ihm seine Zeit erlaubt. Der Maresciallo sagt, dass man ihm glauben kann. Sein Jagdausbilder ist begeistert von dem Jungen. Der hätte ein Auge, davon können selbst erfahrene Jäger nur träumen. Der Ausbilder glaubt, was der Junge erzählt hat." „Und was will der Maresciallo unternehmen?" „Der wird heute Abend ins Pfossental fahren und mit den Jägern sprechen. Die sollen die Augen offen halten und die Gegend absuchen, wo der Junge den Fuchs gesehen hat." „Warum erst heute Abend?" „Die Jäger dort oben treffen sich abends im Gasthaus ‚Jägerrast'. Das liegt am Eingang zum Tal. Bis dahin kannst du mit dem Auto fahren. Die Jäger sind alles Bauern aus der Gegend und sind tagsüber auf ihren Höfen und haben zu tun. Die kriegst du nur am Stammtisch zusammen."

„Was hältst du davon, wenn wir einen Leichenspürhund anfordern?" Tommaso hatte selber schon daran gedacht. „Ich habe schon mal angefragt. Unsere Polizeihunde sind alle im Einsatz. Da bekommen wir auf Tage keinen. Aber es gibt da einen von der Bergwacht, den ich kenne. Die haben zwei Hunde, die sie bei Lawinenabgängen einsetzen, um Menschen zu finden. Die sind im Sommer – wie soll ich sagen – unterbeschäftigt. Mein Kamerad von der Bergwacht hätte nichts dagegen, wenn wir seine Hunde einsetzen. Das wäre eine Abwechslung für sie, hat er gesagt. Die Hunde kommen aus den Dolomiten und könnten in zwei Stunden hier sein." Fabio schmunzelte. „Du schlägst also einen Ausflug ins Pfossental vor? Der Vice braucht mich heute nicht mehr, die Rumänen können warten und ich lerne eine neue Ecke von eurem Südtirol kennen?" Tommaso lächelte. „Das ist jetzt auch dein Südtirol. Spätestens, wenn du deine Südtirolerin geheiratet hast. Gewöhne dich schon mal dran." „Du hast ja recht. Aber das Unternehmen lohnt nur, wenn wir den Jungen dabeihaben, der uns die Stelle zeigt" – im selben Moment wusste er, dass Tommaso das bereits organisiert hatte. Denn der grinste ihn breit an. „Ich habe bereits mit ihm gesprochen. Er steht auf Abruf bereit." Tommaso genoss offensichtlich das verdutzte Gesicht Fabios. „Du hast nur ein Problem." „Und das wäre?" „Du bist falsch angezogen." Mit einem Blick auf Fabios dunkelblauen Anzug und der Bemerkung: „Das ist so ähnlich wie Gamsjagen im Ultental", machte Tommaso deutlich, was Polizeiarbeit in Südtirol auch bedeuten kann. „Also, was schlägst du vor?" Fabio war klar, dass Tommaso den Tag offensichtlich für sie beide durchgeplant hatte. Und so war es auch. Tommaso hatte bereits am Sonntag mit dem Maresciallo aus Karthaus und seinem Kumpel von der Bergwacht telefoniert. Nur den Jungen konnte er erst am Montag früh erreichen. Deshalb hatte er Fabio auf der Fahrt nach Bozen noch nichts von seinem Plan erzählt. Es war lange her, dass er im Pfossental war. Seiner Erinnerung nach war es einsam da oben. Das Gasthaus „Jägerrast" kannte er. Der Wirt machte einen herrlichen Bergkäse und seine Käserei war weit über das Tal hinaus bekannt. Es zog sich ein Weg durch das Tal, der gerne von Wanderern begangen wurde, die Richtung Eisjöchel unterwegs waren. Das Pfossental selbst war bei schönem Wetter idyllisch. Bei Schneegestöber und stürmischem Wind kamen nur die Einheimischen mit den Unbilden der Natur klar.

Als Tommaso heute Morgen erwacht war, kam ihm der Gedanke, Fabio dieses schöne Tal zu zeigen. Nicht ganz ohne Eigennutz, denn bei dieser Gelegenheit wollte er seiner Frau einen der schönen Käse mitbringen, die dort oben hergestellt wurden. Die Erkenntnisse aus den verschiedenen Telefonaten und schließlich die Bereitschaft des jungen Zeugen, ihnen jederzeit zur Verfügung zu stehen, schienen seinen Plan zu begünstigen. Jetzt musste er nur Fabio überzeugen. Das war heute nicht schwer, wie es schien, nur dass er heute wieder angezogen war, als ob er einen Termin beim Landeshauptmann hätte. Fabio war stets perfekt angezogen. „Ist halt aus Rom", sagte sich Tommaso immer, wenn er ihn sah. Er selbst sah in Zivil wenig spektakulär aus. Ihm genügten die Sachen, die man auf den Märkten kaufen konnte. War eine Hose verschlissen, kaufte er sich eben eine neue. Aber vorher nicht. Fabio dagegen war genau das Gegenteil. Er schien aus einem dieser Modekataloge entsprungen zu sein. Und dann hatte er diesen Fimmel, immer seine Schuhe blitzblank haben zu müssen. Einmal waren sie in Bozen unterwegs gewesen und mussten durch eine Baustelle durch. Kaum waren sie zurück am Auto, holte er eine Schuhbürste heraus, um seine Schuhe vom Staub zu reinigen. Tommaso hatte noch nie einen Mann erlebt, der mit einer Schuhbürste lebte. Aber so war Fabio eben. Aber was Ermittlung in schwierigem Gelände anging, musste Fabio noch dazulernen. „Was hast du denn im Ultental angehabt?“, wollte Tommaso wissen. Fabio wusste, worauf Tommaso anspielte, und grinste in sich hinein. Ihm war schon klar, dass sie modisch nicht auf einer Wellenlänge waren. Das tat ihrer Freundschaft auch keinen Abbruch. „Na, was denkst du? Ich habe natürlich meine Lackschuhe dabei gehabt und sie mir in den Bergen völlig ruiniert.“ Fabio feixte weiter: „Und Elisabeths Vater meinte nur, das wäre mit einer ordentlichen Profilsohle nicht passiert. Also habe ich mir jetzt Profilsohlen bestellt, die ich unter all meine Schuhe nageln lassen werde.“ Da musste Tommaso lachen. „Okay, okay, du hast mich erwischt. Aber im Ernst, du musst dich umziehen. Darum schlage ich vor, dass ich jetzt den Jungen anrufe und ihn für die Mittagszeit in den Gasthof ‚Jägerrast‘ bestelle. Außerdem sage ich meinem Kameraden Bescheid, dass er mit den Hunden dorthinkommt. Wir fahren dann nach Hause, du ziehst dich um und dann geht es ab ins Pfossental.“

Vier

Tommaso fuhr einen der schweren Geländewagen der Hauptwache. „Den brauchen wir heute“, hatte er nur gesagt, als Fabio ihn fragend anschaute. Aber die Straßen waren gut ausgebaut, als sie ins Schnalstal fuhren. Mit den Worten: „Da oben wohnt der Reinhold Messner“, hatte Tommaso auf Schloss Juval gezeigt, das sich hoch am Berg links vom Eingang ins Schnalstal zeigte. „Aha, heute mit Touristeninformation!“, hatte Fabio gedacht und geschmunzelt. Die Straße schmiegte sich eng an die steile Felswand. „Ein Meisterstück der Straßenbaukunst“, dachte Fabio. „Und ein Glück, dass ich nicht selber fahren muss.“ Ihm waren die kurvenreichen Strecken nach wie vor ein Gräuel. „Daran werde ich mich noch gewöhnen müssen.“ Bei Karthaus gab es eine Abzweigung ins Pfossental, Fabio hätte diese glatt übersehen. Von da an wurde die Straße kurvig, steil und eng. „Wenn uns jetzt ein dicker Wagen entgegenkommt“, dachte er, als Tommaso dicht an den Abhang fuhr, um einen Bus vorbeizulassen, der talwärts fuhr. Zwischen die Fahrzeuge passte kaum ein Blatt Papier, schien es Fabio, dessen Blick aus dem Beifahrerfenster direkt in die Tiefe ging. Tommaso hatte die Geschwindigkeit kaum merklich verringert und schien nicht ein bisschen beeindruckt. „Das war aber eng“, brachte Fabio heiser hervor. Tommaso grinste leicht. „Nicht wirklich, da war noch reichlich Platz“, gab dieser zur Antwort und beschleunigte. Der Wagen schaffte die knapp 500 Meter Höhenunterschied mühelos. Er kletterte die Bergstraße hinauf, die sich meist zwischen dichtem Nadelwald, manchmal auch durch Almwiesen ihren Weg zu suchen schien. Hie und da gab es ein Gehöft am Straßenrand, aber es wurde von Kilometer zu Kilometer einsamer. Es war kurz vor zwölf, als sie einen recht großen Parkplatz erreichten. Ein alter Mann wies sie ein und verzichtete darauf, eine Gebühr zu erheben, als er Tommasos Uniform sah.

Tommaso sagte: „Jetzt sind wir da. Weiter geht es nicht. Willkommen auf 1700 Metern Höhe.“ Er ging schnurstracks auf die Ansammlung von Häusern zu, die einige Meter höher lagen als sie geparkt hatten. Das Erdgeschoss gemauert und weiß gekalkt, die oberen Etagen eine Art Blockhaus aus dicken, dunklen, fast schwarzen Balken erbaut. Das leuchtende Rot der Geranien quoll aus den vielen Balkonblumenkästen und lenkte den Blick von der verwitterten Oberfläche wohltuend ab. Die Häuser hatten Dächer mit Holzschindeln, die von langen Brettern festgehalten wurden, die wiederum mit dicken Steinen beschwert waren. „Traditionelle Bauart", dachte Fabio. Hinter den Häusern reckte sich der Berg steil in die Höhe. Vom Tal sah Fabio noch nicht viel und so fragte er: „Tommaso, wo ist eigentlich das Tal?" Der antwortete: „Gleich hinter der nächsten Biegung kannst du es sehen. Die ‚Jägerrast' ist so eine Art Pforte. Hinter der Biegung geht es dann auf 2000 Meter mäßig bergauf. Aber nur zu Fuß, soweit ich mich erinnere. Am Ende des Tals kommen die Eishöfe und dann geht es steil bergauf zum Eisjöchel. Das liegt dann schon bei knapp 2900 Metern. Da kann es dann auch schon mal ungemütlich werden, wenn das Wetter nicht mitspielt." Tommaso zeigte auf das rechte Haus. „Aber jetzt lass uns dort einkehren, du wirst es nicht bereuen. Und der Käse ist einmalig gut. Den musst du probieren." Sprach es und stapfte los. Fabio wunderte sich nicht mehr darüber. Sein Freund hatte ihn in der Vergangenheit schon mehrfach damit überrascht, dass er die interessantesten kulinarischen Genussquellen kannte. Wie es schien, war er in seiner Zeit als Maresciallo viel herumgekommen. Und gutes Essen interessierte ihn nicht nur, er verstand auch viel davon. Und so hatte Fabio es akzeptiert, Tommasos kulinarische Abstecher als einen angenehmen Teil des Berufs zu empfinden. „Also nichts wie ihm nach", dachte er, „Hunger habe ich auch."

Die Gaststube war um diese Zeit mäßig besucht. Am Tisch gegenüber der Theke saßen drei alte Männer mit blauen Schürzen und spielten Karten. Auf einer kleinen Anrichte gleich neben dem Eingang waren unter einer Glashaube verschiedene Käse zu sehen. „Das ist der Käse, von dem ich dir erzählt habe." Tommaso deutete auf die Glashaube. „Da bringst du deiner Elisabeth einen mit." Er zwinkerte Fabio zu. Dann ging er mit festen Schritten auf die Theke zu. Dahinter kam eine Frau mittleren Alters zum Vorschein. Sie war klein und ragte gerade über die Theke. Tommaso musste ihr nichts erklären, denn er hatte vorher angerufen und ihr Kommen angekündigt. Die Wirtin, als solche stellte sie sich vor, führte sie zu einem gedeckten Tisch im Nebenraum. Der war größer als der Schankbereich und bot Platz für vierzig Personen. An den Wänden hingen Trophäen von allen Wildtieren, die es im Gebirge gab. „Gamskrucken" entfuhr es Fabio mit dem Blick auf die gebogenen dunklen Stangen der Gämsen, die hier in reichlicher Zahl an den Wänden hingen. Die Wirtin nahm das sofort wahr. „Auch ein Jäger?", fragte sie. „Nein, das nicht, aber ich bin kürzlich auf die Jagd mitgenommen worden." Die Wirtin nickte ihm zu. „Nehmen Sie bitte Platz. Der Bub kommt gleich, hat er gesagt. Was darf es denn sein?" Es war klar, dass sie die Bestellung für das Mittagessen abfragte. Und der Bub war bestimmt der junge Zeuge, der den Fuchs gesehen haben wollte. Tommaso bestellte für sich ein Wildragout und ein Bier. Fabio nahm das Gleiche. Zum Ragout gab es einen Semmelknödel, dessen Größe auf die enormen Hände der Köchin schließen ließ. Die Soße war ein Gedicht und das Fleisch zerfiel fast auf der Gabel, so zart war es. Fabio grinste Tommaso an. „Du hast diesen Termin nicht zufällig wegen des Essens gemacht? Und du hast nicht zufällig alles so arrangiert, dass auch ich der Meinung war, dass wir hier herauf mussten? Tommaso machte ein Gesicht, als verstünde er nicht, was Fabio meinte, und kaute einfach weiter. „Schmeckt es dir?", war das Einzige, was er dazu sagte. Und: „Dann war das doch keine schlechte Idee, oder?" Ihre Unterhaltung wurde durch das Erscheinen eines jungen Mannes unterbrochen, der sich ihnen als Peter Raich vorstellte. Sie luden ihn ein, Platz zu nehmen. Tommaso wollte ihn zum Essen einladen, aber der junge Mann hatte bereits gegessen. „Und Sie haben also gesehen, wie ein Fuchs einen Arm von einem Menschen im Maul hatte?", fing Fabio das Gespräch an. „Ja, das habe ich. Ich habe oben an der Klammerwand angesessen. Als es zu dunkeln begann, kam ein junger Fuchs geschnürt. Am Waldrand entlang.

Und im Fang hatte er einen Arm. Einen nackten menschlichen Arm. Ich habe eine Hand erkennen können. Und den Unterarm. Beim Ellenbogengelenk war der Arm abgetrennt. Ich nehme an, dass der Fuchs den Arm an dieser Stelle abgebissen hat." Fabio lehnt sich zurück. „So, so, nehmen Sie das also an." Seiner Stimme war zu entnehmen, dass er nicht wusste, was er davon halten sollte. Ein Fuchs, der einen Arm am Ellenbogengelenk abbeißt. „Geht das überhaupt?", fragte er sich. Und dann zum Jungen gewandt: „Mal angenommen, Ihre Beobachtung trifft zu, haben Sie eine Erklärung, wie ein halber Arm in den Fang eines Fuchses gelangen kann?" Der Junge nickte. „Füchse sind auch Aasfresser. Sie machen keinen Unterschied, ob sie ein totes Tier oder einen toten Menschen finden. Sie fressen beides. Und Füchse haben scharfe Zähne. Die kriegen alles klein. Es sollte für einen Fuchs kein Problem sein, eine menschliche Leiche zu zerlegen. Außerdem kann ich mir nicht vorstellen, dass nur ein Fuchs an die Leiche gelangt. Hier oben gibt es viele Füchse, und Füchse haben einen ausgesprochen guten Geruchssinn. An einer menschlichen Leiche werden viele Füchse zerren." Der kennt sich ja aus, dachte Fabio. Und es schien ihm das Natürlichste von der Welt, was er da so ruhig von sich gab. Als ob ihm das gar nichts ausmachen würde. „Und wie glauben Sie, kommt eine menschliche Leiche in das Tal?", fragte er weiter. „Das weiß ich natürlich auch nicht. Aber es kann doch sein, dass es sich um einen Unfall handelt, oder? Ich meine, da, wo ich den Fuchs gesehen habe, ist steiles Gelände. Dort gibt es keine Wanderwege. Wenn aber einer dort herumgelaufen ist, dann kann es gut sein, dass er irgendwo abgestürzt ist. Dort oben findet man einen Menschen nicht so schnell. Das Gelände ist zerklüftet und schwer zu begehen." „Sie sagen, da oben, wie hoch oben ist das denn?", wollte Tommaso wissen. Der Junge wandte sich ihm zu. „Hier hinter dem Haus geht der Pirschpfad steil nach oben. Wir müssen durch das Waldstück Richtung Atzboden, so heißt der Berg hinter dem Haus. Der ist zirka 2400 Meter hoch, also rund 700 Meter höher als hier. Ich wollte auf Gams gehen. Da muss ich oberhalb des Waldes ansitzen. Da oben, zwischen dem Atzboden und dem Rauhstein, steht ein Rudel, das kann man oft gut beobachten." Fabio dachte nach. „Der Junge machte einen besonnenen Eindruck. Keiner, der sich wichtig nimmt oder sich wichtig machen will. Und er kann sich das Gesehene auch erklären. Aber irgendwas war komisch. Ein nackter Arm. Gut. Aber wenn einer verunfallt, dann mit Kleidung. Und der Fuchs hatte einen nackten Arm, ohne Hemd, ohne Jacke. Gut. Kann auch sein, wenn er den Arm aus der Kleidung herausbeißt. Ist aber schon irgendwie kompliziert. Und eine nackte Leiche? Unwahrscheinlich. Die Dunkelheit war zur Zeit der Beobachtung schon hereingebrochen. Was sieht man da noch?" Fabio erinnerte sich an den Jagdausflug mit Elisabeths Vater. „Man sieht nicht mehr viel. Man erkennt nicht mehr alles. Das Gehirn interpretiert das, was man sieht, und übersetzt es, vergleicht es mit alten, gespeicherten Bildern. Ob der Junge da nicht irgendwas gesehen hat, das wie ein Arm aussah, aber vielleicht irgendein weißer Stock war?" Fabio blickte den Jungen fragend an. Der schaute ruhig zurück, ganz in sich ruhend. „Dieser Commissario glaubt mir das genauso wenig, wie die alten Jäger. Der traut dir eben nicht viel zu. Dabei habe ich Augen, um die mich alle beneiden. Aber ich habe recht. Ich weiß, was ich gesehen habe."

Und als Tommaso dieses stumme Zwiegespräch gerade unterbrechen wollte, bellten draußen Hunde. „Ah", rief Tommaso, „das werden die Hunde sein!" Und im selben Moment ging die Tür auf und ein kräftig gebauter Mann in signalroter Funktionskleidung betrat den Raum. Um ihn herum tobten zwei große Hunde, die auf ein kurzes Kommando des Mannes sofort still wurden und sich hinlegten. Als er Tommaso sah, grinste er. „Hallo, alter Freund! Hier bin ich." Tommaso stellte seinen Freund von der Bergwacht den anderen vor. Essen wollte er nichts. Er schlug vor, sofort mit der Suche zu beginnen. „Die Hunde sind jetzt voller Kraft. Das sollten wir nutzen. Aber ich sage gleich, dass jeder Hund höchstens zwanzig Minuten arbeiten kann, dann braucht er eine lange Pause. Wir haben also im schlechtesten Fall höchsten vierzig Minuten. Manchmal schaffen sie noch einen zweiten Gang. Dann hätten wir im besten Fall achtzig Minuten." Und zu dem jungen Mann gewandt: „Wir machen es so: Sie gehen an den Platz, wo Sie den Fuchs gesehen haben, und nehmen dieses Funkgerät." Er gab ihm ein Gerät. „Und dann lotsen Sie mich mit dem ersten Hund an die Stelle, wo Sie den Fuchs beobachtet haben. Wenn Sie die Stelle richtig treffen, dann gibt es die kleine Hoffnung, dass sich dort ein wenig Leichengeruch an irgendwas angeheftet hat. Wenn der Hund anschlägt, kann ich Ihnen versichern, dass dort eine Leiche war – oder ein Teil. Dafür lege ich meine Hand ins Feuer. Diese Hunde habe ich selber abgerichtet. Sie sind Spezialisten." Der Stolz war ihm deutlich anzuhören. Der Junge schien erfreut, dass es endlich losging. Er blickte kurz auf die Schuhe der anderen und nickte. Tommaso nahm das wahr und fragte: „Ist was nicht in Ordnung?" „Doch, doch, ich habe nur geschaut, ob Sie die richtigen Schuhe haben. Das wird ein steiler Anstieg, bis wir an der Stelle sind. Und da brauchen Sie festes Schuhwerk."

Fünf

Fabio hatte Mühe, das Tempo mitzuhalten, das die anderen vorlegten. Der Weg ging steil bergauf, wie es der Junge gesagt hatte. Aber es schien, als wollte er nicht aufhören. Die Männer schwitzten. Es war warm und der Anstieg anstrengend. Nur die Hunde hatten keine Probleme. Die freuten sich, dass sie heute rauskamen. Tommaso bewegte seinen massigen Körper erstaunlich elegant durch das steinige Revier. Und sein Freund von der Bergwacht ebenso. Die beiden unterhielten sich dabei auch noch fortlaufend. Von dem Jungen hatte er nichts anderes erwartet. Ein Kind der Berge halt, trainiert, gewohnt, sich in unwegsamem Gelände zu bewegen, und ortskundig. Die vielleicht 500 Höhenmeter schafften sie in knapp zwei Stunden – durchgeschwitzt bis auf die letzte Faser. Der Junge hatte das wohl vorhergesehen und holte aus seinem Rucksack drei Handtücher hervor, für jeden eines. Er hatte auch eine Feldflasche dabei. Die war leer. Mit einem Grinsen ging er zu einem kleinen Bach und füllte sie. „Getränke muss man nicht bis hier oben schleppen, die gibt es hier gratis." Das Gebirgswasser tat wohl. Es schmeckte gut. Der Junge setzte sich auf einen Stein und blickte durch sein Fernglas. „Hier habe ich gesessen und da oben", er zeigte auf den Waldrand, der sich vielleicht rund 100 Meter weiter oben befand, „habe ich den Fuchs gesehen." Jetzt nahm auch der Freund von Tommaso sein Fernglas. Der Junge erklärte: „Siehst du die alte Wetterfichte?" Der Bergführer antwortete: „Ja, hab ich." „Daneben gibt es einen kleinen Einschnitt in der Wiese." „Ja, sehe ich." „Aus diesem Einschnitt ist der Fuchs gekommen, dann nach rechts ab und am Waldrand entlang geschnürt, bis zu der Gruppe von Krüppelkiefern. Drei Stück sind's, hast du die?" „Ja, sehe ich." „Da ist der Fuchs dann in den Wald gelaufen. Das Ganze hat vielleicht eine Minute gedauert." Der Bergretter setzte das Glas ab. „Ich geh da jetzt hin. Du dirigierst mich genau auf die Punkte. Und dann lasse ich den Hund arbeiten. Den zweiten Hund lasse ich hier. Der würde sonst sofort loslegen, wenn er da oben wäre. Wenn der erste Hund erschöpft ist, bringst du mir den zweiten", wandte er sich an Tommaso, „damit ich meine Position nicht verlassen brauche. Der Hund sucht in einer Zickzacklinie, da man von hier aus nicht den exakten Weg des Fuchses nachvollziehen kann. Deshalb brauchen wir für das kleine Stück relativ lange. Alles klar?“

Der Junge dirigierte den Bergretter über Funk zu dem Platz, wo er den Fuchs gesehen haben wollte, und der Hund begann mit der Kreuzsuche. Tommaso und Fabio beobachteten das mit ihren Ferngläsern. Die schweißnassen Hemden waren in der Sonne fast getrocknet. Sie sahen, wie der Hundeführer seinen Hund systematisch über die Fläche führte, die der Fuchs möglicherweise betreten hatte. Der Junge beobachtete alle Bewegungen genau und korrigierte nur selten, aber sehr präzise. „Ob der sich wirklich nach so langer Zeit noch an solche Details erinnern kann?“, fragte sich Fabio. „Andererseits habe ich bei Elisabeths Vater auch gesehen, dass er sehr genau beobachtet. Vielleicht können das Jäger besonders gut? Macht ja auch Sinn. Wenn man eine Gämse schießt und die fällt tot um, dann sollte man schon wissen, wo sie liegt, denn sonst sucht man lange.“

Jetzt forderte der Hundeführer den zweiten Hund an. Der erste brauchte eine Pause und Tommaso marschierte mit dem zweiten Hund los. Auf dem Weg bergauf zum Waldrand sah Tommaso, dass über die perspektivische Verzerrung das Areal von unten gesehen viel, viel einfacher aussah, als es in Wirklichkeit war. Vor dem Waldrand war eine lang gestreckte Wiese, mit Mulden und einigen kleinen Tümpeln. Von unten sah es aus wie ein Strich und hier oben war es eine große Fläche, voller Gerüche für die Hunde. Der erste Hund hatte vielleicht ein Achtel des Areals abgesucht. Tommaso erkannte sofort, dass der zweite Hund das erste Viertel vollmachen würde, mehr nicht. Er blieb bei dem ersten Hund sitzen, so wie es ihm sein Freund auftrug. Der zweite Hund begann mit der Suche. Aufgeregt folgte er den Anweisungen seines Herrn, suchte den Waldrand entlang und dann wieder ins offene Gelände. Das Funkgerät knackte ab und zu und die Stimme des Jungen war zu hören. Der Hund wurde, den Anweisungen des Jungen folgend, jetzt weiter am Waldrand eingesetzt. Und plötzlich schlug er an. Er stellte sich vor einen Baumstumpf und bellte, blickte nur noch auf den Stumpf. „Treffer!“, rief der Hundeführer.

*

Als der Junge und Fabio den Waldrand erreichten, untersuchten Tommaso und der Hundeführer bereits die Stelle, an der der Hund angeschlagen hatte. Am Baumstumpf war nichts zu sehen. Der Hundeführer ließ seinen Hund jetzt weitersuchen. Er sollte der Spur folgen. Der Hund suchte mit tiefer Nase und verfolgte den Weg, der nach den Beschreibungen des Jungen der Fuchs genommen hatte. Die Spur ging in den Wald hinein und ungefähr 100 Meter hinter dem Waldrand endete sie in einem Fuchsbau. Der Hund wurde ganz unruhig und war kaum zu beruhigen. „Da können Sie sicher sein, dass hier eine Leiche, oder vielleicht auch nur der Arm einer Leiche drin ist“, sagte er zu Fabio. „Kann man da ran?“, fragte Fabio. Der Junge war ihnen mit einigem zeitlichen Abstand gefolgt. Die letzte Frage hatte er mitbekommen. „Sie können den Fuchsbau ausgraben, das geht. Ist aber eine Höllenarbeit. Der Bau kann steil nach unten gehen und ist meist verzweigt. Also rein praktisch gesehen ist das ein schwieriges Unterfangen.“ Und nach einer Pause: „Reicht Ihnen Blut fürs Erste?“ Die drei schauten den Jungen verblüfft an. „Blut?“ „Ich habe eine kleine Menge gefunden, an einem Grashalm neben dem Baumstumpf. Kann ja sein, dass es von dem Arm stammt. Ist ziemlich wahrscheinlich, kann natürlich auch von einem Tier sein. Aber das müsste Ihr Labor doch herausfinden können, oder?“ Der Junge ist clever, dachte Fabio. Tommaso war schon mit dem Jungen unterwegs, um den Grashalm sicherzustellen.

*

„Also, was haben wir? Die Aussage des Jungen. Einen Grashalm, an dem möglicherweise Blut haftet. Das Verhalten des Hundes, von dem der Bergführer sagt, er riecht Menschen noch unter zehn Metern Schnee. Also liegt der abgetrennte Menschenarm irgendwo im verzweigten Fuchsbau, wenn die Beobachtungen des Jungen stimmten. Mehr haben wir nicht." Fabio schaute Tommaso an. „Oder?" Tommaso kaute und nickte. Die beiden saßen wieder im Gasthaus „Jägerrast". Tommasos Freund musste nach Hause, konnte nicht zum Essen bleiben, und der Junge wollte offensichtlich nicht länger bleiben. Er wollte heute noch auf die Pirsch, „auf Gämsen", wie er sagte. Tommaso hatte nach dem anstrengenden Aufstieg und dem etwas weniger anstrengenden Abstieg einen gewaltigen Appetit entwickelt und freute sich auf eine große Portion Käse. Deswegen war er ja auch eigentlich hier heraufgefahren. Fabio saß ebenfalls vor einer ordentlichen Portion Bergkäse, hatte aber noch nichts angerührt. Seine Gedanken waren bei dem Erlebten. „Was kann dahinterstecken?", fragte er sich. „Ein Unfall scheint wahrscheinlich, aber es gibt hier aus der Gegend keine Vermisstenmeldungen. Die Vermisstenmeldungen, die ihm Tommaso vorgelegt hatte, sollte man noch einmal überprüfen. Aber irgendwie passen die Orte der Meldungen und der mögliche Fundort des Arms nicht zusammen. Ein Verbrechen? Bisher gibt es keine Anhaltspunkte dafür. Und Tommaso hat nur noch den Käse im Blick. Was habe ich nur für einen gelüstigen Kollegen!"

„Und was sollen wir mit unseren vagen Erkenntnissen anfangen?" Die Frage war an Tommaso gerichtet. Der hatte bemerkt, dass sein Freund sich im Gedankengestrüpp verhedderte. Er kaute den Bissen zu Ende, nahm einen Schluck Bier, lehnte sich zurück und sagte: „Ganz einfach. Jetzt sollen die örtlich zuständigen Carabinieri den Fuchsbau aufgraben oder aufgraben lassen. Dann sollen sie die Bauern und Jäger um Mithilfe bitten. Die sollen die Augen offen halten und in den nächsten Tagen ein bisschen mehr in der Gegend herumschauen als üblich. Wenn hier jemand durch einen Unfall ums Leben gekommen ist, dann muss seine Leiche noch irgendwo sein, oder zumindest die Reste von der Leiche. Die sollen vor allem im Umkreis des Fuchsbaus suchen. Ich weiß nicht, wie weit so ein Fuchs so einen Arm im Maul schleppen kann. Aber das werden die Jäger vielleicht wissen. In dem Umkreis sollen sie suchen oder zumindest die Augen aufmachen. Und wir", er schaute Fabio mit einem kleinen Lächeln an, „wir geben den Grashalm in die Pathologie. Die sollen herausfinden, ob Blut anhaftet und ob es von einem Menschen ist, und wenn ja, was uns das Blut noch sagen kann." Nach einer kleinen Pause, in der er einen weiteren Schluck nahm, sagte er: „Wir waren eigentlich sehr erfolgreich heute. Hätte ich gar nicht geglaubt, dass wir mit so einem Ergebnis nach Hause fahren." Er machte wieder eine Pause. „Und wir werden nicht nach Hause fahren, ohne vorher reichlich Käse eingekauft zu haben. Nun probier schon, es lohnt, wirst schon sehen!" Fabio musste schmunzeln. Da hatte ihn sein Freund doch zu einem kulinarischen Ausflug überredet, getarnt als Polizeieinsatz, und jetzt hatten sie sogar etwas gefunden, das einen Polizeibericht füllen würde. Und Tommaso hatte natürlich recht mit seinen Vorschlägen. Die Suche nach Vermissten war Aufgabe der örtlichen Carabinieri. Solange kein Hinweis auf ein Verbrechen vorlag, konnte sich die Questura in Bozen herauhalten. Fabio grinste Tommaso an. „Na dann. Wollen mal sehen, ob du recht hast mit dem Käse." Tommaso hatte recht!

Sechs

Fabio hatte es nicht eilig, in sein Büro zu gehen. Tommaso hatte ihn bis zur Polizeikaserne mitgenommen. Dort parkte er gewöhnlich seinen Wagen. Der stand noch vom Vortag dort, denn sie hatten den Geländewagen gestern nicht mehr zurückgebracht. Die Fahrgemeinschaft war praktisch. Fabio hatte noch immer kein eigenes Auto. Und von Tisens ging zwar morgens ein Bus nach Bozen, aber dafür hätte er um 5 Uhr aufstehen müssen. Viel lieber war es ihm, dass Tommaso ihn morgens mitnahm. Nach ihrem gemeinsamen Ausflug ins Pfossental waren sie gestern Abend auf dem Heimweg noch in einer netten Bar eingekehrt und so war es spät geworden. Elisabeth hatte ihn mit fragendem Blick empfangen. Fabios Gesichtsausdruck sah nicht nach einem anstrengenden Arbeitstag aus. Und sie hatte ihn, wie jeden Morgen, in einem Anzug fortgehen sehen. Und an diesem Abend kehrte er mit leicht beschmutzter Wanderkleidung und dicken Wanderschuhen zurück. Außerdem legte er ihr einen ganzen Käselaib auf den Tisch, mit den Worten: „Für dich, mein Schatz." Er roch leicht nach Wein. Die Geschichte des Tages war schnell erzählt und Fabio gähnte dabei herzhaft. Die Müdigkeit nach den Anstrengungen des Tages spürte er auch noch am nächsten Morgen. Und so schlenderte er von der Polizeikaserne der Carabinieri langsam Richtung Questura. Er hatte es nicht eilig. Es war auch noch sehr früh. Tommaso hatte heute früher als sonst fahren wollen. Auf seinem Schreibtisch liege die Arbeit von mehreren Tagen, hatte er gesagt. Und so schlenderte Fabio gegen 8 Uhr zunächst in die kleine Bar, in der er sich häufig mit Tommaso traf. Es waren nicht viele Gäste da, als er eintrat. Einige Arbeiter, die gerade zahlten, verließen kurz darauf den Raum. Der Wirt brachte ihm unaufgefordert einen Espresso. Fabio bediente sich aus der kleinen Glasvitrine. Hier gab es leckere kleine Brötchen, belegt mit Schinken oder Käse. Er biss genussvoll in sein Brötchen, als neben ihm an der Theke eine kleine dunkelhaarige Frau auftauchte. Sie musste kurz nach ihm die Bar betreten haben. Sie murmelte einen Gruß und es war nicht sicher, ob sie ihn oder den Wirt meinte. Sie bestellte einen Espresso und bediente sich ebenfalls aus der kleinen Glasvitrine. Fabio musterte sie verstohlen aus den Augenwinkeln. Sie war klein, aber drahtig. Lange dunkle Haare fielen ihr bis über die Schulter. Ihr Gesicht konnte er nicht so richtig sehen, da sie ihm nur ihr Profil zeigte. Eine scharf gezeichnete Nase konnte er erkennen. Jedenfalls sehr ebenmäßig, irgendwie edel. Jetzt biss sie in ihr Brötchen und der Wirt brachte ihr den bestellten Espresso. Fabio konnte sehen, dass der Wirt sich besondere Mühe gab. Er lächelte, wie er es nur bei schönen Frauen zu tun pflegte, und fing auch gleich ein Gespräch an. „Mit viel Liebe für Sie gemacht, Signorina!", flötete er. Sie quittierte mit einem angedeuteten Lächeln. „Grazie." Mehr kam nicht von ihr. Aber der Wirt ließ nicht locker. Während er sich ein Glas angelte und es mit einem Tuch polierte, fuhr er fort. „Ein schöner Tag heute. Und schon so früh so nette Gäste. Und noch dazu eine schöne Unbekannte! Beruflich in der Gegend?" Die Frau nickte: „Si." Gesprächig war sie nicht, wie es schien. Aber da der Wirt ihre Konzentration auf sich zog, ließ Fabio seine Augen wandern. Und das, was er sah, erfreute sein Männerherz. Die junge Frau, Fabio schätzte sie auf 25, stand auf schwarzen Riemchensandaletten mit bemerkenswert hohen Absätzen. Die wohlgeformten Beine und das kurze, schwarze, eng anliegende Etuikleid hielten den Betrachter gefangen. „Neu in der Stadt?" Der Wirt ließ nicht locker. Die junge Frau schenkte ihm ein Lächeln. Sie kannte das Spiel. Aber sie spielte nicht mit. „Kann sein", kam es knapp über ihre Lippen. Außerdem schickte sie einen Blick zu Fabio, der ihn wie aus heiterem Himmel traf. Denn sie schaute ihm für den Bruchteil einer Sekunde direkt in die Augen. „Ertappt!", dachte er. „Die hat mitbekommen, dass ich sie gemustert habe." Jedenfalls hatte er jetzt auch ihr Gesicht wahrnehmen können. Es war ebenmäßig geformt und die griechische Nase passte vorzüglich hinein. Umrahmt von den vielen schwarzen Locken, wirkte es wie von einem Maler der klassischen Schule komponiert. Die Lippen voll und rot, haselnussbraune Augen, die ein gewisses Feuer versprühten, gezupfte Augenbrauen und leicht betonte Wangenknochen – das alles hatte er in der kurzen Zeitspanne wahrgenommen, als sie ihn anblickte. „Diese Frau ist jedenfalls interessant“, dachte er.

„Nun, wenn Sie hier neu sind – ich will mich da nicht aufdrängen – aber hier im Viertel gibt es nicht viele Bars, so wie meine. Hier verkehren viele wichtige Leute.“ Der Wirt gab nicht auf. Mittlerweile polierte er das dritte blitzblanke Glas und hielt es prüfend gegen das Tageslicht, das sich seinen Weg durch die Scheiben bahnte, die die Bar zur Straße hin abschlossen. Schräg gegenüber konnte man den Zugang zur Questura ausmachen, mit seinem blauen Eingangstor und der Wache. Den eigentlichen Eingang konnte man nur ahnen, von hier aus aber nicht sehen. Fabio wollte zahlen und kramte einige Münzen aus seiner Hosentasche, als er den Wirt sagen hörte: „Wie zum Beispiel Commissario Fameo von der Questura, der erste Commissario Bozens! Nicht wahr Commissario!“ Jetzt ging der Wirt aber zu weit. Benutzte ihn, um mit der Dame ins Gespräch zu kommen. Fabio nickte nur und wollte einige Münzen auf den Tresen legen und sich schnell entfernen, als ihn die junge Dame ansprach. „Sie sind Commissario Fameo?“ Sie blickte ihn dabei fest und interessiert an. Keine Spur von Verlegenheit – eher Neugier. Dabei kam sie einen Schritt auf ihn zu, was ihn daran hinderte, den Raum zu verlassen, ohne dass er einen Bogen um sie hätte gehen müssen. Derart ausgebremst und weil er nicht unhöflich sein wollte, sagte er: „Ja, das bin ich.“ Und mit einem leichten Lächeln auf den Lippen: „Und wer will das wissen?“ Die junge Dame kam ihm entgegen und streckte ihm ihre Hand entgegen. „Ich bin Ihre neue Assistentin.“

*

„Francesca Giardi“, stellte sich die junge Dame vor. Ihr Händedruck war überraschend kräftig. Fabio erinnerte sich sofort, dass der Vicequestore ihm gestern am Morgen beim Hinausgehen gesagt hatte, dass seine neue Assistentin heute ihren Dienst antreten würde. Aber Fabio hatte das über seine Erlebnisse im Pfossental total vergessen. Und jetzt stand sie vor ihm. Francesca

Giardi. Sie war klein. Wenn man die hohen Absätze abzog, nicht größer als 1,65 Meter. Eher noch kleiner. Zierlicher Körperbau, modisch und ein wenig auffallend gekleidet. So liefen die kleinen Italienerinnen in Rom herum. In den Ministerien, in den Banken, in den schicken Büros. Ihre Augen betrachteten ihn ruhig. Vielleicht sollte er jetzt etwas sagen?

„Das ist ja schön! Der Commissario hat eine neue Assistentin! Dann sehen wir uns vielleicht jetzt öfter? Der Commissario ist hier Stammgast. Und sein Freund, der Carabinierihauptmann, kommt auch immer vorbei!" Das war Frederico, der Wirt. Freudig erregt polierte er das vierte oder fünfte Glas. Francesca warf ihm ein leichtes Lachen hin und Frederico schien glücklich. Fabio griff erneut in die Tasche und warf Frederico einige Münzen auf den Tresen, die auch für den Macchiato von Francesca Giardi reichten. Er grüßte knapp zu Frederico, schaute Francesca an und sagte nur: „Gehen wir." Francesca runzelte leicht eine Augenbraue, nur ganz leicht, kaum merklich. Dann folgte sie Fabio. Der Wirt verabschiedete sie überschwänglich.

„Da haben Sie bereits einen ersten Fan", sagte Fabio, als sie auf die Straße traten, und blickte Francesca ruhig an. Die lächelte leicht. „Das kenne ich. Passiert mir öfter." „Kein Wunder", dachte Fabio, „so wie die aussieht, pfeifen ihr alle Männer hinterher." Francesca schaute kurz in Fabios Gesicht. „Und ich weiß, was Sie jetzt denken. Das kenne ich auch. Passiert mir auch immer." Fabio blickte sie verwundert, aber auch irgendwie ertappt an. „Ich ziehe mich eben gerne so an, wie Sie das jetzt sehen. Aber Sie sind mein Vorgesetzter. Und deshalb frage ich Sie gerade heraus. Ist das für Sie so in Ordnung? Oder gibt das Schwierigkeiten?" Fabio wunderte sich über die Offenheit dieser Frau. „Ich finde das sehr schick, was Sie tragen. Aber muten Sie mir bitte nicht zu, dass ich jetzt entscheide, ob Sie sich schicklich kleiden. Schließlich kenne ich Sie doch noch gar nicht." Fabio registrierte wieder dieses leichte Hochziehen der linken Augenbraue. „Was halten Sie davon, dass ich es Ihnen einfach sage, wenn ich der Auffassung bin, dass Ihre Kleidung, sagen wir, unpraktisch ist?" Francescas Gesichtsausdruck entspannte sich wieder. Dieser Fameo schien nicht übel zu sein. Jedenfalls war er keiner, der sich sofort festlegte. Sie hatte keine Ahnung, auf was sie sich hier einließ. Sie hatte nur weg gewollt. Weit weg. Möglichst in den Norden. Und der Vicequestore der Bozner Questura hatte sie angefordert. Nach ihrer Ausbildung war sie im Frühjahr zur Vicecommissaria ernannt worden. Ihre Probezeit sollte sie also jetzt in Bozen verbringen. Sie war sehr gespannt auf die Begegnung mit ihrem neuen Vorgesetzten gewesen. Die Nacht zuvor hatte sie schlecht geschlafen – zu viele Gedanken waren ihr durch den Kopf gegangen. „Wie sind die Leute hier? Ist mein Deutsch gut genug, um hier bestehen zu können? Wie ist die Arbeit in dieser Questura? Was sind das für Kollegen?" In der Polizeiakademie hatten sie gefragt, ob jemand in den Norden wolle. Sie hatte sich – als Einzige – sofort gemeldet. Daraufhin waren ihre Personalakten nach Bozen geschickt worden. Kurz darauf hatte der Vicequestore aus Bozen sie angefordert. Sie kannte hier niemanden. Ein persönliches Gespräch hatte nicht stattgefunden. Sie wusste nur, dass sie sich heute in der Questura bei Commissario Fameo, ihrem neuen Chef, melden sollte. Und jetzt traf sie ihn in einer Bar. Hoffentlich hatte er keinen schlechten Eindruck von ihr bekommen. Schließlich würden sie die nächsten zwei Jahre miteinander arbeiten. Aber sie war etwas nervös. „Was frage ich den überhaupt, ob die Klamotten unpassend seien? Was muss der denn jetzt von mir denken? Was Blöderes hätte mir nicht einfallen können!" Aber Fameo schmunzelte: „Wissen Sie, Signorina Giardi, ich habe einen Freund. Der ist Maresciallo Aiutante. Sie werden ihn kennenlernen. Nun, der ist der Meinung, dass ich mich eigentlich immer unpassend anziehe." Und mit einem Lächeln auf den Lippen fügte er hinzu: „Aber deshalb haben wir keine Probleme miteinander. Und ich wüsste nicht, warum wir beide eines bekommen sollten." Francesca war erleichtert. „Nicht übel, der neue Chef. Fürs Erste. Aber meist rücken die Kerle einem schneller näher, als einem lieb ist", dachte sie. So jedenfalls waren ihre Erfahrungen in der Polizeischule und bei den ersten Verwendungen in verschiedenen Polizeidienststellen. Hoffentlich war dieser Fameo anders gestrickt. Er sah gut aus. Gepflegte Erscheinung. Perfekt sitzender Anzug. Guter Stoff. Blitzblanke Schuhe. Aber hatte er sie nicht direkt gemustert, als sie die Bar betrat? Hatte er, aber dezent. Der Wirt war da direkter. Fameo war entweder schüchtern oder gut erzogen, oder beides, oder anderweitig gebunden. Schüchtern wirkte er eher nicht. Er wirkte ziemlich selbstbewusst, ohne dass es unangenehm ankam.

„Da vorne ist die Questura." Fabio zeigte mit der Hand in die Richtung. Von Fredericos Bar aus lag die Questura schräg links. Es trennte sie zwei kleine Straßen, zwischen denen sich ein kleiner Park erstreckte. „Und rechts von uns ist das Hauptquartier der Konkurrenz." Er deutete auf die große Carabinierikaserne. „Wir sind zwar Nachbarn, aber Sie kennen das ja." Francesca nickte. Zwei Welten. Nicht immer war es einfach, miteinander auszukommen. „Aber ich habe einen Freund dort. Und mit ihm zusammen klappt das ganz gut. Wir haben sogar einen gemeinsamen Fall." Francesca hörte interessiert zu. Und dann, ganz unvermittelt: „Wo wohnen Sie eigentlich?" Francesca hatte eine dieser Polizeidienstwohnungen bezogen, die für Polizisten wie sie vorgesehen waren. Wohnungen, die man zur Verfügung gestellt bekommt, wenn man kurzfristig versetzt wird. Spartanisch möbliert, billig und meist hässlich. Sie nannte die Adresse. Fabio nickte. „Habe ich mir gedacht. So haben die mich auch untergebracht, als ich hier anfing." Francesca wurde hellhörig. „Und Sie haben eine bessere Wohnung gefunden?" Fabio nickte. „Ja, ich lebe mit meiner Verlobten zusammen in Tisens, einem Dorf, eine halbe Stunde mit dem Auto von hier." Francesca war angenehm berührt. Der Mann war verlobt. Der würde ihr also eher nicht näher rücken wollen. Das entspannte die Lage ungemein. Nichts ist blöder, als wenn der Chef sich in einen verliebt. Das gibt immer Schwierigkeiten. Sie nickte: „Ich finde, die Wohnung liegt ganz praktisch. Nahe am Talferufer. Das gibt eine angenehme Brise am Abend. Und zur Questura habe ich es auch nicht weit. Sie ist schon etwas schlicht, aber fürs Erste reicht es mir. Ich weiß ja auch heute noch nicht, wohin es mich noch verschlägt. Ich bin ja gerade Vicecommissario geworden und muss meine Probezeit noch abdienen. Meist wird man anschließend noch mindestens einmal versetzt." Fabio nickte. Das war ihm auch so gegangen. Allerdings hatte er ziemlich schnell eine feste Stelle – in Rom, bevor er nach Bozen versetzt worden war. Sie waren Richtung Questura gegangen und hatten das große Tor erreicht. Der diensthabende Assistente grüßte Fameo und wollte von Francesca Giardi den Dienstausweis sehen. Dann begrüßte er sie auch freundlich und wünschte ihr einen guten Start. Als Fabio mit Francesca Richtung Haupteingang der Questura ging, drehte sich Fabio noch einmal um. Der Assistente stand immer noch vor seinem Wachhäuschen und schaute Francesca hinterher – mit einem versonnenen Gesichtsausdruck. „Da haben die Dienstgrade wieder ein super Gesprächsthema", dachte Fabio. Die Stufen des Haupteingangs nahm Fabio mit leichten Sprüngen, wie meist am Morgen. Francesca konnte ihm mit ihren hohen Absätzen nicht so schnell folgen, wie beide gleichzeitig feststellten. „Entschuldigen Sie", sage Fabio, „Gewohnheit. Aber ich darf doch vorgehen. Sie kennen sich ja noch nicht aus." Fabio drosselte sein Tempo, sodass Francesca Giardi mit seinem Schritt mithalten konnte. Er überlegte, ob der Vicequestore auch für ein Büro für seine neue Assistentin gesorgt hatte. Darüber hatte er bei ihrem letzten Gespräch kein Wort verloren. Sein eigenes Büro war zwar groß und hatte zwei Fenster mit Blick auf den Innenhof der Questura, schräg über dem Haupteingang auf der ersten Etage. Aber auf dieser Etage gab es kein freies Zimmer, so viel Fabio wusste. In solchen Fragen müsste sich vielleicht die Sekretärin des Vicequestore auskennen. Diese residierte zwei Zimmer entfernt von Fabios Büro. Wollte man zum Chef, musste man durch ihre Zimmer durch und direkt an ihr vorbei. Fabio stellte die beiden Damen einander vor. Carlotta, so hieß die Chefsekretärin, empfing Francesca Giardi mit einer distanzierten Höflichkeit, wie Fabio feststellen musste. Ihm gegenüber war sie immer recht offen. Manchmal sogar sehr offen, was ihm hie und da auch schon genutzt hatte. Sie hatte ihn, aus welchen Gründen auch immer, ins Vertrauen gezogen und ihm viel über den Chef erzählt. Vielleicht lag es daran, dass er ein Mann war.

Carlotta hatte zwar einen festen Freund, aber Fabio schien es so, als wäre das eher so eine Art Festhalten und Weitersuchen. Und von daher fiel er möglicherweise in ihr Raster. Francesca Giardi jedenfalls war die Höflichkeit in Person und tat so, als bemerke sie die herablassende Begrüßung durch Carlotta gar nicht. Aber Carlotta wusste nichts von einem Zimmer für Fabios neue Assistentin. Der Vice hatte ihr zwar mitgeteilt, dass sie heute eintreffen werde, aber von einem Büro habe er ihr nichts gesagt. Sie telefonierte mit der zuständigen Stelle in der Questura, die sich mit allen Fragen des inneren Dienstes befasst. Aber auch dort wusste man nicht Bescheid. Der Vice hatte wohl in seinen letzten Tagen nicht alles so im Griff gehabt wie sonst. Ein Beamter des Inneren Dienstes kam aber sogleich vorbei. Seine Augen strahlten, als er Francesca Giardi begrüßte. Carlotta beobachtete das mit leicht zusammengepressten Lippen. „Ah, das ist es", dachte Fabio. „Spieglein, Spieglein an der Wand, wer ist die Schönste im ganzen Land ..." Carlotta fürchtete die Konkurrenz! Sie hatte zugegebenermaßen eine gewisse Ausstrahlung. Und sie war dem Chef sehr nahe. Damit hatte sie alle im Griff. Und jetzt kam eine junge, sehr gut aussehende Frau Commissario und lief ihr möglicherweise den Rang ab. Der junge Beamte von der Hausverwaltung war untröstlich, aber ein Büro hätte er vorerst nicht. „Aber wenn der Commissario demnächst in das Büro des Vicequestore einzieht, ist ja sein altes Zimmer frei. Und dann ist das Problem gelöst." Fabio schaute den jungen Beamten an. „Wieso sollte ich in das Büro des Vicequestore einziehen?" Der Beamte zuckte mit den Schultern. „Ich habe das jetzt mal so vermutet, weil alle sagen, dass Sie als sein Vertreter den Job übernehmen werden. Alles reine Formsache – so sagen die Leute. Ist das denn nicht so?" Fabio blickte ein wenig irritiert. Der Vicequestore war zwar vorerst weg. Aber das hieß ja nichts. Er hatte ihm zwar die Geschäfte übertragen, aber das Ganze war inoffiziell. Ohne Übertragungsverfügung aus Rom hatte das keine Bedeutung. Also konnte er sich noch nicht als Nachfolger aufführen. Und die Inbesitznahme des Zimmers wäre ein Akt gewesen, der nach außen den Rollenwechsel deutlich gemacht hätte. Das sollte man tunlichst nicht machen bevor alles in trockenen Tüchern war. Fabio antwortete daher: „Wir machen das vorerst folgendermaßen. Mein Büro ist groß genug für einen zweiten Schreibtisch. Besorgen Sie bitte alles, was Signora Giardi sonst noch braucht: Laptop, Telefon, Handy und so weiter. Und dann sehen wir weiter. Und ich bitte Sie, das Gerücht nicht weiter zu fördern, dass ich den Vicequestore ablöse. Wir werden sehen, wie sich die Dinge entwickeln." Der Beamte nickte und ging. Fabio wandte sich an Carlotta: „Gibt es Nachrichten vom Vice?" Carlotta schüttelte den Kopf: „Ich finde das alles sehr, sehr merkwürdig. Und ich habe von all dem nichts bemerkt. Das will schon was heißen." Sie machte eine kleine Pause und ging einen Schritt auf Fabio zu. Etwas leiser sagte sie: „Die Sache ist mir nicht geheuer. Das läuft alles komplett anders, als es laufen müsste. Und ich habe gestern überhaupt nichts herausbekommen. Egal wo ich hinhöre, keiner meiner Kontakte weiß was." Fabio nickte nur und schaute Francesca Giardi an. „Kommen Sie, ich zeige Ihnen jetzt unser Büro. Das klärt sich schon alles. Aber vorerst wohnen wir zusammen." Fabios Büro war nicht weit vom Büro des Vice entfernt. Francesca blickte sich um und ging zu einem der beiden Fenster. „Darf ich fragen, was mit dem Vicequestore passiert ist? Es geht mich vielleicht nichts an, aber dieser Mann hat mich immerhin angefordert, ohne dass ich ihn kenne. Und ohne dass er mich kennt." Fabio trat an das andere Fenster. Jetzt schauten sie beide auf den Vorplatz der Questura. Einige der blau-weißen Einsatzfahrzeuge der Polizia di Stato parkten im Hof und reflektierten die Sonnenstrahlen. Eine Gruppe von uniformierten Polizisten überquerte den Hof. Fabio überlegte, was er seiner neuen Assistentin sagen sollte. Was wusste er eigentlich selber? Was hatte der Vice ihm eigentlich offenbart? Was davon war vertraulich, was konnte er weitererzählen? Fabio schaute Francesca Giardi an und ihre Blicke trafen sich. „Ich weiß ganz ehrlich nicht, was ich Ihnen sagen soll." Er holte tief Luft: „Es war so. Gestern ist der Vicequestore gegangen. Warum, weiß ich nicht. Für wie lange, weiß ich nicht. Ob er wiederkommt, weiß ich nicht. Etwas Offizielles aus Rom gibt es nicht. Und es ist richtig, dass ich sein Stellvertreter bin. Und, Sie werden es ohnehin irgendwann erfahren, es ist richtig, dass ich aus Rom geschickt worden bin mit dem Versprechen, dass ich in Bozen Vicequestore werde, wenn der Amtsinhaber pensioniert wird. Das ist aber erst in zwei Jahren. Und wegen all dieser Umstände vermuten wahrscheinlich alle in der Questura, dass ich schon jetzt den Vice beerbe. Aber das kann auch ganz anders kommen. Weil die Umstände, unter denen der Vice gestern das Haus verlassen hat, nicht geklärt sind. Deshalb werde ich einen Teufel tun und mich auf keinen Fall in sein Zimmer setzen und schon heute so tun, als sei ich der neue Vicequestore." Fabio holte erneut tief Luft. „Und da in dieser Woche alles auf einmal passiert – der Vice ist weg, ich habe eine neue Assistentin, aber nichts ist geregelt –, kann ich Ihnen vorerst auch nichts Gescheites dazu sagen. Jetzt sorgen wir erst einmal dafür, dass Sie hier auch arbeiten können. Ich weise Sie heute grob in die laufenden Verfahren ein und stelle Sie im Haus vor. Und damit soll es heute sein Bewenden haben, einverstanden?"

Francesca nickte. Sie war dankbar dafür, dass ihr neuer Chef so offen zu ihr war.

Sieben

Die Tage in Bozen zogen sich wie Kaugummi. Der Vicequestore war weg, aber es passierte nichts. Fabio hatte erwartet, dass aus Rom eine Anweisung kommen würde, die die Vertretung regelte. Carlotta machte komische Andeutungen. „Die haben bestimmt was geplant in Rom. Das ist mir nicht geheuer. Wenn die den Vice weghaben wollen, dann hat das vielleicht den Grund, dass sie jemand anderen installieren wollen. Der Vice war schon immer so, wie er ist. Das hat bisher niemanden gestört. Und plötzlich säbeln die ihn ab, wegen nichts.“ Auch Fabio wurde stutzig, als nach einer Woche immer noch nichts bekannt war. Er und Tommaso beschäftigten sich mit den Rumänen, die sie bei der Einbruchserie gefasst hatten. Auch Francesca Giardi wurde mit eingespannt. Einfache Burschen waren die Rumänen, arm wie Kirchenmäuse, aber durchtrieben und von einer Schläue, wie man sie entwickelt, wenn man überleben will. Wie es schien, waren sie in Rumänien für das Präparieren der Kartenstationen ausgebildet worden. Sie wussten auch, was sie da machten. Aber instinktiv spürten sie ebenso, dass sie nicht lange zu leben hatten, wenn sie auf eigene Rechnung die gestohlenen Daten verwendeten. Doch ihren Auftraggeber konnten oder wollten sie nicht verraten. Fabio schätzte, dass sie nur einen Kontaktmann hatte, und den würden sie nicht verpfeifen. Wer aber hinter diesem Kontaktmann stand, wussten sie eh schon nicht mehr. Sie waren das letzte Glied in einer Kette. Francesca Giardi hatte aber herausbekommen, dass ihre „Ausbildung“ an den Kartenstationen in Bukarest stattgefunden hat. Die Männer selber kamen vom Land. Die Dörfer, aus denen sie stammten, lagen im Karpatengürtel. Sie waren gezielt angeworben und dann nach Bukarest gebracht worden. Nach nur zehn Tagen hatten sie ihren ersten Einsatz in Südtirol. Für ihre schäbige Unterkunft sorgte der Kontaktmann. Der setzte sie auch bei den Tankstellen ab und fuhr sie wieder zurück. Den ausgebauten Chip nahm er immer sofort an sich. Sie erhielten pro Einbruch eine bestimmte Summe, die für die armen Kerle viel Geld war. Sie rechneten sich aus, dass sie in einem Jahr genug beisammenhatten, um in ihrer Heimat ein kleines Haus und etwas Land zu kaufen. Dann wollten sie eine Familie gründen. Aber das war auch schon alles, was aus ihnen herauszuholen war. Und das war auch nur deshalb gelungen, weil Francesca perfekt Spanisch sprach und einer der Rumänen sie ganz gut verstand. Sie hatte ein gutes Gespür dafür, wie man Menschen zum Reden bringt, konnte Fabio feststellen. Auch Tommaso war sehr von ihr angetan. „Da hast du aber eine sehr, sehr hübsche Assistentin, mein lieber Freund", hatte er gesagt, als sie nach ihrem ersten Treffen in Fredericos Bar wieder unter sich waren. „Ich hoffe doch sehr, dass Elisabeth nicht eifersüchtig werden muss?" In der Tat war Francesca Giardi eine ganz reizende Person: klug, umsichtig, gut ausgebildet, fleißig. Sie war in der Questura schnell in aller Munde und ging damit wie selbstverständlich um.

Was die Rumänen betraf, aus denen Francesca verhältnismäßig viel herausbekommen hatte, nahm Fabio ihnen ab, dass sie nicht mehr wussten. Sie blieben vorerst in Untersuchungshaft. „Wenn man den Kontaktmann schon einmal hätte", dachte Fabio, „dann könnte man über ihn wieder einen Schritt weiterkommen." Fabio und Tommaso vermuteten, dass noch mehr Rumänen mit demselben Auftrag unterwegs waren und dass die beiden geschnappten Diebe schnell durch neue ersetzt würden. Also verstärkten sie die Überwachung der Tankstellen, die in das Muster der bisherigen Diebstähle fielen: kleine Betriebe, die nicht rund um die Uhr geöffnet hatten. Die beiden Polizisten hofften, den Wagen des Kontaktmanns identifizieren zu können. Deshalb ließen sie an verschiedenen Stationen kleine Kameras installieren, die rund um die Uhr die Umgebung der Tankstellen aufnahmen. Die zur Kontrolle der Bänder eingeteilten Carabiniere fluchten nicht schlecht, bis Tommaso plötzlich mit der Überraschung ankam, dass es eine Software gebe, die aus den Filmen die Nummernschilder filtere und die Häufigkeit ihres Vorkommens in einem Film aufliste. Und mit dieser Methode hatten sie dann auch Erfolg. Ein Nummernschild kam in der Tat gehäuft vor. Es stellte sich schnell heraus, dass es von einem gestohlenen Wagen stammte, es sich aber nicht um den gestohlenen Wagen selber handelte. Möglicherweise war das also ihr Mann. Auf einem der Videobänder konnte man den Wagen sehen und kurz den Kopf des Fahrers. Davon fertigten die Spezialisten ein Foto an. Als Fabio den beiden U-Häftlingen das Foto präsentierte, verzogen sie zwar keine Miene, Fabio glaubte aber eine leichte Unruhe bemerkt zu haben. Er war sich sicher, dass sie den Kontaktmann hatten – zumindest auf einem Foto. Jetzt setzte die Fahndung nach dem Fahrzeug ein und außerdem wurden die Überwachungen an verschiedenen Tankstellen verstärkt. Die Kräfte der Questura waren alle eingespannt. Und mitten in diese Aktionen platzte die Bombe.

*

Rom schickte einen Erlass, in dem mitgeteilt wurde, dass der Vicequestore vorläufig suspendiert sei und bis zu einer endgültigen Regelung Vicequestore Aggiunto Carmelita Cantallielo aus Rom mit der Wahrnehmung der Geschäfte beauftragt werde. Sie werde zum 1. September die Geschäfte des Vicequestore der Questura in Bozen vorläufig übernehmen.

*

Fameo fluchte: „Was denken die sich eigentlich in Rom. Erst meiern die mich ab, versprechen mir das Blaue vom Himmel, und dann setzen sie mir eine Parteigängerin vor die Nase.“ Er stand in der Küche von Elisabeths Wohnung und kochte vor Wut. Elisabeth hatte ihren Fabio so noch nie erlebt. So kurz vor der geplanten Hochzeit entdeckte sie, dass ihr sonst so ausgeglichen wirkender Fabio auch heftig wütend werden konnte.

Plötzlich stand der sonst so sanfte und mitfühlende Mann in ihrer Küche und hatte sichtbar Mühe, seine Fassung zu bewahren. Elisabeth wusste, was ihn bedrückte. Als sie sich kennenlernten, hatte er ihr ja erzählt, dass man ihn wegen seiner unbequemen Ermittlungsergebnisse aus Rom weggelobt hatte.

Um ihm diese Versetzung zu versüßen, hatte man ihm die Stelle des Vicequestore in der Questura in Bozen versprochen. Und daran schien sich jetzt niemand mehr zu halten. „Eine Parteigängerin ist sie. Das weiß ich schon. Eine, die von der neuen Regierung geschickt wird", schimpfte Fabio. Er sah sehr müde aus. Elisabeth hätte nicht gedacht, dass ihn das so aus der Fassung bringen konnte. „Klar, das war nicht schön, was da geschah. Und möglicherweise erfüllen sich seine Karrierepläne nicht – jedenfalls nicht wie vorgesehen. Aber Fabio ist doch noch jung", dachte Elisabeth. Sie nahm ihn in den Arm und er ließ es sich gefallen. Sie blickten einander tief in die Augen. Sie streichelte seinen Nacken und spürte, wie sich sein Atem beruhigte. Fabio entspannte sich. Er holte tief Luft und atmete sie hörbar aus: „Tut mir leid. Ich bin sauer und wütend. Und ..." Sie drückte ihn fest an sich. Er umfing ihre Taille und zog sie noch näher zu sich.

*

In der Questura herrschte eine merkwürdige Stimmung. Fabio hatte den Eindruck als ginge man ihm aus dem Weg. Jetzt, da feststand, dass er nicht Nachfolger des Vicequestore sein werde, schien es ihm, als suchten einige die Distanz. Nur Tommaso war unverändert. „Wir werden ja sehen, was das für eine ist", hatte er nur gesagt, als er Fabio in missmutiger Stimmung beim Mittagessen in Fredericos Bar antraf und sofort registrierte, was seinem Freund durch den Kopf ging. „Wir sollten uns durch die veränderten Umstände nicht von unserer Arbeit abhalten lassen. Manchmal sind die schneller wieder weg, als sie gekommen sind", fügte er noch hinzu. „Wie meinst du das?", fragte Fabio. „Nun, die Regierung in Rom schickt eine, die sich im Parteiapparat bewährt hat. So wird jedenfalls gemunkelt. Was, wenn sich die Verhältnisse in Rom wieder ändern? Der Vice ist zwar suspendiert, das aber nur vorläufig. Und wer weiß, ob der nicht eines Tages wieder zurückkommt. Den sollte niemand unterschätzen. Der hat es viele Jahre hier ausgehalten. Und in dieser Zeit hat der vor allem seine Kontakte gepflegt. Wie ich ihn einschätze, wird er jetzt genau diese Kontakte spielen lassen. Warten wir es also ab." Und mit einem Schmunzeln fügte er hinzu: „Und dann weiß man ja auch nicht, ob sich die Dame hier wohlfühlt. Ich meine, Südtirol ist nicht für jedermann das Richtige." Fabio blickte Tommaso an. „Und für mich ist es das Richtige?" „Ja, ja und nochmals ja. Du passt schon ganz gut hierher. Und außerdem willst du hier sesshaft werden, richtig?" Fabio schluckte. „Denk doch jetzt vor allem an deine Hochzeit. Darauf solltest du dich konzentrieren!"

Fabio verstand seinen Freund. „Ich will es versuchen, fällt mir aber schwer." „Ich weiß. Ist auch schwierig. Aber wenn ich dir aus meinem Leben erzählen darf?" „Nur zu." „Als ich nach Südtirol versetzt wurde, hatte ich es hier nicht einfach. Ich verzweifelte fast an der Ablehnung, die mir damals entgegenschlug. Fern meiner Heimat, ohne Anschluss, musste ich mir Tag um Tag Respekt verschaffen. Besser wurde es erst, als ich meine Frau gefunden hatte. Du weißt, dass Anna aus meinem Heimatdorf kommt. Irgendwann habe ich damit begonnen, nur den Tag zu sehen, den ich erlebe. Und über meine Zukunft habe ich nicht zu ernsthaft nachgedacht. Gut, ich habe mich um meine materielle Zukunft gekümmert. Hie und da habe ich Verträge für die Altersvorsorge abgeschlossen. Ich denke einfach nicht mehr zu sehr darüber nach, wie es weitergeht. Und siehe da, mein Traum, einmal wegzukommen von der ewig gleichen Arbeit eines Maresciallos in Terlan, hat sich ganz von alleine erfüllt. Ich habe das neue Amt in Bozen nicht angestrebt, es ist mir zugefallen. Natürlich hat das auch mit dir zu tun. Du hast mich an deinem Fall mitarbeiten lassen, damals in Prissian. Und die Ergebnisse unserer Arbeit sind auch meinen Vorgesetzten aufgefallen. Und so hat man mir vorgeschlagen, mich für diesen Posten zu bewerben, den ich dann auch bekommen habe. Als wir uns kennenlernten, war ich in einer entspannten Stimmung. Wäre ich angespannt gewesen, weil ich mir täglich Gedanken über meine berufliche Zukunft gemacht hätte, hättest du vielleicht nicht mit mir zusammenarbeiten wollen. Zumal Polizia di Stato und Carabinieri nicht unbedingt Brüder im Herzen sind. Denk mal darüber nach. Und egal was hier in der Questura passiert, wenn auch die Neue hier aufkreuzt – das Leben bringt uns immer das, was gut für uns ist. Du wirst schon sehen."

Fabio schluckte. „Das sind weise Worte, mein Freund." Tommaso klopfte Fabio auf die Schulter und lachte. „Wie wäre es jetzt mit einem Glas Weißwein? Und ich nehme noch ein paar von Fredericos prima Tramezzini."

Acht

Die Ergebnisse des rechtsmedizinischen Labors ließen auf sich warten. Tommaso hatte die Blutspur am Grashalm am Tag nach dem Fund im Pfossental dort abgeben lassen, aber das Institut war derart ausgelastet, dass man das Asservat erst in einigen Wochen untersuchen konnte. Fabio war daher gespannt, ob die Carabinieri aus Karthaus weitere Erkenntnisse gewonnen hatten. Tommaso wollte sich darum kümmern. Fabio hatte Zeit, andere Dinge zu regeln. Er telefonierte viel, nutzte alte Kontakte in Rom, um mehr über seine neue Chefin zu erfahren. Und langsam formte sich ein Bild. Carmelita Cantallielo war noch jung, eine Karrierefrau. Sie hatte in der Schweiz an einer privaten Universität studiert und hatte, obwohl erst Berufseinsteigerin, direkt als persönliche Referentin des Innenministers in Rom angefangen. Dort war sie nach nur einem Jahr mit der Leitung der Pressestelle beauftragt worden, was für sie eine satte Beförderung bedeutete. Fabios Quellen zeichneten das Bild einer Frau, die alles ihrer Karriere unterordnete. Wie es schien, sollte sie sich jetzt in einer Führungsposition bewähren, und die Stelle in Bozen war anscheinend genau das, was sich ihre Förderer in Rom vorgestellt hatten. So jedenfalls konnte man es sehen, wenn man alle Fakten und Gerüchte berücksichtigte. Sicher war auch, dass sie schon früh in der Partei engagiert war und schnell Förderer gefunden hatte. Sonst wäre ihr rasanter Aufstieg auch nicht zu erklären gewesen. Eine von Fabios Quellen ordnete die Suspendierung des Vicequestore in einen direkten Zusammenhang mit der Nachfolgeregelung ein. „Die haben deinen alten Chef suspendiert, um für die Dame eine geeignete Stelle zu haben. Pass auf, die kommt mit einem Auftrag!“, fügte der Kontaktmann noch geheimnisvoll hinzu.

Fabio hatte dabei immer Tommasos Ratschläge im Ohr: „Sorge dich nicht wegen der Zukunft, lebe heute!“ Und so führte er auch noch andere Telefonate. Er wollte seinen Eltern Elisabeth vorstellen und versuchte, einen Termin zum Kennenlernen zu arrangieren. Das war nicht einfach, weil seine Eltern wegen ihres Textilhandels viel beschäftigt waren und in der ganzen Welt umherreisten. Aber es gelang ihm, sie für ein langes Wochenende nach Tisens einzuladen. „Tisens? Wo liegt das?", fragte sein Vater. Fabio musste nur Bozen und Meran erwähnen und der welterfahrene Händler wusste Bescheid. „Ah, Etschtal, verstehe. Bozen hat einen Flughafen, kein Problem. Wir kommen direkt aus Mailand und sind vorher einige Tage in New York, haben daher vielleicht noch ein bisschen Jetlag, aber das kriegen wir schon hin. Ich freue mich auf deine neue Freundin."

*

Die Tage in der Questura vergingen in der Routine des Polizeibetriebs. Tommaso wertete die Berichte der Kameraüberwachungen an den Tankstellen aus. Er hatte darüber hinaus veranlasst, dass das Kennzeichen und der Autotyp des unbekannten Verdächtigen an alle Mautstationen durchgegeben wurde. Francesca Giardi hatte die Idee, dass man den Mautbediensteten eine Belohnung in Aussicht stellen solle, wenn sie meldeten, dass ein Fahrzeug des gesuchten Typs mit dem gesuchten Kennzeichen ihre Station passierte. Die Ermittler wollten ein Bewegungsmuster des Verdächtigen erstellen, um ihn so besser einkreisen zu können. Es kamen auch einige Berichte herrein. Allerdings meldeten zeitgleich zwei verschiedene Mautstationen die Durchfahrt des Verdächtigen. Zumindest einer hatte entweder falsch beobachtet oder wollte lediglich die Belohnung kassieren. Eine Überprüfung der Melder ergab, dass einer von den beiden mit Lohnpfändungen zu kämpfen hatte. Fabio entschied daher, dass diese Meldung als „unwahrscheinlich" einzustufen sei. Die Belohnung solle aber trotzdem ausgezahlt werden, um andere Mautbediensteten nicht zu verunsichern. Über die Tage ergab sich eine Häufung der Meldungen der Mautstation Trient. Wie es schien, startete der Verdächtige von dort aus in verschiedene Richtungen. Einige Fahrten gingen Richtung Südtirol, andere Richtung Gardasee. Er verließ die Autobahnen an verschiedenen Stationen und fuhr an anderen Stationen wieder ein. Das Bewegungsmuster des Verdächtigen deutete darauf hin, dass er seinen Aufenthaltsort in Trient oder in der Umgebung hatte und von dort aus agierte. Die Meldungen umfassten auch ab und zu Mitteilungen über die Anzahl der Personen im Auto. Meist war er allein, manchmal saßen noch zwei oder drei weitere Männer mit im Auto. Es waren immer Männer und sie sahen laut einigen Meldungen ärmlich aus. Fabio und Tommaso überlegten, welchen Aufwand sie sich leisten konnten, um den Verdächtigen zu beschatten. In Trient waren sie nicht mehr zuständig. Für die Polizei in Trient waren die Beweise nicht stichhaltig genug, um eine dauerhafte Beschattung der Mautstation zu rechtfertigen. Die beiden Männer überlegten, dass der Verdächtige nach einem nächtlichen Einbruch in eine Tankstelle in der Umgebung von Bozen erst nachts auf die Autobahn zurück nach Trient auffahren würde. Ihrer Theorie nach nahm er die Einbrecher nach dem Bruch auf, ließ sich die Datenchips geben und fuhr anschließend nach Hause. Da die Einbrüche alle in den späten Abendstunden stattfanden, müsste man den Verdächtigen in der Zeit zwischen 23 Uhr abends und 4 Uhr morgens an einer der Mautstationen erwischen können. Das bedeutete fünf Stunden Überwachung an einer nicht zu bestimmenden Zahl von Tagen. Es gab leider keine Regelmäßigkeit, nach der sich einschätzen ließ, wann er wieder in Bozen auftauchte. Aber fünf Stunden Nachtdienst über mehr als fünf Tage war den Carabinieri nicht zumutbar. Die entstehenden Überstundenberge wären nicht zu rechtfertigen gewesen. Sollten sie nach dem Zufallsprinzip vorgehen? Sie beschlossen, die Bediensteten der Mautstation Bozen, die um die Nachtstunden Dienst taten, zu sensibilisieren. Die Bitte um verstärkte Aufmerksamkeit und die Bitte, sofort per Telefon Meldung zu machen, brachten dann auch Erfolg. So wurde in zwei aufeinanderfolgenden Wochen die Durchfahrt des Verdächtigen gemeldet. Und an den gemeldeten Tagen hatte es auch jeweils in dieser Nacht einen Tankstelleneinbruch in Bozen und Umgebung gegeben. Jetzt wurden alle Tankstellen in und um Bozen registriert, auf die das Muster passte: klein, nicht rund um die Uhr geöffnet, und von denen bereits ein Einbruch gemeldet worden war. Genau drei Tankstellen passten in den Raster. Fabio ging davon aus, dass in eine der Tankstellen demnächst erneut eingebrochen werde. Er ließ die Zahlstationen der drei Tankstellen untersuchen und bei zwei Tankstellen fanden die Kriminaltechniker Manipulationsspuren. Der Spionchip wurde entfernt und gegen einen Dummy ausgetauscht, der identisch aussah, aber keine Daten speichern konnte. Dann wurden in diesen Tankstellen Sensoren angebracht, die auf Bewegungen im Kassenraum reagierten. Diese sendeten ein Signal an die Bereitschaft der Carabinierihauptwache. Die Idee war, die Einbrecher nicht zu stören. Sie sollten sich in Sicherheit glauben. Wenn die Theorie stimmte, würde der gesuchte Kontaktmann die Mautstation in Bozen erreichen, nachdem er die Einbrecher abgesetzt hatte. Bei ihm würde man den Chip finden und ihn damit als Täter identifizieren. Die eingebauten Dummy-Chips waren Beweis genug, denn sie waren vorher entsprechend markiert worden. An der Mautstation Bozen sollten – nach dem Alarm – die Mautbeschäftigten gegen Polizisten in Zivil ausgetauscht werden. Außerdem sollte ein schnelles Polizeifahrzeug in Zivil bei der Mautstation in Bereitschaft stehen, für den Fall, dass eine Verfolgungsfahrt notwendig sein sollte. Die Falle war gestellt. Sie musste nur noch zuschnappen.

*

Tommaso hatte sich für die Nachtschicht eingetragen, um seinen Leuten ein Vorbild zu geben. Als Maresciallo Aiutante müsste er dies nicht mehr tun, er war schließlich Vorgesetzter der Bereitschaftspolizei. Aber aus seiner Zeit als Maresciallo Capo wusste er, dass die einfachen Carabinieri sehr darauf achteten, ob ihr Chef nur dirigierte oder auch selber Einsatz zeigte. Meist war nicht viel zu tun in den Nachtschichten. Bozen war kein wildes Pflaster. Einige wenige Betrunkene wurden eingeliefert. Für sie gab es Ausnüchterungszellen. Tommaso nutzte die Zeit meist für Gespräche mit seinen Leuten. Er schlenderte durch die verschiedenen Räume der Hauptwache und legte „sein Ohr an", wie er es ausdrückte; er hörte einfach zu. Einige seiner Leute erzählten ihm dann auch gerne, was sie bewegte oder bedrückte. Und mit der Zeit erhielt Tommaso ein gutes Bild. Einiges erinnerte ihn an seine Anfänge bei den Carabinieri. Aber es gab auch Probleme mit der Familie, mit Zahlungsschwierigkeiten, vermeintlich geplatzten Karriereplänen. Tommaso hörte nur zu. Selten gab er konkrete Ratschläge, aber er schuf dadurch ein Klima des Vertrauens. Und das war etwas, das man in einer Polizeieinheit nicht hoch genug bewerten konnte. Denn im Ernstfall musste man sich aufeinander verlassen können. Seit seinem Dienstantritt vor knapp drei Monaten hatte er es geschafft, das Arbeitsklima deutlich zu verbessern. Es gab kaum noch Murren, wenn unliebsame Dienste zu verrichten waren.

Francesca Giardi leistete ihm bei seiner Nachtschicht Gesellschaft. Sie hatten festgestellt, dass sie beide aus Sardinien stammten, und seither fühlte sich Francesca bei Tommaso gut aufgehoben. Er gab ihr so etwas wie ein Heimatgefühl. Und Tommaso empfand so etwas wie Vatergefühle für die junge talentierte Kollegin von „der anderen Polizei", wie man in der Carabinierikaserne zu der Polizia di Stato sagte. Aber die Zusammenarbeit in diesem konkreten Fall hatte bei Tommasos Vorgesetzten keine Widerstände hervorgerufen. Es schien, als wären sie aus irgendwelchen Gründen ganz froh, wenn es mal wieder einen Fall gäbe, der in Kooperation gelöst würde. Denn in der Vergangenheit hatte es wohl manchmal Konflikte wegen der Zuständigkeit der beiden Polizeikräfte gegeben. Möglicherweise brauchte der Colonello jetzt einen Fall, in dem nachweisbar positiv zusammengearbeitet wurde. Und deshalb war es auch möglich, dass Francesca, obwohl Commissario der Polizia di Stato, Nachtdienst in der Carabinierikaserne machen konnte. Tommaso hatte ihr allerdings gesagt, dass sie sich „etwas Praktisches anziehen sollte".

*

Die Alarmmeldung erreichte Tommaso kurz nach ein Uhr morgens, als er der Zentrale einen Besuch abstattete. Eine der überwachten Tankstellen signalisierte über die installierten Sensoren eine Bewegung im Innenraum. „Es geht los“, sagte er zu Francesca, die ihn begleitet hatte, und gab seine Befehle. Die Mautstation Bozen wurde informiert, dass die Mautbediensteten sich auf die Auswechslung durch Polizisten einstellen sollten. Es sollte wie ein Schichtwechsel aussehen. Tommaso teilte drei Carabinieri ein, die sich noch zivile Kleidung anziehen mussten. Er selber und Francesca waren in Zivil und daher die Ersten am Auto. Sie erreichten die Mautstation nach zehn Minuten, denn die Straßen waren leer. Zwei Polizisten blieben im geparkten Auto. Sie stellten die Lehnen der Sitze nach hinten und lugten nur noch mit den Augen über die Fahrertür. Sie parkten im Dunkeln, sodass man sie nicht sehen konnte. Tommaso und Francesca wechselten mit den beiden Mautbediensteten die Plätze. Es waren zu dieser Zeit nur zwei Stationen offen. Die Mautbediensteten meldeten, dass sie bisher das gesuchte Fahrzeug nicht gesehen hätten. Jetzt hieß es warten.

*

Das Fahrzeug fuhr langsam auf die Mautstation zu, in der Tommaso saß. Francesca erkannte, dass es sich um das gesuchte Fahrzeug handelte. Die Schranke war unten und das Fahrzeug hielt. Der Fahrer streckte den Arm aus dem heruntergelassenen Fenster, um das Billett zu ziehen. Jetzt kam der kritische Moment. Tommaso hatte die Schranke blockiert. Als der Fahrer bemerkte, dass er nicht weiterkam, rief er aus dem Fenster etwas in Richtung Tommasos, der im Häuschen saß. Der zuckte mit den Schultern und tat, als drücke er auf Knöpfe. Gleichzeitig setzte sich das Zivilfahrzeug der Questura in Bewegung und steuerte mit hoher Geschwindigkeit auf das Fahrzeug des Gesuchten zu, um es von hinten zu blockieren. Der merkte, dass er in eine Falle geraten war, und versuchte, mit seinem Wagen rückwärts zu fahren. Das gelang ihm nicht mehr, denn das Polizeifahrzeug war so schnell hinter ihm, dass beide Fahrzeuge miteinander kollidierten. Die Kofferraumklappe des Fluchtfahrzeugs sprang auf, aber die beiden Polizisten brauchten etwas Zeit, um sich zu sammeln und aus dem Fahrzeug zu springen. Diesen Moment nutzte der Mann. Er sprang seinerseits aus dem Fluchtfahrzeug und lief Richtung Francesca, die beiden Polizisten mit gezückten Waffen in einiger Entfernung hinterher. Francesca duckte sich und öffnete gleichzeitig die Tür des Mauthäuschens. Sie hörte den Flüchtenden keuchen, richtete sich auf und tauchte unvermittelt vor dem Mann aus dem Nichts auf. Der stieß einen lauten Schrei aus, nahm Anlauf und wollte die kleine Francesca offensichtlich umrennen. Im Lauf setzte er zu einem Sprung an. Francesca erkannte, dass der Angreifer ihr auf die Brust springen wollte. Ohne zu überlegen drehte sie ihm ihre Schmalseite zu und der Tritt des Angreifers ging ins Leere. Der Mann landete auf seinen Füßen, drehte sich blitzschnell um und wollte Francesca erneut angreifen. Francesca hatte das erwartet. Sie wehrte den Fußtritt, der von unten nach oben geführt wurde, mit einer Drehung ihres rechten Oberschenkels ab und griff sofort an. Beide Fäuste gingen keilförmig nach vorne, die rechte Hand griff in den Nacken des Angreifers und bog ihn nach vorne. Der Ellbogen drückte dabei auf den Brustkorb, und dann ging Francesca blitzschnell einen Schritt nach vorne und brachte den Mann damit aus dem Gleichgewicht. Der stürzte mit dem Rücken auf den Boden und schon lag Francesca über ihm. Mit ihrem linken Arm drückte sie mit dem Unterarmknochen über das Jochbein des Mannes und drehte ihn so auf dessen linke Seite. Der bekam jetzt fast keine Luft mehr und versuchte die geringe Last abzuschütteln. Da schlug Francesca zu. Sie traf den Mann an der Schläfe und dessen Reaktionen ließen sofort nach. Mittlerweile waren Tommaso und die beiden Polizisten bei ihnen und erledigten den Rest. Handschellen schnappten zu und der Mann wurde abgeführt.

*

„Die Leute erzählen ja wahre Wunderdinge über Sie!" Fabio hatte am Montag früh von der Verhaftung erfahren. In der Questura war Francescas Einsatz das Gesprächsthema Nummer eins. „Wie Sie den Kerl erledigt haben muss eine Show gewesen sein. Bühnenreif geradezu, wie im Fernsehen, haben sie gesagt. Was haben Sie denn mit dem angestellt?" Francesca lächelte leicht verlegen: „Ich habe nur das getan, was ich gelernt habe", sagte sie bescheiden. „Die Kollegen erzählen aber was anderes. Du hättest den Mann derart schnell unter Kontrolle bekommen, so schnell, dass sie gar nicht richtig gesehen haben, wie." Francesca musste schmunzeln. „Na ja, in der Stadt, wo ich aufgewachsen bin, gab es nicht viel Abwechslung. Und ich bin zwar klein, aber stark und zäh. Mit gerade einmal acht habe ich in einer Taekwondo-Schule angefangen zu trainieren." Francesca schaute versonnen in das helle Morgenlicht, das durch die Fenster in ihr gemeinsames Büro fiel. „Es war eine schöne Zeit damals. Wir haben auch Wettkämpfe ausgetragen. Nach fünf Jahren Training war ich allen dort überlegen. Unser Trainer hat mich dann zu Wettkämpfen angemeldet, die weit weg von zu Hause stattfanden. Da habe ich andere Kaliber als Gegner gehabt. Nach weiteren zwei Jahren war ich auch in dieser Liga an der Spitze. Ich war sehr schnell und sehr stark. Und ich hatte eine verdammt gute Kondition." Francesca blickte Fabio an und lachte. „Aber das Beste kommt erst. Ich lernte einen Trainer kennen, der verschiedene Kampfkünste miteinander kombinierte. Heute wird das als ‚ultimate fighting' bezeichnet. Alles ist erlaubt. Damals war es noch eine Mordsgaudi für uns. Und bei diesem Trainer habe ich Techniken gelernt, die ich nutze, wenn es darauf ankommt. Ich habe deshalb gestern Nacht nicht überlegen müssen, was ich mache. Tausendmal geübte Griffe und Reaktionen. Mein Körper hat die Bewegungsabläufe einfach gespeichert." Fabio klopfte Francesca auf die Schulter. „Jedenfalls haben Sie jetzt viele Bewunderer. Was meinen Sie, können Sie mir das auch beibringen?" Francesca schaute verdutzt auf. Fabio Fameo wollte Kampfkünste studieren? Mit ihr? „Ja, ich weiß nicht. Aber wenn Sie möchten, können wir es versuchen. Den einen oder anderen

Kniff kann ich Ihnen bestimmt beibringen. Wer weiß, vielleicht brauchen Sie es einmal." Fabio grinste. „Das machen wir. Wann fangen wir an?"

Neun

Carmelita Cantallielo kam mit großem Getöse. Und sie kam nicht allein. Fabio war an diesem Tag eine Stunde früher als sonst in der Questura, aber Carmelita war schon da. Kaum dass er sein Büro betreten hatte, wurde er von Carlotta zur Besprechung bei der neuen ViceVicequestora bestellt. „Und, wie ist dein Eindruck?“ Carlotta zog die Innenhandkante ihrer rechten Hand schnell über ihre Kehle. „So schlimm?“ „Ich fürchte, noch schlimmer.“ Mit einem mulmigen Gefühl betrat Fabio das Büro seiner neuen Chefin.

„Sie sind Commissario Fameo?“, so begann sie das Gespräch. Als Fabio ihr Büro betrat, stockte ihm fast der Atem. Carmelita Cantallielo war eine sehr eindrucksvolle Erscheinung. Sie war mindestens 1,75 groß, sehr schlank, sehr blond, sehr modisch, sehr freundlich, sehr einnehmend. Vor ihm stand eine knapp dreißig Jahre alte, bildschöne Frau, die ihre langen blonden Haare offen um ihre Schultern wehen ließ. Der Rocksaum des eng anliegenden Kostüms umspielte die Knie. Hochhackige Schuhe betonten ihre schlanke Silhouette. „Wie aus einem Modekatalog“, dachte Fabio. Ihre Lippen waren voll und dezent geschminkt. Blaue Augen blickten ihn neugierig an. Ihre Bewegungen waren sicher. Sie strahlten Autorität aus. Allein die Handbewegung, mit der sie ihm einen Platz anbot, war so selbstverständlich, als ob sie schon tausendmal in diesem Raum jemandem einen Platz angeboten hätte. Sie war da und übernahm sofort das Kommando.

Im Raum war noch jemand anwesend. Ein eher unscheinbar wirkender Mann im hellgrauen Anzug. Fabio dachte: „Das frische Mausgrau passt zur fahlen Gesichtsfarbe.“ „Das ist mein persönlicher Assistent, Ispettore Buffo.“ Buffo gab Fabio die Hand. Sie war weich und feucht. Buffo hatte strohblonde, fast weiße Haare. Auch seine Wimpern waren fast weiß, was ihm das Aussehen eines Albinos gab. „Frettchen“, dachte Fabio, „der sieht aus wie ein Frettchen.“ Buffo war untersetzt. Außerdem schwitzte er. Sein Hemdkragen war dunkel vom Schweiß. „Die passen nicht zusammen", dachte Fabio. „Es freut mich, Sie kennenzulernen", sagte Fabio ohne die Miene zu verziehen, wie er hoffte. Aber Carmelita beobachtete ihn genau und konnte seine rasenden Gedanken wahrscheinlich ahnen. Sie nahmen in der Sitzgruppe Platz. Vor noch nicht allzu langer Zeit hatte ihm hier der Vicequestore eröffnet, dass er fürs Erste abberufen worden sei. Jetzt saß er hier und hörte seiner neuen Vorgesetzten zu. „Nun, mein lieber Commissario", fing Carmelita das Gespräch an, „ich bin ja neu hier. Setzen Sie mich doch bitte ins Bild über das, was derzeit aktuell ist. Sie sind doch hier der Erste Commissario und ständiger Vertreter des Vicequestore, oder?" Fabio nickte. „Ja, das bin ich." Carmelita hatte sich zurückgelehnt und ihre langen Beine übereinandergeschlagen, wobei ihr Rock etwas hochgerutscht war. „Das ist der bewusst. Das macht die absichtlich", dachte Fabio. „Ist schon komisch. Vor einigen Tagen saß hier, etwas derangiert, der alte Vicequestore und jetzt sitzt hier eine supersexy aussehende blonde Frau, die, wie es beim ersten Eindruck scheint, ihre weiblichen Reize ganz selbstverständlich und selbstbewusst einsetzt, oder vielleicht auch nur zur Schau stellt, oder was weiß ich ..." Fabio riss sich zusammen. Er blickte Carmelita ins Gesicht. Während er sprach, blickte er abwechselnd auch Buffo an, der ebenfalls in der Sitzgruppe Platz genommen hatte und einen Schreibblock bereithielt. Während Fabio sprach, machte er sich Notizen. „Wir ermitteln zur Zeit wegen einer Reihe von Tankstelleneinbrüchen. Wir wissen, dass die Einbrüche vor allem einen Zweck haben: Die bei einem ersten Einbruch in die Karten-Zahlstationen eingebauten Datenchips, die Kontodaten und die Geheimzahlen speichern, werden bei einem zweiten Einbruch entfernt. Die gestohlenen Daten werden dazu verwendet, die Konten der Tankstellenkunden zu plündern. Wir vermuten, dass es sich um eine Bande handelt, die straff organisiert ist. Die Einbrecher selbst sind arme Kerle aus Osteuropa, denen man beigebracht hat, die Zahlstationen zu manipulieren. Sie haben Kontakt zu einem Führungsoffizier und wissen sonst nichts über die Organisation. Wir haben zwei von ihnen geschnappt, beides Rumänen. Und wir haben wahrscheinlich ihren Führungsoffizier festgenommen. Von ihm wissen wir noch nicht viel. Bei der Festnahme hatte er einen von uns präparierten Datenchip dabei. Wir können ihm also den Einbruch in eine Tankstelle nachweisen. Hinzu kommt unerlaubter Waffenbesitz, Widerstand gegen Polizeibeamte." Carmelita unterbrach. „Unerlaubter Waffenbesitz?" „Ja, wir haben in seinem Fahrzeug eine Uzi gefunden. Wir vermuten, dass er bei seiner Festnahme keine Chance hatte, an die Uzi zu gelangen, sonst hätte es für unsere Leute gefährlich werden können. Die Waffe rutschte wahrscheinlich beim Zusammenstoß mit unserem Fahrzeug unter den Vordersitz, der Mann kam deshalb nicht mehr an sie heran und versuchte zu Fuß zu fliehen. Dabei wurde er von Commissario Giardi überwältigt. Das können Sie alles in meinem Bericht nachlesen." Carmelita nickte. „Das werde ich, ganz sicher. Und dieser Mann, wissen wir wer er ist?" „Nein, noch nicht. Er hatte keine Papiere bei sich. Bis heute hat er nur geschwiegen. Wir haben den Wagen auseinandergenommen, aber nicht viel gefunden: ein bisschen Rauschgift, aber die Menge ist gering. Wahrscheinlich nur für den Eigengebrauch. Einige Schlüssel sind bisher noch der beste Fund. Einer der Schlüssel ist von einem Schließsystem, wie es an Bahnhöfen Verwendung findet. Wir lassen gerade überprüfen, von welchem Bahnhof er stammen könnte. Wenn es ein Schließfachschlüssel ist, bringt uns der Inhalt des Schließfachs vielleicht weiter. Die anderen Schlüssel sind normale Schlüssel, vielleicht Wohnungsschlüssel. Wir vermuten, dass sein Aufenthaltsort in oder in der Nähe von Trient ist und er von dort heraus agiert. Wir haben sein Foto an die Kollegen in Trient gegeben, bisher aber keine Rückmeldung erhalten. Außerdem haben wir eine Speichelprobe entnommen und diese an das rechtsmedizinische Labor gegeben, damit sie eine DNA-Bestimmung vornehmen. Vielleicht findet sich eine Übereinstimmung in der DNA-Datenbank. Aber auch das dauert. Das Labor ist derzeit voll ausgelastet." Fabio machte eine Pause. Ihm fiel ein, dass auch die Blutanalyse zum Arm vom Pfossental noch ausstand. Wie war da eigentlich der Sachstand?

Das hatte er etwas aus den Augen verloren. „Sie sagten, die beiden Einbrecher seien Rumänen?“ Carmelita hatte sich etwas nach vorne gebeugt. Ihre langen blonden Haare fielen ihr dabei ins Gesicht und sie strich sie sich mit einer lässigen Bewegung hinter die Ohren. „Die sieht verdammt gut aus und das weiß sie auch“, dachte Fabio. Er sagte: „Ja, die beiden Einbrecher, die wir gefasst haben, sind Rumänen. Aufgrund ihrer Aussagen vermuten wir, dass sie in Bukarest mit vielen anderen für diese Art Einbrüche ausgebildet worden sind. Wir sind sicher, dass die beiden längst durch andere ersetzt wurden, denn die Einbruchserie geht weiter. Immer nach demselben Schema.“ Fabio wollte ausholen und seine Theorie erläutern, als Carmelita ihn unterbrach. „Haben Sie das schon kommuniziert?“ Fabio verstand die Frage nicht. „Was meinen Sie mit kommuniziert? Wir haben natürlich berichtet.“ Carmelita rückte ein Stück nach vorne. Irgendetwas schien sie zu bewegen – auch im übertragenen Sinne. „Ich meine, haben Sie schon eine Pressekonferenz gegeben?“ Fabio schluckte. Nein, hatte er nicht. Hielt er auch derzeit nicht für gut und auch nicht für hilfreich. „Das Verfahren ist für uns noch am Anfang. Unser Erfolg ist bisher, dass wir zwei Einbrecher geschnappt haben. Der zuletzt geschnappte Mann könnte ein Verbindungsoffizier sein, wir wissen aber noch nicht mal seinen Namen. Wir haben eigentlich nichts, was zum jetzigen Zeitpunkt eine Information der Öffentlichkeit rechtfertigt. Eher würde es schaden, jetzt mit vagen Verdächtigungen nach außen zu gehen. Wir haben noch keine Beweise für organisierte Kriminalität. Wenn ich mit dieser Theorie aber Recht habe, wäre die Einschaltung der Presse jetzt völlig falsch. Dann wären die Hintermänner gewarnt und die Schotten würden dichtgemacht. Das kenne ich noch aus meiner Zeit aus Rom.“ Im selben Moment wusste Fabio, dass er einen Fehler gemacht hatte. Carmelitas Augen hatten ihren Ausdruck geändert. Kaum merklich waren sie schmaler geworden und eine kleine Falte bildete sich zwischen ihnen aus. Sie lehnte sich wieder zurück und wechselte mit Buffo einen Blick, der nichts Gutes versprach. Sie sprach ganz leise: „Ja, ich weiß, Commissario. Ihre Zeit in Rom ist mir bekannt. Auch, warum man Sie nach Bozen versetzt hat. Ist mir alles geläufig. Sie vermuten ja immer die große Verschwörungsgeschichte hinter allem. Aber ich sage Ihnen, was ich von der Sache halte. Wir haben es hier mit Ausländerkriminalität zu tun. Ganz einfach. Kriminelle Ausländer, die unser Land überschwemmen. Haben Sie überprüft, ob die beiden Rumänen nicht auch noch Sozialhilfe beantragt haben? Das könnte nämlich ganz gut in das Raster passen, das ich vermute." Carmelita machte eine Pause. „Geben Sie Buffo bitte alle Unterlagen und Berichte zu diesem Fall." Buffo notierte fleißig. „Und was haben Sie sonst noch?" Ihre Stimme war kühl, geschäftsmäßig. Fabio räusperte sich. Er berichtete von dem Fuchs und dem Arm im Pfossental, und dass die Untersuchung des Bluts am Grashalm wegen der Überlastung des Labors noch nicht erfolgt ist. „Also das ist bitte nachrangig zu behandeln", sagte Carmelita. „Solange wir keine Leiche haben und auch sonst nur vage Zeugenaussagen, sollen sich die Carabinieri in Karthaus darum kümmern. Sie", dabei blickte sie Fabio streng an, wie es ihm schien, „kümmern sich jetzt bitte intensiv um die Bekämpfung der Ausländerkriminalität." Damit war er entlassen.

*

Carlotta schaute Fabio neugierig an, nachdem er die Tür zu Carmelita Cantallielos Büro geschlossen hatte. „Und?" Fabio machte mit der Innenhandkante seiner rechten Hand eine schnelle Bewegung an seinem Hals vorbei. Carlotta lachte leise. „Mit der bekommen wir noch Spaß", wisperte sie.

In seinem Büro war inzwischen auch Francesca Giardi eingetroffen. Sie war damit beschäftigt, ihre Lippen vor dem kleinen Spiegel nachzuziehen, den sie gleich am ersten Tag an die Innenseite ihres Schrankes geklebt hatte. Sie drehte sich zu Fabio und lächelte ihn an. Als sie seinen Gesichtsausdruck wahrnahm, runzelte sie die Stirne und das Lächeln verschwand. „Sie sehen aber gar nicht glücklich aus. Was ist denn passiert?" Fabio setzte sich hinter seinen Schreibtisch und starrte zunächst vor sich hin. Francesca Giardi nahm den Stuhl vor dem Schreibtisch und wartete. Fabios Blick wanderte zu ihr. Es wirkte aber so, als ob er sie nicht wahrnahm. Dann berichtete er zunächst stockend, dann flüssiger über sein Gespräch mit der neuen Chefin.

Francesca Giardi hörte sich Fabios Bericht mit Ruhe an. Fabio war erregt. Die Art, wie Carmelita Cantallielo sich ihm gegenüber gegeben hatte, befremdete. Oberflächlich freundlich war sie ihm gegenüber, „von oben herab". So hatte er es ausgedrückt. „Die hält sich für oberschlau, und dieser Buffo, der ihr wie ein Hündchen zu folgen scheint ..., welche Funktion der hat, weiß ich nicht." Fabio war sichtlich sauer. Die alte Wut stieg wieder in ihm hoch. Aus Rom entfernt worden und jetzt diese Karrierefrau vor die Nase gesetzt zu bekommen, tat ihm mehr weh, als er sich selber zugeben mochte. Aber Francesca Giardi gegenüber konnte er das nicht thematisieren. Dafür waren sie einander noch nicht vertraut genug. Fabio holte tief Luft. Dann blickte er Francesca Giardi ruhig an. „Bitte stellen Sie für diesen Buffo die Berichte zusammen. Bin gespannt, was die neue Chefin davon hält, dass wir im Fall der Rumänen mit den Carabinieri zusammenarbeiten. So was kann immer Ärger geben, wenn sich die jeweiligen Polizeiführer nicht grün sind. Und ich werde jetzt Tommaso informieren. Für den Fall, dass die neue Chefin mich sucht, sagen Sie ihr, dass ich auf einem Außentermin bin, und rufen Sie mich bitte auf meinem Handy an." Francesca Giardi nickte nur und machte sich an die Arbeit. „Und noch was. Schauen Sie sich diesen Buffo mal genauer an." Francesca lächelte ihren Chef an. „Wird gemacht, Chef."

Fabio griff zum Telefon und rief Tommaso an: „Ich brauche einen Espresso!" Tommaso hörte an der Stimmlage seines Freundes, dass etwas passiert sein musste. Und dass es mit der neuen Chefin zusammenhängen würde, ahnte er. Bei ihrer Fahrt nach Bozen hatten sie sich darüber unterhalten, wie die Neue wohl sein würde. Sie verabredeten sich in Fredericos Bar.

Nachdem sie ihren Espresso bekommen hatten, zogen sie sich an einen der kleinen Tische im hinteren Bereich der Bar zurück. Fabio erzählte Tommaso von dem Gespräch, seinen Gefühlen und seinem Ärger. Tommaso ahnte, was in Fabio arbeitete. Sein Patentrezept, mit solchen Gefühlen umzugehen, war, sie gar nicht an sich heranzulassen. Für ihn war die Neue daher kein Problem. Sie wollte alle Berichte über die Rumänen? Soll sie die eben haben. Sie hat ein Frettchen namens Buffo? Was kann der schon ausrichten? Aber Fabio war noch nicht so weit. Er war noch jung und ehrgeizig. Jetzt fürchtete er, dass Rom das Versprechen nicht halten werde, ihn zum Vicequestore zu machen. „Da wird Elisabeth heute Abend viel zu tun haben", dachte Tommaso. Da wurden seine Gedanken durch das Klingeln seines Handys unterbrochen. Es war der Maresciallo aus Karthaus.

*

„Die haben eine Leiche gefunden. Oder das, was davon noch übrig ist. Könnte der Rest sein, zu dem der Arm gehört." Und nach einer kleinen Pause: „Sieht wohl übel zugerichtet aus. Allerdings war die Leiche nicht bekleidet. Die haben nichts gefunden, was wie Kleidung aussieht. Außerdem hängt ein Bein festgebunden an einem Baum. Wie ein Unfall sieht es nicht aus, sagt der Kollege. Die haben schon die Kriminaltechniker angefordert. Wir sollten da jetzt auch hin." Fabio fragte: „Wer hat die Leiche denn gefunden?" „Es war wieder dieser Junge, der den Fuchs gesehen hat."

*

Fabio wollte Francesca Giardi informieren, weil er sie gerne dabeihatte, und Tommaso telefonierte in die Fahrbereitschaft der Carabinieri, um einen der Geländewagen zu bekommen. „Und sag deiner hübschen Assistentin, dass sie sich was anderes anziehen soll. Mit hohen Hacken kommt sie da oben nicht weit", rief Tommaso Fabio hinterher, der sich zur Questura aufmachte. Er überlegte, ob er jetzt die neue Chefin informieren müsste. Aber er entschied sich dagegen. Beim alten Chef hatte er freie Hand. Und so wollte er es weiter halten. Sollte die Neue sich doch rühren, wenn ihr das nicht passte. Zur Vorsicht sagte er aber Carlotta Bescheid. „Nur damit du weißt, wo ich stecke – für den Fall der Fälle.“ Carlotta verstand.

Zehn

Der Gestank war eklig. Fliegengewimmel und Maden, wo man auch hinschaute. Es schien, als bewege sich der tote Körper. Viel war nicht mehr vorhanden. Die Füchse, die Insekten und das Wetter hatten die Leiche fast komplett zerlegt. An einer Fichte, dreißig Schritte hinter dem Waldrand, war ein nacktes Bein ungefähr eineinhalb Meter über dem Boden mit einem Seil festgebunden. An dem Bein hingen noch das Becken und Reste des Oberkörpers. Um die Fundstelle herum lagen vereinzelt Knochen, teils mit fauligen Fleischresten, teils blank. Das Bein war offensichtlich nicht bekleidet. Kleidungsstücke waren in der Umgebung ebenfalls nicht zu sehen. Tommaso besprach sich mit dem Maresciallo. Als er zu Fabio und Francesca trat, machte er ein düsteres Gesicht. „Die Carabinieri haben die Umgebung schon abgesucht. Alles ganz vorsichtig, um die Arbeit der Kriminaltechniker nicht zu gefährden. Es sieht nicht nach einem Unfall aus. Freiwillig wird sich niemand mit dem Kopf nach unten nackt an einen Baum binden lassen." Fabio nickte. „Und was ist mit dem Kopf? Ist der schon gefunden?" Tommaso zuckte mit den Schultern. „Weiß ich noch nicht. Der Maresciallo meint, dass die fehlenden Teile wahrscheinlich durch die Füchse verschleppt worden sind. Würde ja auch zu den Beobachtungen des Jungen passen. Wenn wir jetzt noch ganz vorsichtig davon ausgehen, dass der oder die Tote mit dem Kopf nach unten am Baum gehangen hat, wären der Kopf und die Arme die Teile, an die die Füchse am einfachsten drankommen konnten. Die haben die Leiche vielleicht von unten nach oben zerlegt." Fabio nickte. „Kommt, lasst uns ein wenig von hier weggehen. Das stinkt einfach widerlich." Sie setzten sich am Waldrand auf einen dicken Steinbrocken. „Wie weit ist dieser Fundort von dem Fuchsbau entfernt, den wir mit dem Jungen gefunden haben?" „Ich glaube, das sind Luftlinie keine 500 Meter. Allerdings liegt der Fuchsbau etwas tiefer. Wenn wir am Waldrand entlanggingen, müssten wir irgendwann zum Fuchsbau kommen." „Gut, das könnte also passen. Und der Junge, was ist mit dem? Zuerst weist er uns auf den Fuchsbau hin, dann führt er uns zur Leiche. Er ist der Einzige, der immer wieder Hinweise gibt. Kann er noch mehr wissen?“ Tommaso zuckte mit den Schultern. „Der Maresciallo sagte mir, dass er den Jungen schon kannte, als er noch zur Schule ging. Es ist das Kind von Bergbauern, naturverbunden, ehrlich und rechtschaffen. Er ist halt jede freie Minute in den Bergen. Hat er uns doch selber schon gesagt. Der bereitet sich auf die Jägerprüfung vor. Und ihm sind die vielen Raben aufgefallen, die über dem Fundort kreisten. Und da ist er halt nachschauen gegangen. Also, ich kann daran nichts Merkwürdiges finden.“ „War auch nur so ein Gedanke. Kann ich mir auch nicht vorstellen, dass er etwas damit zu tun hat. Aber wir sollten ihn trotzdem noch einmal befragen.“ Tommaso und Fabio sahen, wie sich eine merkwürdige Karawane die Steigung emporarbeitete. Von einigen Carabinieri begleitet, mühten sich die Kollegen von der Rechtsmedizin mit ihren sperrigen Koffern den Berg hinauf. Es gab keinen festen Pfad und so kamen sie nur langsam voran. Fabio erkannte Dr. Ettore Phillipi, den Forensiker der Rechtsmedizin. Er ging ihm ein Stück entgegen. Francesca folge ihm. „Hallo Doktor! Heute haben wir die Leiche mitten in den Bergen versteckt, damit Sie mal an die frische Luft kommen.“ Phillipi lachte. Fabio und er mochten sich. Gleich nach seinem Dienstantritt in Bozen hatte sich Fabio in der Rechtsmedizin vorgestellt und zu dem Chefforensiker einen guten Draht aufgebaut. Phillipi schaute fragend auf Francesca Giardi. „Darf ich Ihnen meine neue Assistentin vorstellen? Vicecommissaria Francesca Giardi.“ Phillipi und Francesca begrüßten sich. Der Doktor wirkte angenehm berührt. „Sagen Sie, kennen wir uns nicht irgendwoher?“ Fabio wunderte sich. Wollte Phillipi sich an seine junge Assistentin heranmachen? Das passte nicht ins Bild, das er von ihm hatte. Zu seinem Erstaunen nickte Francesca. „Ja, Dottore, wir sind uns schon einmal begegnet. Ich war auf der Polizeiakademie, als Sie über Ihre Arbeit referierten. Sehr interessante Vorträge.“ Phillipi lächelte. „Danke. Dann wollen wir mal sehen, ob ich Ihnen etwas beigebracht habe.“ Und zu Fabio gewandt: „Was haben wir denn heute genau?“ Auf dem Weg zum Fundort informierte Fabio den Doktor über das, was er bisher wusste. Der knurrte, als er hörte, dass die Carabinieri bereits die Umgebung abgesucht haben. „Die können es nicht lassen, und ich habe dann Mühe, deren Spuren von den Spuren zu unterscheiden, die wir vielleicht brauchen können. Aber da rede ich mir jedes Mal den Mund fusselig." Die Mannschaft, mit der Dr. Phillipi aufmarschierte, war groß. Am Fundort angekommen, schlüpften die Männer in weiße Überzüge und legten Mundschutz an. Der Gestank schien sie nicht zu stören. „Alles Gewohnheitssache", sagte Phillipi, der mitbekam, wie Fabio würgen musste. „Jetzt suchen wir erst mal nach Insekten und Larven. Dann kann ich Ihnen sagen, seit wann der Tote hier hängt." „Der Tote? Sind Sie denn sicher, dass es ein Mann ist?" „Die Form des Beckens deutet auf einen Mann hin. 100 Prozent sicher." Phillipi trat nah an die Leiche heran. Seine Leute sammelten derweil Insekten ein und drehten jedes Blatt um, das sich in der Nähe der Leiche befand. Phillipi musterte die Leiche genau. Der Torso hing an dem rechten Bein, das an die Fichte gebunden war. Das Becken war komplett, das linke Bein fehlte. Der Brustraum mit den Rippen hing an der Wirbelsäule, die Arme und der Kopf fehlten. Man konnte in den Brustraum hineinblicken, denn die Bauchdecke war nicht vorhanden. Die Eingeweide waren anscheinend alle aufgefressen worden, denn der Brustkorb war leer. Phillipi pfiff durch die Zähne. „Kommen Sie bitte her und schauen Sie sich das genau an. Was sehen Sie?" Fabio und Francesca traten an die Leiche, ein Taschentuch vor der Nase. Fabio war übel, aber er zwang sich, die Leiche genau zu betrachten. Aber er sah nur fauliges Fleisch, das früher ein Mensch gewesen war. Francesca fielen die Fraßspuren am unteren Teil der Leiche auf. „Die Füchse haben wohl ordentlich an der Leiche gezogen. Aber kein Fuchs kann die Bauchhöhle so exakt öffnen und die Eingeweide komplett herausnehmen. Mir scheint, als wären die Eingeweide vorher entnommen worden." Phillipi blickte Francesca anerkennend an. „Sie sind richtig gut, meine liebe junge Kollegin. Ich wette, dass unter 100 Polizisten nur einer das erkannt hätte. Ich bin mir ziemlich sicher. Da hat jemand der Leiche den Bauchraum geöffnet und alle Innereien entfernt. Und was sehen Sie noch?" Francesca sah jetzt nichts mehr. Fabio war jetzt richtig schlecht. Der Gestank, das Gewimmel der Maden, die Fliegen. Phillipi wandte den Blick nicht von der Leiche und sprach mehr zu sich selbst denn zu Fabio und Francesca: „Sie sehen nichts, weil da nichts mehr ist. Wenn das ein Mann war, und da bin ich mir sicher, dann fehlt dieser Leiche das, was uns Männer von den Frauen unterscheidet."

*

Fabio bestellte einen Eigenbrand. Und dann noch einen. Er hatte in der „Jägerrast" ein Zimmer zum improvisierten Hauptquartier gemacht. Der Schnaps tat ihm gut. Tommaso hatte den Jungen dazugebeten, und der erzählte, wie er die Leiche gefunden hatte. „Ich habe nach unserem letzten Treffen die Augen aufgehalten, so wie Sie es von uns allen erbeten hatten. Ich bin jetzt jeden Tag draußen, wegen der Gämsen. Ich studiere ihr Verhalten. Und ich habe mir überlegt, dass nicht nur die Füchse Aas fressen, sondern auch die Raben. Also habe ich Raben beobachtet, wann immer sie mir aufgefallen sind. Und schon drei Tage nachdem wir uns hier oben trafen, habe ich bemerkt, dass sich Raben öfter als sonst am oberen Grafbach tummeln. Das Gebiet ist ein wenig heikel. Alles sehr steil, in der Nähe des Baches schwer zu begehen. Ich bin dann vorsichtig immer näher heran und habe gestern Abend die Stelle gefunden, über der die Raben gekreist sind. Heute Morgen bin ich von der anderen Seite aus herangegangen, den Weg, den Sie heute alle genommen haben. Von da aus geht es nämlich einigermaßen. Und dann habe ich die Leiche gefunden und sofort Meldung gemacht." Der Junge war sichtlich stolz auf seine Leistung. Fabio lobte ihn ob seiner Umsicht. „Was haben Sie gedacht, als Sie die Leiche sahen?" „Ich habe sie mir nicht so genau betrachtet. Es ist ja auch nicht mehr viel davon übrig. Aber eines kann ich auch sagen. Nach einem Unfall sah das nicht aus. Ein Unfalltoter hätte irgendwo am Boden gelegen, vollständig bekleidet. Aber das, was ich gesehen habe, war ein unbekleideter, festgebundener Körper.“ Fabio nickte. „Kann sein, dass Sie recht haben. Wir untersuchen das noch. Jedenfalls haben Sie uns viel geholfen.“ Fabio blickte den Jungen an. Er sah auch heute nicht so aus, als wollte er sich wichtig machen. Aber wieso war es immer nur dieser eine Junge, der die Polizei informierte? Waren die anderen Jäger nicht so aufmerksam? Hatte der Junge einfach den besseren Riecher? Oder war es nur Zufall? Oder? Fabio kam ein Gedanke. „Sagen Sie, Sie kennen sich hier doch sehr gut aus. Wer tummelt sich hier in dem Gebiet? Wer könnte denn in diesem Teil, wo wir die Leiche gefunden haben, sein Unwesen treiben?“ Der Junge überlegte nicht lange: „Die Gegend da oben ist einsam. Es gibt einen Wanderweg, der durch den Wald führt, aber nicht an der Fundstelle vorbeiführt. Wanderer gibt es auf dem Weg auch nur wenige, weil er sehr steil und nicht ganz ungefährlich ist. Die meisten laufen das Pfossental entlang, Richtung Eishöfe und kehren entweder beim Mitterkaser oder bei der Rableitalm oder im Eishof ein. Je nach Kondition. Aber die Berge hinauf gehen die Leute nicht. Das ist zu steil. Da hinauf gehen nur die Jäger, die sich auskennen. Wenn man jemanden verschwinden lassen will, ist die Gegend ideal. Auch ich gehe da nicht gerne hin, weil es einfach zu gefährlich ist. Zu steil, zu unübersichtlich. Der Wanderweg beginnt an der Hauptstraße, die durchs Schnalstal führt. Man parkt beim Schmied und geht dann über die Gurschler Berge, lässt den Atzboden rechts liegen und geht durch die Klammerwand, dann ist man im Waldstück. Man muss allerdings vom Wanderweg abweichen, um zum Fundort zu kommen. Der Wanderweg endet übrigens hier an der ‚Jägerrast‘. Man kann also auch von hier aus starten. Dann muss man aber auf dem Parkplatz parken, und der, das haben Sie sicher bemerkt, wird vom alten Sepp bewacht. Den können Sie ja fragen, ob ihm Leute aufgefallen sind. Der kann sich an jedes Auto erinnern, das hier parkt. Da ist ihm noch keiner ausgekommen, der nicht hat bezahlen wollen.“ Tommaso hatte sich Notizen gemacht und war schon unterwegs, den Alten zu befragen.

*

Dr. Phillipi betrat das Zimmer. Fabio bat den Jungen, draußen zu warten. Der Doktor bestellte sich auch einen Eigenbrand. „Den brauche ich jetzt." Er leerte das Glas in einem Schluck. „Ich habe schon viel gesehen, aber das hier könnte alles Bisherige toppen." Phillipi ließ sich Zeit. Er schien die rechten Worte zu suchen. „Mein lieber Fameo, was ich Ihnen jetzt sage, ist noch nicht die abschließende Untersuchung. Aber es geht in etwa in folgende Richtung: Die Leiche ist männlich, Alter kann ich noch nicht bestimmen. Nach dem Madenbefall und dem Verwesungszustand hängt sie schon einige Wochen dort oben. Genaueres weiß ich, wenn ich die Wetterdaten ausgewertet habe." „Die Wetterdaten?" „Ja, die brauche ich, um einschätzen zu können, bei welcher Temperatur der Körper sich dort oben befunden hat. Zusammen mit den Erkenntnissen meiner Insektenspezialisten können wir Ihnen fast auf die Stunde genau den Zeitpunkt nennen, zu dem der Mann dort aufgehängt worden ist." „Aufgehängt? Das heißt, wir haben es mit einem Mörder zu tun?" „Das müssen Sie herausfinden, lieber Commissario. Jedenfalls ist es unwahrscheinlich, dass sich unsere Leiche selber in diese unangenehme Situation gebracht hat. Übrigens haben wir den Kopf gefunden. Er lag knapp hundert Meter von der Leiche entfernt. Er ist übersät mit Bisswunden. Sieht danach aus, als ob Füchse ihn vom Körper abgetrennt und dann weggetragen hätten. Wir haben aber keine Kleidungsstücke in der Nähe gefunden. Wir suchen zwar noch weiter, aber ich glaube nicht, dass wir etwas finden. Ganz vorsichtig möchte ich die folgende Theorie wagen: Das Opfer war entkleidet. Es ist mit den Beinen nach oben aufgehängt worden. Dem Opfer fehlen die Genitalien. Ich werde untersuchen, ob sie durch Wildfraß oder zum Beispiel durch einen Schnitt abhandengekommen sind. Wildfraß halte ich aber für unwahrscheinlich. Dem Opfer ist die Bauchdecke geöffnet worden, und alle Innereien sind entfernt worden. Ob das vor dem Aufhängen geschah oder danach, weiß ich noch nicht. Jedenfalls kann ich schon jetzt einen Unfall oder eine Selbsttötung ausschließen. Das sieht ziemlich pervers aus." Phillipi lehnte sich zurück. Sie blickten einander stumm an. „Ich glaube, jetzt könnte ich auch einen vertragen.“ Das war Francesca.

Elf

„Und was haben Sie noch veranlasst?“ Carmelita Cantallielo unterbrach Fabios Bericht über den Leichenfund im Pfossental jetzt zum fünften Mal. „Die kann gar nicht zuhören“, dachte Fabio. „Oder sie will mich verunsichern, aber warum?“ Fabio versuchte ganz ruhig zu bleiben: „Die Carabinieri von Karthaus werden die Umgebung der Fundstelle in immer größeren Kreisen durchsuchen. Außerdem habe ich veranlasst, dass alle Bewohner in der Umgebung nach ihren Beobachtungen befragt werden. Es sind nicht viele, die dort oben leben. Allerdings kommen täglich Dutzende von Wanderern durch das Pfossental. Sie können an vier Stellen einkehren. Wir befragen alle Wirte und Bauern, ob ihnen etwas aufgefallen ist. Der Tote kann ja nicht vom Himmel gefallen sein. Außerdem gehen wir allen Vermisstenmeldungen nach, die in den letzten Monaten eingegangen sind. Aber da wir über den Toten nichts wissen, außer dass es sich um einen Mann handeln muss, ist das nicht einfach. Wir hoffen, dass die Pathologie neue Erkenntnisse liefert. Aber die Untersuchungen brauchen ihre Zeit.“ Fabio wollte noch erzählen, dass die Carabinieri auch den Arm aus dem Fuchsbau ausgegraben hatten, als Carmelita ihm erneut ins Wort fiel. „Und was sage ich jetzt der Presse? Ergebnisse haben wir ja wohl noch nicht.“ Das klang irgendwie schnippisch. Ergebnisse konnte Sie allen Ernstes am Tag nach dem Leichenfund auch nicht erwarten. Fabio fiel ein, dass Carmelita vorher nie bei der Polizei gearbeitet hatte. Sie war Juristin und direkt nach dem Examen ins Innenministerium geholt worden. Sie kannte sich bei der Polizei nicht aus. „Wahrscheinlich ist sie unsicher. Kaum ist sie in Bozen, schon gibt es eine fiese Sache aufzuklären“, dachte Fabio. „Frau Cantallielo“, begann er seine Antwort. Da unterbrach sie ihn schon wieder. „Ich würde es begrüßen, wenn Sie mich mit meinem Titel ansprechen, Commissario.“ Fabio musste schlucken. Was war das für eine eingebildete ... „Wenn Sie es wünschen, ViceVicequestora. Kein Problem“, lächelte er ihr entgegen. Und mit demselben eingefrorenen Lächeln sagte er: „Nun, ViceVicequestora, ich empfehle, eine knappe Presseerklärung herauszugeben, in der Sie lediglich mitteilen, dass die Polizei eine Leiche im Pfossental gefunden hat. Todesursache noch unbekannt, Ermittlungen in alle Richtungen eingeleitet, Unfall nicht auszuschließen. Das würde meiner Meinung nach genügen. Und im Übrigen geben wir wegen der laufenden Ermittlungen keine weiteren Auskünfte." Carmelita schien das nicht zu passen. „Aber sobald Sie mehr wissen, möchte ich die Ergebnisse schnell verkünden. Das ist Ihnen doch klar?" „Der Ton macht die Musik", dachte Fabio. „Die Art, wie die mit mir umgeht, ist entweder ein Zeichen von Unsicherheit oder ein Zeichen von großer Arroganz." Fabio schloss nach einem Blick in Carmelitas Gesicht Unsicherheit aus.

*

„Was bildet die sich ein!" Fabio knallte die Akte auf seinen Schreibtisch, vergrub seine Hände tief in den Beuteln seiner Hosentaschen und blickte aus dem Fenster. Francesca Giardi war gerade im Zimmer nebenan. Sie hörte Fabio poltern und dachte sich ihren Teil. Carmelita war noch keine drei Tage hier und hatte schon einige gegen sich aufgebracht. Dabei spielte Ispettore Buffo eine merkwürdige Rolle. Carmelita trat nämlich in Person ihres „Frettchens", so wurde Buffo mittlerweile von den meisten genannt, in Erscheinung. Er betrat gewöhnlich einen Raum mit der Bemerkung: „Die ViceVicequestora wünscht ...", und alle hatten zu springen. Außerdem war Buffo unangenehm aufgefallen, als er in der Aktenablage stöberte. Darauf angesprochen, soll er frech geworden sein. Er dürfe überall hineinsehen. Er sei das Auge und das Ohr der ViceVicequestora, daran solle man sich am besten gleich gewöhnen. Gleich am ersten Tag hatte er seinen Computer mit allen Rechten ausstatten lassen. So konnte er auch alle elektronischen Akten einsehen. Höherrangigen gegenüber war er noch etwas zurückhaltend, ließ aber durchblicken, dass er der rechte Arm der ViceVicequestora sei und man ihm besser schnell helfe. Die Atmosphäre in der Questura änderte sich jedenfalls seit Carmelita Cantallielo und ihr Frettchen das Regiment übernommen haben.

*

„Deine Eltern kommen schon nächstes Wochenende?“ Elisabeth war überrascht. „Das finde ich toll. Ich freue mich auch schon, sie kennenzulernen. Aber wo willst du sie unterbringen? Bei uns ist es zu eng. Wir haben keine Gästebetten.“ Fabio nahm Elisabeth in den Arm und küsste sie auf den Mund. Seine Augen suchten ihren Blick. Sie wirkte etwas nervös. „Das hätte ich gar nicht gedacht. Sie wirkt sonst immer so souverän. Wahrscheinlich möchte sie meinen Eltern gefallen, so wie ich ihren Eltern gefallen wollte, beim ersten Kennenlernen“, überlegte er. „Mach dir keine Sorgen. Ich habe beim ‚Mohren‘ in Prissian ein Zimmer bestellt. Ich hole die beiden vom Bozner Flughafen am Samstag Mittag ab und bringe sie ins Hotel. Und jetzt überlegen wir zwei, wie wir das Wochenende mit ihnen verbringen, denn am Montag früh fliegen sie schon wieder ab.“ Elisabeth schmiegte sich an Fabio. „Deine Eltern haben nicht viel Zeit?“ Fabio schüttelte den Kopf. „Die haben selten Zeit. Sind immer unterwegs. Die Geschäfte laufen gut, der Handel mit den Stoffen bringt sie rund um die Welt und sie genießen es, heute hier und morgen woanders zu sein. Am Montag fliegen sie zurück nach Mailand, Freitag sind sie irgendwo in Spanien und die Woche drauf irgendwo in Südamerika, ich habe vergessen wo genau.“ „Was bieten wir denn deinen Eltern? Ich meine, wir sind hier auf dem Dorf?“ Fabio lachte leise. „Kein Problem. Die werden sich hier wohlfühlen. Ein bisschen Ruhe, gutes Essen und deine Gesellschaft werden ihnen reichen. Mehr geht auch nicht in knapp zwei Tagen. So wie ich meine Eltern kenne, wollen sie vor allem dich kennenlernen. Die sind echt neugierig. Außerdem habe ich ihnen gesagt, dass wir heiraten wollen. Ihrer Ansicht nach wird es für mich ohnehin höchste Zeit. Also werden sie dich begutachten. Sie werden dich mögen. Da bin ich ganz sicher.“ Elisabeth schaute in Fabios Augen. „Bei meinen Eltern ist er gut angekommen. Mein Vater war recht begeistert. Und das will etwas heißen. Er glaubt, dass ich bei seinen Eltern auch gut ankomme. Ich liebe ihn ja auch. Aber geht das nicht alles sehr schnell. Wann sollen wir eigentlich heiraten? Darüber haben wir noch gar nicht gesprochen. Und wo? Und wie?“

„Hast du was?“ Fabio hatte bemerkt, dass Elisabeth mit ihren Gedanken abgeschweift war. Ihre Augen hatten einen merkwürdigen Ausdruck angenommen. „ Nein, nein“, sagte sie etwas hastig, „ich habe mich nur gerade gefragt, wie wir das alles mit der Hochzeit machen sollen? Ich meine, wir haben uns ja noch gar nichts überlegt.“ Fabio musste schmunzeln. Das stimmte. Es gab überhaupt keine Planung. Aber die war jetzt auch noch nicht nötig. „Elisabeth, wann, wo und wie wir heiraten ist doch jetzt egal. Hauptsache ist, dass wir heiraten wollen. Alles andere findet sich.“ Er schaute ihr tief in die Augen und es war ihm, als wäre sie zufrieden.

*

Tommaso saß schweigend am Tisch. Seine Frau hatte ihm an diesem Abend eines seiner Lieblingsgerichte gekocht und verstand daher nicht, dass die Begeisterung ausblieb, die ihr sonst sicher war. Der Abend hätte nicht schöner sein können. Die milden Temperaturen, der Platz mitten im Garten mit einem herrlichen Blick auf die von der Sonne rot beschienenen Dolomiten. Ein Bilderbuchabend halt. Und dazu ein duftendes Gericht mit den Gerüchen der Heimat. Außerdem hatte sie ein besonders schönes Stück Pecorino besorgt, Tommasos Lieblingskäse. Aber es wollte bei ihm nicht die rechte Stimmung aufkommen. Er nippte an seinem Glas, statt einen kräftigen Schluck zu nehmen. Er wartete aber nicht, bis er nach dem Grund für seine trübe Laune gefragt würde. „In der Questura weht jetzt ein anderer Wind. Er heißt Carmelita und kommt auf langen Beinen daher. Ich weiß noch nicht, ob die Dame was kann, aber eines weiß ich: die bringt Ärger. Fabio hat sie auch schon auf die Palme gebracht.“ Anna schaute besorgt. „Und was bedeutet das für Fabio? Oder für dich?" Tommaso blickte in Annas dunkle Augen. Er musste immer lächeln, wenn er in Annas kleines, zierliches Gesicht blickte. Sie sah so süß aus, auch noch nach all den Jahren, die sie schon zusammen waren. Sie hatte alles mit ihm durchgestanden. „Ach Anna, was kann mir schon passieren, wenn du bei mir bist? Nichts! Diese Vorgesetzten kommen und gehen. Und bei der habe ich den Eindruck, dass sie schneller geht, als sie gekommen ist. Frag mich nicht warum. Ist nur ein Gefühl. Dass die viel Ahnung von der Polizeiarbeit hat, glaube ich nicht. Und dann kann die sich auf dem Stuhl nicht halten." Wieder etwas besser gelaunt schenkte er sich Wein nach und nahm dann auch einen kräftigen Schluck. „Warten wir es einfach ab."

Zwölf

„Ausländerkriminalität nicht länger toleriert!"
„Keine Toleranz bei kriminellen Ausländern!"

Fabio knallte die Samstagzeitungen mit den fetten Überschriften auf den Tisch. Sie waren ihm beim Brötchenkauf im Dorfladen aufgefallen, denn unter den Überschriften prangte unübersehbar das Bild von Carmelita Cantallielo, seiner neuen Chefin. Fabio hatte daraufhin alle Zeitungen gekauft, die es zu kaufen gab. „Da hat diese Person doch am Freitag eine Pressekonferenz gegeben, ohne auch nur ein Wort davon mit mir abzusprechen." Fabio kochte vor Wut. Elisabeth griff sich eine der Zeitungen und las:

Die neue ViceVicequestora Carmelita Çantallielo berichtete auf ihrer ersten Pressekonferenz von Fahndungserfolgen ihrer Behörde. So sei es gelungen, einen Ring ausländischer Diebe dingfest zu machen, die auf Einbrüche in Tankstellen spezialisiert waren. ‚Ich werde dafür sorgen, dass das Treiben solcher Elemente in Zukunft nicht mehr geduldet wird', sagte die ViceVicequestora. Sie verkündete ein Programm zur Bekämpfung der Ausländerkriminalität, mit dessen Umsetzung sie schon in den nächsten Tagen beginnen wolle. ‚Es wird ein neuer Geist in Südtirol einziehen. Kriminelle Ausländer gehören konsequent abgeschoben. Der Rest ist dann nur noch die Aufrechterhaltung der Ordnung', sagte Cantallielo.

Elisabeth ließ die Zeitung sinken. „Die verkauft deine Fahndungserfolge und macht damit Politik!" Fabio nickte heftig. „Schlimmer, sie findet bei den Kommentatoren auch noch breite Zustimmung. Hier! Lies mal diesen Kommentar." Fabio reichte Elisabeth eine andere Zeitung und deutete auf die Kommentarspalte.

Endlich Klartext
Der neue Ton in der Questura macht Mut. Musste früher jede Information mühsam ermittelt werden, schafft die neue Führung schon in der ersten Präsentation ein Klima der Offenheit. Klare Töne sind angesagt statt Heimlichtuerei und Verschlossenheit. Die neue Chefin verspricht, die Probleme in unserem Land massiv anzugehen. Das hört sich nicht nur gut an, sondern wird auch langsam Zeit. Wo früher Gleichgültigkeit und Desinteresse regierten, zeigen sich heute hoffnungsvolle Ansätze. Südtirols Polizeiarbeit hat nicht nur eine neue Führung, sie hat ein neues Konzept.

„Das glaube ich jetzt nicht. Was ist denn das für ein Ton? Spinnen denn die? Als ob früher irgendetwas vertuscht worden wäre. Fabio, was sagst du denn dazu?"

Fabios Fingerspitzen trommelten ein Stakkato auf den Frühstückstisch. „Was ich dazu sage? Pfffhh! Es ist einfach unglaublich. Die posaunt meine Ermittlungsergebnisse hinaus und stellt sie in einen Zusammenhang, den ich nie im Leben behaupten würde. In der Sache der Tankstelleneinbrüche wissen wir eigentlich überhaupt nichts. Und das, was wir wissen, reicht gerade aus, um zwei Einbrüche in zwei Tankstellen zu beweisen. Jetzt noch an die Hintermänner zu gelangen, dürfte nach dieser Presseverlautbarung nicht einfach geworden sein. Was ich aber für gefährlich halte, ist die Fokussierung auf die Ausländerkriminalität. Die Rumänen, die meine Leute geschnappt haben, sind eingeschleust worden. Da bin ich mir sicher. Aber das kann auch im Zusammenhang mit organisierter Kriminalität stehen. Und die hat garantiert auch Verbindungen zu inländischen Gaunern. Sonst könnte das nicht funktionieren. Das ist keine klassische Ausländerkriminalität. Und diese Fälle für eine Aktion gegen Ausländer herzunehmen, scheint mir reine Absicht. Diese Frau will keine Kriminalität bekämpfen. Diese Frau will Politik machen. Und ich bin sicher, dass sie das im Auftrag von Rom macht. Mit der bekommen wir noch Spaß."

In diesem Moment schellte das Telefon. Fabio nahm ab. „Ja, am Apparat.“ Elisabeth beobachtete, wie sich die Farbe in seinem Gesicht veränderte. „Nein, das können Sie nicht schreiben.“ Pause. „Hören Sie, ich weiß ja nicht, wie Sie darauf kommen. Aber das ist alles großer Unsinn, was Sie sich da zusammenreimen.“ Pause. „Jetzt machen Sie mal einen Punkt. Ich verbitte mir jede weitere Störung. Und wehe, ich muss morgen eine ihrer Lügen lesen.“ Fabio beendete das Gespräch abrupt. Er drehte sich zu Elisabeth, weiß im Gesicht: „Das gibt es doch nicht!“ Pause. „Das war dieser Redakteur, von dem du den Kommentar gelesen hast. Du weißt schon: ‚Endlich Klartext‘. Der hat behauptet, dass ich absichtlich wichtige Informationen unterdrückt hätte, um die Ausländerpolitik zu unterstützen. Der hat mich allen Ernstes gefragt, ob ich ein Aktionist der Linken sei und ob meine Einstellung zur Bekämpfung der Ausländerkriminalität von meiner politischen Ausrichtung geprägt sei.“ Fabio wirkte erschüttert. „Das hätte ich mir nicht träumen lassen. Die wollen mich fertigmachen.“ Elisabeth wusste nicht, was sie dazu sagen sollte. Außerdem sollten Fabios Eltern gegen Mittag in Bozen ankommen und er wollte sie vom Flughafen abholen. Dass aber auch ausgerechnet heute alles auf einmal passieren musste. Jetzt war die ganze Vorfreude arg verdorben. Sie fasste Fabio bei seinen Schultern. Ihre Blicke trafen sich. „Fabio, das ist zwar jetzt alles ziemlich dumm. Aber es wird sich eine Lösung finden. Heute haben wir deine Eltern zu Besuch und ich möchte nicht, dass uns die Zeitungsfritzen das Wochenende verderben. Komm, lass uns jetzt an was Schönes denken, ja? Wir frühstücken zu Ende und dann fährst du nach Bozen und holst deine Eltern ab. Und am Montag kümmerst du dich um den Rest, einverstanden?“ Fabios Gesichtsfarbe war zurückgekehrt. Er atmete tief ein. „Du hast recht. Aber es ärgert mich.“ „Ja, natürlich ärgert es dich. Aber vielleicht ist es bis Montag nicht mehr so schlimm? Und viel wichtiger ist doch, dass sich deine Eltern hier wohlfühlen, oder?“ Elisabeth ging in die Küche und kam mit einem großen Topf wieder. „Was glaubst du, ist hier drin?“, fragte sie ihn mit einem schelmischen Lächeln. Fabio zuckte mit den Schultern.

„Weiß nicht. Vielleicht das Zweitbeste, was du kochen kannst, gefüllt mit dem Erstbesten, was du kochen kannst?" „So ungefähr, mein Lieber. Es ist ein Gamsschlegel von der Gams, die mein Vater erlegt hat, als du dabei warst. Ich habe sie eingelegt und ordentlich mariniert. Wenn du deine Eltern holst, brate ich sie an, und heute Abend gibt es was Wildes. Kannst dich schon drauf freuen." In Fabios Gesicht verzogen sich die Wolken. „Genau so machen wir es", dachte er. „Ärgern einstellen und das Wochenende genießen. Ist ja auch ein wichtiges Wochenende." Seine Eltern waren zwar nicht kritisch, aber ihm war es schon wichtig, dass sie Elisabeth mochten. Und da sollte die Stimmung nicht durch blöde Zeitungsmeldungen gestört werden.

*

Das Hotel „Zum Mohren" erreichten Fabio und seine Eltern erst gegen halb drei am Nachmittag. Ihr Flug hatte Verspätung und so mussten Fabios Eltern einen Ersatzanschlussflug nach Bozen nehmen. Trotz der Reisestrapazen waren sie erstaunlich frisch. Sie wollten sich nicht erst hinlegen, sondern lieber „etwas Geistreiches" trinken, wie sich sein Vater ausdrückte. Der Mohrenwirt, so nannten sie im Dorf den Eigentümer des Hotels, hatte eine Gaststube mit „geräucherter Eiche" auskleiden lassen. „Handgehobelt", wie er gerne hinzufügte, wenn man ihn darauf ansprach. Das war schon ein Erlebnis für die Nase, denn diese Stube verströmte einen intensiven, angenehmen, leicht erdigen Geruch nach Wald und Erde. Trotz des rustikalen und dunklen Holzes wirkte sie wegen der geschickten Beleuchtung und der Kombination mit Glaselementen, die den Raum vom übrigen Gastbetrieb trennten, luftig und durchlässig. Hier hatte sich ein talentierter Innenarchitekt verwirklichen dürfen. Fabios Vater fühlte sich sichtlich wohl. Sie waren die einzigen Gäste um diese Zeit und er ließ sich daher ungeniert in die Sitzgruppe fallen. Fabios Mutter hingegen musterte zunächst den Raum, nickte anerkennend und nahm dann Platz. Fabio kannte die Vorlieben seiner Eltern und hatte bereits für jeden einen Veneziano bestellt.

Um die Nachmittagszeit war nur die Tochter des Hauses zugegen, eine reizende kleine, dunkelhaarige Person, die Fabios Vater offensichtlich gefiel. Fabios Mutter verdrehte die Augen, als ihr Mann einige kleine Komplimente platzierte, kaum dass die junge Frau den Raum betreten hatte, um die drei Getränke zu servieren. Sie raunte Fabio ins Ohr: „Dein Vater kann es nicht lassen. Aber ich lass' ihn. Das erhält ihn mir jung." Dabei lächelte sie ihn und die junge Frau gleichermaßen an. Die verstand und bot hausgemachten Kuchen an. „Wie ist denn deine Freundin?", wollte Fabios Vater wissen. „Ihr werdet sie gleich kennenlernen. Wir wohnen nicht weit von hier. Gleich im Nachbardorf. Wir könnten zu Fuß gehen, wenn ihr wollt. Dann bekommt ihr auch einen kleinen Eindruck von der schönen Gegend. Heute Abend essen wir bei uns. Elisabeth wird etwas Besonderes kochen. Ich verrate aber jetzt noch nichts." Fabios Mutter drückte ihren Sohn an sich. „Ich freue mich ja so für dich, mein Junge. Ehrlich gesagt habe ich schon länger darauf gewartet. Aber erzähl doch mal, wie ihr euch kennengelernt habt." Fabio berichtete also von dem Zeitpunkt, da er nach Bozen versetzt worden war, seiner Zufallsbekanntschaft mit Elisabeth, die er einigen bösen Mücken- und Wespenstichen und ihrer Profession als Apothekerin zu verdanken hatte; der Zeit, in der sie sich näher gekommen waren, bis zum aktuellen Stand der Dinge. „Und ihr wollt also heiraten?", fragte sein Vater. „Wann denn und wo?" Fabio nickte. „Ja, wir wollen heiraten, aber wann und wo, wissen wir noch nicht." „Und was sagen die Eltern von Elisabeth dazu? Was sind das eigentlich für Leute?" „Nun, ihre Eltern sind sehr nett. Sie haben einen großen Bauernhof im Ultental. Ich denke mal, dass sie nichts dagegen haben, dass wir heiraten. Aber so konkret ist das ja auch noch nicht besprochen worden." „Bauern also. Interessant." Das war sein Vater. „Die haben vielleicht ihre eigenen Vorstellungen. Traditionell und so. Na, werden wir ja sehen. Aber es ist doch klar, dass ich das Brautpaar mit Stoffen aus meinen Kollektionen ausstatte, oder?" Fabios Vater strahlte, seine Mutter lächelte glücklich. Fabio schluckte. Er erinnerte sich, dass Elisabeths Mutter von ihrem Hochzeitskleid sprach, das auch schon ihre Mutter getragen habe und das man nur ein wenig umändern müsse. Fabio war das bisher völlig egal. Aber jetzt ... „Wir werden ja sehen. Jetzt sollten wir vielleicht den Kuchen probieren, sieht gut aus."

*

Der Abend mit Elisabeth war rundum gelungen. Fabios Eltern waren begeistert von Elisabeths Frische und Natürlichkeit. Als die beiden Männer auf dem Balkon nach dem Essen Zigarren rauchten, meinte Fabios Vater: „Die ist klasse. Sieht gut aus, ist gescheit und dabei nicht eingebildet. Sehr selbstbewusst, ohne diese Attitüden, die schon mal damit einhergehen. Gute Wahl, mein Sohn. Meinen Segen hast du, gratuliere." Ein größeres Kompliment konnte man von seinem Vater nicht erwarten, das wusste Fabio. Die Frauen hatten es sich im Wohnzimmer gemütlich gemacht und waren in ein Gespräch vertieft. Auch dort herrschte gute Stimmung. Elisabeths Gamsschlegel wurde allseits sehr gelobt und als Fabios Eltern erfuhren, dass ihr Sohn dabei war, als die Gams geschossen worden war, gab es ein großes Hallo. „Du und jagen, da oben in diesen Bergen, das hätte ich mir nie träumen lassen. Mein Sohn, der geborene Stadtindianer, fühlt sich wohl in archaischer Umgebung, schau, schau. Die Umgebung scheint dir zu bekommen."

*

Als Fabio seine Eltern am Sonntag nach dem Frühstück vom „Mohren" abholte, um mit ihnen ins Ultental zu fahren und ihnen Elisabeths Eltern vorzustellen, begrüßte ihn sein Vater mit den Worten: „Junge, du stehst in der Zeitung. Aber es ist nichts Schönes, was ich da lesen muss."

Commissario Fameo hielt Information bewusst zurück

Die am Freitag von der neuen ViceVicequestora erstmals bekannt gegebenen Ermittlungen um einen kriminellen Ring von

Rumänen, die seit geraumer Zeit in Südtirol ihr Unwesen treiben, sind durch den zuständigen Commissario bisher sehr zurückhaltend bearbeitet worden. Während die neue Führung verspricht, mit der Bekämpfung der Ausländerkriminalität ernst zu machen, hatte Commissario Fameo in der Vergangenheit alles unternommen, um die Ermittlungen geheim zu halten. Die Frage ist nur, wie lange sich ein Commissario mit dieser Einstellung gegenüber der Ausländerkriminalität unter der neuen Führung halten kann.

Fabio ließ die Zeitung sinken. Sein Vater schaute ihn besorgt an. Fabios Gesichtszüge hatten sich verändert. „Was passiert hier?", fragte sein Vater. „Warum ist die Presse gegen dich?" Fabio schnaubte. „Weiß ich jetzt auch nicht." Fabios Vater beobachtete, wie es in seinem Sohn arbeitete. Er ahnte, was in ihm vorging. Schon als Kind konnte Fabio Ungerechtigkeiten nicht ausstehen. Das löste in ihm immer zumindest eine Trotzreaktion aus. Im günstigsten Fall. Im ungünstigsten Fall ging Fabio mit dem Kopf durch die Wand, egal welche Verwüstungen er hinterließ. In jungen Jahren war er ein Hitzkopf. Nach seiner Versetzung nach Bozen hatte Fabios Vater schon gefürchtet, dass sein Sohn ob der erlittenen Ungerechtigkeit überreagieren würde. Und deshalb war er so froh, als er nur Gutes hörte, nachdem Fabio hier anscheinend sein Glück gefunden hatte. Fabio war immer zu gradlinig – sowohl in seinem Denken wie auch in seinem Handeln. Und damit stand er sich manchmal selber im Wege.

In dem Moment donnerte es. „Prima, passt zu meiner Stimmung!", stieß Fabio hervor. „Jetzt zieht auch noch ein Gewitter auf." In der Tat hatte er bei der Fahrt von Tisens nach Prissian beobachtet, wie sich dicke Wolken über dem Etschtal zusammenzogen. Heute wollten sie Elisabeths Eltern im Ultental besuchen, damit sich die Schwiegereltern kennenlernen konnten. Das aufziehende Gewitter lenkte ab von den trüben und zornigen Gedanken, die der Artikel in der Sonntagszeitung ausgelöst hatte. Jetzt musste Fabio dafür sorgen, dass alle möglichst trocken ans Ziel kamen, denn ein Gewitter konnte in dieser Gegend auch schon einmal heftig ausfallen. Er hatte schon erlebt, dass sich die Welt ganz plötzlich dramatisch veränderte. Genauso schnell konnte sich die Natur nach einem heftigen Gewitter aber auch wieder von ihrer liebreizenden Seite zeigen. Südtirol hatte ein tolles Wetter – soweit Fabio das schon überblicken konnte.

Als seine Mutter den Frühstücksraum betrat, spürte sie sofort, dass etwas nicht stimmte. Ein Blick in die Gesichter ihrer Lieben sagte ihr mehr als viele Worte. „Das Wetter wird es nicht sein, was euch schlechte Laune macht", stellte sie fest. Fabio musste lächeln. Seine Mutter merkte einfach immer alles. Und es schien manchmal so, als ob sie neutralisierend wirken könne. Fabios Eltern hatten das viele Male beobachten können. Bei ihren Reisen durch die Welt und ihren vielen Kontakten zu ganz verschiedenen Menschen gab es manch schwierige Situation. Verhandlungen, die feststeckten. Gespräche, bei denen zu befürchten war, dass sie ins Leere führten statt zu einem Geschäftsabschluss. Fabios Vater hatte früh erkannt, dass die Anwesenheit seiner Frau ihm Glück brachte. Fabios Mutter hatte ein gutes Gespür. Deshalb war sie auch überzeugt, dass Fabio mit Elisabeth die richtige Wahl getroffen hatte. Ihrem Sohn hatte sie das zu verstehen gegeben, als er sie ins Hotel zurückgebracht hatte. „Elisabeth ist eine rundherum perfekte Frau, mein lieber Sohn. Da hast du eine gute Wahl getroffen." Fabio wusste, wie das zu verstehen war.

Dreizehn

Die Schlagzeile für die Montagsausgabe stand fest. Claudio Bertollini hatte sich durchgesetzt. Eigentlich hatte er nur Glück gehabt. Die Redaktionsbesetzung am Sonntagabend war immer sehr dünn. Und der Chefredakteur war sonntags nie dabei. Seine Vertretung war ein bisschen bequem und so hatte Bertollini es erreicht, dass er die Geschichte um den Commissario Fameo am Köcheln halten konnte. Es gab zwar nichts Neues in der Rumänensache, aber Bertollini hatte herausgefunden, dass Fameo früher in Rom eine wichtige Rolle bei Ermittlungen gegen das organisierte Verbrechen innehatte und dass man ihn nach Bozen zwangsversetzt hatte. „Wahrscheinlich hat er in Rom Mist gebaut", dachte Bertollini, und das könnte seine Leser dann vielleicht auch interessieren. Bei seinem Chefredakteur hätte er die Geschichte nicht durchbekommen. Der hätte ihm gesagt, dass darin kein „Neuigkeitswert stecke" und dass er nicht Chefredakteur eines Boulevardblattes sei. „Schmutz und Häme gegen Personen haben in meinem Blatt keinen Platz. Dafür gibt es das Boulevardblatt." So oder so ähnlich hätte er gesprochen. Aber sein Sonntagsvertreter dachte nicht so, wenn er überhaupt dachte. Und so lautete der Aufmacher für den Montagmorgen:

Fameo war schon in Rom umstritten

Darunter hatte Bertollini ein Foto platziert, das Fameo recht unvorteilhaft darstellte. Er hatte es in einer Fotodatenbank gefunden und zeigte Fameo, wie er gehetzt in ein Auto sprang. Es wirkte, als sei er auf der Flucht. Der Gesichtsausdruck war nicht kontrolliert und seine Gestik war hilflos.

Der Artikel begann mit den Sätzen:

Schon bevor Commissario Fameo nach Bozen versetzt wurde, hatte er in Rom für Unverständnis bei seinen Vorgesetzten gesorgt. Auch wenn nicht zu erfahren war, warum Fameo von wichtigen Ermittlungen in Rom entbunden wurde, kann man wohl vermuten, dass seine Art, Ermittlungen voranzutreiben, als problematisch einzustufen sind. So wundert es nicht, dass Rom eine neue ViceVicequestora schickte, die Fameos Ermittlungen überwachen soll.

Bertollini war mit sich zufrieden. Er hatte seinen Artikel mit der einen oder anderen Episode ausgeschmückt, die er auf den Fluren der Questura erfahren hatte. Denn dort ging er ein und aus. Er kümmerte sich um die Themen rund um die Polizei und die Justiz. Er kannte fast alle, von der Sekretärin bis zum Chef. Einige der Sekretärinnen kannte er auch recht intim. Das machte schließlich beiden Spaß und für ihn gab es dann schon mal eine ganz spezielle Information. Bertollini gefiel sich in der Rolle des rasenden Reporters, immer einem Skandal auf der Spur. Sein Problem war allerdings, dass es in Südtirol selten einen Skandal gab, über den er berichten konnte. Carmelita Cantallielo kam ihm daher ganz recht. Sie thematisierte einen Skandal und er konnte endlich loslegen. „Ich werde die Dame unterstützen", dachte er sich, nachdem er die erste Pressekonferenz besucht hatte. Das Thema Ausländerkriminalität interessierte jeden in Südtirol. Bertollini wusste, dass diese Thematik zwar gerne von den politisch rechts stehenden Kräften besetzt wurde, aber auch als gemäßigter Mensch konnte man die Meinung vertreten, dass kriminelle Ausländer abgeschoben gehörten. Das meinte jedenfalls Bertollini. Und jetzt galt es, die Geschichte weiterzuentwickeln: am Samstag die Berichterstattung über die Pressekonferenz; am Sonntag die Berichterstattung über Fabio Fameo, die zwar inhaltlich nicht überzeugend, aber stimmungsmäßig gut zu gebrauchen war; und am Montag dann die Enthüllung, dass Fameo schon in Rom offensichtlich wegen seiner Art zu arbeiten weggelobt worden war. Diesen Fameo fand er ohnehin nicht sehr zugänglich. Seit der hier war, hatte er nicht ein Gespräch mit der Presse geführt. Nicht eine Information hatte es in der Zeit gegeben. Gut, da war noch der alte Vicequestore, und der war auch nicht sehr gesprächig. Aber trotzdem hätte der neue Commissario etwas mehr Engagement gegenüber den Medien zeigen können. Das hatte er jetzt davon.

*

Es war schon nach 21 Uhr und Bertollini wollte gerade gehen, denn die Montagausgabe war soeben in Druck gegeben worden, als Claudia Mori in die Redaktion hereingesegelt kam und ohne ein Wort des Grußes in die Runde sofort zum stellvertretenden Chefredakteur rannte. Ja, rannte. Da musste etwas passiert sein, das spürten alle im Raum. Einige erhoben sich von ihren Sitzen, um zu sehen, was in der Glaskabine des stellvertretenden Chefredakteurs vor sich ging. Claudia redete anscheinend laut auf ihn ein, kramte in ihrer Tasche und zeigte ihm einige Fotos auf dem Display ihrer Digitalkamera. Der stellvertretende Chefredakteur schaute sich die Fotos an, stellte offensichtlich einige Fragen, griff dann zum Telefonhörer. Er wirkte angespannt. Als er in den Telefonhörer sprach, schaute er ununterbrochen Claudia an. Schließlich übergab er ihr den Hörer und sie sprach hinein. Wie es schien in höchster Erregung. Aus der Glaskabine drang blöderweise kein Laut. Aber mittlerweile hatten alle im Großraumbüro der Redaktion bemerkt, dass etwas Besonderes vor sich ging. Jeder hatte mittlerweile seine Arbeit liegen lassen und schaute gespannt auf das gläserne Büro. Schließlich kam der stellvertretende Chefredakteur heraus und rief in die Runde: „Den Andruck stoppen. Sofort! Wir machen komplett neu auf!" Bertollini musste sich setzen.

Vierzehn

Am Montagmorgen grüßte die Sonne vom Himmel, als sei nichts passiert. Dabei hatte es am Sonntag ein Unwetter gegeben, dass man hätte meinen können, die Welt ginge unter. Auf dem Weg ins Ultental zum Hof von Elisabeths Eltern hatte der Regen eingesetzt, zunächst nur abschnittsweise. Aber dann war das Gewitter mit voller Gewalt losgegangen. Der Scheibenwischer schaffte es auf seiner höchsten Stufe kaum, die Scheiben vom aufplatzenden Regen freizubekommen. In Sekunden war die Straße durchs Ultental von Wasser überflutet. So schien es jedenfalls, denn die Abflüsse waren ob der plötzlich aufzunehmenden Wassermassen für einige Zeit überfordert. Sie konnten nur Schrittgeschwindigkeit fahren und hatten Sorge, dass ein hinter ihnen fahrendes Fahrzeug sie vielleicht nicht rechtzeitig bemerkte. Aber als sie den Hof der Eltern erreichten, hörte plötzlich der sintflutartige Regen auf und ein strahlend blauer Himmel zeigte sich. In der Nacht gab es dann noch einige starke Schauer, aber da schliefen sie schon. Die Montagsmorgensonne sorgte dafür, dass das Pfützenwasser schnell verdunstete. Die Luft war rein und schmeckte gut. „Was mag der Tag bringen?“, fragte sich Fabio, als er die würzige Luft tief in seine Lungen zog. Das Treffen der beiden Elternpaare war harmonisch abgelaufen. Sie hatten zwar einen sehr unterschiedlichen Lebenshintergrund, aber es gab so was wie eine Grundübereinstimmung. Vielleicht war es auch die ausgleichende Wirkung, die seine Mutter auf eine Gemeinschaft von Menschen ausübte. Jedenfalls gab es keine nennenswerten Differenzen, bis das Thema auf das Hochzeitskleid kam und Fabios Vater sofort das Wort ergriff und Stoffe aus seiner aktuellen Kollektion vorschlug, Elisabeths Mutter daraufhin das traditionelle Hochzeitskleid der Familie ins Spiel brachte, das man „nur ein wenig abändern müsse“. Fabio und Elisabeth fürchteten schon einen Konflikt, aber irgendwie schienen beide Familien daran interessiert, es nicht so weit kommen zu lassen. Es gab wegen des Kleides keine unüberbrückbare Meinungsverschiedenheit, obwohl auch kein abschließendes Ergebnis festgestellt werden konnte. Heute musste Fabio zunächst seine Eltern zum Flughafen bringen. Dann wollte er ein Gespräch mit der ViceVicequestora führen. Er wollte sie fragen, warum sie ohne Absprache mit ihm am Freitag eine Pressekonferenz unter anderem über die vorläufigen Ergebnisse seiner Ermittlungen abgehalten hatte. Er wollte sie fragen, ob das ihre Vorstellung einer vertrauensvollen Zusammenarbeit sei. Und was sie sich von einer derart frühen Veröffentlichung von Ermittlungsergebnissen verspreche. Er war finster entschlossen, seinem Ärger Luft zu machen. Als er in die Küche trat, gab Elisabeth ihm die Tageszeitung in die Hand. „Schau mal, es gibt schon wieder was Spannenderes als eure Polizeiarbeit." Sie meinte es beruhigend, denn wenn ein spannenderes Thema die Medienwelt beschäftigt, waren alle bisherigen Themen uninteressant. Und Fabio müsste sich nicht weiter über die Berichterstattung aufregen. Fabio nahm die Zeitung und las:

Ötzi2 gefunden?

Nicht weit vom Similaungletscher hat eine Wandergruppe eine gefrorene Leiche gefunden, die Ötzi ähnlich sieht. „Der hat genau solche Kleidung an, wie sie Ötzi anhatte", erzählte Paul Gruber, der mit Freunden im Similaungebiet unterwegs war, als die Gruppe von dem heftigen Gewitter überrascht wurde, das gestern ganz Südtirol fest im Griff hatte. „Wir waren in der Schröfwand und wollten Richtung Similaunhütte steigen, als uns das Unwetter überraschte. Ich erinnerte mich an eine alte aufgelassene Alm am „Wilden Hut" und entschied, dass wir den Weg bis dorthin schaffen konnten, bevor das Wetter über uns kommt. Auf dem Weg dorthin entdeckten wir dann den Toten."

Der Artikel war reich bebildert. Die Fotos zeigten eine Gruppe von jungen Menschen, alle um die 25 Jahre, wie sie rund um die Leiche versammelt standen. Die Leiche lag mit dem Gesicht nach unten und man konnte deutlich die Bekleidung erkennen, die in der Tat an die Kleidung von Ötzi erinnerte. Die Umgebung war teils felsig, teils mit Eis überkrustet, wie es in Regionen um die 3.000 Meter üblich ist. Teile der Leiche waren von Eisresten umschlossen, ähnlich wie es bei Ötzis Fundort ausgesehen hatte. Die Reporterin hieß Claudia Mori und war, wie sich aus dem Artikel ergab, Mitglied der Wandergruppe. Der Artikel verlor sich in Spekulationen, ob dieser Fund neue Erkenntnisse über das Leben von Ötzi geben könne, ob Ötzi nicht allein gewesen sei, ob es sich vielleicht um den Mann handele, der den Pfeil auf Ötzi abgeschossen hatte, und so weiter. Die ganze erste Seite war voll von Fotos und Ungereimtheiten. Fabio ließ die Zeitung sinken und schaute Elisabeth an. „Haben wir eine Wanderkarte von der Gegend?“ Elisabeth nickte und holte sie. Fabio studierte die Karte. Der „Wilde Hut“ war ein Berg, der das Pfossental vom Tisental trennte. Er gehörte zu einem Kamm, der aus mehreren Erhebungen bestand. „Schröfwand, 2.890 Meter, Wilder Hut, 2.912 Meter, Kasarerwarth, 3.300 Meter, Hohe Wart, 3.424 Meter“, las er vor. „Das ist die Gegend, in der sie Ötzi gefunden haben. Kann also sein, dass es noch mehr von den Ötzis da oben gibt. Die Klimaveränderung lässt das Eis zurückweichen und die Berge geben ihre Geheimnisse preis.“ Fabio schaute noch einmal auf die Karte. „Oder ich habe ein Problem. Der Fundort ist ziemlich nahe an dem Fundort der Leiche im Pfossental. Jedenfalls muss ich mir die Leiche heute wohl oder übel anschauen. Damit ist meine Tagesplanung ziemlich über den Haufen geworfen worden. Und überhaupt diese Pressefritzen. Dieselbe Zeitung, die am Wochenende diesen Mist über die angebliche Ausländerkriminalität und über mich geschrieben hat, berichtet heute exklusiv über Ötzi2, statt die Polizei über einen Leichenfund zu unterrichten.“ Elisabeth schaute ihren Fabio verwundert an. „Wenn du bei der Zeitung arbeiten würdest und fändest einen Ötzi2, würdest du zuerst zur Polizei gehen und berichten, oder würdest du nicht auch lieber eine dicke Schlagzeile liefern? Was glaubst du, hätte dein Chefredakteur mit dir gemacht, wenn du zuerst ganz artig zur Polizei gegangen wärst?“ Fabio schluckte. Ja, natürlich hätte er in diesem Fall die Schlagzeile gewollt. Aber sein Ärger auf das Blatt war eben groß.

*

Claudia Mori war Volontärin. Sie hatte Kommunikationswissenschaften an der Universität Bozen studiert und seit Beginn ihres Studiums als freie Mitarbeiterin bei verschiedenen Rundfunkstationen und bei der Zeitung gearbeitet. Sie war fleißig. Sie war ehrgeizig. Sie war hinter den großen Geschichten her. „Warum sitze ich hier in dieser piefigen Redaktion und warum schreibe ich immer nur über die unwichtigen Geschehnisse in dieser kleinbürgerlichen Stadt Bozen, wo ich doch für die großen Geschichten geboren bin – und wo ist eigentlich mein Lippenstift?“, hatte sie noch am Freitagabend ihrem Freund Carlo zugerufen, als sie nach Redaktionsschluss wie so oft als eine der Letzten die Redaktion verlassen hatte. Carlo war schon drei Jahre bei der Zeitung und hatte sich der jungen attraktiven Claudia von Anfang an angenommen. Sie hatte sein Herz im Sturm erobert, das war ihr sofort klar, als sie bei der Zeitung ihr Volontariat begann. Zunächst nutzte sie es einfach nur aus, um an interessante Geschichten oder Informationen zu kommen. Aber schließlich empfand sie doch so etwas wie Liebe für Carlo. Carlo war hübsch. Zugegeben. Und er verdiente auch schon ganz ordentlich. Die Medienwelt als Arbeitgeber war ein hartes Pflaster. Wer darin nicht umkommen, sondern weiterkommen wollte, musste mit harten Ellenbogen ausgestattet sein. Als sie am Samstag mit vier Freunden Richtung Similaunhütte aufbrach, konnte sie nicht ahnen, dass sie es sein würde, die die dickste Geschichte seit Ötzis Fund bringen würde. Der Andruck gestoppt, das Blatt neu umgebrochen, die „Seite-1-Geschichte“ über irgendeinen Commissario gekippt, das musste ihr erst mal einer nachmachen. Und das als Volontärin! Als Claudia am Montagmorgen zum Chefredakteur gerufen wurde, war sie mit sich und ihrer Welt sehr zufrieden. Sie war fest entschlossen, sich mit dieser Geschichte einen Namen in der Medienwelt zu machen. Das war ihre Chance. Sie wollte in die Premiumklasse der Berichterstattung aufsteigen. Sie konnte sich als „Ankerwoman“ in einer täglich ausgestrahlten Nachrichtensendung vorstellen, oder als eine der Chefredakteurinnen einer großen überregionalen Zeitung, oder als Intendantin einer staatlichen Rundfunkstation.

Die Welt sollte sie lieben. Claudia Mori, ihr Gesicht sollte über Italien hinaus bekannt werden und Ötzi2 würde ihr dabei helfen, da war sie sich sicher.

*

Fabio verabschiedete sich vor dem „Mohren" von seinen Eltern. Sie hatten Verständnis dafür, dass Fabio ihnen ein Taxi für die Fahrt zum Flughafen besorgt hatte, statt sie persönlich hinzufahren. „Mein Junge", sagte sein Vater, „auch wenn du dich über das Geschreibsel in der Sonntagszeitung ärgerst, denke immer daran, dass schon morgen eine andere Sau durch das Dorf getrieben wird. Die Medienwelt ist schnelllebig. Da hat selten etwas Bestand. Ärgere dich also nicht allzu sehr, denk an deine Elisabeth und daran, dass ihr glücklich werdet. Die Querelen mit dem Job gehen vorbei." Fabios Vater knuffte seinen Sohn in die Seite. „Und wenn du deine Arbeit hinschmeißen willst, kannst du jederzeit bei mir einsteigen. Die Geschäfte laufen gut und ich würde mich freuen." Fabios Mutter nahm ihren Mann am Arm: „Lass den Jungen. Der will nicht Kaufmann werden. Der ist Kriminalist. Und das ist auch gut so. Du wirst deinen Weg schon machen. Auch und gerade in diesem Beruf. Und die Presse ist mal so und mal so. Wirst schon sehen." Dann stiegen beide ins Taxi und waren verschwunden. „Da fahren sie hin", dachte Fabio. Ein altes Ehepaar. Immer unternehmungslustig, immer auf Achse und erfolgreich im Geschäft. Sie genossen es, aber wichtig war ihnen nur, dass sie zusammenleben konntene, egal wie, egal wo. So musste es sein.

*

Claudia war ein wenig aufgeregt, als sie das Büro ihres Chefredakteurs betrat. Wie würde er ihre Leistung bewerten? Am Sonntagabend hatte sie mit ihm selber gesprochen, als der stellvertretende Chefredakteur die Entscheidung, den Andruck zu stoppen, nicht alleine treffen wollte. Er hatte seinen Chef angerufen und schließlich Claudia mit ihm verbunden. Sie hatte Vollgas gegeben. So eine Chance gab es kein zweites Mal. Sie wusste, dass die Fotos, die sie mitgebracht hatte, sensationell waren. Ötzi2 sah genauso aus wie Ötzi: dieselbe Art von Umhang, eine ähnliche Mütze. Und er war auch teilweise von Eis bedeckt. Wie es schien, ragten nur der Hinterkopf und Teile des Rückens aus dem Eis hervor. Der Rest war noch verborgen. Claudias Kameraden hatten versucht, das Eis rund um den Körper aufzuhacken. Sie gaben ihr Vorhaben auf, als das Wetter abermals schlechter wurde. Claudia hatte noch genügend Zeit, reichlich Fotos zu machen, dann mussten sie zur Hütte aufbrechen, um vor dem Gewitter Schutz zu suchen. Das Gewitter dauerte lange und der Rückweg war schwierig. Claudia schaffte es aber noch rechtzeitig in die Redaktion. Sie fuhr wie der Teufel. Gott sei Dank gab es keine Kontrollen. Ihren Führerschein wäre sie dann bestimmt los gewesen.

Nuncio Scicolone leitete die Zeitung seit genau drei Jahren, denn „24Der Tag24“ gab es erst seit drei Jahren. Er hatte die Redaktion aufgebaut. Die Herausgeber wollten ein modernes Blatt mit Effizienz und Rendite, und parallel zur Zeitungsausgabe baute Scicolone eine Internetredaktion auf. Der Titel des Blattes „24Der Tag24“ zeigte schon den Anspruch. Es sollte 24 Stunden berichtet werden. Immer aktuell, immer schneller als die anderen. Nuncio sah viele Redakteure kommen und gehen, denn den Druck hielten nicht alle aus. Viele Geschichten waren durch seine Hände gegangen. Natürlich war er auch beim Fund von Ötzi mit dabei. Damals noch bei einem anderen Blatt, aber an erster Stelle – natürlich. Nuncio war immer an erster Stelle mit dabei. Und als er gestern Nacht mit Claudia telefonierte, die ihm detailliert über ihre Entdeckung berichtete, war ihm klar, dass diese Geschichte die Geschichte von Ötzis Fund noch toppen konnte. Das musste man sich nur vorstellenn, wenn da oben noch mehr von diesen Urmenschen gefunden würden. Das würde ihm einen Auflagenrekord bescheren. Wichtig war zunächst, dass alle Fotos exklusiv nur über „24Der Tag24“ zu beziehen waren. Die ganze Welt würde Schlange stehen nach diesen ersten Fotos. Die Preise für diese Fotos würden explodieren. Claudia würde sie nicht an ihm vorbei verkaufen, da war er sicher. Denn Claudia wollte hoch hinaus. Nur wenn sie die Chance bekam, diese Geschichte weiter exklusiv für das Blatt zu betreuen, würde sie schnell landesweit und dann auch international bekannt und beachtet werden. Das waren die Geschichten, von denen Reporter träumen. Und Claudia war als Erste dran. Sie hatte die Fotos und sie hatte die ersten Eindrücke. „Wollen wir den Hasen pfleglich behandeln“, dachte Nuncio, als Claudia sein Büro betrat. Er lächelte ihr entgegen. „Claudia! Das war großartig. Fantastisch! Jetzt geht es richtig los!“ Er stand auf und bot ihr einen Platz in der Sitzgruppe an. Das war eine Ehre. Dort empfing Nuncio sonst nur die Herausgeber oder andere wichtige Leute. Claudia überraschte es eigentlich nicht. Sie wusste, dass sie mit ihrer Geschichte einen ungeheuren Trumpf im Ärmel hatte. Solange ihre Wanderkameradinnen und Wanderkameraden den Fundort der Leiche nicht weitererzählten, war sie die Einzige, die diese Geschichte verbreiten konnte. Sie machte sich zwar keinerlei Illusionen darüber, dass es nur eine Frage von Tagen, wenn nicht von Stunden war, dass andere Medien an die Zeugen des Fundes mit verlockenden Angeboten herantreten würden. Aber sie war sich dann doch sicher, dass ihre Freunde nicht sofort den Werbungen der Medien nachgeben würden. Claudia hatte ihren Freunden auf der Hütte erklärt, dass sie ab morgen nicht mehr sicher seien, sobald ihr Fund über das Blatt bekannt gemacht worden sei. Die Medien würden versuchen, jeden Einzelnen von ihnen ausfindig zu machen, um mehr oder neue Details zu erfahren. Drei ihrer vier Kameraden hatten signalisiert, dass sie abtauchen wollten, um dieser Belästigung zu entgehen. Claudia schätzte sie auch so ein, dass sie zunächst kein Interesse hatten, in die Geschichte mit hineingezogen zu werden. Aber das konnte sich schnell ändern, wenn Geld angeboten wurde. Und Claudia wusste, dass Informationen zum jetzigen Zeitpunkt viel Geld wert waren. Und ab wann jemand ins Wanken geriet, war immer nur eine Frage der Höhe der angebotenen Summe. Aber heute, da war sie sich sicher, war sie noch im Besitz des Wissens und der Fotos. Von daher war sie nur mäßig überrascht, dass sie in die „berühmte“ Sitzgruppe gebeten wurde.

Nuncio hatte sich schon in der Nacht überlegt, wie er vorgehen wollte. Claudia würde sich ihm gegenüber sehr sicher fühlen und möglicherweise glauben, Forderungen stellen zu können. Und da er sie als ziemlich skrupellos einschätzte, ging er davon aus, dass sie zumindest eine Festanstellung heraushandeln wollte. Ihr Wissen um den Fundort war aber ihr einziger Trumpf. Denn die Geschichte hatte schon im Blatt gestanden und die interessantesten Fotos waren auch schon veröffentlicht worden. Damit lagen auch die Rechte bei ihm, denn Claudia hatte als Reporterin von „24DerTag24“ berichtet und nach ihrem Anstellungsvertrag gehörten „ihre“ Geschichten der Zeitung. Hätte Claudia diese Geschichte einer anderen Redaktion exklusiv angeboten, hätte sie bestimmt viel Geld herausgeschlagen. Das hatte sie aber nicht getan. Nuncio musste an diesem Tag für eine Fortsetzung sorgen. Das konnte er nur mit Claudia. Inzwischen arbeiteten seine Vertrauten an einem Kontakt mit dem Wanderführer, der im Artikel zitiert worden war. Nuncio kannte dessen Vater und er war zuversichtlich, dass er über diesen Kontakt bis morgen an die Fundstelle von Ötzi2 gelangen konnte. Dann brauchte er Claudia eigentlich nicht mehr. Aber die Geschichte vom Tag 2 nach dem Fund musste unbedingt von ihr gestaltet werden. Er würde also auf alle Forderungen eingehen und alles Weitere davon abhängig machen, wie schnell er an die Informationen über den Fundort kam.

Claudia ahnte, dass die Vorzugsbehandlung nicht von Dauer war. Dafür war sie zu gekünstelt. Der Chefredakteur war ein alter Profi. Von ihm konnte man viel lernen. Aber er war in diese Position nicht allein deshalb gekommen, weil er ein guter Zeitungsmacher war. Er hatte auch ein Stück Skrupellosigkeit in sich. Claudia wollte den Bogen daher nicht überspannen, aber trotzdem mit ihrem Pfunde wuchern.

Nuncio fuhr fort: „Was, meine liebe Claudia, haben Sie für heute im Köcher? Ich bin sicher, dass Sie gestern schon bedacht haben, dass heute die Folgegeschichte kommen muss?" Claudias Gedanken überschlugen sich. Da war nichts im Köcher! Sie hatte nichts außer dem, was am Sonntag in der Zeitung gestanden hatte. Streng genommen hatte sie einen gefrorenen Toten entdeckt, dessen Kleidung – soweit zu erkennen war – an die Kleidung von Ötzi erinnerte. Da konnte man für den Tag 2 nach dem Fund nichts hineindichten. Außer, ... außer man grabe Ötzi2 aus. Dann hätte man neue Erkenntnisse. Ihre Gedanken rasten. Wie war das damals bei Ötzi1 gewesen? Da gab es ein Gerangel um die Leiche. Wandergruppen, berühmte Bergsteiger, Wissenschaftler, alle wollten sofort ran. Und dann hatten die Carabinieri erst mal aufgeräumt und alles abgesperrt ... Da schoss Claudia ein Gedanke durch den Kopf, und sie sagte:

„Ich gehe jetzt zur Polizei!"

Nuncio verschlug es die Sprache. Seine Gedanken kreisten: Was wollte Claudia bei der Polizei? Und noch bevor Nuncio sie das fragen konnte, fuhr Claudia fort.

„Als der erste Ötzi gefunden wurde, da gab es meiner Erinnerung nach einigen Zwist zwischen den Findern, einigen Bergsteigern, die auch Finder waren, und den Wissenschaftlern und so weiter. Das wird heute auch nicht anders sein. Alle werden sich um Ötzi2 zanken. Alle wollen ihn sehen. Alle werden uns – mich – bedrängen, den Fundort zu zeigen, und dann wollen sie alle ihren Job machen. Wenn wir weiter exklusiv berichten wollen, müssen wir dafür sorgen, dass wir diejenigen sind, die handeln. Wenn ich jetzt nur einige weitere Details in eine zweite Geschichte packe, dann könnte ich mir ausrechnen, dass spätestens morgen die Polizei mich auffordert, sie zum Fundort der Leiche zu führen. Denn es könnte sich ja auch um einen Mord handeln, oder um einen abgestürzten Wanderer. Und der Staatsmacht müsste ich mich beugen. Richtig?" Claudia lächelte in Richtung Nuncio. Der nickte nur und deutete ihr, dass sie fortfahren sollte. „Nun, ich möchte der Polizei zuvorkommen. Ich gehe da heute hin und biete an, dass ich sie zum Fundort führe. Dabei werde ich die einzige Medienvertreterin sein. Also habe ich heute Abend die neue und spannende Geschichte, wie die

Polizei den Fundort absperrt und die Leiche untersucht. Mit ein bisschen Glück gibt es auch einige Vermutungen aus dem Mund der Ermittler. Ich bin sicher, dass meine Kooperationsfreudigkeit die weitere Berichterstattung fördern wird. Was meinen Sie?“ Nuncio musste sich eingestehen, dass diese Art vorzugehen geschickt war. Er konnte sich noch allzu gut an die Zeit erinnern, als Ötzi gefunden wurde. Das Blatt, für das er damals gearbeitet hatte, war nur deshalb mit der Nase vorne, weil sein alter Freund, der Vicequestore, ihm dabei geholfen hatte. Aber da sah er jetzt ein Problem. „Claudia, die Idee ist gut. Aber dabei gilt es die Lage gut einzuschätzen.“ Nuncio machte eine Pause und überlegte, was er Claudia preisgeben konnte. „Wir haben in unserem Blatt in den letzten Tagen über die neue ViceVicequestora berichtet. Die hat eine Pressekonferenz gegeben. So weit, so gut. Unser Kollege Claudio Bertollini hat darüber geschrieben. Am Samstag hat er dann die Geschichte weiterentwickelt und den Commissario angegriffen, der erst seit Kurzem in Bozen ist. Ich weiß nicht, warum er das getan hat. Die Fakten waren dafür eigentlich zu dünn. Außerdem habe ich intime Kenntnisse über den Grund seiner Versetzung von Rom nach Bozen, die unser Kollege offensichtlich nicht hat. Jedenfalls bin ich der Meinung, dass unser Kollege dramatisch danebenliegt. Und der hat dann am Sonntag noch einmal nachlegen wollen. Gott sei Dank ist die Geschichte nicht erschienen, weil Sie mit Ihrem Bericht die Sache getoppt haben. Damit ist des Kollegen Lieblingsgeschichte, ‚Wie übergieße ich den neuen Commissario mit Hohn und Spott‘, erst einmal tot. Das sollten Sie wissen, wenn Sie zur Questura gehen. Die neue ViceVicequestora ist übrigens mit Vorsicht zu genießen. Da werde ich im Laufe der Zeit noch einiges erfahren. Aber wie es scheint, ist die Dame nicht einfach. Und der Commissario wird nicht gut auf uns zu sprechen sein. Also, wenn Sie mit Ihren Infos dort aufkreuzen, wird man Sie nicht mit offenen Armen empfangen.“ Nuncio blickte kurz zur Decke. „Wenn Sie beim Commissario nicht weiterkommen, habe ich noch einen Kanal, ihn umzustimmen. Auch das sollten Sie wissen.“ Claudia wunderte sich über nichts. Nuncio war ein durch und durch in diesem Land verwurzelter Mensch. Er kannte jeden. Also war es auch gut möglich, dass er des Commissarios Großmutter kannte, um im Bild zu bleiben. Alles war denkbar. „Also sind Sie damit einverstanden, dass ich die Polizei aufsuche?" Nuncio nickte. „Ja, machen Sie das. Und heute Abend halte ich für Sie die Seite 1 frei. Mit großem Bilderteil auf Seite 3. Sollten Sie noch mehr liefern können, rufen Sie sofort an. Aber denken Sie auch an Tag 3 und 4 nach dem Fund. Ötzi2 soll uns ab heute für mindestens ein Jahr beschäftigen."

Claudia war glücklich. Endlich konnte sie zeigen, was sie draufhatte. Und wenn sie diese Sache hier gut machte, würde sie auch weiterkommen, das war so sicher wie das Amen in der Kirche.

Nuncio war erstaunt, dass Claudia ihm die Pistole nicht auf die Brust gesetzt hatte. „Ich hätte wahrscheinlich zuerst Forderungen gestellt", dachte er. „Ohne eine konkrete Zusage hätte ich diesen Raum nicht verlassen." Aber Claudia wirkte keineswegs zu schwach, um Forderungen zu stellen. Ganz im Gegenteil. Sie wirkte stark.

„Vielleicht biete ich ihr eine Redakteursstelle an", dachte Nuncio, als Claudia die Tür hinter sich schloss.

Fünfzehn

Ötzi2 war an einem sehr einsamen Ort gestorben. Das stand schon einmal fest. Hierher verirrte sich normalerweise kein Mensch. Das Gelände war schroff und zerklüftet. Eisplatten wurden von grauem Gestein durchbrochen, als karge Vegetation fanden sich Flechten und ein wenig Moos, das sich in den Stein krallte. Einen richtigen Weg gab es hier oben nicht. Auch Claudia hatte Mühe, die Stelle wiederzufinden. Das Wetter war heute deutlich besser als am Sonntag. Aber die Lichtverhältnisse waren es eben auch, und so sah die Landschaft anders aus, als sie in ihrer Erinnerung war. Claudia führte einen Tross von Kriminalisten an. Hinter ihr her keuchten Fabio Fameo, Francesca Giardi, Tommaso Caruso, Dr. Ettore Phillipi und rund ein Dutzend Polizisten und Kriminaltechniker.

Als Claudia in der Questura anrief und Fameo erläuterte, dass sie mit der Polizei kooperieren wolle, und ihre Bitte vortrug, dass sie so lange es ginge die exklusive Berichterstattung über den Fund habe wolle, war ihm sofort klar, dass er vorerst keine andere Wahl hatte. Er willigte sofort ein und beauftragte Francesca, eine entsprechende Mannschaft zusammenzustellen. Außerdem informierte er Tommaso. Alles Leute, denen man zutrauen konnte, nicht sofort zu einem Medium zu rennen, um Details von dem Sensationsfund gegen Geld preiszugeben. Sie schleppten viel Gepäck hinauf in die Berge. Dr. Phillipi war zwar beim Fund von Ötzi1 noch nicht dabei gewesen. Er wusste aber von seinem Vorgänger um die Probleme, die es damals gegeben hatte. Phillipi wollte es besser machen und hatte seine Leute angewiesen, alles einzupacken, was für eine umfangreiche Leichenbergung notwendig war. Außerdem hatte er das Südtiroler Amt für Bodendenkmäler informiert und gleichzeitig zugesichert, dass er die Leiche vorerst nur sichten wolle und ansonsten nichts verändern werde. Im Amt hatte man Angst, dass die Polizei bei der Bergung der Leiche wertvolle Hinweise vernichten könnte. Deshalb hatte auch das Amt einen Sachverständigen mitschicken wollen. Der war aber an diesem Tag in Deutschland und würde es deshalb nicht rechtzeitig schaffen. Man war sich einig, dass man nicht zuwarten könne, weil damit zu rechnen sei, dass es in den Bergen rund um die Fundstelle schon sehr bald von Menschen wimmeln würde, die nach der Leiche suchten. Und was ein unbedachter Mensch mit einem so wertvollen Fund alles anstellen könnte, mochte man sich im Amt gar nicht vorstellen. Also stimmte man dort mit zusammengebissenen Zähnen zu, dass die Polizei vorerst alleine ausrückte, um die Fundstelle abzusichern.

*

Ötzi2 war erst auf den zweiten Blick zu erkennen. Was dem Betrachter zuerst auffiel, war seine Mütze, die vom Eispanzer nicht vollständig umschlossen war, teils noch eingebettet, teils aber auch schon freigelegt. Es schien, als ob in der ansonsten vegetationslosen Zone hier ein kleiner Busch oder ein kleines Grasbüschel gedieh. Das fiel auf. Kam man näher, konnte man unter dem Eis die Konturen ausmachen. Der Körper schien leicht schräg nach unten wegzugleiten, so als stecke er in einem mit Eis gefüllten Loch. Wenn man das zerklüftete Gebiet hier oben betrachtete, konnte es gut sein, dass Ötzi2 in einer Spalte stecken geblieben war, als er starb. Eis und Schnee hatten ihn konserviert, so wie Ötzi1. Dr. Phillipi ließ alles fotografieren und er selber beugte sich tief zu dem Büschel hinunter. Er kratzte an der Eisoberfläche. Schließlich ging er zu seinen Kollegen von der Gerichtsmedizin und besprach sich mit ihnen. Dann kam er zu Fameo. „Wir wollen den Kopf freilegen. Dazu werden wir ganz vorsichtig das Eis rund um den Schädel aufklopfen. Das Problem dabei ist, dass wir damit den Schädel den Umwelteinflüssen aussetzen. Das wird den Archäologen nicht gefallen. Aber ich will mir das Gesicht ansehen." Fameo nickte. Der Doktor wird wissen, warum er das tut. Und er würde es ihm schon noch sagen.

Sie gingen ans Werk. Claudia beobachtete alles sehr genau. Niemand schien von ihr Notiz zu nehmen. Sie durfte ungehindert fotografieren. Fameo hatte das vorher mit dem Team besprochen. Ohne Claudia wären sie heute noch nicht hier. Und deshalb durfte sie Fotos machen, so viel sie wollte. Aber irgendwann war es uninteressant, Fotos von Männern zu machen, die mit kleinen Hacken rund um den Kopf von Ötzi2 hämmerten und kleine Eisbröckchen abtrugen. Sie ging zu Fameo, der leicht frierend auf und ab ging und ab und zu einige Worte mit Tommaso und den anderen Polizisten wechselte. „Hat der Doktor gesagt, was er vorhat?", wollte sie wissen. Fabio spürte, dass sie irgendetwas reden wollte. Die Zeit schien stillzustehen. Eine unwirkliche Stimmung in einer unwirklichen Umgebung. „So genau weiß ich das auch nicht. Aber er wird es uns bestimmt erklären, wenn er fertig ist." Fabio betrachtete Claudia. Sie war ihm nicht unsympathisch. Allerdings bewahrte er ihr gegenüber eine kühle Distanz. Sie arbeitete für das Blatt, über dessen Berichterstattung er sich am Wochenende so geärgert hatte. Als Claudia heute Morgen in seinem Büro anrief, wollte er zunächst nicht mit ihr sprechen. Aber er konnte es nicht ignorieren, wenn sie ihm ihre Hilfe beim Finden der Leiche anbot. Als sie sich kurz darauf trafen, war es Claudia, die ihn auf die Berichterstattung ansprach. „Das war ein Kollege von mir. Ich habe mit der Sache nichts zu tun. Aber mir verdanken Sie es indirekt, dass damit Schluss ist", hatte sie ihm gesagt und damit die Frage nach dem „Warum?" provoziert. „Weil ich mit der Ötzi-Geschichte eine weitere sehr unangenehme Berichterstattung über Sie rausgekegelt habe. Darum. Mein Kollege hat sie irgendwie auf der Abschussliste, keine Ahnung warum. Aber Ötzi2 schmeißt alles andere raus." Fabio musste das zunächst glauben. Er hatte keine Ahnung, warum Claudias Kollege ihn auf der „Abschussliste" hatte, wie sie es ausdrückte. Ob sie wirklich nicht wusste warum, konnte er zunächst nur glauben. Im Umgang mit Journalisten war Fabio durchaus erfahren. In Rom hatte er öfter Pressekonferenzen durchgeführt und in Interviews Rede und Antwort gestanden. Das gehörte zwar nicht zu seinen Aufgaben, aber bei den kniffeligen Fällen, die er in Rom bearbeitete, trauten sich die hauptamtlichen Pressesprecher nicht, die komplexe Materie zu erklären, und übertrugen ihm diese Aufgabe. Vielleicht war er auch deshalb in das Fadenkreuz seiner Widersacher geraten, wer konnte das schon wissen. Jedenfalls war er kein Freund offensiver Medienarbeit. Nach seiner Meinung sollte man die Polizei ihre Arbeit machen lassen. Und erst wenn es Ergebnisse gab, sollte man an die Öffentlichkeit gehen. Auch wegen dieser Grundeinstellung ärgerte er sich so über das eitle Vorpreschen seiner neuen Chefin.

Dr. Phillipi näherte sich und deutete Fabio, dass er ihn sprechen wollte. Er winkte ihn zu sich heran. Aus dieser Geste war zu entnehmen, dass er mit ihm unter vier Augen sprechen wollte. Das registrierte auch Claudia. „Ich glaube, der will was mit Ihnen besprechen – ohne mich als Zuhörer." Sie zwinkerte Fabio zu. „Aber nachher erzählen Sie mir alles, ja?" Claudia ging zurück zu den Männern, die unermüdlich dabei waren, den Kopf der Leiche vom Eis zu befreien.

Phillipi zündete sich eine Zigarette an und zog kräftig daran. „Commissario, Sie müssen eine Entscheidung treffen", begann er das Gespräch. Fabio nickte ihm aufmunternd zu. „Diese Leiche ist nicht viele hundert Jahre alt. Da bin ich mir ziemlich sicher. Genau kann ich das natürlich erst sagen, wenn ich sie aufgeschnitten habe. Aber eines ist jetzt schon sicher. Diese Leiche hat Zähne im Mund, die noch alle sehr gut und gesund aussehen." Fabio machte wohl ein fragendes Gesicht, denn Phillipi fuhr fort: „Die Leiche hat den Mund leicht geöffnet und ich konnte die Zähne sehen. Nach meiner vorläufigen Einschätzung ist das ein Mensch aus unserer Zeit." Fabio nickte. „Und was soll ich jetzt entscheiden?" Phillipi zog an seiner Zigarette. „Da ist noch etwas. Wenn ich mich nicht täusche, hat dieser Mensch eine Kopfverletzung. Mir ist das gleich aufgefallen, als ich die Mütze sah. Aber um es genau zu sehen, brauche ich die aufgetaute Leiche auf meinem Tisch." Phillipi nahm noch einen tiefen Zug und warf die Zigarette fort. „Und was ich Ihnen noch nicht habe sagen wollen, weil ich die Untersuchungen an unserer Leiche aus dem Pfossental noch nicht abgeschlossen habe: Der Kopf der Leiche, den wir nicht weit von dem Torso gefunden haben, hatte ebenfalls eine Kopfverletzung. Der Schädel ist regelrecht gespalten worden. Irgendetwas Scharfkantiges, eine Axt oder ein Beil würde ich sagen. Und der Fundort ist nicht allzu weit von hier entfernt.“ Phillipi beobachtete, wie es in Fabio arbeitete. „Sie vermuten einen Zusammenhang?“ „Ich vermute gar nichts. Ich stelle nur fest. Für die Vermutungen sind Sie zuständig. Wenn Sie aber vermuten, dass hier ein Mensch gewaltsam zu Tode gebracht worden ist, sollten wir noch heute die Leiche bergen und ins Institut bringen.“ Fabio verstand ... „Ich soll entscheiden, ob wir die Leiche bergen. Und den Ärger mit dem Amt für Bodendenkmäler muss ich dann aushalten, richtig?“ Phillipi zuckte mit den Schultern. „Sie sind hier der Commissario. Ich nur der Gerichtsmediziner. Aber das ist kein zweiter Ötzi. Und wenn ich recht habe, kann Ihnen das Amt nichts.“ Fabio blickte in Phillipis ernstes Gesicht. Er kannte den Mann kaum. Aber er hatte Vertrauen. „Lassen Sie die Leiche ausgraben.“

*

Die Männer gingen mit Bohrhämmern ans Werk. Vorsichtig wurde der Körper der Leiche aus dem Eis geschnitten. Sie gingen behutsam vor, denn sie konnten nicht sehen, ob sie beim Hämmern auf Felsen treffen würden. Claudia war ganz aufgeregt. „Was hat das zu bedeuten, Commissario? Zuerst gehen die Männer mit kleinen Hacken ran und jetzt das? Was werden die Archäologen dazu sagen, wenn dabei Ötzi2 beschädigt wird? Wollen Sie denn nicht auf das Team der Bodendenkmalbehörde warten?“

Fabio hatte sich genau überlegt, was er Claudia sagen wollte. Ihm wäre es zwar lieber gewesen, wenn sie nicht dabei gewesen wäre, aber ihre Anwesenheit konnte er jetzt nicht mehr verhindern. „Wir gehen davon aus, dass diese Leiche kein zweiter Ötzi ist, sondern ein Mensch aus unserer Zeit. Also ist das auch kein Fall für die Wissenschaft. Das ist ein Fall für die Kriminaltechniker und die Polizei. Deshalb bringen wir die Leiche noch heute ins Institut. Das können Sie morgen so in Ihrer Zeitung berichten.“

„Welche Erkenntnisse haben Sie denn? Warum haben Sie diese Entscheidung getroffen? Was hat der Doktor Ihnen gesagt? Sind Sie denn sicher, dass es kein Urmensch ist?“ Auf Fabio prasselten die Fragen nur so nieder. Claudia sah sich um ihre Geschichte betrogen. Ötzi2 hätte ihr Start in eine berühmte Reporterkarriere werden sollen. Und jetzt sagte dieser Commissario, dass es kein Urmensch sei, den sie gefunden hatte. „Aber er hat doch dieselbe Mütze auf wie der Ötzi? Der sieht doch ganz genauso aus? Wieso sind Sie sicher, dass es kein zweiter Ötzi ist?“ Fabio begriff irgendwie, dass Claudia in Nöte geriet. Ihre Hoffnungen wurden gerade zerstört. Er ließ sie ausreden, und als sie schwieg, sagte er: „Hören Sie, heute kann ich Ihnen nur das eine sagen. Aber das ist doch auch schon was. Und morgen weiß ich vielleicht schon ein bisschen mehr.“ Er machte eine Pause. „Und vielleicht ist noch mehr an der Geschichte dran, als wir heute wissen. Das kann dann auch für Sie sehr spannend werden. Und da Sie uns bisher geholfen haben, werde ich Ihnen auch helfen, abgemacht?“ Claudia nickte unwillig. Sie sah ein, dass sie heute nicht mehr erfahren konnte. „Aber Fotos kann ich noch machen?“ Fabio willigte ein.

*

Der Eisblock, in dem die Leiche eingeschlossen war, wurde von den Männern vorsichtig geborgen. Die Leiche hatte in einem mannshohen Raum zwischen zwei Felsblöcken gesteckt, mit den Füße nach unten. Auch wenn die Leiche aus dem restlichen Eis, das sie umgab, nicht völlig freigelegt war, so konnte man die Kleidung schon relativ gut erkennen. Sie hatte Ähnlichkeiten mit der Kleidung von Ötzi. Fabio befielen Zweifel, ob er richtig gehandelt hatte. Phillipi klopfte mit einem kleinen Hammer Eis vom Kopf der Leiche. Er beugte sich über das Gesicht und winkte Fabio heran. Claudia wollte ihm folgen, aber Phillipi versperrte ihr den Weg. „Bitte jetzt nicht. Lassen Sie mich zunächst den Commissario unterrichten.“ Claudia trollte sich und machte aus einiger Entfernung Fotos von den beiden Männern, die sich jetzt über die Leiche beugten. Phillipi zeigte Fabio den geöffneten Mund der Leiche. „Ich habe recht. Sehen Sie hier." Er deutete auf die vom Eis befreite Mundhöhle. „Sehen Sie, da sind Plomben. Dieser Mensch war bei einem Zahnarzt. Der stammt definitiv nicht aus der Eiszeit."

Sechzehn

„Was bilden Sie sich ein? Wer glauben Sie, wer Sie eigentlich sind? Maßen sich an, mit der Presse zu sprechen?“ Carmelita knallte vor Fabio die aktuelle Ausgabe des Blattes auf ihren Schreibtisch. Fabio kannte die Titelgeschichte. Er hatte sie ja wesentlich mitgestaltet. Claudia hatte sich auch an die Absprachen gehalten. Die Fotos auf der Titelseite zeigten „Ötzi2“ von allen Seiten, so wie sie ihn gestern aus dem Eis gehauen hatten. Die Fotos von Seite drei zeigten Fabio und die übrigen Mitglieder der Expedition, wobei Fabio gleich mehrfach und auch noch vorteilhaft ins rechte Lichte gerückt schien. Seine Zitate waren zwar besonders hervorgehoben, aber Claudia hatte sich inhaltlich an ihre Vereinbarungen gehalten. Fabio hatte nichts auszusetzen.

Gestern hatten sie viel Mühe, die gefrorene Leiche zu Tal und in das Institut von Dr. Phillipi zu bringen. Claudia war nicht mehr dabei, sie musste früher in die Redaktion, da man dort auf sie wartete. Und es war auch schon dunkel, als sie die Leiche in die Kühlkammer des Instituts schieben konnten. Phillipi hatte zwar große Lust, direkt an die Arbeit zu gehen, aber die Anstrengungen waren auch ihm anzumerken. Und so entschieden sie, dass mit der Sektion erst heute Morgen begonnen werden sollte. Heute, so gegen 10 Uhr, wollten sie sich treffen. Fabio hatte eigentlich vorgehabt, direkt ins Institut zu fahren. Er wollte ausschlafen, weil es auch für ihn sehr spät geworden war. Aber Tommaso stand pünktlich vor der Tür, um ihn abzuholen. Fabio hatte vergessen, eine andere Absprache mit Tommaso zu treffen. Also fügte er sich in sein Schicksal und duschte, während Tommaso in der Küche einen Kaffee schlürfte. Doch kaum in der Questura angekommen, wurde er zur ViceVicequestora gerufen. Und die war alles andere als gut gelaunt. Soweit Fabio verstand, was sie sagte, war sie darüber aufgebracht, dass er im Blatt mit Bild und O-Ton erwähnt worden war. Wenn Fabio ihr Gezeter richtig deutete, schien sie der Auffassung zu sein, dass nur sie, und sie meinte ausschließlich sie, mit der Presse kommunizieÂre.

Niemand sonst. Dabei vergriff sie sich allerdings arg im Ton. Ihre Stimme drohte sich zu überschlagen, als sie Fabio angriff: „Sie haben sich um Ermittlungen zu kümmern und nicht um die Pressearbeit. Die Außendarstellung der Behörde ist allein meine Aufgabe, haben Sie das verstanden?“ Fabio blickte Carmelita ruhig an. Innerlich kochte er. Dass sie die Pressearbeit allein übernehmen wollte, war ihm recht. Aber wie sie es bisher gemacht hatte, war zumindest fragwürdig. So hatte Carmelita in ihrer ersten Pressekonferenz die Ausländerkriminalität zum Thema gemacht. Sie hatte dafür gesorgt, dass man jetzt überall darüber sprach. Und Fabio ahnte, dass sie es nur getan hatte, um das selbst erzeugte Problem zu beseitigen – medienwirksam. Und da passte ihr eine Ötzi2-Geschichte nicht in den Plan. Zumal sie darin bisher gar nicht aufgetaucht war und diese Geschichte dafür sorgen könnte, dass „ihre Geschichte“ darin unterging.

„Hören Sie mir überhaupt zu?“ Carmelitas kreischende Stimme riss Fabio aus seinen Betrachtungen. Er räusperte sich. „Ja, natürlich höre ich Ihnen zu, ViceVicequestora.“ Den Titel betonte er dabei besonders deutlich und zog das Wort in die Länge. „Ich habe jedes Wort verstanden und ich glaube, ich habe auch verstanden, was Sie mir sagen wollen.“

„Glauben Sie das, ja? Na, wir werden ja sehen.“ Carmelita hob mahnend ihren Zeigefinger: „In Zukunft werden Sie alle Presseanfragen an mich weiterleiten. Haben wir uns verstanden?“

Fabio kochte vor Wut über das unverschämte Verhalten ihm gegenüber. Er verspürte den Drang, laut loszulachen ob der lächerlichen Haltung, die Carmelita mit ihrem erhobenen Zeigefinger abgab. Er versuchte nach außen möglichst neutral zu wirken. In diesem Chaos der Gefühle war der Versuch, sich nichts anmerken zu lassen, ein schwieriges Unterfangen. Es kostete Fabio Mühe, Konzentration und dauerte anscheinend zu lange. Denn Carmelita donnerte los: „Was stehen Sie da herum wie ein Ölgötze und glotzen blöd in die Gegend. Ich habe mich ja wohl unmissverständlich ausgedrückt."

Fabio wachte aus seiner Erstarrung auf. Er sah eine hysterische junge Frau, die sich in ihrer Wut selber hochgeschaukelt hatte. Er begriff, dass Carmelita hinter ihrer Fassade alles andere als selbstbewusst und souverän war. Er begriff in diesem Moment, dass dieser Frau das Format fehlte, Führungsaufgaben zu übernehmen. Intuitiv handelte Fabio: Er trat einen Schritt auf Carmelita zu und unterschritt damit die Distanz, die Menschen, die sich nicht näher kennen, automatisch einhalten. Er blickte zuerst ihren immer noch in der Luft schwebenden Finger an, dann wechselte er die Blickrichtung und schaute ihr direkt in die Augen. Er sprach absichtlich leise: „Frau Cantallielo", Fabio benutzte ihren Namen und nicht ihren Titel, „Frau Cantallielo, ich werde alle Presseanfragen an Sie weiterleiten. Das ist kein Problem. Wenn Sie das so wünschen, soll es so geschehen. Aber ...", Fabio machte eine Pause und bemerkte, wie Carmelitas Halsschlagader zu zucken begann, „aber ich lasse mich von Ihnen zukünftig nicht noch einmal so anschreien." Fabios Worte, leise und langsam gesprochen, wirkten sofort. Er hakte nach: „Haben Sie das jetzt verstanden?" Sein Blick bohrte sich dabei in ihre Augen. Carmelita hatte eine solche Reaktion weder erwartet, noch hatte sie eine adäquate Antwort parat. Ihre Halsschlagader zuckte jetzt noch schneller. Das Blut schien zu rasen. Sie schlug die Augen nieder. „Gewonnen", dachte Fabio.

*

Auf dem Weg ins Institut erzählte Fabio Francesca und Tommaso von dem Vorfall. „Und was hältst du von der Sache?", fragte er Tommaso. Der nickte nur. „Ich finde, das hast du richtig gemacht." Tommaso fuhr den Wagen und schaute daher auf die Straße, während er sprach. „Ich habe mehr Dienstjahre auf dem Buckel als du", begann er, „und deshalb habe ich auch mehr Vorgesetzte erlebt als du. Und ich habe die Erfahrung gemacht, dass es zwei Arten gibt, mit problematischen Vorgesetzten umzugehen. Grundsätzlich bin ich damit am besten gefahren, dass ich die Dinge so genommen habe, wie sie kamen. Meine Großmutter lebte nach dem Motto: ‚Unser Himmelvater hat allerhand Kostgänger. Und man muss sie nehmen, wie sie kommen.' Das habe ich für mich übernommen. Ich habe alle, ausnahmslos alle, so genommen, wie sie gekommen sind. Ich habe sie nur beobachtet. Meine Arbeit habe ich natürlich auch erledigt, aber meine Gedanken kreisten nie um mein Verhältnis zu meinen jeweiligen Vorgesetzten. Ich wusste ja, sie kommen und sie gehen. Also warum sich einen Kopf machen und die Freude am guten Essen verderben lassen?"

Fabio schwieg. Er dachte darüber nach, was Tommaso gesagt hatte. Sie kommen und sie gehen. – Man muss sie nehmen, wie sie sind. – Nur beobachten, sich weiter keine Gedanken machen. Das sollte funktionieren? Hätte er Carmelita nur beobachten sollen, sich keine Gedanken machen über ihre unverschämte Art, ihn zu behandeln? Aber Tommaso hatte von zwei Arten gesprochen, wie man mit problematischen Vorgesetzten umgehen solle. Deshalb fragte Fabio seinen Freund: „Und die zweite Art? Du hast von zwei Arten gesprochen."

Tommaso nickte wieder. „Grundsätzlich ist das richtig, was ich gerade erzählt habe. Nicht zu handeln ist oft wirksamer, als zu handeln. Aber manchmal muss man seinen Standpunkt auch klar und deutlich zum Ausdruck bringen. Spontan, aber gezielt und treffsicher. Wie soll ich es beschreiben. Ich habe nicht darüber nachgedacht, wann und wie ich reagieren soll. Es ist mir immer passiert. Es ist sogar vorgekommen, dass ich laut geworden bin. Einmal habe ich sogar einen Vorgesetzten angefasst." Tommaso lachte: „Den habe ich einfach hochgehoben und ein wenig zappeln lassen. Der hätte mich eigentlich feuern müssen. Hat er aber nicht. Der hat kapiert, dass er meine Grenze überschritten hat. Von diesem Moment an gab es keinen Konflikt mehr." Tommaso schaute durch die Scheibe des Wagens ins Unendliche: „Und du hast der ViceVicequestora gerade gezeigt, dass sie deine Grenze überschritten hat. Und jetzt frage ich dich: Hast du dir das vorher überlegt, oder ist es dir passiert?" Fabio musste nicht überlegen. „Es ist mir passiert." Tommaso nickte zufrieden. „Dann war es richtig!" Sie schwiegen eine Weile und hingen ihren Gedanken nach.

Tommaso brach das Schweigen, als er den Wagen auf dem Parkplatz des Instituts abstellte. „Unserer neuen ViceVicequestora gebe ich kein Jahr. Dann ist die wieder weg. Da halte ich jede Wette. Diese Typen laufen sich hier nur warm. Die sind für diese Aufgaben nicht gemacht. Die brauchen bloß eine Station für ihren Lebenslauf und dann hüpfen sie wieder weiter."

Siebzehn

Dr. Phillipi wuselte geschäftig zwischen seinen Leichen umher. Sein weißer Kittel reflektierte das helle Licht der starken Deckenlampen, die im Sektionssaal im Keller des Instituts die drei Sektionstische beleuchteten. Auf zweien lagen unter Tüchern verborgene Leichen, der dritte bot den Betrachtern seine nüchterne, leicht matte Edelstahloberfläche an, an der aber kein Blick haften blieb. Außer vielleicht an der Abflussrinne, weil sie den Betrachter zwang, sich vorzustellen, welche Körperflüssigkeiten beim Zerschneiden einer Leiche durch sie abfließen mussten. Dr. Phillipi war nicht allein. Zwei Assistenten waren im Raum. Fabio kannte sie, beide waren bei der Bergung von „Ötzi2" dabei gewesen. Phillipi kam sofort auf Fabio, Francesca und Tommaso zu, als er sie kommen sah. „Commissario, ich hatte recht. Unsere zweite Leiche ist kein Urmensch. Er ist ein Mann von höchstens dreißig Jahren. Kann auch jünger sein, das weiß ich aber erst genau, wenn ich noch zwei Untersuchungen mache." Phillipi war nicht zu bremsen. Er musste schon früh mit der Sektion angefangen haben, denn die Leiche war schon abgedeckt, die Instrumente waren weggeräumt und die Assistenten machten den Eindruck, dass ihre Arbeit für heute beendet war. Phillipi bewegte sich in Richtung des einen Sektionstisches und bedeutete den drei Polizisten, ihm zu folgen. Er dozierte weiter: „Nach der bei ihm angewandten Art der Zahnbehandlung kann man darauf schließen, dass er Ausländer ist, oder dass er sich seine Zähne im Ausland hat behandeln lassen. Diese Methode, Zähne zu füllen, wird meines Wissens nur in Deutschland angewandt. Da lasse ich noch recherchieren, ob es Erkenntnisse gibt, wo genau oder welcher Zahnarzt so behandelt. Das ist jedenfalls ein besonderes Merkmal, das uns weiterhelfen kann." Phillipi hatte das weiße Tuch vom Torso des Toten abgehoben. Die Leiche war aufgetaut und roch unangenehm. Tommaso griff in seine Hosentasche und knüllte das Taschentuch zusammen. Noch ließ er es im Taschenbeutel, hielt es aber fest, für den Fall, dass er es schnell brauchte. Auch Fabio musste leicht würgen. Nur

Francesca schaute interessiert zu. Ihr war nichts anzumerken. Die Assistenten grinsten. Phillipi schien es nicht zu merken, er redete weiter: „Der Körper ist von unauffälliger Art. Körperbau, Ernährungszustand sind nicht ungewöhnlich. Keine Tätowierungen, kein Körperschmuck. Ein normaler Mann um die dreißig, eher jünger, würde ich schätzen." Im gleißend hellen Licht der Sektionstischbeleuchtung schien die Haut der aufgetauten Leiche fahl bis grau. Der Mann war schlank und wirkte immer noch muskulös, obwohl einige Stellen eingefallen wirkten. Der Brustkorb war geöffnet und noch nicht wieder verschlossen. Fabio hatte schon einige Leichen in der Gerichtsmedizin gesehen. Meist verschließen die Pathologen die Leichen, nachdem sie innen nachgesehen haben. Phillipi beugte sich jetzt über den geöffneten Torso. „Das wollte ich Ihnen zeigen. Das sollten Sie sehen." Er deutete mit dem starken Lichtstrahl einer kleinen Taschenlampe, die er aus seinem Kittel gezaubert hatte, auf eine dunkle Stelle im Gewebe, das möglicherweise früher die Lunge war. „Was ist das?", fragte Fabio. Phillipi zog die Luft durch die Zähne. „Ich habe es noch nicht genau untersucht, aber ich glaube, es ist eine Kugel." „Sie meinen ...", Fabio verstummte. Phillipi wackelte mit dem Kopf. „Als ich die Leiche heute Morgen betrachtete, ist mir eine dunkle Stelle am Rücken aufgefallen. Ich dachte zuerst an eine Einblutung. Dann sah ich, dass ein winziges Loch zu erkennen war. Der Gedanke an eine Schussverletzung kam mir nicht sofort, muss ich gestehen. Aber als ich den Brustkorb geöffnet hatte, fiel mir diese dunkle Stelle sofort auf. Wenn es ein Projektil ist, dann haben wir eine Schussverletzung."

„Sie meinen, der Mann ist erschossen worden?"

Phillipi grunzte etwas. Jedenfalls hörte es sich wie ein Grunzen an. „Ich meine gar nichts. Ich stelle nur fest. Wenn es ein Schuss war, dann ist das Geschoss in der Lunge stecken geblieben. Aber da ist noch eine Verletzung." Jetzt zog Phillipi das Tuch auch vom Kopf der Leiche weg. Was im Eis nicht zu erkennen war, Phillipi aber oben in den Bergen schon angedeutet hatte, war jetzt deutlich zu sehen. Der Leiche war der Schädel gespalten worden.

„Also erschlagen“, entfuhr es Tommaso. Phillipi nickte: „Vermutlich.“ Phillipi bedeutete den beiden, ihm an den zweiten Sektionstisch zu folgen. Er entfernte eines der Tücher. Darunter war ein abgetrennter Kopf, der fürchterlich stank. „Das ist der Kopf der Leiche aus dem Pfossental.“ Auch dieser Schädel war gespalten worden. Phillipi dozierte über Schlagführung, Auftreffwinkel, Eindringtiefe, Kraftaufwand und vieles mehr. Tommaso hielt sich das Taschentuch vor die Nase, Fabio rang nach Luft, Francesca hörte interessiert zu, die Assistenten grinsten. Phillipi merkte aber davon nichts. „Und nach allem kann es gut möglich sein, dass der Hieb mit einer Axt oder einem Beil in beiden Fällen von ein und derselben Person geführt worden ist.“ Mit diesen Worten legte er das Tuch über den abgetrennten Kopf und der Gestank wurde augenblicklich schwächer und war leichter zu ertragen. Phillipi blickte in die Gesichter der beiden Polizisten und bemerkte erst jetzt, dass sie käsig um die Nase aussahen. Er kannte diesen Gesichtsausdruck. „Meine Herren, wie wäre es mit einem Kaffee?“ Und zu Francesca gewandt: „Männer vertragen so etwas immer schlechter als Frauen, nicht wahr?“

*

Sie saßen einander gegenüber an einem der Tische der kleinen Bar beim neuen Museum. Die Nachbartische waren nicht besetzt und nachdem der Kellner ihnen den bestellten Kaffee gebracht hatte, sprachen sie offen und frei. „Ich fasse jetzt mal zusammen, was wir sicher wissen.“ Fabio hatte zuvor den Ausführungen von Dr. Phillipi zugehört, ohne ihn zu unterbrechen, Tommaso hatte sich Notizen gemacht. „Wir haben zwei Tote. Die Fundorte der Leichen sind nicht weit voneinander entfernt. Ob Fundort gleich Tatort ist, kann nicht mit Sicherheit gesagt werden, es spricht aber einiges dafür. Beide Leichen sind männlich, der eine relativ jung, um die dreißig, der andere älter, so um die 60. Altersbestimmung läuft noch, Ergebnis in drei bis vier Wochen. Todesursache ist vermutlich ein kräftig geführter Hieb von hinten auf den Hinterkopf, der die Schädel gespalten hat. Die Leiche des

Jüngeren weist zusätzlich eine Schussverletzung auf. Bei der Leiche des Älteren ist das nicht mehr festzustellen. Die Leiche des Jüngeren war bekleidet, die Leiche des Älteren war unbekleidet. Die Leiche des Jüngeren war in einer Felsspalte verborgen, die Leiche des Älteren war ausgeweidet, an einen Baum gehängt und den Tieren zum Fraß überlassen worden. Bis hierher alles richtig?" Phillipi hatte aufmerksam zugehört. Er nickte zustimmend. „Bis hierher ist alles richtig. Jetzt gibt es noch vage Erkenntnisse über den Todeszeitpunkt. Die Leiche des Älteren macht mir da weniger Probleme. Da haben wir reichlich Maden gefunden. Daraus kann ich Ihnen relativ exakt den Zeitpunkt ermitteln, wann die Leiche an den Baum gehängt worden ist. Denn sofort kommen die Fliegen und legen ihre Eier in das Gewebe. In Abhängigkeit von der Außentemperatur an diesem Ort entwickeln sich die Eier nach einem festen Ablauf, der uns Rückschlüsse auf den Tag der Eiablage durch die Fliegen machen lässt. Die Untersuchungen laufen zwar noch, aber ich bin sicher, dass die Leiche des Älteren vor rund zwei Wochen an den Baum gehängt worden ist. Können auch drei Wochen sein, aber so in etwa wird es stimmen. Die jüngere Leiche hatte keinerlei Insektenbefall. Damit scheidet diese sichere Methode zur Bestimmung des Todeszeitpunktes aus. Aber auch hier habe ich eine Theorie: Die Insekten hatten keine Chance, weil die Leiche tiefgekühlt war. Jetzt muss man aber wissen, dass die Gegend, in der die Leiche gefunden worden ist, normalerweise nicht von Eis bedeckt ist. Dafür ist der Fundort zu niedrig. In dieser Höhe gibt es nur ausnahmsweise Eis über längere Zeit, und diese Perioden sind gut zu bestimmen. Erinnern Sie sich an den letzten Winter? Der war besonders streng. In solch strengen Wintern kann sich auch Eis in diesen Höhen lange halten. Und im Sommer taut es weg. So kam unsere Leiche wieder an die Oberfläche. Meine Theorie ist, dass der junge Mann im Herbst oder im Winter des vergangenen Jahres dort oben erschlagen worden ist. Zuerst angeschossen, dann erschlagen. Zu einem Zeitpunkt, als es dort oben schon bitterkalt gewesen sein muss. Aber die Spalte, in der wir die Leiche gefunden haben, kann da noch nicht voller Eis gewesen sein, denn sonst hätte die Leiche dort nicht versenkt werden können. Erst kurz nachdem die Leiche dort hineinversenkt worden ist, muss es da oben einen Temperatursturz gegeben haben. Wann das gewesen sein könnte, überprüfen meine Leute gerade. Das weiß ich vielleicht schon heute Abend. Aber anders kann es gar nicht gewesen sein. Die junge Leiche ist praktisch sofort eingefroren, sonst wäre sie nicht so gut erhalten. Dann hätten wir Herbst/Winter vergangenen Jahres als Todeszeitpunkt für die junge Leiche und diesen Sommer für die ältere Leiche. Die junge Leiche hat Zähne, die im Ausland behandelt worden sind. Ich vermute Deutschland, aber das ermittle ich noch. Über die ältere Leiche kann ich nicht so viel sagen, weil nicht mehr viel von ihr übrig ist. Gen-Abfrage läuft, Ergebnisse in einer Woche. Und jetzt Sie, Commissario." Phillipi schaute Fabio aufmunternd an und nahm einen Schluck von seinem Kaffee.

„Sorge macht mir, dass innerhalb eines halben Jahres in geringer Entfernung voneinander zwei Männer zu Tode gekommen sind. Beide auf dieselbe Art. Beide im selben Revier. Beide irgendwie besonders zugerichtet." Fabio schwieg. Dann machte er einen neuen Anlauf: „Lassen Sie mich einfach mal ein bisschen spinnen. Vielleicht ist da oben einer, der Menschen jagt? Wie Wild? Er geht dort oben auf die Pirsch und erlegt Menschen, die als Wanderer unterwegs sind? Und er geht mit seinen Opfern so um, wie mit erlegtem Wild. Nachdem er sie getötet hat, bricht er sie auf. Bei unserem ersten Fall hat er es wegen eines Wetterumsturzes vielleicht nicht mehr geschafft und musste seine Beute in der Felsspalte zurücklassen, wo sie festgefroren ist. Beim zweiten Opfer hat er es dann tun können. Wobei ich mich frage, ob nicht noch mehr Opfer da oben sind." Alle schwiegen. Tommaso war es, der aussprach, was alle dachten. „Wie gehen wir mit dieser Einschätzung um? Wen müssen wir warnen? Alle Wanderer? Nur in dieser Region? Oder auch in anderen Regionen? Was löst eine solche Warnung aus, in einem Land, das zum Teil vom Tourismus lebt? Wie gehen wir verantwortungsvoll mit unseren Erkenntnissen um?" Fabio und Phillipi sahen sich an. „Das ist jetzt heikel", sagte Fabio. „Wir sollten vorerst nichts nach außen dringen lassen und die Ermittlungen schnell vorantreiben. Dr. Phillipi, Sie brauche ich gewiss nicht zu drängen. Allerdings sollten Sie noch wissen, dass meine neue Chefin mir heute befohlen hat, nicht mehr mit der Presse zu sprechen. Und die kleine Reporterin wird spätestens heute Nachmittag wieder etwas Neues für ihr Blatt brauchen. Da sie von mir nichts bekommen kann und ich nicht weiß, ob meine Chefin ihr was sagen wird, kann es sein, dass sie sich an Sie wenden wird. Sie weiß vielleicht noch nichts von unserem ersten Fund, aber wenn sie gewitzt ist, bekommt sie das raus. Irgendeiner plaudert immer. Im Pfossental haben das viele mitbekommen, und wenn sie da oben rumturnt, wird sie es auch erfahren. Vielleicht ist es besser, wenn vorerst nichts aus Ihrem Institut dringt." Phillipi hatte sofort verstanden: „Ich vergattere meine Leute. Von uns erfährt keiner etwas."

Achtzehn

Carmelita Cantallielo hörte Fabio aufmerksam zu. Sie hatte die Beine übereinandergeschlagen und ihre Fußspitze wippte auf und ab. Das Thema war ihr unangenehm. Nachdem Fabio alle Fakten berichtet und alle Theorien, die sich daraus ableiten ließen, erläutert hatte, stand sie auf, ging um ihren Schreibtisch herum, nestelte ein Päckchen Zigaretten aus ihrer Handtasche und zündete sich eine davon an. Fabio beobachtete das mit Erstaunen. In allen öffentlichen Gebäuden bestand Rauchverbot. Aber es wirkte nicht einmal so, als ob sich Carmelita darum nicht scherte, sondern eher so, als hielte sie sich jetzt an der Zigarette fest. Irgendwie machte sie einen hilflosen Eindruck, jedenfalls keinen souveränen. „Und was schlagen Sie jetzt vor?", kam es von ihr mit leicht belegter Stimme.

Fabio erhob sich und sprach sie direkt an: „Sie müssen jetzt vor die Presse treten. Die Nachricht von dem Fund eines zweiten Ötzi muss heute noch beerdigt werden. Unsere Mutmaßungen über Todesart und die Tatsache, dass wir einen Zusammenhang mit dem Fund einer weiteren Leiche in der näheren Umgebung nicht ausschließen, sollten wir dagegen nicht nach außen tragen. Ich schlage vor, dass Sie Folgendes nach außen geben: Die Polizei hat die Leiche eines ca. 30 Jahre jungen Mannes gefunden. Seine Kleidung war der Originalkleidung von Ötzi nachempfunden, sodass man auf den ersten Blick davon ausgehen konnte, es handele sich um einen Menschen aus der Urzeit. Das kann aber mit Sicherheit heute schon ausgeschlossen werden. Die Polizei geht derzeit davon aus, dass der Mann als Wanderer unterwegs gewesen sein muss und, entweder verunfallt ist oder im letzten strengen Winter von einem Wetterumsturz überrascht wurde. Dann bitten Sie die Bevölkerung um Mithilfe, den Mann zu identifizieren. Dr. Phillipi hat mir ein Porträtfoto mitgegeben, auf dem man die Kopfverletzung nicht sieht. Seine Assistenten haben der Leiche für das Foto die Mütze angezogen, die man bei der Leiche gefunden hat. Das Foto sollte in allen Zeitungen erscheinen, vielleicht kennt jemand den Mann." Carmelita war, während Fabio vortrug, konzentriert auf und ab gegangen. Hin und wieder zog sie an ihrer Zigarette. Erst jetzt bemerkte sie, dass kein Aschenbecher vorhanden war. Sie schnippte die Asche in einen Blumenkübel, bemerkte Fabios Blick und zuckte entschuldigend mit den Schultern: „Ich hatte so einen Fall noch nie." Das wirkte irgendwie hilflos, dachte Fabio. Was hatte Tommaso noch gesagt: „Die bleibt sowieso nicht lange. Die braucht diese Station nur für den Lebenslauf." So könnte es sein. Und dass man in Bozen auf so einen Fall stoßen konnte, war auch nicht zu erwarten gewesen. Eher leichtes Terrain, hatten diejenigen sicher gedacht, die Carmelita hierher geschickt hatten. Da kann sie eine Zeit lang die Chefin mimen und dann weiterwandern. Und jetzt hat das Mädchen ein echtes Problem und kein von ihr selbst inszeniertes, wie die Ausländerkriminalität. Wenn man der Presse Informationen gab, die zu Schlagzeilen wie „Menschenjagd im Pfossental" oder „Die Similaunbestie" führten, dann hätte das nicht nur Auswirkungen auf Südtirols Fremdenverkehr. Alles, was sich aus einer solchen Medienberichterstattung entwickelte, würde Carmelita angelastet werden. Denn sie hatte sich ja heute Morgen noch das alleinige Recht, mit der Presse zu kommunizieren, ausbedungen.

Dieses Thema war nicht beherrschbar, das wusste sie. Sie war vielleicht kein Polizeiprofi, aber sie war ein Medienprofi. Sie wusste, welche Brisanz sich hinter Fabios Theorien verbergen konnte. Sie hatte vorgehabt, mit dem Thema „Bekämpfung der Ausländerkriminalität" zu punkten und dann zu verschwinden. Das Thema hätte sie beherrscht. Sie hätte die Medien regelmäßig darüber informiert. Sie hätte wöchentliche Erfolgsmeldungen lanciert und nach einem knappen Jahr wäre ihr Gastspiel in der Provinz zu Ende gewesen. Bis dahin hätte sie sich einen Namen als freiheitliche, konservative Rechtspolitikerin gemacht. Und jetzt so was!

Ihr Verstand ordnete den Sachverhalt blitzschnell. Selbst wenn da oben in den Bergen ein Irrer unterwegs war, durfte das auf keinen Fall an die Öffentlichkeit, solange sie ihren Ruf noch nicht etabliert hatte. Sie wollte sich gar nicht vorstellen, welchem Druck sie ausgesetzt sein würde, wenn sie mit der Theorie vom Menschenjäger in Südtirols Bergen für dramatische Verluste im Fremdenverkehrssektor verantwortlich gemacht würde. Das könnte sich bis ins ferne Rom auswirken, und damit wäre ihre Karriere schneller zu Ende als sie begonnen hatte.

„Was weiß die Presse über den ersten Leichenfund? Den älteren Mann mit dem abgetrennten Kopf?" Carmelita drückte ihre Zigarette im Blumenkübel aus. Sie warf damit auch den letzten Anschein von Unsicherheit von sich und wirkte jetzt wieder selbstbewusst bis arrogant.

„Über diesen Fund hat die Presse noch nicht berichtet. Wir haben auch nichts an die Presse weitergegeben. Ich gebe aber zu bedenken, dass die Bergung der Leiche im Pfossental nicht unbemerkt geblieben ist. Dort weiß man zumindest, dass wir eine Leiche gefunden haben. Und der junge Mann, der uns dorthin geführt hat, kennt auch die Details, denn er hat die Leiche gefunden. In Jägerkreisen wird bestimmt darüber geredet. Wenn also Reporter ausschwärmen, werden sie auch Quellen finden, die ihnen von der ersten Leiche erzählen. Und dann stricken die sich ihre Theorien selber, wenn wir nichts Offizielles verlautbaren."

Carmelita wirkte nachdenklich. „Und was schlagen Sie vor, sollen wir nach außen geben, ohne dass Ihre schreckliche Theorie vom Menschenjäger die Runde macht?"

Fabio hatte sich das ohnehin schon überlegt. Zunächst mussten sie herausfinden, wer die beiden Toten waren. Die Theorie vom Menschenjäger wollte er ohnehin nicht in den Zeitungen lesen.

„Wir bitten die Bevölkerung um Mithilfe."

„Was?"

„Ja, wir bitten die Bevölkerung um Mithilfe. Das sollte die Hauptbotschaft sein." Carmelita schaute Fabio fragend an. Der fuhr fort: „Wir müssen nicht alles sagen, was wir wissen. Aber wir sollten die Medien auch nicht hinhalten, weil die sonst selber munter drauflosmarschieren. Also sagen wir ihnen, was wir zu 100 Prozent sicher wissen. Und wir geben ihnen eine erste Einschätzung, die nicht mit unseren wahren Einschätzungen übereinstimmt. Wir erfinden für die Öffentlichkeit eine glaubhafte Theorie."

„Und die wäre?", Carmelita schaute zweifelnd.

„Wir sagen, dass wir nicht nur den jungen Mann gefunden haben, sondern dass vor einiger Zeit auch eine andere stark verweste Leiche gefunden worden ist. Wir erzählen, dass die Kriminalmedizin sicher ist, dass die beiden Leiche zu sehr unterschiedlichen Zeitpunkten zu Tode gekommen sind. Wir sagen der Öffentlichkeit, dass wir Unfälle in den Bergen für die wahrscheinlichste Todesursache halten. Und dann bitten Sie die Bevölkerung um Mithilfe. Das Foto von dem jungen Mann wird uns sicher einige Hinweise bringen. Bei dem älteren können wir kein Foto liefern. Aber ich habe bereits veranlasst, dass alle Vermisstenfälle der letzten drei Monate noch einmal durchgegangen werden. Vielleicht habe ich schon bald etwas in der Hand. Aber Sie sollten spätestens heute Nachmittag eine Pressemitteilung machen, sonst rennen Ihnen die Medien wegen des sensationellen „Ötzi2-Fundes" die Bude ein." Carmelita nickte. Sie begriff, dass Fabios Analyse genau den Punkt traf. „Gut", sie wandte sich direkt an Fabio: „Wir machen das so. Sie stellen mir bitte die Fakten noch einmal schriftlich zusammen und ich mache heute um 15 Uhr eine Pressekonferenz. Ich möchte, dass Sie dabei sind." Fabio runzelte die Stirn. War es nicht erst heute Morgen, dass Carmelita ihn gemaßregelt hatte. „Sie sollen dabei sein, für den Fall, dass es Fragen gibt, die ich nicht beantworten kann." Carmelita hatte sein Stirnrunzeln also bemerkt.

*

„Keine Zeit für ein Mittagessen", mit diesen Worten betrat Fabio das Büro. „Die Chefin wird heute um 15 Uhr eine Pressekonferenz geben und ich soll schnell alle Fakten zusammenstellen."

Francesca nickte nur und setzte sich an ihren Computer. „Mache ich sofort, Chef. Und gerade hat Tommaso angerufen. Er hätte neue Erkenntnisse über die Vermisstenfälle, hat er gesagt." Fabio griff zum Telefon.

„Du erinnerst dich doch an die Vermisstenfälle, die wir ermittelten, nachdem wir die erste Leiche gefunden hatten." Fabio nickte ins Telefon. „Es gab keine echten Vermisstenfälle in der Datenbank, wenn du dich erinnerst." Fabio nickte wieder. „Aber wir hatten zwei Meldungen von den Polizeistationen in Naturns und Meran. In Naturns hat es zwei junge Frauen gegeben, die aus einer Pension auf und davon sind und alle ihre Sachen zurückgelassen haben. Und in Meran ist ein Mann aus seiner Pension verschwunden, der drei gefälschte Personalausweise hinterlassen hat. Nach der Beschreibung der Wirtin handelte es sich um einen älteren, seriös wirkenden Herrn. Sein Gepäck ist bei den Carabinieri in Meran eingelagert." Fabio nickte wieder. „Ja, ich erinnere mich. Älterer Mann, sagst du. Vielleicht unsere ältere Leiche?"

„Vielleicht. Jedenfalls habe ich in Meran angerufen, heute Morgen. Die haben reichlich Material. Da sind die üblichen Reiseutensilien, also auch Rasierzeug und so. Ich habe veranlasst, dass das sofort zu Dr. Phillipi gebracht wird. Müsste heute Nachmittag dort eintreffen. Ich habe gerade mit ihm telefoniert. Der macht sofort einen DNA-Abgleich mit der ersten Leiche. Dann wissen wir, ob dieser Mann mit den gefälschten Personalausweisen unsere Leiche ist." Fabio musste grinsen. Tommaso ist wirklich auf Zack. „Und unser Mann hat einen Laptop zurückgelassen. Phillipi hat in seinem Institut Fachleute, die sich die Festplatte vornehmen. Vielleicht gibt uns der Inhalt Hinweise, die wir brauchen können." Fabio grinste: „Gute Arbeit. Kann uns vielleicht helfen." Tommaso fuhr fort: „Außerdem hat Phillipi uns Fotos von den Kleidungsstücken des zweiten Toten geschickt. Müssten auch auf deinem Computer sein. Die könntet ihr in der Pressekonferenz zeigen und dann an die Medien geben. Ich meine, wenn einer derart kostümiert durch unsere Berge läuft, dann wird er doch vielleicht irgendwem aufgefallen sein. Oder sonst jemand wird sich an den jungen Mann erinnern. So einer fällt doch nicht vom Himmel." Fabio nickte wieder. Dann fiel ihm ein, dass Tommaso noch nicht von der geplanten Pressekonferenz wissen konnte. „Wieso weißt du überhaupt von der Pressekonferenz? Ich bin gerade mal 15 Minuten aus dem Zimmer der Dame draußen und habe es erst Francesca erzählt." Am anderen Ende der Leitung hörte er Tommaso lachen: „Tja, das ist so. Deine Dame hat sich inzwischen mit meinem Colonello getroffen. Wann, weiß ich nicht. Kann gestern gewesen sein. Und da haben sie festgestellt, dass beide Polizeien an verschiedenen Fällen gemeinsam arbeiten. Du weißt, dass das meinem Chef recht ist. Aber deine Dame war wohl etwas pikiert. Mein Colonello meint, die sei darauf aus, sich als die eigentliche Polizeichefin darzustellen. Ich weiß nicht, warum mein Colonello klein beigegeben hat. Aber die beiden haben wohl vereinbart, dass deine Dame die Pressearbeit alleine macht. Und so hat sie vor einigen Minuten den Colonello informiert, dass sie um 15 Uhr eine Pressekonferenz halten will. Und mein Chef hat es mir erzählt und gesagt, ich sollte dir helfen, wenn ich könnte." Fabio staunte nicht schlecht. „Ja, wenn das so ist." Pressearbeit ist der Dame also am allerwichtigsten. „Jedenfalls war das gute Arbeit. Mit ein bisschen Glück erfahren wir, wer die beiden sind. Und dann müssen wir herausfinden, ob es einen Zusammenhang zwischen ihnen gibt, oder ein Bindeglied. Wir müssen uns fragen, was die beiden da oben gemacht haben. Was wollten die dort? Es gibt da keine Wanderwege. Da oben ist nichts. Warum hat sich der junge Mann so komisch angezogen? Warum haben wir von dem älteren Mann keine Kleidungsstücke gefunden? Und dann müssen wir uns vielleicht auch noch fragen, ob es noch mehr Leichen da oben gibt. Was wissen wir über die Identität der beiden jungen Frauen, die in Naturns genächtigt haben? Wir sollten die Wirtin fragen, ob sie weiß, was sie vorhatten. Womöglich wollten sie auch in diese Gegend. Ist doch komisch, einfach alles zurückzulassen. Wenn ich den Wirt um die Übernachtungskosten prellen will, dann nehme ich doch mein Gepäck mit, oder?"

Am anderen Ende der Leitung lehnte sich Tommaso entspannt in seinem Bürostuhl zurück. „Habe ich schon veranlasst. Die Kollegen aus Naturns sind bereits angewiesen."

Neunzehn

„Und Sie sind sicher, dass es sich nicht um einen zweiten Urzeitmenschen handelt?“ Claudia Mori konnte man es anmerken, dass ihr die Erklärungen der ViceVicequestora nicht ausreichten. Auch die anderen Journalisten im zum Bersten vollen Saal der Questura hatten sich mehr erhofft, als die Polizeichefin mit ihrem Statement zu Ende war und die Fragerunde eröffnete. „Wir sind uns zu 100 Prozent sicher, dass der aufgefundene Tote ein junger Mann um die dreißig Jahre ist. Es steht außer Zweifel, dass es sich bei dem Toten nicht um einen Urzeitmenschen handelt, auch wenn seine Kleidung und der Ort und die Art seines Auffindens an die Umstände erinnern, die wir alle beim Auffinden von Ötzi noch in Erinnerung haben. Fest steht, dass dieser Mann Kleidung trug, die der von Ötzi nachempfunden ist. Fest steht aber auch, dass er ein Mensch aus unserer Zeit ist.“

Ein Murren ging durch den Saal. Bleistifte kratzten über Papier. Die Kameras der verschiedenen Sender versuchten die Stimmung im Saal und die O-Töne der Polizeichefin einzufangen. Dabei behinderten sie sich teilweise gegenseitig, was zu weiterem Unmut in dem hoffnungslos überfüllten Raum führte. Fabio stand abseits und beobachtete die Szene. Carmelita hatte ihre Sache gut gemacht. Sie war gut. Ihr Statement war präzise und informativ. Sie hatte ihre schriftliche Unterlage, von der sie mit angenehmer Stimme und guter Betonung abgelesen hatte, vorher im Saal verteilen lassen. Alle Journalisten hatten daher dieselben Informationen. Jetzt, in der Fragestunde, versuchten sie, der Polizeichefin noch weitere Details zu entlocken.

„Sie haben gesagt, dass die Polizei von einem Unfall ausgeht. Können Sie erläutern, um was für eine Art Unfall es sich gehandelt haben könnte. Ist der Mann abgestürzt, gab es Steinschlag?“

Carmelita antwortete ruhig und ohne zu zögern.

„Die kriminaltechnischen Untersuchungen laufen noch. Daher können wir zum Unfallhergang keine genauen Angaben machen. Aber Sie werden vielleicht wissen, dass die Gegend dort oben unwirtlich ist. Es gibt auch keine Wanderwege dort oben.

Es ist einfach zu gefährlich für unerfahrene und ortsunkundige Wanderer."

„Sie haben auch den Fund einer anderen Leiche erwähnt. Auch in diesem Fall gehen Sie von einem Unfall aus. Gibt es da schon Erkenntnisse aus der Gerichtsmedizin? Diese Leiche ist ja schon früher gefunden worden."

„Hier liegt der Fall etwas schwieriger. Wir nehmen an, dass dieser Mann erst vor wenigen Wochen verunfallt ist. Auch hier sind die Untersuchungen der Kriminalmedizin noch nicht abgeschlossen. Allerdings ist diese Leiche nicht durch das Eis konserviert worden, sondern der Witterung ausgesetzt gewesen. Und sie ist von wilden Tieren nahezu vollständig aufgefressen gewesen. Die Gerichtsmedizin vermag viel, aber es ist hier schwierig, ein Verletzungsmuster zu erkennen. Hier müssen wir davon ausgehen, dass dieser Mann, dessen Identität wir noch nicht kennen, ebenfalls verunfallt ist. Vielleicht hat er sich verlaufen und ist gestürzt. Das alles wissen wir noch nicht, da gibt es nur Vermutungen."

„Sieht die Polizei einen Zusammenhang zwischen den beiden Leichenfunden?"

„Wir gehen derzeit davon aus, dass der junge Mann, der als Ötzi verkleidet durch die Berge gelaufen ist, im Herbst oder im Winter des vergangenen Jahres zu Tode gekommen ist. Der zuerst gefundene Mann, den wir im Pfossental gefunden haben, ist vermutlich in diesem Sommer zu Tode gekommen. Dazwischen liegt mehr als ein halbes Jahr. Es gibt nach unseren Erkenntnissen keinen Zusammenhang zwischen diesen beiden Fällen. Aber es scheint sicher, dass beide vom Weg abgekommen sind. Und daher empfehle ich, die gekennzeichneten Wanderwege nicht zu verlassen. Auf den Wanderwegen sind Sie sicher. Gerade im Pfossental und im Gebiet des Similaun sollte jeder, der nicht ortskundig ist oder keinen ortskundigen Führer hat, keinesfalls die gekennzeichneten Wanderwege verlassen. Die Gefahr, einen Unfall zu erleiden, ist einfach zu groß." Und mit einem Blick in die Runde fügte sie hinzu: „Gibt es noch Fragen?"

Damit war die Pressekonferenz beendet.

*

Fabio war ein wenig erschöpft. Es war ein anstrengender Tag gewesen. Jetzt saß er auf dem Balkon von Elisabeths Wohnung, nippte an dem Veneziano, den sie ihm gebracht hatte, und ließ den Tag in seinen Gedanken Revue passieren. Die Chefin war ein Presseprofi. Die Pressekonferenz hatte sie wirklich gut und professionell durchgeführt. So unsicher sie bei ihrer Besprechung am Morgen gewirkt hatte, so sicher war ihr Auftreten vor Mikrofon und Kamera. Das Bild, das sie dabei von den Ereignissen gezeichnet hatte, entsprach exakt ihren Absprachen. Heute und morgen würden alle Medien berichten, dass vermutlich zwei Unfallopfer zu beklagen seien. Wobei das eine Opfer etwas merkwürdig, eben wie der Ötzi, gekleidet gewesen sei. Und sie würden die Bevölkerung um Mithilfe bei der Identifizierung der Toten bitten. Außerdem, und das hoffte Fabio inständig, würde die Warnung vor dem unwegsamen Gelände und der damit verbundenen Unfallgefahr in dieser Region unbedachte Wanderer abhalten, dort herumzustreunen. Fabio war sich sicher, dass die beiden Todesfälle in einem Zusammenhang standen. Beide Männer waren von hinten mit einem Schlag auf den Hinterkopf erschlagen worden. Einer wies zusätzlich eine Schussverletzung auf. Was ging da vor sich? Wer machte so was? Wo war das Motiv? Handelte es sich um Wanderer, die sich verlaufen hatten? Waren sie an den Fundorten umgebracht worden, oder hatte sich jemand die Mühe gemacht, die Leichen dorthin zu schleppen? Das widerspräche allen Erfahrungen. Wahrscheinlicher war es, dass der Ort der Ermordung nicht weit vom Fundort war. Wenn nicht ohnehin identisch. Aber wenn das so war – traf der Mörder seine Opfer zufällig, oder führte er sie dorthin?

Fabio gingen viele Fragen durch den Kopf. Aber ihm war klar, dass er zunächst die Identität der Opfer klären musste. Dann erst konnte er loslegen und in der Vergangenheit der Opfer wühlen. Oft ergab sich daraus der Hinweis, der zur Klärung des Falles führte.

Elisabeth hatte in der Küche schnell eine Platte mit Speck, Käse und Vinschgauer Brot zusammengestellt. Begleitet von einer Flasche Lagrein Dunkel trug sie die Marende auf den Balkon. „Hunger, Commissario?“

Es war zwischen ihnen so als ob sie sich schon immer gekannt hätten. Elisabeth war, seit sie Fabio kennengelernt hatte, hin und wieder von dem Gefühl bewegt, als seien sie eins. Es war so ganz anders als bei ihren früheren Beziehungen. Die waren nicht schlecht, aber es war immer ein nebeneinander. Es war nicht so innig. Es war nicht so vertraut. Es war eigentlich immer so, dass einer den Ton angab. Mal war sie es, mal einer ihrer Freunde. Mit Fabio war das anders. Hier gab keiner den Ton an, weder er noch sie. Sie trafen dieselbe Entscheidung, unabhängig voneinander – irgendwie gleichzeitig. Manchmal mit einem Blick. Es war irgendwie unheimlich, unheimlich perfekt.

Der Blick vom Balkon ging über einen kleinen Garten auf der anderen Seite der Straße, streifte die Tisner Kirche, deren Turm von der Abendsonne beschienen wurde. Sein weißer Anstrich schien die Glut des Abendrots aufzunehmen. Einige Spatzen jagten einander und vollführten vor ihren Augen tollkühne Abfangjagden. Selten fuhr ein Fahrzeug an dem Haus vorbei. Sie konnten seine Rollgeräusche auf dem Kopfsteinpflaster hören. Aber ansonsten war es ruhig. Sie aßen und sie tranken den Wein. Fabios Gedanken spielten mit der Frage, die seit dem Besuch seiner Eltern bei seinen zukünftigen Schwiegereltern im Raum stand. Sein Vater hatte, ganz wie es seine großzügige Art war, im Gespräch mit Elisabeths Eltern angeboten, die Hochzeit auszurichten. Er stelle sich ein großes Fest vor, gerne auch in der Heimat von Fabio. Das hatte zu leichter Verstimmung bei Elisabeths Eltern geführt. Elisabeths Vater machte schnell deutlich, dass er sich vorstelle, dass seine Tochter traditionell heiraten werde. Für ihn sei es selbstverständlich, dass sie im Ultental heirate. Und die Mutter hätte das traditionelle Gewand, das seit Jahrhunderten für die Bräute der Familie aufgehoben würde. Fabios Vater erkannte sofort, dass hier ein Konflikt entstehen konnte, und winkte ab. Er wolle niemandem seine Vorstellungen aufzwingen. Aber als Textilhändler wäre es ihm eine Ehre gewesen, zumindest die Brautleute mit einer ansprechenden Garderobe ausstatten zu dürfen. Das gefiel Elisabeths Mutter nicht, die von Tradition und Bauernhochzeit sprach und dass man das Neumodische nicht brauche.

Fabio und Elisabeth hatten sich das Ganze nur angehört und gar nichts gesagt. Vor der Abreise von Fabios Eltern konnten sie in deren Beisein nicht darüber sprechen und nach der Abreise hatte es hierzu noch keine Gelegenheit gegeben.

Jetzt blickten sie beide auf die Tisner Dorfkirche, die im Abendrot ihre wahre Schönheit preisgab. Wie auf Kommando schauten sie sich an. Elisabeth blickte in Fabios dunkle Augen. Fabio blickte in Elisabeths grüne Augen. „Hier?“ „Ja, hier.“ Und so beschlossen sie, am Wohnort zu heiraten, in der Tisner Kirche. Nicht im Ultental, nicht in Fabios alter Heimat. Sondern in ihrem gemeinsamen neuen Heimatdorf.

„Und ich ziehe das traditionelle Hochzeitskleid an und dein Vater lässt dir einen besonders schönen Anzug schneidern.“ Fabio nickte. „Und damit müssen sich alle zufriedengeben. Und keiner muss beleidigt sein.“ Dann schwiegen sie im Glanz der untergehenden Sonne. Elisabeths Haare versprühten kupferfarbene Reflexe.

Zwanzig

Tommaso hatte sich für den Tag viel vorgenommen. Es galt vielen Spuren gleichzeitig nachzugehen und nichts zu vergessen. Er hatte Kopien von dem Schlüssel machen lassen, den sie bei dem Führungsoffizier gefunden hatten. Führungsoffizier, so nannten sie den Mann, den Francesca bei der Mautstation überwältigt hatte. Denn er hatte bis heute seine Identität nicht preisgegeben. Sie hatten ihn auch den beiden Rumänen gegenübergestellt. Aber die stritten ab, diesen Mann jemals gesehen zu haben. Allerdings war ihnen anzumerken, dass sie Angst hatten. Dieser Schlüssel sollte der Schlüssel zum Geheimnis sein. Das war Tommasos Hoffnung. Es handelte sich um einen Schließfachschlüssel. Die Kopien hatte er an alle Carabinieristationen im Umland geschickt, die über Bahnhöfe mit größeren Schließfachanlagen verfügten. Er hoffte allerdings, dass der Schlüssel zur Schließfachanlage des Bahnhofs in Trient gehörte. Denn in Trient oder zumindest in der Umgebung vermuteten sie den Wohnort des „Führungsoffiziers“.

Aber da waren auch noch die Vermisstenfälle, um die er sich kümmern wollte. Er hatte die Carabinieri eingeschaltet, um die Wirte noch einmal eingehend nach allem zu befragen, was sie über die vermissten Personen, den älteren Herrn und die beiden jungen Frauen, wussten. Heute wollte Tommaso alle Stationen abfragen, ob dabei etwas herausgekommen war.

Er wollte Dr. Phillipi anrufen, um ihn zu fragen, ob die DNA des älteren Toten aus dem Pfossental mit den DNA-Spuren übereinstimmte, die man der persönlichen Habe des Vermissten aus Meran entnommen hatte. Außerdem interessierte ihn, ob man den Laptop geknackt hatte. Und da war noch das Blut an dem Grashalm. Das stammte möglicherweise von dem verschleppten Arm. Vielleicht hatte Dr. Phillipi das auch schon untersucht.

*

Unbemerkt von dem geschäftigen Tommaso gab es viel Bewegung in der benachbarten Questura. Dort wurde eine große Nacht-Aktion vorbereitet. Unter der Führung von Ispettore Buffo und auf Anordnung der ViceVicequestora machte sich eine halbe Hundertschaft der Bereitschaftspolizei daran, am späten Abend eine Razzia durchzuführen, wie es sie in Bozen noch nie gegeben hatte. Buffo instruierte die Männer, die zum Einsatz kommen sollten: „Wir führen einen Schlag gegen die Ausländerkriminalität durch. Wir durchsuchen am späten Abend einschlägige Bars und Etablissements. Jeder, der sich nicht ausweisen kann, wird festgenommen. Vorläufig festgenommen werden auch alle Ausländer, die nicht plausibel erklären können, was sie an diesem Ort machen. Treffen wir Ausländer an, die Handelsware, welcher Art auch immer, mit sich führen, dann müssen sie einen Gewerbeschein haben. Wenn sie den nicht vorzeigen können, werden sie festgenommen."

Buffo schaute auf die versammelten Polizisten: „Fragen?"

*

Gleichzeitig mit den Vorbereitungen in der Questura sammelte Tommaso die eingehenden Informationen und stellte für Fabio ein Dossier zusammen. Dr. Phillipi meldete sich als Erster. „Treffer, mein lieber Caruso! Wir haben unseren Mann. Die DNA-Muster der älteren Leiche stimmen mit den DNA-Spuren vom Waschzeug Ihres vermissten älteren Herrn aus Meran überein." Tommaso atmete tief durch. Das war schon mal ein Erfolg. Jetzt müsste man nur noch die wahre Identität des Mannes ermitteln. Die drei gefälschten Pässe halfen vielleicht weiter, wenn die Namen als Alias-Namen in irgendeiner Polizeidatenbank auftauchten. Während Tommasos Gedanken die weiteren Schritte vorwegnahmen, die zu unternehmen sein würden, sprach Dr. Phillipi weiter. „Und dann habe ich noch etwas, was Sie erfreuen wird." Er machte eine Pause, um die Spannung zu steigern. Phillipi ahnte, welche Fragen Tommaso sich stellte. „Ich habe die DNA-Muster auch durch unsere Datenbank gejagt. Bei einem Passfälscher kann man annehmen, dass er vielleicht schon einmal aufgefallen ist. Und siehe da, wir haben ihn!" Tommaso stieß einen Laut aus, der Phillipi lachen ließ. „Von dem Mann ist vor vielen Jahren eine DNA-Probe in die Datenbank gegeben worden. Er stand unter Verdacht, eine Vergewaltigung begangen zu haben. Das Strafverfahren konnte nicht abgeschlossen werden, weil er sich dem Verfahren durch Flucht entzogen hatte. Außer der Probe hat er uns seine wahre Identität hinterlassen. Sein Name ist Bernhard Goebel, geboren am 17. März 1949 in Itzehohe, Deutschland. Er wurde der Vergewaltigung einer Prostituierten verdächtigt. Das war laut Anzeige am 25. Juli 1995 in Trient. Die Prostituierte hatte damals angegeben, dass er von ihr Praktiken verlangt hatte, zu denen sie nicht bereit gewesen war. Daraufhin habe er sie brutal vergewaltigt und bis zur Bewusstlosigkeit gewürgt. Er wurde aufgrund dieser Aussage in Untersuchungshaft genommen. Dort hat man ihm auch eine Speichelprobe entnommen. Die haben wir noch heute in der Datenbank. Da unsere Gerichte damals etwas langsam waren, hat man ihn aus der Untersuchungshaft entlassen müssen. Er ist dann untergetaucht und hat sich nicht dem Verfahren gestellt. Jetzt ist er tot." Phillipi hörte Tommaso am anderen Ende der Leitung heftig atmen. Die Gedanken rasten Tommaso durch den Kopf. „Doktor, Sie sagten, dass man den Mann verstümmelt hat. Ist das sicher?" Phillipi räusperte sich: „Ich bin jetzt ziemlich sicher, dass ein glatter Schnitt diesen Mann von seinem Geschlechtsteil befreit hat, ja. Auch wenn man bei dem Leichentorso im Zustand der Verwesung nicht alles mit bloßem Auge wahrnehmen kann, so sind die feingeweblichen Untersuchungen eindeutig. An dem Mann ist rumgeschnipselt worden. Allerdings kann ich nicht sagen, ob das vor oder nach seinem Tod passiert ist. Dafür ist einfach zu wenig von ihm übriggeblieben." Und nach einer kleinen Pause, während der Tommaso den Doktor in seinen Papieren blättern hörte, fügte er an: „Und das haben wir auch noch. Das Blut an dem Grashalm, den Sie mir geliefert haben, ist identisch mit dem Blut des Opfers. Also ist der Arm nicht von jemand anderem. Das heißt, dass es aus unseren Funden keinen

Hinweis auf weitere Opfer gibt. Ist vielleicht auch irgendwie beruhigend." Tommaso hatte sich während des Gesprächs eifrig Notizen gemacht. „Krieg ich das noch schriftlich, Doktor?" Phillipi stöhnte ein bisschen: „Ja, wenn ich irgendwann einmal Zeit finde zwischen all den Leichen, die Sie mir aufhalsen. Aber ich dachte, eine schnelle telefonische Information hilft Ihnen im Moment mehr." Tommaso musste lachten. „Danke, Doktor, danke! Ich will auch nicht drängen. Das Wichtigste habe ich mitgeschrieben. Das hilft uns für den Moment sehr. Gibt es sonst noch Erkenntnisse?"

„Ja, die gibt es. Ich habe die Verletzungsmuster studiert. Ich gehe davon aus, dass die Opfer von demselben Täter erschlagen worden sind. Die Opfer müssen dem Täter den Rücken zugewandt haben. Sie sind beide von hinten erschlagen worden. Die Schädel beider Opfer sind mit einem scharfen Gegenstand gespalten worden. Ich vermute, dass es ein Beil war. Der Schlag ist jeweils von einer höheren Position geführt worden. Das bedeutet, dass der Täter sehr groß gewesen sein muss, oder dass die Opfer vor ihm gekniet haben. Ohne das jetzt genau sagen zu können, kann man sich diese Tat als eine Art Hinrichtung vorstellen. Die Verletzungsmuster sind so weit identisch. Auch die Wucht des Hiebes, die ich aufgrund der Eindringtiefe und des Bruchmusters der Schädelknochen errechne, ist in etwa identisch. Der Täter hat mit viel Kraft zugeschlagen. Es muss sich also um einen kräftigen Mann handeln. Eine Frau scheidet als Täter aus."

Tommaso pfiff durch die Zähne: „Also zwei Opfer, ein Täter. Die erste Tat im Herbst oder im Winter des vergangenen Jahres, die zweite Tat vor einigen Wochen. Wo ist der Zusammenhang?"

„Das herauszufinden, lieber Caruso, ist Ihre Aufgabe. Wenn ich noch etwas finde, melde ich mich. Die DNA des jungen Mannes habe ich übrigens auch durch die Datenbank gejagt. Das Ergebnis ist negativ. Der ist uns noch nicht aufgefallen. Aber die auffällige Zahnbehandlung hat uns einen Hinweis gegeben. Diese

Art der Zahnreparatur gibt es nur in Deutschland. Sie ist recht aufwendig und teuer."

„Also ist unser Ötzi ein Deutscher?"

„Oder jemand, der sich möglicherweise in Deutschland die Zähne hat reparieren lassen. Das kann auch jemand sein, der nicht Deutscher ist. Woher soll ich das wissen. Das steht nicht in den Genen und aus dem Blut kann ich es auch nicht lesen." Phillipi wirkte jetzt etwas ungehalten. „Wir sind Wissenschaftler, keine Hellseher!" Tommaso schmunzelte in sich hinein. „Doktor, nichts für ungut. Was wären wir ohne Sie! Das, was Sie mir gesagt haben, hilft uns jedenfalls schon viel weiter. Danke! Und sobald Sie noch etwas entdecken ..." Er hörte noch einen gurgelnden Laut und so etwas wie: „Ja, ja ... klar" und „ade ... Nimmersatt". Dann war die Verbindung unterbrochen. Phillipi hatte aufgelegt.

„Wissenschaftler", murmelte Tommaso. Und sein Bleistift flog über das Papier, um alle Details zu notieren, die er von Phillipi erfahren hatte.

*

Fabio war den Tag ruhig angegangen. Er hatte ihn in Fredericos Bar begonnen. Dort trank er in aller Ruhe einen Espresso und studierte die Zeitungen. Die Pressekonferenz der ViceVicequestora war überall auf der Titelseite. Die Berichte und die Kommentare bedauerten, dass es sich nicht um einen zweiten Urzeitmenschen handelte. Die Spekulationen, warum einer in Ötzi-Klamotten durch die Berge lief, schossen ins Kraut. Einige hielten den Toten für einen Einsiedler, der sich in die Berge zurückgezogen hatte. Andere fabulierten über ein Kostümfest. Wieder andere mutmaßten einen neuen Kult. Aber zum Glück brachte keine Zeitung den Tod des Alten im Pfossental mit dem Tod des verkleideten Jungen im Similaungebiet in einen Zusammenhang. Und alle gingen von Unglücksfällen aus. In allen Zeitungen waren auch die Fotos abgedruckt, die Dr. Phillipi von der Kleidung zur Verfügung gestellt hatte. Fabio war voller Hoffnung, dass sich jetzt jemand melden würde, der entweder wusste, wer der junge Mann war, oder der den jungen Mann in dieser Verkleidung gesehen hatte. Denn, wie hatte Caruso es ausgedrückt: „So einer fällt doch nicht vom Himmel.“ Oder doch? Fabio versuchte sich an die Wanderkarte zu erinnern. Das Gebiet der hohen Berge war ein Grenzgebiet zu Österreich. Was, wenn der junge Mann aus Österreich herübergewandert war? Vielleicht war er ja tatsächlich auf Südtiroler Gebiet niemandem begegnet, bevor er auf seinen Mörder traf. Fabio griff wieder zu dem Zeitungsstapel. Gab es auch eine, die in Österreich erscheint? Waren auch österreichische Journalisten bei der Pressekonferenz dabei gewesen? Mist! Dass ihm das erst jetzt eingefallen war. Hoffentlich hatte eine der Nachrichtenagenturen die Meldung mit den Fotos auch nach Österreich gefunkt. Und wenn nicht? Dann müsste er heute noch dafür sorgen. Aber im Moment genoss er es, ein wenig zu schwänzen. Er war mit sich irgendwie zufrieden, auch weil Elisabeth und er gestern Abend auf dem Balkon so ganz nebenbei beschlossen hatten zu heiraten. Wie selbstverständlich.

Mit Elisabeth war alles so selbstverständlich. So als ob es gar keinen anderen Weg gebe. In den ersten Wochen hatte er das noch gar nicht so wahrgenommen. Es war aber auch alles sehr schnell gegangen. Sie kannten sich gerade einmal vier Monate. Zunächst hatten sie beschlossen, zusammenzuziehen, um auszuprobieren, wie man es zusammen aushält, im Alltag. Aber schon nach wenigen Wochen war beiden klar, dass sie das Probejahr, das sie sich geben wollten, nicht brauchten. Der Alltag verlief harmonisch. Ganz ohne Reiberei und Eigenheiten. Das war mit Cintia nie so gewesen. Seit er Elisabeth kannte, hatte er an Cintia auch nicht mehr denken müssen. Die Erinnerung an seine zerbrochene Beziehung war irgendwie untergetaucht. Und irgendwann hatten sie eng umschlungen im Bett gelegen und Elisabeth hatte ihn gefragt, ob er sie liebe. „Ja“, hatte er gesagt. „Woher weißt du das?“, wollte sie wissen. „Das weiß ich einfach so“, hatte er geantwortet. „Glaubst du es, oder weißt du es?“, hatte sie dann gefragt. „Ich weiß es“, hatte er geantwortet. „Und wie merkst du das?“, hatte sie ihn gefragt. Fabio stutzte, er verstand die Fragerei nicht. „Was willst du eigentlich wissen?“, fragte er. „Ob wir zueinanderpassen?“ „Ja, das passt schon.“ „Dann ist es ja gut.“

Sie hatten sich angesehen. „Dann können wir eigentlich auch sofort heiraten“, hatte er gesagt. Elisabeth hatte sich an in geschmiegt und „ja“ gehaucht. Dann waren sie eingeschlafen.

„Noch einen Espresso?“ Die Frage riss Fabio aus seinen Gedanken. „Was?“ „Ob der Commissario noch einen Espresso möchte?“ Frederico lächelte ihn an. „Sie waren aber weit weg, ich wollte nicht stören, aber ich dachte, dass Sie vielleicht noch etwas möchten?“ Fabio war wieder da: „Espresso, ja gerne und ein Tramezzino.“

Fabio hatte soeben beschlossen, den Tag nicht allzu streng anzugehen. Nach den Muntermachern wollte er sich von Francesca Giardi berichten lassen, was sie bisher herausgefunden hatte. Dann musste er in Erfahrung bringen, ob die Meldungen des Tages auch in Österreich publik gemacht worden waren. Und dann hatte er Lust, Tommaso zu einem Essen zu überreden. Er brauchte schließlich noch einen Trauzeugen.

*

Tommaso kämpfte inzwischen mit dem vielen Papier, das sich auf seinem Schreibtisch stapelte. „Da soll man den Überblick behalten“, murmelte er vor sich hin, als sein Telefon nach ihm rief. Fabio wollte sich mit ihm zum Mittagessen verabreden. „Was, du sitzt bei Frederico? Um die Zeit? ... Zum Mittagessen?“ Tommaso zögerte. Er wollte heute viel erledigen. Irgendwie mochte er es nicht, wenn man ihn dabei ausbremste. Auch nicht, wenn es sein Freund war. „Etwas Privates? Wichtiges, sagst du?“ Tommaso ahnte, um was es ging. Nun, das konnte er seinem Freund nicht ausschlagen. „Wo wollen wir uns denn treffen?“ Tommaso nickte in den Hörer hinein. Das Lokal kannte er gut. Bei Frederico trafen sie sich gewöhnlich. Aber wenn Fabio dieses Restaurant vorschlug, ging es um etwas Besonderes. „Also um eins.

Ich freue mich." Tommaso legte auf und schaute verträumt aus dem Fenster. Er hatte schon viele Ehejahre gemeinsam mit Anna auf dem Buckel. Sein Freund stand gerade erst am Anfang. Elisabeth war eine gute Wahl. Dessen war er sich sicher. Und nur deshalb mit dem Heiraten zu warten, um zu schauen, ob sich nicht noch etwas Besseres findet, war auch nicht sein Ding gewesen. Er hatte Anna kennengelernt und sie damals ziemlich schnell gefragt, ob sie ihn heiraten wolle. Anna hatte sofort „ja" gesagt. Es war für sie beide ein Sprung ins kalte Wasser. Und es hatte bis heute gehalten. Und jetzt wollte Fabio springen.

*

Fabio bummelte von Fredericos Bar zur Questura. Er war bester Laune. Die zwei Stunden bis zum Mittagessen mit Tommaso wollte er nutzen, um mit Francesca Giardi zu besprechen, wie sie im Fall der zwei Leichen weiter vorgehen wollten. Beide Leichen wurden an schwer zugänglichen Orten gefunden. Jedenfalls gab es dorthin keine regulären Wege. Und die Gegend war einsam. Die Opfer konnten Zufallsopfer sein, weil sie sich zufällig in der Gegend aufgehalten hatten. Oder sie waren dorthin gebracht worden, weil die Gegend so einsam war. Im letzteren Fall könnten die Bewohner des Hochtals etwas gesehen haben, was uns weiterhilft, dachte Fabio. Wenn es aber Zufallsopfer waren, dann lauert da oben ein Mensch, der mordet. Aber wer könnte das sein? Die Bewohner kennen sich dort oben alle untereinander. Wer könnte so etwas machen, ohne dass jemand Verdacht schöpfen müsste. Da oben in den Bergen funktionierte die Sozialkontrolle bestimmt sehr gut. Da weiß doch jeder über jeden bestens Bescheid. Also wäre es wahrscheinlicher, dass die Opfer in diese einsame Gegend gebracht worden sind. Die Grenze zu Österreich ist nicht weit. Ob jemand von dort aus operiert? Das könnte erklären, warum niemand aus dem Hochtal etwas bemerkt hatte. Aber wenn er die Karte richtig in Erinnerung hatte, dann war es nach Österreich hin gebirgig, felsig, unwirtlich. Also ein riesengroßer Aufwand für einen Mord. Und da waren noch die besonderen Umstände: der eine nackt und an einen Baum gefesselt, der andere verkleidet und angeschossen. Phillipi wird bestimmt das Geschoss untersuchen. Vielleicht hilft das weiter. Wenn es Jagdmunition war, dann wäre das vielleicht ein Hinweis. Dann könnte man alle zugelassenen Jagdwaffen der Umgebung untersuchen.

Mit diesen Gedanken erreichte Fabio die Questura. Der Wachhabende im Pfortenhaus grüßte. Fabio grüßte zurück. „Sind Sie auch heute mit dabei, Commissario?“ Fabio trat näher. „Wobei?“ „Na, bei dem großen Einsatz heute Abend?“ Fabio verstand nicht, was der Wachhabende meinte. „Großer Einsatz?“ Der Wachhabende verstand, dass der Commissario nicht wusste, worum es ging. Und er ahnte, dass das nicht richtig war. Wenn eine so große Razzia bevorstand und der erste Commissario nichts davon wusste, dann war das eine Entscheidung, die von höherer Stelle getroffen worden war – an dem Commissario vorbei. Und das würde ihm nicht passen. Jetzt wollte der Wachhabende aber nicht riskieren, dass herauskam, dass er es war, der dem Commissario das gesteckt hatte. Er wusste aber nicht recht, wie er aus der Situation wieder herauskommen sollte. Denn Fabio war nah an ihn herangekommen. Er konnte ihm jetzt nicht mehr ausweichen. Jetzt so zu tun, als ob er etwas falsch verstanden hätte, wäre ein untauglicher Versuch gewesen. Deshalb entschied er sich für die Offenheit. „Commissario, ich weiß ja nicht, ob ich überhaupt autorisiert bin, Ihnen etwas zu sagen. Also behalten Sie es bitte für sich, von wem Sie es wissen.“ Fabio nickte nur und ließ den Wachhabenden, der sichtlich nervös war, nicht aus den Augen. „Ich höre?“ Der Wachhabende schaute sich schnell um, so als ob er fürchtete, dass jemand anderer zuhören könnte. „Heute Abend ist eine große Razzia gegen illegale Ausländer geplant. Die halbe Questura bereitet sich darauf vor. Buffo hat alle verfügbaren Kräfte zusammengerufen. Wir wissen aber noch nicht, wann genau es losgehen soll.“ Fabio nickte. „Danke. Gut zu wissen.“ Er wollte sich abwenden und zum Haupteingang der Questura gehen, als er sich noch einmal zu dem Wachhabenden umdrehte. „Danke. Und – ich weiß überhaupt nicht, welches Vögelchen mir das gezwitschert hat.“

*

Fabio war sehr nachdenklich, als er die Stufen zum Haupteingang der Questura nahm. Eine Razzia gegen illegale Ausländer war sinnlos. Natürlich gab es illegale Ausländer. Viele arbeiteten zu einem Mindestlohn als Spülhilfe, als Bauarbeiter ohne Versicherungsschutz bei obskuren Subunternehmern, als Prostituierte, als Putzhilfen und in vielen anderen Bereichen. Selbst wenn man bei der Razzia einige finden und anschließend medienwirksam ausweisen würde, was könnte das bewirken? Schon am nächsten Tag würden ihre Plätze von anderen illegalen Ausländern eingenommen. Also ging es Carmelita Cantallielo nicht um die Sache, sondern um eine weitere medienwirksame Inszenierung ihrer Person. Was wollte diese Frau? Unter Polizeiarbeit verstand Fabio etwas anderes. Ihn wunderte es allerdings auch nicht, dass diese Aktion hinter seinem Rücken durchgeführt werden sollte. Hätte man ihn gefragt, hätte er die Aktion als unsinnig abgelehnt, zumal die beiden Todesfälle im Pfossental drängender waren. Wer wusste schon, ob nicht noch mehr da oben passiert war oder noch passieren würde. Und jetzt machte die Cantallielo ohne Not ein neues Fass auf. Mit düsteren Gedanken kam Fabio in seinem Büro an. Francesca Giardi schaute auf, als er durch die Tür kam. Sie erkannte, dass ihr Chef keine besonders gute Laune hatte. Sie war schon früh in der Questura und hatte Buffos Vorbereitungen wahrgenommen. Vor der Sporthalle waren viele Polizisten versammelt, um Buffos Befehle entgegenzunehmen. So wusste Francesca über die geplante Razzia Bescheid. Dass ihre Abteilung nicht eingebunden war, hatte sie zunächst nicht erstaunt. Aber als sie auf dem Gang einen Kollegen aus dieser Abteilung traf und ihn darauf ansprach, war sie erstaunt, dass dieser Kollege alles andere als erfreut über die Razzia war. „Das ist überhaupt nicht mit uns abgestimmt“, schimpfte der. „Die macht uns die Arbeit der letzten Jahre kaputt. Eine Razzia bringt so gut wie nichts. Die armen Kerle, die sie erwischen werden, können uns nicht helfen, das Übel an der Wurzel zu bekämpfen. An die Hintermänner kommen wir so nicht heran. Aber Madame kommt bestimmt groß in die Zeitung." Der Kollege schimpfte noch eine Weile und ging dann zu einem Flirtversuch über, dem Francesca aber geschickt auswich. Diese Questura schien alles andere als eine harmonische Arbeitseinheit zu sein. Auch ihr Chef schien nicht immer glücklich. Am Tag, als sie hier begonnen hatte, war er noch sehr aufgeräumt. Als für sie kein Büro vorhanden war, hatte er ohne mit der Wimper zu zucken ganz pragmatisch entschieden, dass sie sein Büro mitbenutzen könne, bis ein Zimmer für sie gefunden würde. Daraus war dann aber nichts geworden, weil das einzige verfügbare Zimmer dieser Buffo bekommen hatte. Jetzt mussten sie sich das Büro wohl auf Dauer teilen. Fameo schien darüber zwar nicht glücklich, aber ihr gegenüber verhielt er sich deshalb nicht ablehnend. Fameo schien ihr ein Polizist zu sein, der ganz in seiner Arbeit aufging. Er war ein Idealist, der Ungerechtigkeiten nicht ausstehen konnte. Er hatte einen scharfen Sinn für Gerechtigkeit. Und er dachte praktisch. Die Rumänen, die sie des Diebstahls überführt hatten, waren für ihn nur ein Hinweis auf ein ungerechtes System. Die Diebe selber hielt er für Opfer. Er wollte an die Hintermänner. Die neue Chefin wollte das nicht. Ihr reichten die zwei Diebe, um ein Thema öffentlich zu machen, das eine ganze Gruppe armer Wichte an den Pranger stellte. Ausländer, die illegal in Südtirol lebten, um ihre Familien in den armen Herkunftsländern zu unterstützen. Fameo hatte die globale Ungerechtigkeit dieses Systems erkannt. Für ihn waren die gestohlenen Bankdaten nur das Ende eines weitreichenden Geflechts. Es war das Anfangsglied einer Kette von organisierter Kriminalität, die die Armut zum Beispiel in Rumänien ausnutzte. Und dieses erste Glied hatte er erwischt. Sie war sicher, dass er sich deshalb sehr über die erste Pressekonferenz der ViceVicequestora geärgert hatte. Sie stellte die Verhaftung der Datendiebe unter das Megathema „Ausländerkriminalität" und nicht unter das Megathema „Organisierte Kriminalität". Und damit griff sie zu kurz. Möglicherweise tat sie das ganz bewusst. Und das wiederum würde Fameo nur ganz schlecht ertragen können. Er wollte im Interesse einer besser informierten Gesellschaft aufdecken. Francesca spürte deutlich, dass Fameo mit der neuen ViceVicequestora aneinandergeraten würde. Und jetzt diese Razzia. Selbst die zuständige Abteilung hielt das für falsch. Und als Fameo durch die Tür kam und sie sein Gesicht sah, war ihr klar, dass auch er schon Bescheid wusste.

„Sie haben es schon gehört?", fragte sie. Fameo nickte. „Schwachsinn! Mehr kann ich dazu nicht sagen. Purer Aktionismus. Wetten, dass es morgen wieder eine Pressekonferenz gibt?" Fameo schnaubte: „Wissen wir denn Genaueres über die geplante Razzia?" Francesca schüttelte den Kopf: „Unsere Abteilung hat darüber keine Nachricht erhalten. Aber auch die Kollegen von der zuständigen Abteilung wissen nichts. Und Buffo hat alle Einsatzkräfte vergattert. Die dürfen nichts sagen." Fabio überlegte, ob er die ViceVicequestora zur Rede stellen sollte. Als ihr Stellvertreter war es ihm gegenüber schon ein starkes Stück, eine solche Aktion durchzuführen, ohne sich mit ihm abzustimmen. Er entschied sich dagegen. Soll die doch erst mal machen. Vielleicht lenkt sie das auch ab, und er konnte in aller Ruhe seine Fälle abarbeiten. Fabio wusste, dass er sich dabei in die Tasche log. Aber er hatte heute keine Lust auf Konflikte. Er dachte an das Mittagessen mit Tommaso, er dachte an Elisabeth, und plötzlich war es ihm, als sei die ViceVicequestora weit weg. Er musste lachen. Francesca stutzte. Fabio schaute sie mit einem vergnügten Gesichtsausdruck an: „Ich habe mich soeben entschlossen, mich nicht zu ärgern. Gibt es etwas Neues?"

Francesca schaute Fabio amüsiert an: „Bei Gelegenheit verraten Sie mir, wie das geht. Das mit dem Entschluss, sich nicht zu ärgern. Und was Neues gibt es in der Tat. Ich habe, kurz bevor sie kamen, mit Tommaso telefoniert. Der wiederum hat von Dr. Phillipi einiges erfahren, was sehr interessant ist." Francesca erzählte Fabio, was Phillipi herausgefunden hatte. Fabio setzte sich hinter seinen Schreibtisch und machte Notizen. „Dann haben wir also die Identität des älteren Toten: ein Vergewaltiger aus Deutschland, der in Trient auffällig geworden ist und drei falsche Pässe mit sich führte – also ein Profi. Vergewaltiger haben keine falschen Pässe, außer sie brauchen die Pässe für andere Geschäfte und vergewaltigen nur so nebenbei. Ich meine, der Mann war möglicherweise kein reiner Triebtäter, sondern ein gewalttätiger Mensch, der ansonsten kriminellen Geschäften nachging. Wir sollten in Deutschland nachfragen, ob die was über den Mann haben." Francesca notierte fleißig. „Ich kümmere mich darum." Fabio griff zum Telefon. „Ich habe da eine besondere Verbindung, die ich nutze. Dauert nicht so lange, wie der offizielle Weg." Er zwinkerte Francesca zu. Der offizielle Weg konnte Wochen dauern. Alle Anfragen ins Ausland gingen über Rom, und das hieß, dass man von deren Schnelligkeit abhängig war. Fabio wählte die Nummer seines Onkels in München. Der war Polizeiabteilungsleiter im bayerischen Innenministerium. Es meldete sich seine Sekretärin, Waltraud Geheim. Waltraud war die Freundin seines Onkels und Fabio verstand sich bestens mit ihr. „Hallo Waltraud, Fabio hier." Am anderen Ende der Leitung in München freute sich Waltraud, Fabios Stimme zu hören: „Fabio, wie geht es Elisabeth? Gibt es schon einen Hochzeitstermin?" Waltraud und Fabios Onkel waren in die Hochzeitspläne eingeweiht. Fabio war es etwas unangenehm, vor den Ohren von Francesca über seine Hochzeitspläne zu erzählen. Deshalb antwortete er: „Waltraud, ich bin nicht alleine. Meine neue Assistentin hört mit. Darum komme ich auch gleich zur Sache. Wir haben hier eine Leiche. Es handelt sich um den Bernhard Goebel, geboren am 17. März 1949 in Itzehohe, 1995 in Trient wegen einer Vergewaltigung verhaftet, dann aber aus der Untersuchungshaft freigekommen und anschließend untergetaucht. Er hatte drei gefälschte Pässe bei sich. Die Alias-Namen habe ich nicht griffbereit. Kannst du ..." Fabio hatte die Bitte noch nicht ausgesprochen, als seine Nenntante schon antwortete: „Ich ruf dich wieder an. Klar kümmere ich mich darum. Habe alles notiert. Bis bald." Und das war es. Waltraud würde alles über Bernhard Goebel herausfinden, wenn es in deutschen Polizeicomputern etwas über ihn zu finden gab. Francesca schaute Fabio fragend an. „Sie dürfen mich nicht verraten. Niemals. Aber so geht das schneller. Und wenn wir bald Informationen aus Deutschland haben, ist es hier für uns vielleicht einfacher. Immerhin kann ich mir jetzt eine Menge Motive vorstellen." Francesca nickte: „Wenn ein Verbrecher zu Tode kommt, hatte er meist Stress mit anderen seiner Sorte. Und die Auffindesituation war auch alles andere als normal. Möglicherweise eine Inszenierung. Aber das passt dann noch nicht mit dem jungen Toten überein." „Nein, das tut es nicht. Aber Sie erinnern mich daran, um was ich Sie bitten wollte." Francesca zückte ihren Notizblock. „Stellen Sie bitte fest, ob die Pressekonferenz auch von österreichischen Kollegen besucht worden ist und ob in Österreich über den Fall berichtet wurde. Ich habe nicht daran gedacht, dass unser junger Toter möglicherweise aus Österreich über die Berge gewandert ist und seinen normalen Aufenthalt dort hat. Dann kennt man ihn vielleicht dort." Francesca ließ ihren Block sinken: „Chef, das ist bereits geschehen. Ich habe Ihnen die Presseauswertung auf den Schreibtisch gelegt. Die großen Blätter haben alle die Fotos gedruckt, die wir von Dr. Phillipi bekommen haben. Und es ist auch die Telefonnummer angegeben, unter der man Hinweise geben kann. Jetzt müssen wir eigentlich nur noch warten, ob sich jemand meldet." Fabio schaute auf die Uhr. In einer Stunde war er mit Tommaso verabredet.

Einundzwanzig

Tommaso war fleißig gewesen. Jetzt hatte er Hunger. Und wenn er daran dachte, in welches Restaurant ihn Fabio eingeladen hatte, kam ihm sein Hunger vielleicht noch ein bisschen größer vor, als er tatsächlich war. Und er hatte einiges Neues im Gepäck. Fabio würde staunen. Dank Dr. Phillipis schneller Arbeit stand nicht nur die Identität des älteren Toten fest. Tommaso wusste auch, dass er im Juli 1995 in Trient wegen einer Vergewaltigung in Untersuchungshaft gesessen hatte. Die wesentlichen Akten und das damals aufgenommene Foto hatte er in der Polizeidatenbank schnell besorgt. Tommaso schickte das Foto daraus per E-Mail an die Carabinieri in Naturns und Meran. Sie sollten es den Wirten zeigen, die die beiden Zechpreller gemeldet hatten. Der Wirt, der den älteren Mann vermisst gemeldet hatte, erkannte ihn auf dem Foto wieder. Er hätte zwar älter ausgesehen, weniger Haare hätte er gehabt, aber er sei sich sicher, dass es sich um den Vermissten handelte. Interessant war, dass die Wirtin, die die beiden jungen Frauen als vermisst gemeldet hatte, den Mann ebenfalls erkannt hatte. Einige Stunden nachdem die beiden jungen Frauen ihre Zimmer bei ihr bezogen hatten, sei damals ein Mann erschienen, der dem Mann auf dem Foto ähnlich gesehen hatte. Sie erinnerte sich, dass sie ihm gesagt hatte, er solle später wiederkommen, da die beiden jungen Damen zum Essen gegangen seien. Und am nächsten Morgen seien die beiden nicht zum Frühstück erschienen, ihre Sachen hatten sie auf dem Zimmer zurückgelassen.

Tommaso schloss daraus, dass der ältere Tote etwas mit den jungen Frauen zu tun gehabt haben musste. Jedenfalls wäre es interessant zu wissen, wo die beiden geblieben waren. Er ordnete an, dass die Sachen des älteren Mannes und die der beiden jungen Frauen nach Bozen gebracht wurden. Dr. Phillipi sollte sie sich vornehmen. Der war zwar nicht begeistert über die Mehrarbeit, sicherte aber zu, sich auch darum zu kümmern. „Vielleicht, Doktor, finden Sie eine DNA-Spur von den Frauen, und die sind auch in der Datenbank. Dann wissen wir, wer sie sind, und können vielleicht erahnen, was Bernhard Goebel von ihnen wollte." Tommaso dachte folgerichtig. Phillipi aber sah seinen Feierabend in Gefahr. „Mein lieber Maresciallo, Sie wissen schon, dass Sie nicht der Einzige sind, der mich mit Arbeit zuschüttet? Auch ich habe nur zwei Arme und die Zahl meiner Assistenten ist sehr, sehr übersichtlich." Tommaso hörte ihn einatmen. „Aber ich will tun, was ich kann. Schließlich ist die ganze Sache nicht erfreulich." Tommaso war sehr zufrieden. Dieser Phillipi war ein bisschen wie er: an einer Sache dranbleiben, bis sie gelöst war. Hartnäckig, zäh, Teilchen für Teilchen zusammenfügen, das Muster zu einem Bild formen, Beweise sichern, Handlungsabläufe rekonstruieren, das machte einfach Spaß und war die Erfüllung in diesem Beruf.

Und kurz bevor Tommaso sich aufmachen wollte, Fabio zu treffen, hatte er noch einen Anruf aus Trient. Seine Vermutung, dass der Schlüssel, den sie beim Führungsoffizier gefunden hatten, zu einer Schließfachanlage in Trient gehörte, hatte sich als richtig herausgestellt. Der Schlüssel passte zu einem der Schließfächer im Bahnhof. Und da die gesamte Halle mit Videokameras überwacht wurde, gab es auch Bänder mit den Aufzeichnungen. Diese hatten die Carabinieri in Trient beschlagnahmt und wollten sie jetzt auswerten. Tommaso sorgte dafür, dass die Bänder nach Bozen gebracht wurden – express. Im Schließfach selbst waren ein Kuvert mit Geld und einige Dokumente. Auch diese Asservate forderte er sofort an. Er rechnete damit, dass sie am Nachmittag in Bozen eintrafen.

„Na, dann habe ich nach dem Essen wohl noch einiges zu tun", dachte Tommaso, als er die Hauptwache verließ.

*

Das Essen war köstlich. Fabio hatte ein Lokal ausgewählt, in das ihn der Vicequestore schon einmal eingeladen hatte. Und der kannte sich schließlich aus. Tommaso freute sich sehr, über das gute Essen und noch mehr darüber, dass er Trauzeuge sein sollte. „Natürlich mache ich das für dich, ausgesprochen gerne, ist mir eine Ehre." Tommaso strahlte über beide Backen. „Und ich finde es richtig, dass ihr in Tisens heiraten wollt. Nach dem, was du mir über eure Eltern erzählt hast, scheint das eine gute Lösung zu sein. Jeder kann einen Teil durchsetzen, aber ihr habt die Fäden in der Hand. Habt ihr schon den Pfarrer von Tisens gefragt?" Fabio verneinte. „Wir haben auch noch keinen Termin überlegt. Das machen wir später. Uns drängt ja auch nichts." Tommaso schaute seinen Freund genau an. Er erkannte, dass Fabio die Sache nicht auf die lange Bank schieben wollte. „Im Herbst?" Fabio grinste ein bisschen. „Von mir aus, Herbst." „Und Elisabeth?" „Ich werde sie fragen." Fabio spürte, dass Tommaso noch etwas auf dem Herzen lag. Er hatte so eine Art, auf dem Hintern hin und her zu rutschen, wenn er noch etwas loswerden wollte, sich aber nicht so recht traute. „Was hast du noch auf dem Herzen?", fragte er ihn deshalb geradeheraus. Tommaso musste lachen. Fabio spürte es immer, wenn ihn etwas bewegte. „Anna und ich feiern bald Silberhochzeit. Und da wollte ich fragen, ob du, ich meine ihr, also du und Elisabeth, mit uns zusammen feiern wollt. Wir haben ja hier niemanden aus der Familie und echte Freunde, ich meine Freunde, die man so nennen kann, habe wir hier bisher nicht gewonnen – außer euch." Tommaso blickte ein wenig verlegen, so schien es. Fabio begriff sofort, was für eine Ehre ihm zuteil wurde. Er stand auf und legte seine Hände auf Tommasos breite Schultern. Und die waren verdammt breit. „Alter Freund. Ich fühle mich sehr geehrt und komme natürlich gerne! Und Elisabeth wird sich auch freuen. Weißt du schon wann?" Tommaso lächelte glücklich: „Ich weiß sogar auch schon wo. Am 31. Oktober im Batzenhäusl, abends. Ich sage euch aber noch Bescheid, denn ich habe noch nicht reserviert. Aber das wird ein netter Abend, da bin ich mir sicher." Fabio überlegte kurz: „Dann werde ich zusehen, dass wir nicht ausgerechnet am 31. Oktober heiraten." Er schmunzelte: „Oder wir planen das Ganze als Doppelhochzeit und nehmen es als gutes Ohmen für

die junge Ehe, auf dass sie genauso gut funktioniert wie eure."
Die Männer lachten.

*

Es war später Nachmittag, als Tommaso und Fabio in Richtung ihrer Büros gingen. Tommaso wollte sehen, ob die Asservate von Bernhard Goebel und der beiden Frauen im Labor angekommen waren und ob die Bänder und die Fundstücke aus dem Trienter Schließfach auf seinem Schreibtisch lagen. „Ich glaube, dass Phillipi heute nichts mehr liefern kann. Deshalb werfe ich noch einen Blick auf die Bänder, wenn sie da sind. Vielleicht geben die was her: Wann hat unser Führungsoffizier was in das Fach gelegt, wann etwas abgeholt." Fabio nickte: „Ich gehe die Akten noch mal kurz durch. An der Razzia bin ich nicht beteiligt. Die haben es nicht mal für nötig erachtet, mich zu informieren. Dann können wir eigentlich nach Hause fahren, wenn du mit deinen Sachen durch bist. Rufst du mich an?" „So machen wir es. Und danke für das tolle Essen."

*

Francesca Giardi aß mittags selten. Sie hatte zur Kenntnis genommen, dass ihr Chef mittags gerne eine längere Pause machte. Und sie wusste, dass Tommaso dabei sein liebster Begleiter war. Sie genoss es, in der Mittagszeit ungestört im Büro arbeiten zu können. Und sie hatte die wenigen Tage, seit sie in der Questura arbeitete, genutzt, um Kontakte zu knüpfen. So war es ihr gelungen, zu Carlotta, der Sekretärin der ViceVicequestora, eine Art Vertrauensverhältnis aufzubauen. Die beiden verstanden sich gut: Carlotta hatte jemanden gefunden, dem sie ihre Probleme mit ihrem Freund erzählen konnte, und Francesca hatte jemanden gefunden, der ihr die menschlichen Zusammenhänge in der Questura erklärte. Und so hatte Francesca schnell begriffen, wie sie Fabio Fameo im Gesamtgefüge und in Bezug auf die neue ViceVicequestora einschätzen musste. Ihr neuer Chef war ihr sympathisch. Und sie begriff, was ihn umtrieb. Außerdem freute es sie, dass er in Hochzeitsvorbereitungen steckte. Das hatte er ihr zwar nicht erzählt, aber sie schloss das aus den Bemerkungen und Anspielungen von Carlotta und Tommaso. Für jede Art von Beziehungen hatte sie einen sechsten Sinn. Und dass es Fabio völlig kalt ließ, dass er von der geplanten Razzia nichts wusste, konnte sie sich nur damit erklären, dass er etwas anderes im Sinne hatte, was ihm im Moment wichtiger war. Außerdem kam ihr das alles ganz gelegen: Wenn der Chef sich weniger intensiv um die anliegenden Fälle kümmerte, hatte sie öfter Gelegenheit zu zeigen, was sie konnte. Bei ihrem Einsatz an der Mautstelle hatte sie dies eindrucksvoll bewiesen. Dass sie einen kräftigen Mann stellen konnte, hatte ihr viel Bewunderung eingebracht. Einige Kollegen begegneten ihr seither mit mehr Respekt. Andere schienen damit Schwierigkeiten zu haben, dass eine kleine, zierliche Frau in der Lage war, ganze Kerle zu Fall zu bringen. „Wenn die wüssten“, lachte sie in sich hinein. Seit ihrer Jugend betrieb sie Kampfsport und war auf vielen Wettkämpfen sehr erfolgreich gewesen. Den letzten Schliff hatte sie während ihrer Polizeiausbildung erhalten. Sie hatte Gelegenheit bekommen, mit den Spitzenleuten der Einsatzkräfte zu trainieren. Sie konnte aus dem Stand heraus explodieren. Dabei kam es nicht auf Kraft, sondern auf Schnelligkeit und perfekte Technik an – und natürlich auf Kondition. Sie besaß das alles im Übermaß.

Als Fabio zum Mittagessen aufgebrochen war, schlenderte Francesca zu Carlotta. Die langweilte sich. Die ViceVicequestora war nicht da und Carlotta hatte nicht viel zu tun. „Die Chefin ist ausgeflogen?“ Carlotta lächelte Francesca an, froh über die Abwechslung. „Die ViceVicequestora ist zu einer Besprechung. Wo, mit wem und wie lange hat sie mir nicht hinterlassen. Aber ich weiß, dass sie sich mit einem von der Partei trifft. Der ruft am Tag mehrmals an. Und immer, wenn das Gespräch zu Ende ist, hat die Dame schlechte Laune. Ich glaube, dass der Macht über die Dame hat.“ Francesca setzte sich auf die Ecke des Schreibtisches: „Das ist ja interessant. Wieso bist du dir da so sicher? Ich meine, wieso weißt du, dass es einer aus der Partei ist?“ Carlotta machte einen Schmollmund: „Kindchen, ich sitze hier schon seit vielen Jahren. Einer Chefsekretärin darf nichts entgehen." Und sie rückte näher an den Schreibtisch und damit näher an Francesca. Sie sprach jetzt leise: „Also, die Chefin hat mir gleich zu Beginn gesagt, dass, wenn ein Herr Namens Bertollini anruft, der immer sofort durchzustellen ist. Ich habe den Namen gegoogelt. Nichts. Kein Ergebnis. Wenn Google den nicht kennt, gibt es ihn nicht, oder er hat keine Bedeutung, oder ..." Sie machte eine Kunstpause. „Oder?", fragte Francesca. „Oder der Name ist falsch." Francesca nickte: „Kann sein. Und – hat er angerufen?" Carlotta rückte noch näher und sprach noch leiser: „Gleich am ersten Tag zwei Mal. Und dann täglich, manchmal nur einmal, manchmal mehrmals. Aber die sind halt dumm." Carlotta machte eine wichtige Mine. Francesca lächelte ihr aufmunternd zu. Das war nicht nötig, denn Carlotta war jetzt in Fahrt: „Auf meinem Display am Telefon erscheint die Nummer, von der aus angerufen wird. Es war nicht immer dieselbe. Aber eine tauchte immer wieder auf, und die habe ich dann ermittelt. Ist nicht schwierig für mich. Schließlich kenne ich mich im Betrieb gut aus." Sie holte tief Luft und blickte kurz zur Tür, als wollte sie sicherstellen, dass niemand lauschte. „Die Nummer gehört zur Parteizentrale in Rom und mit der Durchwahl erreicht man das Sekretariat des ersten Parteisekretärs." Sie lehnte sich entspannt zurück. „Habe ich selbst ausprobiert." Carlotta lächelte spitzbübisch. „Du hast was?" „Ich habe da einfach mal angerufen, um zu hören, wer sich meldet. Nicht von hier natürlich, sondern von einer öffentlichen Telefonzelle in einer Bar." „Und?" „Nichts und. Ich habe gesagt, dass ich mich verwählt habe, und wieder aufgelegt. Aber jetzt weiß ich, dass dieser ominöse Bertollini ein Parteibonze ist, der sich hier mit falschem Namen meldet. Denn einen Bertollini gibt es in der Parteizentrale nicht, das habe ich auch herausgefunden." Francesca war beeindruckt. Und das konnte man sehen. Carlotta gefiel, was sie da sah. Frau Commissaria war sprachlos. „Und wie hast du das ...?" Carlotta legte den Finger auf den Mund. „Das muss ein Geheimnis bleiben. Aber ich kenne viele Leute." Francesca überlegte: „Und wieso weißt du, dass die ViceVicequestora heute mit diesem Bertollini zusammen ist. Ich meine, Rom ist doch weit weg?" Carlotta machte einen spitzen Mund: „Weil die Nummer, unter der Bertollini heute Morgen anrief, keine Vorwahl hatte. Und die Nummer habe ich auch gleich recherchiert. Der Anruf kam aus dem Hotel ‚Vier Jahreszeiten'. Also vermute ich die Chefin dort. So einfach ist das." Mit einem leicht triumphierenden Lächeln, mehr ein Hauch von einem Lächeln, lehnte sie sich zurück. „Respekt, Carlotta, Respekt!" Die beiden Frauen sahen sich an. Die eine mit allen Wassern gewaschen, die andere mit einer perfekten Polizeiausbildung, aber mit wenig Erfahrung. „Und was schließt du daraus?" Carlotta zuckte die Schultern: „Weiß ich noch nicht. Da fehlen mir noch weitere Infos. Kann ja auch sein, dass es der väterliche Freund ist, der Madame in allen Lebenslagen berät. Kann der ältere Liebhaber sein, dem sie hörig ist. Kann der Herr Papa selber sein, der seine Tochter nicht loslassen kann. Kann auch was ganz anderes sein. Dazu müsste ich die Gespräche mithören. Aber das ist mir zu heikel. Aber kommt Zeit, kommt Information, das war hier schon immer so. Auch der Alte hatte vor mir keine Geheimnisse. Auch wenn er glaubte, dass ich nicht alles mitbekommen habe. Die denken immer, dass eine Sekretärin ihr Gehirn nur braucht, um Telefongespräche entgegenzunehmen und Kaffee zu kochen. Tja, da liegen diese Herrschaften aber gründlich daneben." Die beiden Frauen lachten, da klingelte das Telefon.

„Für dich", mit diesen Worten übergab Carlotta das Telefon. „Pronto?" Es war die Telefonzentrale, die ein Gespräch aus Österreich hatte: zu Ötzi2, wie sich der Mann ausdrückte. Sie wurden verbunden. „Sie sprechen mit Commissaria Francesca Giardi, Questura Bozen, was kann ich für Sie tun?" Am anderen Ende der Leitung war eine aufgeregte Frauenstimme mit österreichischem Akzent: „Sind Sie das Kommissariat, das die Fotos von dem jungen Mann in Ötzi-Kleidern in die Zeitungen gesetzt hat?" „Ja, da sind Sie hier richtig. Haben Sie eine Information für uns?“ Die Frauenstimme antwortete: „Ich glaube, ich weiß, wer das war.“

*

Tommasos Wagen nahm die Steigung von Nals nach Prissian spielend leicht. Er musste einen starken Motor haben. „Und Francesca hat dir tatsächlich die komplette Lebensgeschichte der jüngeren Leiche auf den Tisch gelegt? Das ist ja sensationell!“ Fabio lachte: „Ja, fand ich auch. Die Kleine ist echt Klasse. Nachdem man sie angerufen hatte und sie alle Daten abgefragt hatte, die man sich nur denken konnte, hat sie alle Computersysteme, die verfügbar waren, befragt und die gewonnenen Daten ausgewertet. Und als ich vom Essen kam, lag ein komplettes Dossier über den Toten auf meinem Schreibtisch.“ Tommaso steuerte den Wagen durch Prissian und dann auf die Straße nach Tisens. „Lass mich noch mal wiederholen, was wir jetzt wissen. Der junge Mann studierte Archäologie an der Universität in Innsbruck. Er wurde dort nicht vermisst, weil er ein Auslandssemester in Peru verbringen wollte. Alle seine Kommilitonen vermuteten ihn daher im Ausland. Da er sich in seinen Studien intensiv mit dem Leben von Ötzi beschäftigt hatte, vermutete die Anruferin, eine befreundete Studentin, dass er in den Semesterferien eine Art Selbstversuch unternommen haben könnte. Die Ötzi-Kleider hatte er sich während seiner Studien selber hergestellt, um persönlich zu erfahren, wie Ötzi das gemacht hatte. Seine Mitstudentin hatte die Kleider und das Gesicht auf den Fotos in den Zeitungen wiedererkannt. So weit richtig?“ Fabio nickte. Der Wagen hielt vor der Apotheke in Tisens. „Bis dahin alles richtig. Und was sagt uns das jetzt?“ Tommaso stellte den Motor ab. „Wahrscheinlich ist unser Mann wie Ötzi durch das Similaungebiet gewandert – zu Studienzwecken. Dort muss er auf seinen Mörder getroffen sein. Er wurde angeschossen und dann erschlagen. Ein Wettersturz hat die Leiche in Eis gebettet, der Mörder konnte, oder wollte sich nicht mehr um sie kümmern. Wenn es derselbe Mörder war, wie bei unserem Verbrechertoten, dann finde ich kein Motiv. Eine Verbindung zwischen den beiden Toten ist unwahrscheinlich: ein Student und ein Vergewaltiger, unterschiedlich alt, unterschiedlicher Herkunft, ganz unterschiedlicher Hintergrund. Vorerst jedenfalls lässt sich da keine Gemeinsamkeit feststellen. Der Goebel ist wahrscheinlich entmannt worden, was auf Hass oder Rache als Motiv schließen lässt. Aber das passt auf den jungen Mann nicht. Die Sache ist nicht einfach." Fabio nickte. „Aber ich habe noch was – in der anderen Sache." Tommaso kramte in einem Beutel, den er hinter seinen Sitz gelegt hatte. „Auf den Videobändern vom Bahnhof in Trient ist zu sehen, dass mehrere Personen, alles Männer, das Schließfach benutzen. Insgesamt sind drei verschiedene Männer zu sehen, die etwas hineingeben oder etwas herausholen – jeweils einzeln. Sie treten nur einzeln auf, niemals zusammen. Einer der Männer ist ziemlich eindeutig unser Führungsoffizier. Die anderen sind nicht so deutlich zu erkennen. Das werten wir noch genauer aus. Aber es sieht so aus, als ob das Schließfach ein Übergabeort ist. Die Unterlagen aus dem Schließfach sind auch merkwürdig. Es handelt sich um verschlüsselte Texte. Ich habe sie zum Dechiffrieren gegeben. Die Texte lesen sich ganz normal, ergeben aber keinen Sinn. Deshalb glauben meine Experten, dass sie codiert sind. Also auch da bleibt es spannend." Fabio gähnte.

„War ein ereignisreicher Tag. Lass uns morgen damit weitermachen, heute reicht es mir. Morgen wie immer?" „Ja, wie immer." Tommaso hatte das, was er in seinem Beutel gesucht hatte, gefunden. „Hier sind noch Fotos von den drei Gestalten, die wir auf dem Video entdeckt haben. Ich gebe sie dir schon mal mit." Fabio steckte sie ein und verabschiedete sich.

Zweiundzwanzig

Elisabeth hatte ihre Apotheke gerade geschlossen, als Tommaso seinen Wagen davor abstellte. Sie beobachtete, wie die Männer sich unterhielten. Sie wartete etwas ungeduldig auf Fabio, wollte das Gespräch aber nicht unterbrechen. Ihr gefiel diese Männerfreundschaft und spürte, dass es ihrem Fabio guttat, einen Freund zu haben. Elisabeth mochte Tommaso gerne. Und mit seiner Frau, Anna, fühlte sie sich wie mit einer älteren Schwester verbunden. Trotz des Altersunterschieds und trotz des unterschiedlichen familiären Hintergrunds und der sehr unterschiedlichen Ausbildungswege verstanden sie sich. Aber heute wollte Elisabeth ihren Fabio ganz schnell sprechen. Die beiden sollten sich beeilen. Und da sah sie, dass Fabio gähnte. Tommaso drückte ihm noch irgendetwas in die Hand, dann stieg Fabio endlich aus und Tommaso ließ den Wagen wieder an. Er wohnte nicht weit von ihnen entfernt und musste nur noch durch die Apfelplantagen rollen.

Fabios Müdigkeit verflog, als er Elisabeth sah. Wie gut sie heute wieder aussah. Ihre rotblonden Locken mit den kupferfarbenen Reflexen glänzten in der Abendsonne, als sie die Tür zur Apotheke aufschloss und heraustrat, um ihn zu begrüßen. „Hallo mein Held, wie viele Verbrecher hast du heute hinter Schloss und Riegel gebracht?“ Im nächsten Moment drückte Elisabeth ihm einen stürmischen Willkommenskuss auf den Mund. „Diese kleine Frau hat Temperament für zwei“, dachte er. Als sie sich ein wenig von ihm löste, blickte er in ihre grünen Augen. Da war was, denn sie funkelten und strahlten. „Was?“ Sie lachte. „Komm erst mal rein. Nicht hier draußen.“ Und sie zog ihn in die Apotheke und schloss die Tür ab. Fabio stand erwartungsvoll im Eingangsbereich. Hier hatte er auch gestanden, als er Elisabeth kennengelernt hatte, im Juni, als ihn Heerscharen von Mücken und eine Biene in den Fuß gestochen hatten. Eine allergische Reaktion ließ ihn damals die Apotheke aufsuchen. Und dabei war er Elisabeth begegnet. Auch jetzt übte dieser Ort in dieser Situation einen gewissen Zauber auf ihn aus. „Der Pfarrer kommt heute zum Essen!“ Fast rief sie es aus. Fabio schaute etwas irritiert: „Der Pfarrer?“ „Ja, der war heute hier und hat was abgeholt, und da habe ich ihn einfach gefragt, ob er uns trauen würde.“ „Du hast ihn heute gefragt? Und? Was hat er gesagt?“ Fabio war jetzt sehr aufgeregt. „Irgendwie komisch. Eigentlich war alles klar, aber wenn es jetzt so plötzlich ernst wird, dann wird mir ein wenig flau im Magen“, dachte er. „Er hat sich gefreut und will heute Abend vorbeikommen. Und da habe ich ihn zum Abendessen eingeladen. Der Pfarrer hat sich gefreut. Er kommt in einer Stunde.“ Elisabeth hatte jetzt rote Wangen. „Sie ist auch aufgeregt“, dachte Fabio. „Ist dir auch ein wenig flau im Magen?“ Elisabeth nickte ein bisschen. Sie nahmen einander in die Arme. „Jetzt wird es ernst.“ „Ja.“ „Dann mal ran.“ „Ja.“ „Was gibt's zum Essen?“ Elisabeth schaute etwas verwundert in Fabios dunkelbraune Augen. Dachte der jetzt wirklich ans Essen? Wo blieb da die Romantik? Seine Augen funkelten sie amüsiert an. Der Mann fand das ein bisschen romantisch, ein bisschen unheimlich, aber vor allem hatte er Hunger. Vielleicht war es die Aufregung, die ihn hungrig machte, oder was auch immer. Verstehe einer die Männer. Da klingelte oben in der Wohnung das Telefon. Fabio nahm die Treppe im Laufschritt und konnte den Telefonhörer erreichen, als es noch schellte. Es war Waltraud. „Ich habe mir gedacht, um diese Zeit rufe ich direkt bei dir zu Hause an. Und ich habe einiges für dich über diesen Goebel. Hast du was zum Schreiben?“ „Kleinen Moment, ja, jetzt habe ich alles. Schieß los!“ Waltraud räusperte sich: „Ist ja klar, dass ich dich überhaupt nicht kenne.“ „Klar. Und ich weiß überhaupt nicht, wer du bist und wo du wohnst und dass du die Freundin von meinem Onkel bist, der bei der Polizei ein hohes Tier ist und überhaupt das höchste Tier, das es bei der Polizei gibt, und ...“ Waltraud kicherte: „Ist schon gut. Ich soll dir auch die allerbesten Grüße von Paul ausrichten. Er hätte auch gerne mit dir gesprochen. Aber der ist heute kegeln.“ „Kegeln? Paul kegelt? Macht man das heute noch?“ „Dein Onkel macht das jedenfalls. Und auch ganz gerne. Er sagt immer, dabei könne er so richtig abschalten. Lauter alte Männer, mit denen er da zusammen ist. Die trinken viel Bier, kegeln vor sich hin und brüllen, was das Zeug hält." „Die brüllen?" „Ja, hat Paul mir erzählt. Die brüllen immer laut rum. Und das tut ihnen gut. Na ja, wenn es Freude macht. Mir ist es recht. Jetzt aber zu diesem Goebel. Der ist nicht ohne. Auch in Deutschland ist das kein Unbekannter. Den hätten wir auch gerne gehabt. Aber wenn der jetzt tot ist, ist das schon in Ordnung. Schade ist es nicht um ihn." Fabio hörte, wie Waltraud mit Papier raschelte. „Die Akte beginnt mit vielen kleinen und später großen Delikten in der Jugendzeit. Zunächst Ladendiebstahl, dann erste Körperverletzungen, mit 14 war er beschuldigt worden, ein gleichaltriges Mädchen sexuell missbraucht zu haben. Das konnte ihm aber nicht nachgewiesen werden. Es stand Aussage gegen Aussage. Die Kleine hatte sich aus lauter Scham nach dem Missbrauch gewaschen und die Kleider alle weggeworfen. Als sie den Mut hatte, die Tat anzuzeigen, gab es keine Spuren mehr und Goebel hatte alles abgestritten. Zeugen gab es keine. Danach ist er auffällig geworden wegen Raubes. Mit vorgehaltenem Messer hat er Schüler einer benachbarten Schule um Geld erleichtert. Er selber ist nur noch selten zur Schule gegangen. Dann mit 16 hat er seine erste Jugendstrafe abgesessen. Wegen Einbruchdiebstahls. Die zweite dann ein Jahr nach Verbüßung der ersten Strafe. Diesmal wegen schweren Raubes. Seinem Opfer hat er bei der Tat den Kiefer gebrochen. Oder besser, zerschmettert. Danach ist er einige Zeit nicht mehr auffällig gewesen. Erst mit 25 stand er unter Verdacht, an einem Bankraub mitgewirkt zu haben. Am Tatort sind DNA-Spuren gefunden worden, die ihm zugerechnet werden konnten. Er konnte aber nachweisen, dass er Tage vor dem Überfall in dieser Bankfiliale war. Also hätte es sein können, dass er die Hautschuppen früher dort verloren hatte. Jedenfalls hatten wir ihn seit damals auch für solche Delikte wie bewaffnete Raubüberfälle im Blick. Und tatsächlich ist er bei einem weiteren Raubüberfall zweifelsfrei erkannt, allerdings nicht gefasst worden. Bis heute nicht. Weitere Raubüberfälle nach ähnlichem Muster werden ihm angelastet. Aber er war verschwunden. Wir hatten sogar Zielfahnder auf ihn angesetzt. Aber selbst die hatten keinen Erfolg. Es gab auch eine Spur, die nach Italien führte. Unsere Zielfahnder hatten herausgefunden, dass Goebel zu Kreisen der Rechtsextremen Kontakt unterhielt. Dabei ging es Goebel weniger um die politische Gesinnung, sondern um Geld. Es könnte sein, dass Goebel Aufträge für die Rechtsextremen ausführte. Aber es soll auch andere Auftraggeber gegeben haben, über die wir nichts wissen. Jedenfalls tingelte Goebel durch halb Europa und war auch für unsere Spezialisten nicht zu greifen. Und das will was heißen. Die Erfolgsquote unserer Zielfahnder ist sehr hoch. Wenn ihr mit der Leiche fertig seid, sind wir hier froh, wenn wir eure Ergebnisse bekommen. Dann können wir einige Akten schließen. Aber Vorsicht! Dem Goebel könnte man auch zutrauen, dass er seinen eigenen Tod inszeniert, damit wir ihn in Ruhe lassen. Der gilt als sehr intelligent und gerissen." Fabio hatte alles mitgeschrieben. „Danke Waltraud, das ist ja unglaublich viel. Aber dass er seinen eigenen Tod inszeniert hat, glaube ich nicht. Unser Rechtsmediziner konnte die aus der Leiche entnommene DANN-Probe eindeutig dem Goebel zuordnen. Das kann niemand inszenieren. Das ist Goebel. Und die Leiche sah übel aus. Ich habe sie selbst gesehen." Fabio machte eine Pause. „Waltraud, gibt es in den Akten eine Information über mögliche Feinde? Goebel ist mit hoher Wahrscheinlichkeit entmannt worden. Ob das geschah, bevor er starb, oder ob das erst nachher geschah, wissen wir nicht. Es deutet aber viel darauf hin, dass man sich an ihm rächen wollte. Gibt es dazu vielleicht Hinweise aus euren Akten?" Waltraud blätterte in ihren Papieren. „Da war was, das könnte vielleicht passen, Moment mal. Waltraud legte den Hörer zur Seite, um mit beiden Händen besser blättern zu können. Sie hatte etwas gelesen, was sie stutzig gemacht hatte. „Da war eine Sache mit einer Entführung. Ein junger Mann ist entführt worden. In den Achtzigern, glaube ich, war das. Und dann ist er scheibchenweise an die Eltern zurückgeschickt worden. Zuerst ein Ohr, dann das andere und so weiter. Fiese Sache! Wir hatten den Verdacht, dass Goebel der Entführer war oder zumindest daran beteiligt gewesen ist. Aber der Fall ist nie aufgeklärt worden und der junge Mann auch nicht wieder aufgetaucht. Der Vater hatte damals angekündigt, dass er blutige Rache nehmen werde. Und wir wissen, dass er einen Privatdetektiv beauftragt hat, einen ehemaligen Kollegen deines Onkels übrigens. Der war als Polizist Spitze, fühlte sich aber im öffentlichen Dienst unterbezahlt. Der hat als Privatdetektiv gerne spektakuläre Fälle übernommen und war auch sehr erfolgreich. Mittlerweile hat er sich zur Ruhe gesetzt und finanziell geht es ihm jedenfalls besser als deinem Onkel. Aber glücklich ist er trotzdem nicht. Aber was erzähl ich dir. Jedenfalls ist er in der Sache aktiv gewesen. Mehr weiß ich nicht. Auch nicht, was aus der Sache geworden ist. Aber Hass und Rache sind starke Gefühle, die können auch zwanzig Jahre später noch wirken. Allerdings müsste der Vater des damals entführten Jungen jetzt so um die siebzig sein. Dass der noch zu einem Mord in der Lage ist, kann ich mir schlecht vorstellen." Fabio kaute auf dem Bleistift. Ihm fiel heute dazu auch nichts Gescheites mehr ein. „Waltraud, das war mal wieder toll. Vielen Dank für die Mühe. Ich schließe dich auch in mein Nachtgebet ein." Waltraud lachte. „Na, dann komme ich ja doch noch in den Himmel. Aber wie sieht es denn mit eurer Hochzeit aus? Was kann ich Paul erzählen, wenn er heute heimkommt? Der wird mir Löcher in den Bauch fragen." Fabio schmunzelte und schaute Elisabeth an, die etwas missmutig wegen des langen Telefongesprächs um die Ecke schaute. „Sag ihm, Elisabeth hat für heute Abend den Pfarrer zum Essen eingeladen. Wir besprechen heute die organisatorischen Fragen der Trauung." Elisabeth, die nicht wusste, mit wem Fabio sprach, runzelte die Stirn.

*

„Sprichst du mit fremden Frauen?" Fabio nickte, sagte aber: „Nein." Elisabeth kam näher und stemmte ihre Hände in die Hüften. „Gestehe! Sofort!" Fabio umfasste ihre Hüften mit dem linken Arm, zog sie zu sich heran und sagte in den Telefonhörer: „Elisabeth hat mich erwischt, wie ich mit fremden Frauen spreche. Jetzt wird es ernst. Was soll ich jetzt tun?" Waltraud lachte: „Gib sie mir." Fabio reichte den Hörer weiter. Elisabeth ergriff ihn und schaute Fabio amüsiert an. „Ja?" „Waltraud hier! Dein Liebster passt nicht in mein Beuteschema, außerdem wollte der wieder nur Infos von mir. Und ich musste wissen, wie es um euch steht. Paul will heute Abend bestimmt alles wissen, wenn er nach Hause kommt." Elisabeth löste sich aus Fabios Griff. Sie freute sich, Waltrauds Stimme zu hören. Sie kannten sich seit ihrem Besuch in München vor einiger Zeit. „Hallo Waltraud, schön dich zu hören! Mit dir darf Fabio telefonieren, solange er will, aber gerade jetzt ist dafür wenig Zeit. Wir erwarten Besuch und ich habe noch nichts gerichtet. Fabio soll mir helfen." „Das Wichtigste weiß ich schon. Und wenn der Termin für die Hochzeit feststeht, gebt ihr sofort Bescheid, ja?" „Darauf kannst du dich verlassen." „Dann gehe ich aus der Leitung. Macht es gut und liebe Grüße von Paul." „Danke, grüß bitte zurück."

Elisabeth legte auf und blickte auf Fabio, der es sich im Sessel bequem gemacht hatte. „Mit Waltraud geht das in Ordnung, mein Lieber, aber ansonsten ..." Sie warf sich auf ihn, Fabio blieb fast die Puste weg. „Ansonsten?", fragte er. „Ansonsten wirst du dein blaues Wunder erleben. Oder hast du noch nie etwas von den starken Südtiroler Frauen gehört, die ihre Männer an den Haaren in ihre Höhle ziehen, ihnen eins überbraten und sie dann einfach so vernaschen?" Fabio musste lachen. „Wann kommt der Pfarrer?", flüsterte er. Elisabeth richtete sich abrupt auf. „Der könnte jeden Moment hier sein. Komm, lass uns schnell den Tisch decken." Elisabeth war ein wenig aufgeregt. Sie hatte den Pfarrer einfach so angesprochen und damit die Dinge beschleunigt. Jetzt kamen erste Zweifel in ihr hoch. War das alles richtig? So schnell? Nicht vielleicht doch alles überstürzt? Wenn jetzt der Pfarrer Bescheid wusste, konnte sie es nicht mehr geheim halten. Da waren Vorbereitungen zu treffen, die in einem Dorf schneller bekannt wurden als in einer Stadt. Schon wenn der Pfarrer in einer der nächsten Sitzungen des Gemeinderates über Termine sprach, würden auch die anstehenden Hochzeitstermine in die Kalender geschrieben, und spätestens dann wussten es viele im Dorf. Und dann dauerte es genau einen Tag, bis es alle wussten. Aber als der Pfarrer heute in ihrer Apotheke stand und sein bestelltes Medikament abholte, sprudelte es einfach aus ihr heraus. Jetzt nahmen die Dinge ihren Lauf. Eigentlich war sie sich sicher, dass Fabio die richtige Wahl war. Er war ein zärtlicher, behutsamer Mann, sah gut aus, hatte einen respektablen Beruf, nette Eltern, eine deutsche Mutter, was dem Italienischen in ihm Grenzen setzte, war aber auch ein bisschen Italiener, passte ganz gut in dieses Land. Ihre Eltern mochten ihn, was nicht selbstverständlich war, und überhaupt war alles irgendwie perfekt. Aber das Tempo, das sie beide vorlegten, beunruhigte sie jetzt doch. Und jetzt war es ausgerechnet sie selber, die das Tempo noch einmal forciert hatte. Elisabeth holte tief Luft. Sie sah Fabio an, nahm seine Hand und ging mit ihm in die Küche. „Ich hatte keine Zeit, irgendetwas vorzubereiten. Jetzt müssen wir schnell improvisieren. Also, was machen wir?" „Was haben wir denn?"

„Wir haben den Käse aus dem Pfossental, Kaminwurzen, Speck, einen Kürbis, Ingwer, Bier und Wein." „Das reicht." Fabio zog seine Jacke aus und krempelte sich die Ärmel seines Hemdes hoch. „Ich mache eine Suppe und du kannst eine Platte mit Wurst, Speck und Käse vorbereiten. Haben wir Brot?" „Ja, ist auch da. Was für eine Suppe willst du machen?" „Eine Suppe mit den Zutaten, die wir hier haben", lachte Fabio und schnitt den Kürbis in kleine Stücke, schälte den Ingwer und schnitt ihn klein. Kürbis- und Ingwerstücke ließ er in der Brühe leise köcheln. Als das Gemüse weichgekocht war, pürierte er alles und gab Sahne dazu. Als der Pfarrer klingelte, dampfte die Suppe auf dem Herd und der köstliche Käse aus dem Pfossental entfaltete sein Aroma.

*

Nachdem der Pfarrer gegangen war, erzählte Fabio Elisabeth von Tommasos Einladung zur Silberhochzeit. Worauf Elisabeth ihn irgendwie verträumt ansah: „Ob wir das auch hinbekommen? Silberhochzeit? 25 Jahre Ehe?" Fabio musste schlucken. Auch wenn er sich völlig sicher war, dass Elisabeth die Richtige für ihn ist, so schien ihm eine solche Zeitspanne nicht nur lang, er konnte sich eine so lange Zeitspanne einfach nicht vorstellen.

*

Tommasos Wagen rollte den steilen Weg von Prissian nach Nals herab. Er pfiff eine kleine Melodie, die ihm nicht aus dem Ohr ging. Er hatte sie am Morgen im Radio gehört. Anna hatte gestern Abend wieder in ihrer Küche gezaubert. Da konnte er nicht widerstehen, auch wenn er noch vom üppigen Mittagessen satt war. Jetzt fühlte er sich drei Kilo schwerer und nahm sich vor, heute nur ein wenig Obst zu essen. Auch Fabio war gut drauf. Er stimmte in die Melodie ein, und so pfiffen sie im Duett, bis sie in Nals auf die MeBo fuhren. Da wurden das Motorengeräusch und die Windgeräusche zu stark. „Hattest du gestern einen schönen Abend?", fragte Tommaso. „Ja, hatte ich. Stell dir vor, Elisabeth hat den Pfarrer eingeladen, zum Essen, um über unsere Hochzeit zu sprechen. Ich glaube, sie hat es noch eiliger als ich." Tommaso lachte. „Ja, ja, die Frauen. Aber ihr seid euch doch einig?" „Ja, das sind wir. Elisabeth passt zu mir. Da bin ich mir sicher." Tommaso schaute kurz zur Seite. Da saß sein Freund auf dem Beifahrersitz und sprach so vor sich hin. Sein Gesichtsausdruck war ein wenig angespannt. „Ob er Angst vor der eigenen Courage hat?", dachte Tommaso. Die MeBo war an diesem Morgen besonders stark befahren und sie kamen nicht im gewohnten Tempo voran. „Weißt du, die Ehe ist eine Geschichte, die man einfach beginnen muss. Und wenn man fleißig an ihr weiterschreibt, wird es keine Kurzgeschichte, sondern ein Roman. Mit einer Einleitung, einigen Höhepunkten, vielen Nebenhandlungen und einem glücklichen Ende. Aber man muss dranbleiben und darf nicht aufhören, die Geschichte weiterzuschreiben." Tommaso wunderte sich selbst darüber, dass er so prosaische Worte gefunden hatte. Fabio blickte ihn von der Seite verwundert an: „Bist du ein Dichter oder ein Denker oder ein Romantiker oder was?" Tommaso grinste: „Eheerfahren! – Das bin ich." „Dann kann ich dich ja immer fragen, wenn ich nicht weiterweiß." „Kannst du machen." Beide grinsten vor sich hin. Der Verkehr floss jetzt wieder besser und Tommasos Gedanken griffen das Tempo des Wagens auf und strömten hin zu seiner Arbeit in der Hauptwache, die ihn erwartete. „Hast du dir die Fotos mal angesehen, die ich dir gestern gegeben habe?", fragte er Fabio. „Dazu bin ich gestern nicht gekommen. Elisabeth, der Pfarrer, du verstehst?" „Ja, klar. Verstehe ich. Aber ich habe sie mir genau angesehen. Einer der drei Männer, die am Schließfach waren, ist eindeutig der, den wir Führungsoffizier nennen. Den haben wir von vorne im Bild. Ganz eindeutig zu erkennen. Aber einer der beiden anderen, der sieht jemandem ähnlich, den ich schon mal gesehen habe. Ist aber irgendwie ziemlich komisch." Tommaso machte eine Pause. Fabio blickte ihn an und sah in das Profil von Tommasos angestrengtem Gesicht, das auf die Fahrbahn gerichtet war. „Dem schießen gerade tausend Gedanken gleichzeitig durch den Kopf", dachte Fabio. „Was ist komisch?" Tommaso kniff die Augen zusammen. Ein Zeichen höchster Konzentration. „Es ist absurd, aber es könnte sein, dass dieser Bernhard Goebel einer der beiden Männer ist, die wir außer dem Führungsoffizier auf dem Video haben. Das Foto hat den Mann von schräg vorne aufgenommen. Das Profil und irgendwas an dem Gesichtsausdruck erinnern mich an das Fahndungsfoto von Bernhard Goebel, das ich aus seiner Akte habe. Das Bild ist von 1995, also alt, und auch der Wirt, bei dem Goebel gewohnt hat, meinte, der sehe heute anders aus. Weniger Haare und so. Aber der hat ihn auf dem alten Foto wiedererkannt. Also ist da was Charakteristisches. Und genau das habe ich beim Betrachten des Fotos auch gedacht. Ich werde mir heute das ganze Video noch mal anschauen. Und vielleicht lasse ich den Wirt zu mir holen, damit er sich das auch mal anschaut. Nur, wenn ich recht habe, was heißt das dann für uns? Ich meine, dann müssten wir annehmen, dass Goebel auch irgendwie mit den Datendieben zu tun hat." Tommasos Gedanken überschlugen sich; das konnte Fabio gut von der Seite erkennen. Denn nicht nur seine Augen waren zusammengekniffen, sondern es zeigten sich auch dicke Querfalten auf der Stirn. Das hatte Fabio schon öfter bei seinem

Freund gesehen. Jedes Mal, wenn ihn etwas sehr beschäftigte, er aber nicht weiterwusste. Er räusperte sich: „Ich habe gestern mit der Freundin meines Onkels in München telefoniert." Tommaso kannte Fabios Verhältnis zu seinem Onkel und wusste um seine Beziehungen und seinen kurzen Draht zur deutschen Polizei. „Sie hat einiges über Goebel herausgefunden. Der scheint dick im Geschäft gewesen zu sein, womit auch immer. Jedenfalls hat die deutsche Polizei Erkenntnisse, dass er sich in mehreren europäischen Ländern aufhielt und in Italien irgendwie Kontakt mit den Rechten pflegte. Wobei er wohl eher Aufträge für sie erledigte, also nicht unbedingt deren politische Richtung teilte. Aber auch andere Auftraggeber sind für die Deutschen denkbar. Die hatten sogar Zielfahnder auf ihn angesetzt. Aber der Sauhund ist ihnen entkommen. Seine Akte geht quer durch das Strafgesetzbuch. Hat schon als Jugendlicher angefangen. Raub, Vergewaltigung, bewaffneter Raubüberfall, Entführung, und da der Entführte nicht mehr lebend gesehen worden ist, vielleicht auch Mord – jedenfalls hatte Goebel einiges auf dem Kerbholz. Der Vater des Entführungsopfers hatte Rache geschworen und einen Privatdetektiv auf den Täter angesetzt – einen ehemaligen Polizisten. Aber der Mann soll in den Siebzigern sein. Unwahrscheinlich, dass er selber an diesem Ort den Goebel umgebracht hat. Aber vielleicht mit Helfern? Wer weiß? Die Sache ist jedenfalls kompliziert. Und wenn du recht hast und der Goebel benutzte dasselbe Schließfach wie unser ‚Führungsoffizier', dann heißt das zunächst nur, dass er dasselbe Schließfach benutzt. Nicht, dass er etwas mit den Datendieben zu tun hat. Man müsste wissen, wer die beiden beauftragt. Du sagst, da ist noch ein dritter Mann zu erkennen?" Tommaso hatte gespannt zugehört. Er fand es immer besonders interessant, wenn Fabio über Waltraud Informationen von der deutschen Polizei so ganz beiläufig einholen konnte. Das Lustige daran war, dass Waltraud mit Nachnamen Geheim hieß. Waltraud Geheim – aber für Fabio war nichts geheim. „Es gibt einen dritten Mann, aber das Foto ist das schlechteste von allen. Da werde ich mir den Film noch mal besonders gut anschauen und unsere Spezialisten bitten, alles aus den Aufnahmen herauszuholen, was sie können. Wenn wir den hätten, dann kämen wir vielleicht noch ein Stück weiter." Fabio nickte. „Sobald du was weißt, lass es mich wissen. Vielleicht konfrontierst du den ‚Führungsoffizier' und die beiden Rumänen mit dem Foto von dem Goebel. Und lass dir von Phillipi auch ein Foto von dem Torso geben. Vielleicht hat das ja Wirkung auf unsere Datendiebe und sie erzählen etwas. Wenn Goebel in dieser Szene tätig war, haben die ihn vielleicht auch gesehen. Und dann ist ihnen sein Schicksal auch nicht gleichgültig." Der Wagen fuhr jetzt durch den Tunnel vor Bozen. Schloss Sigmundskron verschwand rechts hinter hinten. Im Wagen war es warm. Beide hingen ihren Gedanken nach. Fabio hatte in seiner beruflichen Welt viel mit organisierter Kriminalität zu tun gehabt. Verbrechernetzwerke erkannte er an ihren Strukturen. Und für ihn waren die in diesem konkreten Fall auftauchenden Fakten Puzzlestücke eines größeren Geflechts krimineller Geschäfte. Das große Geld machte heute niemand mehr mit einzelnen kriminellen Taten. So etwas wie Banküberfälle oder klassische Bankraube waren etwas für einzelne Kriminelle. Die meisten wurden schnell gefasst, weil sie unerfahrene Stümper waren. Entweder hinterließen sie reichlich Spuren, die sie irgendwann der Tat überführten, oder es waren arme Typen, die sich als Geldwagenfahrer die Ladung griffen und untertauchten. Die Geschickteren schafften es, einige Jahre unerkannt in der Fremde zu leben. Aber die meisten waren ungeschickt und fielen früher oder später durch ihren Lebensstil auf und eigentlich genau diesem Lebensstil zum Opfer. Das wirklich große Geld wurde durch kriminelle Organisationen verdient, die wie Wirtschaftsunternehmen strukturiert waren. Wobei der „dreckige Teil" der Geschäfte von gewöhnlichen Kriminellen betrieben wurde. Aber sobald Geld aus diesem Teil des Geschäfts gewonnen war, wurde es auf äußerst geschickte Weise in den Wirtschaftskreislauf eingespeist und damit „gewaschen". Fabio wusste von seinem Onkel, dass nach dem Fall der Mauer in Deutschland viel Geld aus diesen Geschäften im Osten investiert worden war. Dort gab es in den Neunzigern einen frischen, unverbrauchten Markt, wenig Erfahrung mit Investoren und vor allem viele Fördergelder für Investoren. Die konnten damit doppelt profitieren. Sie investierten Geld, das, grob gewaschen, aus ursprünglich „dreckigen Geschäften“ stammte, und kassierten dafür auch noch Staatsbeiträge und Steuervorteile. Von einer wahren „Goldgräberstimmung“ hatte sein Onkel erzählt. Die Polizei und die Steuerfahndung in Deutschland hätten das Problem erst spät erkannt und es sei unglaublich schwierig, diese Vorgänge zu ermitteln. Hie und da hätte es kleine Erfolge gegeben. Aber die „dreckigen Geschäfte“ waren die klassischen drei: Drogenhandel, Waffenhandel und Menschenhandel. Und neuerdings auch der Handel mit plagiierten Waren aller Art. Da war das Risiko, entdeckt zu werden, noch geringer und die Strafen waren lächerlich. Aber der Gewinn war um ein Vielfaches höher als beim Drogenhandel. Und dafür brauchte es Strukturen. Strukturierte Handlungsabläufe, eine strukturierte Befehlskette, Handelsrouten, Spediteure und so weiter. Und ein Schließfach im Bahnhof von Trient, das als Briefkasten für mindestens drei Männer diente, konnte ein Hinweis auf eine solche Struktur sein. Fabio war überzeugt, dass ihr Führungsoffizier ein kleines Rad im Getriebe einer größeren Maschinerie war. Dieser Mann hatte die Aufgabe, die aus fremden Ländern rekrutierten Einbrecher und Diebe an die Objekte heranzuführen und ihnen die Beute abzunehmen. Er hatte dafür zu sorgen, dass die Männer ihren „Lohn“ bekamen und bei der Stange blieben. Das war einfach. Zunächst nahm er ihnen die Pässe ab, dann pferchte er sie in schäbigen Unterkünften zusammen, und wenn einer nicht spurte, wurde er zusammengeschlagen. Und das so, dass es alle anderen auch mitbekamen. Das funktionierte nach der Arbeitsweise von Drückerkolonnen. Der Führungsoffizier war dabei meist ein brutaler, gewissenloser Kleinkrimineller, der einschlägige Knasterfahrung, meist wegen Gewaltdelikten, mitbrachte. Er selber kannte nur den nächsten in der Hierarchiestufe, von dem er seine Befehle erhielt und mit dem er abrechnen musste. Dabei wurde er scharf kontrolliert, und wenn sein Bezirk nicht funktionierte, musste er mit Konsequenzen rechnen. Wenn jetzt

Bernhard Goebel dasselbe Schließfach benutzte, dann hieß das zunächst nur, dass die beiden für dieselbe Firma arbeiteten. Goebel sollte – nach Waltrauds Erkenntnissen – Aufträge für verschiedene Organisationen in Europa abwickeln. Da Goebel intelligent und skrupellos war, kamen für ihn alle Sorten Aufträge bis hin zum Mord in Betracht. Solche Typen werden als Ausputzer benutzt. Wenn eine Organisation ein Problem hat, dann beauftragen sie solche Typen wie Goebel. Das Geschäft läuft weitestgehend anonym. Angenommen Goebel war in diesem Business tätig, dann hatte er seine Aufträge anonym erhalten. Die großen Organisationen, die solche Ausputzer buchen, kennen Wege, diese Aufträge zu vergeben, ohne dass sie in Erscheinung treten. Der Ausputzer führt den Auftrag aus und erhält sein Geld, zum Beispiel in einem Umschlag, das in einem Schließfach liegt. Auch der Führungsoffizier erhielt möglicherweise seine Anweisungen über dieses Schließfach. Die Rolle des „Führungsoffiziers" war relativ klar. Aber Goebels Rolle war noch völlig unklar. Wenn es überhaupt Goebel war. Aber auch wenn er es nicht war, so schien es eine Struktur zu geben, hinter der jemand steckte, der mit dieser „Geschäftsidee" viel Geld machte. Und dieses Geld wurde dann in den Kreislauf gebracht. Und es gab genau zwei Stellen, an denen man das System stören konnte. Die erste Stelle war der Teil, an dem das „dreckige Geschäft" betrieben wurde. Hier also die Einbrüche in die Tankstellen. Die zweite Stelle war der Teil, an dem der Gewinn aus den „dreckigen Geschäften" das erste Mal „gewaschen" wurde. Das größte Problem dabei war, dass man große Summen Bargeld in den Kreislauf von Geldanlage, Investition und Bankgeschäft bringen musste, ohne dass eine der Kontrollmechanismen Alarm schlug. Das ging vor allem über korrupte Banken oder bestochene Banker. Oder am allerbesten über eine Bank, die einem gehört. Und Fabio war während seiner Zeit in Rom recht erfolgreich darin gewesen, kriminelle Systeme an der zweiten Stelle zu stören. Allerdings bekam er es dabei mit sehr erfolgreichen und in der Gesellschaft hochgeachteten Menschen zu tun. Diese zu beschuldigen oder gar zu verdächtigen war heikel. Deshalb war er auch schließlich in Bozen gelandet. Und jetzt glaubte er, dass er hier ein kriminelles System an der ersten Stelle stören könnte. Damit hatte er bisher keine Erfahrung.

Tommasos Gedanken waren, während sie durch den Tunnel fuhren, anderer Natur. Seit er Fabio kannte, hatte sich sein berufliches Leben verändert. Als einfacher Maresciallo hatte er viel mit Verkehrsdelikten, kleineren Gaunereien, kleineren Diebstählen, kleineren Schlägereien zu tun. Kleinkram halt, nichts wirklich Spektakuläres. Nicht mal wirkliche Kleinkriminalität, mehr Unbotmäßigkeit, auf die das strenge Auge des Gesetzes nur kurz zu blicken brauchte und schon war alles wieder friedlich. Eine Dorfsheriff-Idylle eben. Aber Fabio sah hinter den Dingen immer etwas Großes. Da fingen sie ein paar Diebe und Fabio vermutete eine große Organisation. Konnte schon sein, dass er recht hat. Wäre auf jeden Fall spannender, als wenn sie nur zwei kleine Diebe gefangen hätten. Aber es konnte ja auch sein, dass Fabio immer noch frustriert darüber war, dass sie ihn von Rom nach Bozen versetzt hatten, und er deshalb den großen Fällen nicht nur hinterhertrauerte, die er dort hatte, sondern versuchte, hier einen kleinen Fall groß zu machen? Andererseits hatte er in der Vergangenheit bewiesen, dass er einen guten Riecher hatte. Danebengelegen hatte er noch nie. Und die Sache mit dem Schließfach, an das mindestens drei Männer gegangen waren, war schon komisch. Und wenn er recht hatte, dass auch Goebel dabei war, dann war die Sache mysteriös. Was hatte ein in Deutschland gesuchter Verbrecher, der vor nicht all zu langer Zeit hier umgebracht worden war, mit kleinen Einbrechern zu tun? Tommaso seufzte leicht. Das war kein Fall, der zu seinen übrigen Erfahrungen passte. Vielleicht war Fabio hier doch der Bessere. Jedenfalls war es ein Glück, dass man sie zusammenarbeiten ließ. Sein Colonello hatte ihm freie Hand gelassen, als er erfahren hatte, dass sie schon in anderen Fällen erfolgreich zusammengearbeitet hatten.

Nach dem Tunnel hatten sie es nicht mehr weit bis zur Hauptwache. „Bin mal gespannt, was die Razzia von gestern gebracht hat", sinnierte Fabio. „Wenn die auch nur zwei illegal beschäftigte Spülhilfen gegriffen haben, macht diese neue ViceVicequestora bestimmt eine große Pressekonferenz und beschwört den Untergang Italiens, wenn man sich nicht dieser Gefahr der Überfremdung entgegenstellt." Tommaso brummte: „Dann können wir ja unsere Arbeit machen, wenn die Wind macht. Ich mache jetzt unsere Experten scharf, dass sie mir das Video aufbereiten. Sollte ich Fotos bekommen, die geeignet sind, um sie durch die Datenbank zu schicken, bin ich gespannt, ob unser dritter Mann von der Datenbank erkannt wird. In dem Fall rufe ich dich sofort an. Aber ich weiß nicht, ob ich das heute alles hinbekomme." Der Wagen bog vor das Tor der Hauptwache ein. Fabio stieg aus. „So wie immer?" „So wie immer!" Als Fabio sein rechtes Bein aus dem Wagen hob, kam ihm eine Idee. Er wandte sich an Tommaso: „Sag mal, der Typ, den wir den ‚Führungsoffizier' nennen, der schweigt sich doch aus." Tommaso nickte: „Der hat noch keinen Pieps gesagt. Weder, wer er ist, noch, was er mit dem Datenchip wollte, noch, warum er eine Knarre dabei hatte." Fabio unterbrach seinen Freund: „Weiß ich alles. Wo sitzt der denn jetzt? Noch bei euch oder schon im Knast?" Tommaso wusste nicht, worauf Fabio hinauswollte. „Gestern saß er noch bei uns. Warum fragst du?" „Ich habe da eine Idee. – Wenn ihr den heute in den Knast bringt, dann solltet ihr dafür sorgen, dass er zu jemandem Kontakt bekommt, der Handys einschmuggeln kann." „Der was kann?" „Du hast schon richtig verstanden. In jedem Knast werden Handys eingeschmuggelt. Und es wird doch jemanden geben, der das für uns organisieren kann, oder?" Tommaso zog die Augenbrauen hoch. „Ich verstehe. – Und wir kennen die Nummer und hören mit?" „Genau so. Wenn ich recht habe und der Führungsoffizier in eine Hierarchie eingebunden ist, dann wird er versuchen, Kontakt aufzunehmen. Der will ja, dass sie ihn da herausholen, einen Anwalt besorgen oder was weiß ich. Ich wette meinen Hut, dass wir über den Anruf an ein weiteres Puzzleteil kommen." „Hast du überhaupt einen Hut?" „Dann kauf ich mir eben einen. – Kriegst du das hin?" Tommaso lachte leise. „Du traust mir aber viel zu, lieber Freund. – Aber klar, das kriege ich hin. Soll ich dafür sorgen, dass sich unser Freund im Knast, sagen wir mal, unwohl fühlt?“ Fabio nickte. „Das erhöht den Leidensdruck. Aber der Kerl hat bestimmt Knasterfahrung, der wird schon einiges gewöhnt sein.“ Tommaso schaute aus dem Fenster seines Wagens und sagte leise: „Im Moment sind alle Zellen überbelegt. Auch die großen Zellen. Wenn man da einen hineingibt und eine Zeit lang nicht nachschaut, passieren die blödesten Sachen. Nicht schön das. Aber wenn es hilft?“ Fabio atmete vernehmlich aus: „Hoffen wir, dass es hilft.“

„Wir hören voneinander?“ „Ja.“

*

Francesca Giardi wirkte mitgenommen und übermüdet. Als Fabio sein Büro betrat, sah er zunächst nur einen Berg schwarzer Haare auf Francescas Schreibtisch liegen. Sie lagen lang und glänzend in einem ungeordneten Wust auf der Schreibtischplatte. Beim zweiten Blick war Fabio klar, dass unter der Pracht von Haaren auch Francescas Kopf sein musste, der anscheinend auf den verschränkten Oberarmen ruhte, die ebenfalls zu Francesca gehören mussten. Denn in Verlängerung des imaginären Kopfes konnte Fabio auch ihren schmalen Körper ausmachen, der zusammengesunken auf ihrem Bürostuhl saß. Sie war eingeschlafen und auch dadurch, dass Fabio den Raum betreten hatte, nicht geweckt worden. Er betrachtete die kleine zierliche Frau, die friedlich mit dem Kopf auf dem Schreibtisch schlief. Ihr Rücken bewegte sich beim Atmen gleichmäßig. Sie schien sehr tief zu schlafen. Fabio ging um den Schreibtisch herum, unschlüssig, ob er sie wecken sollte. Sie trug heute keines ihrer schicken und manchmal etwas knappen Kleider. Sie trug dunkle Jeans, einen schwarzen Pullover und flache Schuhe. Das war für Francesca ungewöhnlich. Er hatte sie noch nie ohne Schuhe mit hohen Absätzen gesehen. „Irgendwie sieht sie so aus, als hätte sie an einem Einsatz teilgenommen. Das würde die praktische Kleidung erklären“, dachte Fabio. „Ob sie bei der Razzia dabei war? Aber warum hat sie mir dann nichts davon gesagt?“ Francesca bewegte sich. Auch wenn der Schlaf tief ist, merkt der Schläfer, wenn andere Gedanken im Raum sind. Und Francesca hatte tief geschlafen. Sie war erschöpft. Sie kam langsam zu sich und bemerkte Fabio, der noch immer schräg hinter ihrem Schreibtisch stand. „Guten Morgen, Chef“, murmelte sie, noch voller Schlaf in der Stimme. Die Augen wollten auch noch nicht richtig aufgehen. Fabio erkannte, dass es noch dauern würde, bis sie ganz da war. „Soll ich uns einen Kaffee holen?“, fragte er. Francesca nickte nur stumm und gähnte. Fabio ging, zwei Kaffee aus der Kantine zu holen. Als er mit den dampfenden Tassen zurück war, stand Francesca am Fenster und dehnte ihre Glieder. „Entschuldigung, Chef, aber ich bin völlig verspannt. Auf dem Schreibtisch schläft es sich aber auch wirklich nicht besonders gut.“ Sie lächelte Fabio an und nahm – wie es schien dankbar – die Tasse entgegen. „Ah, das tut gut! Das weckt die Lebensgeister.“ Sie schlürfte das heiße Getränk. Fabio setzte sich auf den Besucherstuhl vor seinem Schreibtisch und beobachtete amüsiert, wie Francesca langsam munter wurde. „Aber Sie haben schon ein Zuhause, oder?“, fragte er, um ein Gespräch in Gang zu bringen. Er wollte jetzt wissen, was los war. Francesca nickte kurz. „Keine Angst, ich habe nicht vor, in unser“, sie stockte, „in Ihr Büro einzuziehen. Aber Sie werden das gleich verstehen.“ Sie nahm den letzten Schluck aus der Tasse und leckte sich kurz über die Lippen. „Das macht sie immer so“, dachte Fabio, „das habe ich bei ihr schon mal gesehen.“ Sie wandte sich jetzt voll konzentriert Fabio zu. „Also, ich war gestern bei der Razzia dabei. Und das kam so: Ich wollte gerade nach Hause, als Buffo hereinkam und fragte, ob ich mitmachen wolle, denn sie bräuchten noch Frauen. Ich zögerte zuerst, aber er machte es dringend und ich spürte, dass er kein Nein akzeptieren würde. Warum ich, war mir schnell klar. Die Razzia ging vor allem gegen illegale Prostitution. Und für die Durchsuchung und die Vernehmung der Frauen hatten sie einfach vergessen, genügend weibliche Polizisten abzustellen. Gegen Dienstschluss ist Buffo also durch alle Räume getobt und hat alle Frauen, die noch da waren, für seine

Razzia zwangsverpflichtet." Francesca musste lachen: „Das ist vielleicht ein Heini. Eine derart schlecht vorbereitete Razzia habe ich noch nie erlebt. Der kam sich vor wie ein großer Feldherr und hat uns rumkommandiert und Befehle gegeben, die völlig ohne Sinn waren. Der kann das einfach nicht, fühlte sich aber ganz toll. Jedenfalls ist bei der Razzia nicht viel herausgekommen. Insgesamt haben wir zehn Menschen festgenommen: sieben illegal beschäftigte Spülhilfen, einen kleinen Drogenkurier und zwei Prostituierte. Und jetzt wird es für uns spannend: Die beiden Frauen stammen aus Rumänien und sprechen kein Italienisch. Aber sie beherrschen Spanisch, was bei Rumänen nicht ungewöhnlich ist. Zum einen sind die beiden Sprachen miteinander verwandt und zum anderen arbeiten viele Rumänen als Aushilfen in Spanien und beherrschen diese Sprache. Und ich kann Spanisch!" Francesca blickte ein wenig triumphierend. Fabio wusste nicht, was sie wollte. „Nun, schön, dass sie Spanisch kann, und weiter?" Aber Francesca sprach schon wieder: „Und so hat Buffo befohlen, dass ich die beiden verhöre. Das habe ich getan." Francesca musste schmunzeln: „Dieser Buffo ist doch zu blöde. Ich habe ihm gesagt, dass ich das mache und er morgen die Protokolle bekommen werde. Aber ich würde darauf bestehen, dass die beiden Frauen nicht in das Gefängnis gebracht würden, sondern in die Questura. – Hier sind sie einfach sicherer. In unseren Zellen ist sonst niemand und wir wissen beide, wie es im Knast aussieht." Fabio nickte: „Und weiter?" „Ja, ich habe die beiden noch gestern Nacht angehört. Und was sie erzählt haben, ist nicht besonders schön, aber vielleicht für uns sehr interessant." Francesca setzte sich auf die Schreibtischkante ihres Tisches und blickte jetzt auf den vor ihr sitzenden Fabio herab. Sie sprach sehr eindringlich: „Wenn ich alles richtig verstanden habe, könnte es sich bei den Frauen um die beiden vermissten Urlauberinnen handeln, nach denen der Goebel bei der Vermieterin gefragt hat. Die Geschichte der beiden ist sehr, sehr unschön. Ich fürchte, dass sie stimmt. Sie sind in ihren Dörfern von einem Mann angesprochen worden, der in dieser Gegend als Arbeitsvermittler bekannt ist. Er vermittelt Gastarbeiter nach

Spanien und auch in andere Länder Europas. Seit Neuestem vermittelt er auch junge Frauen als Haushälterinnen nach Deutschland. Er erzählte, dass dort gute Löhne gezahlt würden. Die beiden Frauen meldeten sich mit noch einer weiteren Freundin. Er wollte aber nur die beiden haben und die dritte nicht vermitteln. Da es drei Freundinnen waren, wollten sie nur entweder alle drei oder keine. Er telefonierte dann und schließlich stimmte er widerwillig zu. Sie mussten ihre Pässe abgeben und wurden am nächsten Tag aus ihren Dörfern mit einem Kleinbus abgeholt. Es waren zwei Männer, die den Bus fuhren. Sie kannten sie nicht und die beiden redeten auch nicht mit ihnen. Nahe der Grenze sagten sie ihnen, dass sie umsteigen müssten, und fuhren zu einem einsamen Gehöft. Dort hätte ein größerer Lieferwagen gewartet. In dem Gehöft hätten sie das letzte Mal etwas zu essen bekommen. Andere Busse seien gekommen und hätten andere Frauen mitgebracht. Man hat ihnen gesagt, dass sie jetzt über viele Grenzen fahren müssten und dass sie sich im Lieferwagen auf jeden Fall ruhig verhalten müssten, sonst sei das Unternehmen gefährdet. Die anderen Frauen seien aus anderen Dörfern Rumäniens hierher gebracht worden. Allen war eine Arbeit in Deutschland versprochen worden. Die Fahrt im dunklen Lieferwagen muss dann lange gedauert haben. Aber die Frauen waren zu eingeschüchtert, um sich zu rühren. Irgendwann war die Reise zu Ende. Wo sie waren, wussten sie nicht. Es war dunkel und sie wurden in eine Scheune getrieben. Dann sind sie alle systematisch vergewaltigt worden. Eine nach der anderen und alle mussten zuschauen. Die Männer waren brutal und als eine versuchte wegzulaufen, hat einer der Männer seinen Hund von der Leine gelassen und auf die Frau gehetzt. Alle mussten mit ansehen, wie der Hund die Frau anfiel und schlimm zurichtete. Am nächsten Morgen wurden sie alle wieder in den Lieferwagen gepfercht, bis auf die verletzte Frau. Der Wagen fuhr in einem Stück durch, ohne Pause, ohne die Möglichkeit, auf die Toilette zu gehen. Er hielt dann an verschiedenen Orten und es wurden immer einige Frauen herausgerufen, die aussteigen mussten. Dann fuhr der Wagen mit den anderen weiter. Unsere drei Frauen wurden nach Brixen gebracht. Sie kamen nachts an und wurden in der Dunkelheit in einem Innenhof „abgeladen". Dort nahmen zwei Männer sie in Empfang. Sie wurden in ein Haus geführt und durften sich dort erstmals duschen und bekamen zu essen. Es gab auch Betten für sie, in einem fensterlosen Kellerraum, der verschlossen wurde. Am nächsten Morgen kam eine Frau zu ihnen und sagte, dass sie jetzt die Kosten für ihre Reise abarbeiten müssten. Sie hätten keine Wahl, wenn sie nicht spurten, würden sie zu den Männern zurückgeschickt, die sie schon kennen gelernt hätten. Die Frau begutachtete daraufhin die drei Freundinnen und sortierte eine aus. Diese Frau hinkte, weil das linke Bein kürzer als das rechte war. Danach hätten sie ihre Freundin nie mehr wieder gesehen. Die beiden wurden noch zwei Tage in dem Keller gefangen gehalten. Jeden Tag kamen zwei Männer und vergewaltigten sie – stumm, brutal und ohne Anteilnahme. Am dritten Tag hat man sie in ein Bordell gebracht und da haben sie dann als Prostituierte arbeiten müssen. Sie sagten mir, sie hätten nichts mehr gespürt, hätten alles einfach geschehen lassen. Man hat ihnen auch Alkohol und Drogen gegeben. Das habe sie betäubt. Irgendwann hat man sie auch in Hotels geschickt. Ihre Aufpasser haben sie zum Hotel gefahren und auf sie vor dem Hotel gewartet. Als sie beide gleichzeitig zu einem Hotel bestellt worden waren, sind sie durch den Hinterausgang geflüchtet. Sie haben in einem Hinterhof Kleidung von der Leine gestohlen und sich umgezogen, weil sie in den knappen Kleidern aufgefallen wären." Fabio unterbrach Francescas Redefluss: „Wo war das?" „Wo die beiden geflohen sind? Das war in Meran." „Und das Bordell, wo war das?" „Das wussten die beiden nicht. Die sind ja nie dort herausgekommen. Nur auf den Fahrten zu den Hotels haben sie manchmal ein Straßenschild oder ein Ortsschild gesehen. Der Wagen hatte dunkle Scheiben." „Aber sie waren sich sicher, dass es in Meran war?" „Ja, denn sie haben dort einen Unterschlupf gefunden." „Einen Unterschlupf? Wer hat ihnen denn geholfen?" „Geholfen würde ich das nicht nennen. Ausgenutzt wäre passender. Bei dem Diebstahl der Kleider sind sie erwischt worden. Der Mann, der sie erwischt hatte, betreibt eine Wäscherei und hat sofort gemerkt, dass er es mit zwei verängstigten jungen Frauen zu tun hatte, die auf der Flucht waren. Er hat nicht die Polizei gerufen, sondern so getan, als wolle er ihnen helfen und hat sie bei sich im Haus versteckt. Für die beiden war das für diesen Tag vielleicht genau das Richtige, denn es ist klar, was ihre Zuhälter gemacht haben. Die werden Meran nach ihnen abgesucht haben. Am nächsten Morgen hat er sie dann in seiner Wäscherei arbeiten lassen. Eine Plackerei. Aber die beiden haben gedacht, weil sie erst einmal von der Bildfläche verschwunden waren, seien sie sicher. In einer Wäscherei würden sie ihre Peiniger nicht suchen. Der Wäschereibesitzer gab ihnen zu essen und sie hatten ein Bett. Aber sie mussten 14 bis 16 Stunden arbeiten. Eine Kommunikation war nur schwer möglich. Sie sprachen nicht dieselben Sprachen. Alles ging mit Händen und Füßen. Und es hatte den Anschein, als wolle der Mann sie als billige Arbeitskräfte ausnutzen. Sie machten das eine Woche. Dann verschwanden sie am frühen Morgen mit einigen persönlichen Dingen, wie Waschzeug und das Nötigste an Kleidung. Aus der Kasse hatten sie einen kleinen Betrag gestohlen. Sie stiegen in einen Bus und fuhren irgendwohin, sie wussten nicht wohin. Nur, dass es außerhalb von Meran war. Der Bus fuhr Richtung Reschenpass. In Naturns sind sie ausgestiegen, weil einer der beiden plötzlich übel geworden war. Sie beschlossen, sich eine Unterkunft zu besorgen, und fanden auch eine. Die Beschreibung trifft auf die Pension zu, die uns zwei Frauen als vermisst gemeldet hatte. Sie haben zunächst einfach nur geschlafen. Gegen Abend seien sie hungrig geworden und hätten beschlossen, irgendwo etwas essen zu gehen. Kurz nachdem sie das kleine Lokal verlassen hätten, um zur Pension zurückzukehren, hätte ein Wagen neben ihnen gehalten und ein älterer Mann habe sie mit einer Pistole bedroht und genötigt einzusteigen. Er habe ihnen Handschellen angelegt, sie mussten sich auf den Boden legen und der Mann sei mit Ihnen davongefahren. Was dann mit ihnen passiert ist, erspare ich Ihnen. Jedenfalls hat der Mistkerl die beiden zwei Tage lang gequält und sie dann wieder in dem Bordell abgeliefert, aus dem sie geflohen waren. Und da haben wir sie gestern herausgeholt." Francesca holte tief Luft. Ihr war anzumerken, dass sie die Geschichte der beiden Frauen richtig mitgenommen hatte. Gerade als Fabio mit einer Frage kommen wollte, fuhr sie fort: „Ich habe ihnen das Bild von Goebel gezeigt und sie haben ihn sofort wiedererkannt." Etwas leiser sagte sie: „Sie sind beide in Tränen ausgebrochen, als sie das Foto gesehen haben." Und nach einer kleinen Pause: „Ich habe ihnen erzählt, wie er ungekommen ist." Fabio schluckte. Das war unprofessionell. Menschlich verständlich, aber unprofessionell. So schrecklich das Schicksal der beiden Frauen gewesen sein mochte, sie waren Zeuginnen. Und da musste man aufpassen, ob man nicht zu viel erzählte. Schließlich hätten die Damen ein verdammt gutes Motiv gehabt, den Kerl umzubringen. Und woher sollten die Ermittler jetzt schon wissen, ob sie die ganze Zeit im Bordell gefangen gehalten worden waren. „Nun, das ist sehr viel, was Sie herausbekommen haben. Jetzt wissen wir schon etwas mehr über unseren Freund Goebel. Der arbeitete also für einen Menschenhändlerring – mal so ins Blaue gesprochen. Rumänien ist dafür bekannt, dass es dort organisierte Banden gibt, die auf Menschenhandel spezialisiert sind. Und Goebel, das weiß ich aus sicherer Quelle, war vielfältig im Geschäft. Taten dieser Art passen in sein Profil. Aber das hilft uns vielleicht nicht weiter. So schrecklich das Schicksal der beiden Frauen ist, den Mörder von Goebel haben wir durch ihre Aussagen noch nicht. Aber eines wollte ich noch fragen. Sie erwähnten, dass die Frauen in Brixen gefangen gehalten worden waren. Woher wissen die Frauen das denn so genau. Die sind doch in einem Lieferwagen bei Nacht dort abgeliefert worden." Francesca unterdrückte ein Gähnen. Sie hatte die ganze Nacht mit den Frauen gesprochen und wollte ihre Erkenntnisse unbedingt Fameo erzählen. Deshalb hatte sie in seinem Büro auf ihn gewartet. Und dabei war sie dann eingeschlafen. „Das ist der Punkt. Es gibt noch einen Hinweis, der für uns eine heiße Spur bietet. Die beiden haben in der Nacht, als sie von dem Ort ihrer Gefangenschaft weggebracht worden sind, ein Schild wahrgenommen, das in den Räumen der Frau angebracht war. Darauf stand: „Partnervermittlung OMEGA, Brixen“, und ich habe im Internet den Auftritt dieses Instituts gefunden. Es gibt ein solches Institut mit diesem Namen in Brixen. Die Inhaberin ist eine gewisse Domenica Scenazki, gebürtig aus Ex-Jugoslawien, genauer Serbien. Sie betreibt das Institut seit 15 Jahren. Den beiden Frauen habe ich das Foto der Inhaberin gezeigt. Sie haben darauf die Frau wiedererkannt, die ihre Freundin von ihnen getrennt hat.“ Francesca schaute Fameo mit einem Ausdruck an, als wollte sie sagen: „Na Chef, nicht schlecht, oder?“ Fabio musste sich eingestehen, dass er eine ziemlich ausgeschlafene Assistentin hatte, auch wenn sie gerade sehr müde war. „Das nenne ich eine griffige Aussage! Bravo! Und, schon den Durchsuchungsbefehl beantragt?“, fragte er scherzhaft. Francesca grummelte irgendwas und tauchte hinter ihrem Schreibtisch ab. Sie zerrte ihre Handtasche – mehr ein Beutel, als eine Handtasche – auf den Tisch und fing an zu kramen. Sie murmelte irgendwas wie: „Hab ich gleich ..., wo zum Teufel ..., Mist! War doch gerade noch ...“, und plötzlich strahlten ihre Augen und sie überreichte Fabio einen Durchsuchungsbefehl mit dem Datum von heute. Fabio blickte Francesca fassungslos an. „Wie?“ Francesca lachte glucksend: „Auf das Gesicht habe ich mich die ganze Nacht gefreut.“ Dabei wurde sie rot im Gesicht. „Das haben wir indirekt diesem Wichtigtuer Buffo zu verdanken. Der hat doch allen Ernstes einen Untersuchungshaftrichter angefordert, der die Razzia begleiten sollte. Und bei Gericht haben sie dem wohl einen Vogel gezeigt. Aber da war ein ganz junger Richter, der das irgendwie spannend gefunden haben muss, mal so eine richtige Polizeirazzia mitzumachen, und den habe ich mir gekrallt. Als ich die Aussagen der beiden Frauen hatte, war der noch immer in der Questura. Der hat kein Zuhause, hat er mir gestanden. Er sei erst seit drei Monaten in Bozen, seine Wohnung sei eine Zumutung und er liebe die Abwechslung und ob ich mit ihm frühstücken wolle und so weiter. Wie die Kerle halt so sind. Und der hat mir den Durchsuchungsbefehl unterschrieben. War gar nicht so schwierig. Also“, Francesca unterdrückte ein Gähnen, „wollen wir loslegen?“

*

Carlotta hatte alle Hände voll zu tun. Die ViceVicequestora wollte um 11 Uhr eine Pressekonferenz geben und Carlotta hatte die Aufgabe, alles zu organisieren. Ausgerechnet heute hatte sich der Presseoffizier der Questura krank gemeldet und sein Büro war wegen Urlaub des Vertreters ohnehin verwaist. „Durchfall, der Kerl hat Durchfall! Soll sich gefälligst zusammenreißen und seinen Job machen. Jetzt habe ich hier den ganzen Mist am Hals. Und Madame“, sie deutete auf das Zimmer der ViceVicequestora, „Madame will ab heute mit Dottoressa angesprochen werden.“ Carlotta war also schlecht gelaunt. Aber Fabio durfte sie trotzdem etwas fragen: „Wen, Carlotta, kann ich zu einer Razzia in Brixen mitnehmen? Wer ist da und wem kann ich trauen? Ich brauche zwei bis drei Mann.“ Carlotta verstand Fabio ohne viele Worte. Sie klickte in ihren Datenblättern im Computer und konnte auf einen Blick sehen, wer Dienst hatte. Sie nannte ihm zwei Namen. „Soll ich sie dir zusammenrufen?“ „Hast du dafür denn Zeit?“ „Nein, habe ich nicht. Aber wenn du mich noch lange aufhältst, dann kann ich dir wirklich nicht helfen. Also wann ist Abmarsch?“ „In einer halben Stunde?“ „Krieg ich hin. – Und ich nehme an, dass ich es ihr nicht sagen brauche?“ „Du bist die Zweitbeste!“ Carlotta hob die Augenbrauen. „Wieso? Nur die ...?“ Aber da fiel es ihr ein. Fabio wollte ja heiraten. „Zweitbeste geht in Ordnung.“ Während sich Carmelita Cantallielo auf ihren Auftritt bei der Pressekonferenz vorbereitete, fuhr von ihr und den anderen Gestalten der Questura unbemerkt ein ziviles Fahrzeug der Polizei, besetzt mit drei Polizisten und einer Polizistin, vom Hof Richtung Brixen. Francesca hatte sich auf den Beifahrersitz gesetzt und war eingeschlafen, als der Wagen losfuhr. Fabio saß im Fond und erklärte dem Fahrer und dem Polizisten neben ihm, was Francesca herausgefunden hatte und warum man sie schlafen lassen sollte.

*

Die Partnervermittlung OMEGA in Brixen hatte keine besonders gute Adresse. Sie lag in einer düsteren Seitenstraße, ziemlich abgelegen vom Zentrum, und befand sich in einem einzeln stehenden Haus, dessen Garten und Vorhof von Mauern umgeben war. In den Vorhof konnte man allerdings mit dem Wagen fahren. Es war zehn Uhr und die Sonne schien. Das Institut wirkte so, als hätte es noch nicht geöffnet. Die Jalousien auf der ersten Etage waren noch alle geschlossen. Die vier gingen zunächst um das Haus herum. Etwas Besonderes fiel nicht auf. Das Gelände war bis auf die Einfahrt zum Vorhof von der Mauer umgeben. Das Haus hatte früher bessere Tage gesehen. An manchen Stellen blätterte die Farbe ab. Eine Jalousie hing schief. „Dann wollen wir mal sehen, ob jemand zu Hause ist", sagte Fabio und ging zum Eingang. Er läutete. Die Männer und Francesca hörten, wie die Klingel im Haus ertönte. Ein Hund bellte. „Ah, der Hund ist schon mal wach", kommentierte einer der Polizisten. Aber nichts rührte sich. Fabio schellte erneut, diesmal heftiger. Der Hund schlug wieder an. Es dauerte etwas, bis sie ein Rumpeln hinter der Tür vernahmen. Eine Gegensprechanlage quakte auf: „Wer ist da? Wir haben noch nicht geöffnet. Die Geschäftszeiten sind von 13 bis 20 Uhr." Fabio trat an die Gegensprechanlage. „Mein Name ist Commissario Fameo von der Questura in Bozen. Ich möchte Frau Scenazki sprechen." Auf der anderen Seite wurde es still. Nach einiger Zeit antwortete die Stimme: „Frau Scenazki ist nicht da, kommen Sie ein anderes Mal wieder." Der Kontakt wurde unterbrochen, was man an einem Klicken hören konnte. Fabio schellte erneut, diesmal ließ er den Finger auf der Klinge, die daraufhin ohne Pause läutete. Der Hund bellte und bellte. Aus der Gegensprechanlage quäkte es erneut: „Ich habe Ihnen doch gesagt, dass niemand da ist. Kommen Sie später noch mal wieder." Fabio sprach in die Anlage: „Machen Sie bitte sofort auf, sonst öffnen wir die Tür mit Gewalt. Es ist egal, ob Frau Scenazki da ist oder nicht, Sie sind ja da, das reicht uns." „Scheren Sie sich zum Teufel! Ich weiß ja nicht einmal, ob Sie wirklich von der Polizei sind, das kann ja jeder sagen." Fabio hatte längst das Kameraauge gesehen, mit dem der Eingangsbereich überwacht werden konnte. Er holte seinen Ausweis aus der Tasche und hielt ihn vor das Auge. Es dauerte einen Moment, dann wurde die Tür geöffnet.

*

Die Frau, die öffnete, war Domenica Scenazki, daran konnte kein Zweifel bestehen. Fabio hatte ihr Foto im Internet gesehen und die Frau war in echt noch schriller als auf dem Foto. Schmale Augenbrauen zogen sich in einem schräg nach oben verlaufenden Bogen über den Augen. Da war kaum noch ein echtes Haar dabei. Permanent-Make-up vermutlich. Die pechschwarzen Haare waren streng nach hinten gekämmt und wurden mit einem Haarreif gebändigt. Die Lippen quollen den Besuchern entgegen, rot geschminkt und absolut unnatürlich dick. Die Bereiche um Augen und Mund wirkten maskenhaft starr. Wahrscheinlich Botoxbehandlung. Auch der Busen wirkte unnatürlich groß und irgendwie unpassend. Die Frau war klein und der Busen, nun ja, im Verhältnis zur Körpergröße riesig. Die Dame trug Schwarz. Enge schwarze Hose, enge schwarze Bluse, schwarze Fingernägel. „Was will die Polizei von mir?" Ihr Akzent war osteuropäisch. Ihre Augen bewegten sich schnell, was auf Nervosität hindeutete. Aber ihre Mimik blieb merkwürdig starr. „Botox friert die Mimik ein", dachte Fabio. Er hielt ihr den Durchsuchungsbefehl vor die Nase. „Wir beide unterhalten uns jetzt in Ruhe und die anderen", er wies auf seine Begleitung, „die anderen schauen sich jetzt ungestört um. – Wer hält sich noch in dem Haus auf?" Domenica Scenazki schluckte und antwortete leise: „Nur der Hund." Und der stand die ganze Zeit unbemerkt von den Polizisten schwanzwedelnd im Flur und wunderte sich über den frühen Besuch. Sein Frauchen bekam nämlich nur selten Besuch. Und der war in der Regel nicht amüsant. Fabio ging durch den Flur und sah durch eine Glastür einen Schreibtisch und andere Büromöbel. „Ihr Büro?" Die Scenazki nickte. „Dann setzen wir uns hierher, einverstanden?" Die Scenazki wirkte jetzt nicht mehr so selbstbewusst wie zu

Beginn. Sie ging leicht gebeugt an Fabio vorbei und öffnete die Tür. Sie nahm hinter ihrem Schreibtisch Platz und bot Fabio den Stuhl vor dem Tisch an. „Sie entschuldigen, dass ich Ihnen nichts anbiete. Aber Sie haben sich nicht angemeldet. Und deshalb habe ich auch nicht mit Ihnen gerechnet." Das sollte zynisch klingen, klang aber irgendwie hilflos, fand Fabio. „Mit uns sollten Sie ja auch nicht rechnen, denn sonst hätten Sie womöglich das eine oder andere interessante Beweisstück verschwinden lassen." Die Scenazki kramte in ihrer Schublade und holte ein Päckchen Zigaretten heraus, entnahm ihr einen Stängel und zündete ihn sich an. „Was wollen Sie eigentlich von mir?", fragte sie bewusst gedehnt und blies den Rauch in Richtung Fabio. „Die Dame fühlt sich noch auf dem hohen Roß", dachte er und stand auf. Er ging im Zimmer auf und ab, betrachtete die Dekogegenstände im Büro. Alles ziemlich kitschig fand er. Nippesfiguren in den Regalen, so eine Art Sammlung von engelhaften Wesen, könnten auch Elfen sein. Ein furchtbar buntes Bild hing hinter dem Schreibtisch. Die Möbel waren weiß, überzogen mit weißem Kunstleder. Er wandte sich plötzlich um. „Sie sind die Inhaberin der Partnervermittlung OMEGA?" Die Scenazki nickte und beobachtete Fabio. „Was machen Sie denn so den ganzen Tag in Ihrer Partnervermittlung?" Die Scenazki zog tief den Rauch in die Lungen. „Darf ich sagen, dass ich Ihre Frage ziemlich blöde finde?" „Das dürfen Sie, aber beantworten sollten Sie mir die Frage schon, egal wie blöd Sie die Frage finden." Fabio hatte dabei einen neutralen Ton gewählt. Noch. Die Scenazki schnaufte: „Also gut. Ich vermittele Partner, die sich sonst nicht gefunden hätten. Sie kommen hierher, ich erstelle ein Profil, das ich in meine Datenbank gebe, und der Computer sucht die in Frage kommenden Partner heraus. Den Partnerschaftsvorschlag lasse ich mir honorieren. Alles andere müssen die Menschen schon selber machen. Erfolgshonorar nehme ich keines. Sonst noch Fragen?" „Ja, durchaus. Nächste Frage: Ist das Ihr einziges Geschäft, das Sie betreiben?" Die Scenazki zuckte nervös um die Nase. Das war vielleicht der einzige Bereich ihres Gesichtes, der noch nicht von Botox stillgelegt worden war. „Was soll das blöde Gefrage.

Natürlich ist das mein einziges Geschäft. Was glauben denn Sie?“ In dem Moment klopfte es an die Tür und Francesca bedeutete Fabio, vor die Tür zu kommen. Die Scenazki beobachtete die Szene durch die Glastür. Sie konnte aber nichts verstehen, weil die beiden einige Schritte von der Tür fortgegangen waren. „Wir haben im Keller die Räume gefunden, in denen vermutlich die beiden Frauen gefangen gehalten worden sind. Gruselig. Sie sind unter dem eigentlichen Keller gebaut. Der normale Keller ist unauffällig. Waschkeller, Vorratskeller, Gerümpelkeller. Aber irgendwo mussten die Räume ja sein, von denen die beiden erzählt haben. Und sie haben davon gesprochen, dass sie zuerst über eine Treppe hinuntergebracht worden sind. Ich habe den Eingang zu den Verliesen hinter der Heizungsanlage gefunden. Geschickt gemacht. Aber jetzt haben wir sie. Ich wette, in diesen Kellerräumen gibt es jede Menge fremder DNA. Und die wird uns nicht glauben machen, dass sie so nebenbei ein Sadomaso-Studio betreibt.“ „So schlimm?“ Francesca nickte.

Fabio ging zurück zu der Scenazki. Er baute sich jetzt vor ihr auf und stützte seine Arme auf die Schreibtischplatte. Dabei kam er ihr körperlich sehr nahe. „Wir können hier noch ein wenig Bimbam spielen, Gnädigste. Oder Sie machen es kurz und erzählen mir über Ihre weiteren Geschäfte. Die Räume unter Ihrem Keller, in denen Sie die angelieferten Frauen gefangen halten, bis sie weitergereicht werden, haben wir schon gefunden. Und unsere Kriminaltechniker finden dort sicher noch mehr. Und jetzt stellen wir Ihren Laden auf den Kopf, dass keine Laus uns entgeht. Und Sie packe ich vorerst in Untersuchungshaft. Und zwar so lange, bis Sie mir erzählen, was Sie wirklich treiben. Und das bitte haarklein, sonst erleben Sie, wie sich meine Stimmung ganz schnell ändern kann.“ Fabio bemerkte, wie der Hund schwanzwedelnd um den Tisch schaute. „Und du musst ins Tierheim.“ „Nicht ins Tierheim“, das war die Scenazki, die sich ihren Hund schnappte und ihn an sich drückte. „Nicht ins Tierheim. Das dürfen Sie nicht.“ Fabio schaute sich die Szene an. Da saß keine kaltblütige Verbrecherin. Aber wer war sie dann? Er versuchte es sanft: „Wenn Sie mir helfen, helfe ich Ihnen, versprochen. Aber wenn Sie mir nicht helfen“, Fabio stellte sich wieder gerade, „wenn Sie mir nicht helfen, dann muss ich zu Ihnen sehr böse werden. Und Ihren Hund, nun, den können Sie dann nicht behalten, den gebe ich noch heute in das Tierheim.“ Er machte eine Pause. „Wir können ihn aber auch erschießen, wenn Ihnen das lieber ist.“ Die Scenazki sah ihn mit ausdruckslosem Gesicht, aber mit weit aufgerissenen Augen an. Ihre Gesichtsfarbe wurde blasser und blasser. „Ich kann doch gar nichts dafür.“ Sie sprach so leise, dass Fabio es kaum verstehen konnte. „Wofür können sie nichts?“ „Die haben mich doch gezwungen.“ „Wer hat sie gezwungen? Und zu was?“ Die Scenazki schluchzte jetzt. Eine Träne kullerte aus ihrem linken Auge und lief die Wange herab. Sie ließ sie laufen. „Der Laden lief nicht mehr. Seit drei Jahren habe ich mit der Partnervermittlung nichts mehr verdient. Ab und zu hatte ich Anfragen, aber die Datenbank, von der ich eben sprach, die gibt es gar nicht. Ich hatte einfach zu wenig Kunden und die passten dann auch nicht wirklich gut zusammen. Heute läuft das meiste Geschäft über das Internet. Da habe ich mich auch versucht. Dabei bin ich an einen Verlag geraten, der mir beim Aufbau einer Internetagentur helfen wollte. Und bei dem Verlag stehe ich jetzt in der Kreide. Die Schulden werden immer mehr und Einkünfte waren nicht in Sicht. Der Mann vom Verlag kam dann eines Tages und wusste alles über meine Vergangenheit. Alles. Einfach alles. Die haben mein ganzes Leben gekannt.“ Die Scenazki schluchzte. Fabio gab ihr ein Taschentuch. Sie schnäuzte hinein und behielt es dankbar. „Und was genau ist daran für Sie so schlimm?“, fragte Fabio. Die Scenazki schaute ihn ein wenig verlegen an. „In Serbien, da habe ich als Prostituierte gearbeitet. Sie brauchen gar nicht so zu schauen.“ Die Scenazki blickte ihn jetzt ein wenig provokant an, fand Fabio. „Ich habe auch bei Pornofilmen mitgewirkt. Und ich war sehr erfolgreich. Aber irgendwann ist damit Schluss. Da gibt es keine Aufträge mehr. Und da habe ich mir diese Agentur aufgebaut. Weit weg von der Heimat. Und das alles wusste der Mann vom Verlag. Und er hat mir angeboten, die Schulden abzuarbeiten.“ Fabio stutzte. „Und womit?“ Er konnte sich nicht vorstellen, dass der Schuldeneintreiber des Verlags sie wieder als Prostituierte arbeiten lassen wollte. „Er hat mir gesagt, dass er Leute kenne, die in Südtirol einen Escortservice aufmachen wollten. Er fragte, ob ich bereit sei, sie dabei zu unterstützen. Sie bräuchten noch einen Standort, von dem aus das Geschäft aufgebaut werden solle. Und da habe ich zugestimmt. In dieser Branche kenne ich mich ja nun einmal aus. Und gegen einen ehrlichen Puff hätte ich ja auch nichts einzuwenden gehabt." Die Scenazki schluchzte jetzt wieder und schnäuzte in Fabios Taschentuch. „Und dann sind die Mädchen gebracht worden. Sie haben sie in meinen Keller gebracht und als sie da wieder herausgekommen sind, waren es nicht mehr dieselben Mädchen. Ich habe schon begriffen, was dort geschah. Aber als ich dann aus dem Geschäft aussteigen wollte, da haben sie mir gedroht. Sie sagten, dass es kein Problem wäre, auch mich in den Keller mitzunehmen. Nur ob ich da wieder herauskäme, das wäre dann die Frage. Ich habe die Kerle nicht gekannt, die sie mir geschickt hatten. Und der Mann vom Verlag, der war nicht mehr zu erreichen, den habe ich danach nie mehr gesehen. Und im Verlag habe ich zuerst keinen erreicht, der mit mir sprechen wollte. Eine Frau, vielleicht eine Sekretärin, hat mir geraten, ich soll ja nur keinen Ärger machen. Sie sagte, dass die nicht lange fackeln. Die brauchen eine unverdächtige Adresse, und nur solange ich unverdächtig bleibe, wäre ich denen von Nutzen." Die Scenazki brach jetzt in Tränen aus. „Und jetzt bin ich dran. Jetzt werden die mich umbringen. Wenn Sie hier weg sind, werden sie kommen und mich umbringen." Die Scenazki bebte am ganzen Körper. Das war nicht gespielt. Das Format, so eine Nummer zu spielen, hatte diese Frau nicht. Die war voller Angst. Fabio richtete sich auf und ging durch das Zimmer. Ihm gingen viele Fragen durch den Kopf. Wenn das stimmte, was die Frau ihm sagte, waren sie einem Menschenhändlerring auf der Spur. Und dabei spielte der Verlag, bei dem die Frau Schulden hatte, eine Rolle. Was er hatte, war eine verängstigte Zeugin und zwei Opfer, die in der Questura in Bozen saßen. Und da war noch eine dritte Frau, von der Francesca berichtet hatte, die von der Scenazki aussortiert worden war. Die

Hinkende. Fabio versuchte seine Gedanken zu strukturieren. „Frau Scenazki, wir können Sie und Ihren Laden noch heute hochgehen lassen. Und Sie wandern für Jahre hinter Gittern. Aber wenn Sie uns helfen, kann ich bestimmt etwas für Sie tun. Aber Sie müssen ab jetzt mit mir kooperieren. Haben Sie das verstanden?“ Die Scenazki saß wie ein Häufchen Elend auf ihrem Bürostuhl. Sie nickte stumm. Das Hündchen, das Sie eng umschlungen hielt, leckte ihr über das Gesicht. Es merkte, dass es seinem Frauchen nicht gut ging, und tat, was es aus seiner Position tun konnte, um die Stimmung zu bessern. „Wenn Sie mir helfen, kann ich Sie auch schützen. Aber dazu brauche ich die Wahrheit. Ist Ihnen das klar?“ Fabio sprach besonders eindringlich. Die Scenazki wurde auf ihrem Stuhl immer kleiner. Kleinlaut kam es von ihr: „Ja, ich werde Ihnen alle sagen, was ich weiß. Aber das ist nicht viel.“ „Das werden wir ja sehen.“ Fabio wollte, dass Francesca dabei war. Zwei hören mehr als einer, außerdem wollte er das Verhör aufzeichnen. Francesca kam, als sie gerufen wurde, und holte ein Tonbandgerät aus dem Wagen. Die Scenazki war jetzt in einer etwas stabileren Gemütsverfassung und hatte angeboten, Kaffee zu kochen. Einer der Polizisten hatte sie in die Küche begleitet, damit sie nicht abhauen konnte. In dieser Zeit hatte Fabio Francesca Giardi über den wesentlichen Inhalt seines Gesprächs mit der Scenazki unterrichtet. Francesca hielt die Aussagen für durchaus glaubhaft. Die beiden Frauen, mit denen Francesca in der vergangenen Nacht gesprochen hatte, hatten die Scenazki nur einmal gesehen. Das war, als sie ihre Freundin aussortiert hatte. Es war so gewesen, dass die Männer, die sie abgeliefert hatten, laut mit der Scenazki verhandelt hatten. Die Scenazki war ihnen zwar nicht wie eine Verbündete vorgekommen, aber als ihre Freundin, die Hinkende, an die Scenazki übergeben wurde, hatten sie nicht das Gefühl, dass diese Frau ihr etwas antun wollte. Als sie Tage später weggebracht worden waren, hätten sie die Frau nicht mehr gesehen. Und während sie im Keller gequält wurden, hatten sie die Frau ebenfalls nicht gesehen. Sie hatte sich also nicht aktiv an der Quälerei beteiligt. Fabio und Francesca beschlossen daher herauszufinden, was mit der Hinkenden geschehen war. Vielleicht konnte diese Frau auch noch etwas aussagen, was ihnen weiterhelfen würde. Außerdem wollten sie herausfinden, wie oft zuvor und seit wann Frauen durch die Keller der Scenazki mussten und wann die nächste „Lieferung" erwartet wurde. Außerdem wollten sie die Kontaktwege kennenlernen, um an die Hintermänner heranzukommen. Über die Rolle des Verlages, bei dem die Scenazki hoch verschuldet war, wollten sie ebenfalls mehr wissen. Und als sie mit ihren strategischen Überlegungen am Ende waren, gab es auch frischen Kaffee für alle. Fabio instruierte die beiden Polizisten, alle Geschäftsunterlagen zu beschlagnahmen und das Haus von oben bis unten gründlich zu durchsuchen. Dabei sollten sie aber nichts durcheinanderbringen. Für den Fall, dass schon bald mit dem Besuch weiterer Verdächtiger zu rechnen war, sollte nichts auf die Durchsuchung hindeuten. Nachdem Fabio das Büro der Scenazki wieder betreten und vor ihr Platz genommen hatte, setzte Francesca das Band in Bewegung und die Vernehmung begann.

Dreiundzwanzig

Am späten Nachmittag kamen Fabio und seine Leute zurück in die Questura. Er war recht zufrieden mit dem Tag und hatte noch eine Abschlussbesprechung mit allen Beteiligten angesetzt. Sie wollten die Aufgaben verteilen, die jetzt anstanden, nachdem die Scenazki glaubhaft ihr Wissen preisgegeben hatte. Diese Frau hatte heute nur aus Angst bestanden und war daher froh, helfen zu können. Allerdings ging Fabio ein Risiko ein. Er hatte entschieden, die Frau nicht zu verhaften. Er stellte sie unter „Hausarrest", was er rechtlich gar nicht konnte, was die Frau aber nicht wusste und irgendwie gerne akzeptierte. Einer der Polizisten war zu ihrem Schutz dort geblieben. Das hatte sie selber angeregt. Und jetzt galt es im Licht der neuen Erkenntnisse die nächsten Schritte zu planen. „Können Sie erreichen, dass alle Telefone der Scenazki überwacht werden?" Die Frage ging an Francesca Giardi. Francesca nagte an ihrer Unterlippe. „Ich gehe zu demselben Richter, der mir den Durchsuchungsbefehl unterschrieben hat. Der wird mir auch die Überwachung der Leitungen genehmigen. Aber das wird frühestens morgen gehen. Wenn ich den Beschluss habe, muss ich damit zu unseren Abhörexperten, und wie schnell die dann sind, kann ich nicht einschätzen." Fabio nickte ihr zu: „Dann ist Ihr Tag morgen also durchgeplant. Sie erledigen das mit den Fangschaltungen." Die Scenazki hatte ihnen erzählt, dass seit ungefähr einem Jahr „Lieferungen" mit Frauen durch ihre Keller gegangen waren, und dass die „Lieferung" immer drei Stunden vor Ankunft telefonisch angekündigt worden war, mal auf ihrem Festnetz, mal auf ihrem Handy. Deshalb wollte Fabio, dass ihre Leitungen überwacht wurden. „Und organisieren Sie bitte, dass unser Kollege in Brixen Verstärkung erhält. Die sollen sich von mir aus als Gärtner tarnen, oder Bauarbeiter, oder was weiß ich. Aber sie sollen jederzeit eingreifen können. Wenn die nächste ‚Lieferung' eintrifft, werden wir zur Stelle sein." Die Scenazki hatte ihnen erzählt, dass die „Lieferungen" alle drei Monate eintrafen. Nicht immer exakt auf den Tag, aber ziemlich nahe dran. Wenn das die Regel war, dann müsste die nächste „Lieferung“ in den kommenden Tagen erfolgen. Die Scenazki sollte weiter so leben und arbeiten, wie bisher. Außer den telefonischen Kontakten hatte sie keine Anhaltspunkte dafür, dass man sie beobachtete. Der Mann von dem Verlag war nur einmal bei ihr, dann hatten die „Lieferungen“ schon begonnen. Die Männer, die als „Begleitung“ mitkamen, waren jedes Mal andere. Nur der Fahrer war derselbe. Der fuhr vor, gab seine „Lieferung“ und die „Begleiter“ ab und fuhr dann sofort weiter. Nach zwei oder drei Tagen kam er erneut und holte die Frauen wieder ab. Fabio schätzte die Lage daher so ein, dass die unverdächtigen Räumlichkeiten der Scenazki von der Bande für ihre schäbigen Zwecke genutzt wurden. Und dass es aus Sicht der Bande ausreichte, die Scenazki in Abhängigkeit und Angst zu halten. Von daher konnte er es verantworten, dass sich Polizisten, getarnt als Bauarbeiter, Gärtner oder was auch immer, in der Nähe aufhielten. Wenn die nächste „Lieferung“ angekündigt würde, wären genug Kräfte verfügbar, um den Fahrer und die „Begleiter“ festzunehmen. Und dann hätte man wieder einen weiteren Zipfel des Geflechts in der Hand. Die Scenazki müsste dann in ein Zeugenschutzprogramm. Und das möglichst schnell. Er wandte sich an einen der beiden Polizisten, der bei der Hausdurchsuchung dabei war. „Kümmern Sie sich bitte darum, dass wir für die Scenazki nach dem Einsatz eine sichere Unterkunft bekommen. Und regeln Sie alles, was wir für ein Zeugenschutzprogramm brauchen.“ Der Polizist nickte und machte sich Notizen. „Und die beiden Frauen, die Sie nach der Razzia vernommen haben“, er wandte sich an Francesca Giardi, „sollten wir die nicht auch vorsichtshalber in das Zeugenschutzprogramm nehmen? Dann wären die erst einmal in Sicherheit und vor allem müssten sie nicht in den Knast. So wie ich die ViceVicequestora einschätze, wird die heute auf ihrer Pressekonferenz angekündigt haben, dass alle Illegalen schon bald abgeschoben werden. Das traue ich ihr zu. Und dann wären unsere beiden Hauptzeugen ganz schnell außer Landes und wir stünden ohne Zeugen ganz schön blöd da.“ Der Polizist nickte und machte sich Notizen. „Commissario, dass kriege ich hin. Morgen sind die beiden an einem sicheren Ort. Die stecken noch hier, in der Questura?" Francesca bestätigte das und nannte ihm die Namen. „Und diese Freundin von den beiden Frauen, die Hinkende, die gehe ich morgen suchen. Das Pfossental kenne ich ja, und wenn ich sie finden sollte, dann bringe ich sie zu den beiden anderen. Dann hätten wir vielleicht genug belastende Aussagen, um wenigstens einigen aus der Bande das Leben sauer zu machen." Fabio hatte im Verhör das Gespräch auf die Hinkende gebracht, die von der Scenazki aussortiert worden war. Diese bestätigte das und nutzte die Gelegenheit, um sich in einem positiven Licht darzustellen. Sie erzählte, dass ihr die Hinkende aufgefallen sei. Sie hatte daraufhin einen der „Begleiter" angesprochen. „Diese Frau könnt ihr nicht einsetzen, die hinkt ja. Die nimmt kein Mann." Der „Begleiter" habe genickt und nur gemeint, das sei ihm auch aufgefallen. „Die hat sich wohl dazugemogelt. Wir haben eine zu viel." Und da habe ihn die Scenazki gefragt, ob sie die Frau haben könne. Der Mann habe zuerst nicht gewollt. Dann seien sie handelseinig geworden. Der Mann musste acht Frauen abliefern und hatte neun dabei. Die Scenazki hatte einen Bauern in ihrer Kartei, der eine einfache Frau suchte und schon 3.000 Euro Vorschuss gezahlt hatte. Weitere 3.000 Euro wollte er zahlen, wenn ihm eine Frau vermittelt würde. Die Scenazki gab dem „Begleiter" 1.000 Euro auf die Hand und bekam dafür die Frau. Die Rechnung ging für sie auf. Nachdem die übrigen Frauen wieder abgeholt worden waren, hatte sie den Bauern angerufen, und der war am nächsten Tag gekommen und hatte die Frau abgeholt. Die war so verängstigt gewesen, dass sie ohne zu klagen mit in den Wagen gestiegen war. Papiere hatte sie ohnehin keine und nur das dabei, was sie am Leib trug. Dem Bauern war alles recht. Er war ein schon älterer Mann, so um die fünfzig vielleicht. Schwer zu schätzen. Grobe Hände, von harter Arbeit gezeichnet, habe er gehabt. Und ein wettergegerbtes Gesicht. Und einen harten Händedruck hatte er. Die Scenazki hatte auch so eine Art Adresse: „Schafbauer, Pfossental." Sonst nichts. Und eine Handynummer. Der Bauer zahlte in bar. Die Scenazki war zufrieden. Drei Wochen später sei ein Mann da gewesen, der sich nach der

Frau erkundigt habe. Zunächst sei er freundlich gewesen, doch als sie ihm keine Auskünfte geben wollte, hätte er sie irgendwie unheimlich angesehen. Er hatte gesagt, dass sie „fremdes Eigentum" weggenommen habe. Genauso habe er sich ausgedrückt: „Fremdes Eigentum". Und dass er dafür sorgen werde, dass es zurückkomme. Dann habe er blitzschnell ihren kleinen Hund gepackt und ihm ein Messer an den Hals gesetzt. Sie solle sofort sagen, wo die Frau sei, sonst würde er den Hund töten. Und da habe sie dem Mann alles gesagt. Als die Scenazki den Mann beschrieb, war Fabio und Francesca Giardi klar, dass es sich nur um den Goebel handeln konnte. Goebel, der die beiden Frauen in Naturns aufgespürt hatte, war auch hinter der Hinkenden her. Die Hinkende war ins Pfossental verbracht worden. Dort war der Goebel zu Tode gekommen. Irgendwie hing alles mit allem zusammen. Nur wie, das war noch nicht deutlich. War der Goebel im Auftrag der Menschenhändler unterwegs? Oder hatte er andere Auftraggeber? War er ein Kopfgeldjäger? Und was hatte das mit dem jungen Studenten zu tun, der ebenfalls in der Nähe des Pfossentals zu Tode kam, allerdings schon im Herbst letzten Jahres? Fabio gingen viele Gedanken durch den Kopf. „Wann sind die Frauen eigentlich in Brixen angekommen? War das Sommer/Herbst letzten Jahres, oder früher, oder später?" Die Frage ging an Francesca Giardi. Die schüttelte langsam den Kopf: „Das habe ich vergessen zu fragen. Ich weiß es nicht. Ich hole das sofort nach." Eifrig schrieb sie in ihr Notizbuch und senkte den Kopf. In der Hoffnung, man würde nicht sehen, dass sie rot anlief. „So ein Mist", dachte sie, „die einfachsten Tatsachen habe ich nicht festgestellt." Aber Fabio dachte schon weiter. Er wandte sich an den vierten Polizisten im Raum, der noch keinen Auftrag hatte: „Und Sie kümmern sich um den Verlag, den uns die Scenazki genannt hat. Ich muss alles wissen. Wer ist der Eigentümer, was wird dort verlegt, wie sehen die Geschäftszahlen aus, was gibt es für Verbindungen, und so weiter und so weiter. Alles, was Sie morgen herausfinden können, ohne dass die anfangen, Lunte zu riechen. Lassen Sie sich von der Scenazki den Mann noch mal beschreiben. Vielleicht gibt es ein Merkmal, mit dem unser Computer was anfangen kann." Fabio schaute zufrieden in die Runde. „Habe ich was vergessen? Fällt Ihnen noch etwas ein?" Keiner der drei hatte noch eine Idee. Für den nächsten Tag waren sie alle eingedeckt – mit Arbeit. „Nächstes Treffen übermorgen früh, neun Uhr, hier in meinem Büro. Sollte morgen die nächste ‚Lieferung' angekündigt werden, sind Sie", er wandte sich an Francesca, „für den Einsatz in Brixen verantwortlich. Ich bin im Pfossental und werde nicht so schnell in Brixen sein können." Francesca nickte.

*

Auf dem Weg nach Hause erzählte Fabio in Kurzform, was er in Erfahrung gebracht hatte und wie der Plan für morgen aussah. Tommaso hörte interessiert zu. „Die Geschichte ist komplex. Und vielleicht kann uns die Frau, die hinkt, weiterhelfen. Wenn sie noch im Pfossental ist und wenn du sie findest." Fabio schaute Tommaso von der Seite an: „Ich dachte, du kommst morgen mit? Käse kaufen und so?" Tommaso musste lachen: „Ich kann mich nicht immer abseilen, mein Freund. Ich habe morgen ein anstrengendes Programm. Ich erzähl dir jetzt mal, was ich heute alles gemacht habe, dann wirst du verstehen, warum ich morgen für dich keine Zeit habe." Und Tommaso berichtete von seinen Bemühungen um die Videoaufnahmen vom Trienter Bahnhof. Sie hatten das Video mit Spezialisten der Hauptwache mehrmals gesichtet. Dann waren Fotos von den drei Männern gemacht worden, die sich an dem beobachteten Schließfach zu schaffen gemacht hatten. Einer war ganz klar der Mann, den sie den Führungsoffizier nannten. Der andere war mit großer Wahrscheinlichkeit der Goebel. Und der Dritte war immer unglücklich getroffen. Nie hatte man sein ganzes Gesicht auf dem Band. Mal gab es eine linke Gesichtshälfte, mal einen Teil von der rechten Gesichtshälfte, diese aber aus einem anderen Winkel. Die Experten hatten versucht, aus diesen Teilen ein komplettes Gesicht zu konstruieren, und waren damit den ganzen Tag beschäftigt gewesen. Am Abend hatten sie Tommaso dann ein Gesicht präsentiert, das mit einer gewissen Wahrscheinlichkeit dem Gesicht des Mannes entsprach, der als „Dritter Mann" an dem Schließfach war. Der polizeiliche Fahndungscomputer konnte mit dem Gesicht allerdings nichts anfangen. Und die Datenbank aller Verdächtigen, Überführten und Verurteilten leider auch nicht. Also blieb der Mann vorerst unbekannt. „Und dann habe ich dafür gesorgt, dass unser schweigsamer ‚Führungsoffizier' seine Untersuchungshaft im Knast angetreten hat. Der wollte nicht, als ich ihm das eröffnet hatte. Der wurde sogar ein wenig nervös, sodass ich dachte, der redet jetzt. Ich habe ihm gesagt, dass er hier bleiben könne, wenn er uns hilft. Aber das hat ihn nicht überzeugen können. Also ist er heute Mittag in die Zelle gebracht worden." Tommaso machte eine Pause und sprach mit gedämpfter Stimme weiter: „Ich habe dann ein wenig telefoniert und war dann in der Mittagspause kurz drüben." Tommaso meinte den Knast, das war sicher. „Mündlich ist mir immer lieber. Da kann keiner mithören und im Falle eines Falles steht Aussage gegen Aussage. – Jedenfalls werden unserem schweigsamen ‚Führungsoffizier' schon bald Alkohol, Drogen und ein Handy angeboten werden. Und das Handy wird überwacht. Wir hören automatisch mit und können auch die Nummer des Angerufenen sofort erkennen." Tommaso holte tief Luft. „Unser Mann ist auf einer Vierer-Zelle. Einer der Mitinsassen ist ein Vögelchen, das gerne singt. Über den erfahren wir, was in der Zelle passiert." Tommaso atmete laut aus: „So was habe ich noch nie gemacht. Und dir ist klar, dass ich für das Abhören keinen richterlichen Beschluss habe. Das kriege ich allein deshalb schon nicht hin, weil Handys im Knast verboten sind und auch wir da keine hineinschmuggeln dürfen. Das ist dir doch auch klar, oder. Das heißt dann auch, dass wir wahrscheinlich nichts davon verwerten können, was wir aus der illegalen Abhöraktion erfahren." Fabio nickte langsam. „Darüber bin ich mir vollkommen im Klaren. – Danke dir. – Aber wenn wir schon mal die Nummer haben, die unser Mann anruft, sind wir vielleicht einen entscheidenden Schritt weiter. Vielleicht zeigt uns diese Nummer den Weg zu unserem ‚Dritten Mann', wer weiß. Das

Ganze ist ein Puzzlespiel. Nur dass wir keine Vorlage haben und daher nicht wissen können, wohin die einzelnen Puzzlestücke gehören, die wir schon haben. Also müssen wir Puzzlestücke finden, die zusammenpassen, und so formen wir dann auch das Bild. Dauert nur länger. Aber geht auch." Fabio lehnte sich zufrieden in den Beifahrersitz zurück. „Dann muss ich morgen wohl alleine ins Pfossental fahren." Plötzlich richtete er sich abrupt auf. „Mist! Womit fahre ich denn überhaupt. Ich habe ja gar kein Auto!" Fabio hatte in der Tat kein eigenes Auto. Seit er in Südtirol war, hatte er keinen Gedanken daran verschwendet, sich ein Auto zuzulegen. Aus Rom war er es gewohnt, kein Auto zu brauchen. Dort hatte er immer einen Fahrer. Und in Südtirol hatte es sich für ihn bequem gefügt, dass Tommaso ihn immer mitnahm. „Und jetzt? Wie komme ich denn morgen ins Pfossental?" Fabio blies die Luft aus. Tommaso musste schmunzeln. Fabio hatte einen knautschigen Gesichtsausdruck. „Da habe ich mich wohl einfach darauf verlassen, dass du mitkommst." Tommaso musste lächeln. Das hatte er kommen sehen. Das musste eines Tages so kommen. Er hatte sich schon immer gewundert, mit welcher Leichtigkeit Fabio durch das Leben ging, scheinbar ohne sich Gedanken darüber zu machen, wie er vorankam. Dazu gehörte auch die Selbstverständlichkeit, mit der er jeden Morgen in sein Auto stieg, um mitgenommen zu werden. Natürlich war das für Tommaso kein Problem, denn er musste ohnehin nach Bozen fahren. Und schließlich hatte er es Fabios Vermittlung zu verdanken, dass Anna ein Haus mit Garten hatte. Oder besser einen Garten mit einem Bisschen Haus. Aber egal. Also war er Fabio dankbar. Aber der hätte vielleicht seinerseits irgendwann einmal anbieten können, eine Tankfüllung zu bezahlen, oder mal ein Wort des Dankes sagen. Aber das war nicht sein Ding. Manchmal glaubte Tommaso, Fabio fahre nicht gerne selbst mit dem Auto, es sei ihm irgendwie lästig. Und jetzt verschaffte ihm die Verlegenheit, in der sich Fabio befand, eine ganz klitzekleine Genugtuung. „Mein Freund", begann Tommaso, „das ist vielleicht der Moment, in dem du darüber nachdenken solltest, dir ein eigenes Auto anzuschaffen. Manchmal ist das schon praktisch", fügte er noch hinzu. Fabio blickte starr nach vorne. Es schien, als wollte er schweigen. Dann kam aber ein gedehntes: „Jaja, weiß ich auch. Aber irgendwie bin ich noch nicht dazu gekommen. Und ganz ehrlich, ich finde Autofahren doof. Und hier in den Bergen ist das für mich auch kein Vergnügen. Das will ich dir mal sagen. Ich kann nicht um die Kurve sehen, wie die, die hier groß geworden sind. Ich bremse vor jeder Kurve und taste mich langsam um den Berg. Und dann habe ich alle hinten auf der Stoßstange sitzen. Die ganzen jungen Burschen mit ihren aufgemotzten Autos." Fabio schwieg wieder. Nach einer Weile fragte er kleinlaut: „Weißt du, ob ein Bus ins Pfossental fährt?" Jetzt musste Tommaso laut lachen und Fabio stimmte ein. Tommaso bog von der MeBo ab und statt nach links Richtung Nals zu fahren, nahm er eine Abzweigung nach rechts. Fabio schaute ihn fragend an. Tommaso grinste: „Du erinnerst dich vielleicht an den alten Punto, den wir auf der Carabinieristation in Terlan hatten?" Fabio nickte. Das war ein altes Auto, das man ihm schon einmal geliehen hatte. Die Temperaturanzeige war kaputt. „Ja, ich erinnere mich. Die alte Karre hat mich damals in Angst und Sorge versetzt, weil der Temperaturanzeiger sofort in den roten Bereich gegangen ist und ich dachte, mir fängt der Motor an zu kochen." Tommaso nickte. „Genau den holen wir jetzt für dich. Den gibt es nämlich noch und den leihe ich jetzt für dich aus. „Auch das noch", dachte Fabio. „Der Kerl will mich strafen. Mit dieser alten Karre hinauf in die Berge? Nein danke. Und wenn der da oben schlapp macht? Wie komme ich da wieder runter?" Während Fabio seinen Gedanken nachhing, redete Tommaso weiter: „Das Auto fährt jedenfalls und die Temperaturanzeige musst du einfach ignorieren. Und für den Fall, dass du stecken bleibst, gebe ich dir die Telefonnummer von der Carabinieri-Station in Karthaus. Die helfen dir in jedem Fall. Und ansonsten rufst du mich an. Ich regle dann alles.

*

Elisabeth erwartete ihren Fabio mit einer gewissen Aufgeregtheit. Nachdem der Pfarrer gestern Abend zu Gast gewesen war, hatte er es sich nicht nehmen lassen, bereits heute drei Terminvorschläge für die Hochzeit zu machen. Alle Termine lagen noch in diesem Jahr: einer im Oktober, zwei im November. Und es waren die einzigen Wochenendtermine, die noch frei waren. Da das Wetter im November meist schon zu schlecht war, kam eigentlich nur der Oktobertermin in Frage, wenn sie noch in diesem Jahr heiraten wollten. Dann wurde es aber höchste Zeit, die Feier zu planen. Das Hochzeitskleid musste angepasst werden. Fabio musste seinen Vater wegen des Anzugs anrufen, eine Gästeliste musste erstellt werde. In Abhängigkeit von der Anzahl der Gäste musste ein entsprechend großer Saal gefunden werden. Es war unendlich viel zu regeln und die Zeit war eher knapp. Fabio hatte zwar schon gesagt, dass von seiner Seite nicht viele Gäste zu erwarten waren: seine Eltern, sein Onkel und seine Waltraud und einige wenige sehr enge Freunde aus Schulzeiten. Das war es. Seinen römischen Bekanntenkreis hatte er praktisch komplett verlassen, als er sich von Cintia getrennt hatte. Das war sozusagen ein Abschied von vielen. Und Elisabeth wollte vor allem ihre Familie einladen. Das waren im Vergleich zu Fabio viele, denn Elisabeth hatte im Gegensatz zu Fabio noch Geschwister. Aber mehr als fünfzig, vielleicht sechzig Gäste hatte sie beim gemeinsamen lauten Nachdenken nicht gezählt. Dann könne man den Saal vom Adlerwirt nehmen, hatten sie schon überlegt. Der eignete sich für eine Gesellschaft in dieser Größenordnung.

Als Fabio zur Tür hereinkam, bemerkte er zunächst nichts von der Aufgeregtheit, in der sich Elisabeth befand. Er war noch so in Gedanken gefangen und plante im Kopf die Aufgaben, die morgen für ihn anstanden. Er würde zur Jägerrast fahren und dort nach dem Schafbauern fragen. Die würden schon wissen, wer das war und wo der wohnte. Seine Versuche, den Mann auf seinem Handy anzurufen, waren alle fehlgeschlagen. Es meldete sich nicht einmal eine Mailbox. Wahrscheinlich war das Handy ausgeschaltet. Wenn er den Mann gefunden hatte, wollte er mit der hinkenden Frau sprechen. Sein Plan war, die Frau als

Zeugin mit nach Bozen zu nehmen und sie mit ihren Freundinnen zusammenzubringen. Hoffentlich hatte man bis dahin für die Frauen einen sicheren Platz besorgen können. Aber der Wagen, dieser alte Punto, musste durchhalten. Natürlich war die Temperaturanzeige bei der 16-prozentigen Steigung von Nals nach Prissian sofort in den roten Bereich geklettert. Aber auch diesmal hatte der Wagen die Steigung geschafft, wenn auch nur langsam und mit Mühe. Tommaso war ihm mit seinem modernen Auto auf und davon gefahren. „Vielleicht sollte ich mir doch ein richtiges Auto anschaffen", dachte er, als er zur Tür hereinkam und von Elisabeth stürmisch begrüßt wurde. „Wie war dein Tag? Wie geht es dir? Hast du Hunger?" Alle drei Fragen hatte sie gleichzeitig ausgesprochen. So kam es ihm jedenfalls vor. Was er nicht begriff, war, dass er keine dieser Fragen beantworten musste. Also fing er an zu erzählen. Lang und vielleicht etwas zu ausschweifend ließ er den Tag Revue passieren und lobte dabei besonders den guten Einsatz seiner Assistentin. Er merkte dabei nicht, dass Elisabeth plötzlich in sich gekehrt wirkte und ihm nicht mehr folgte. Und als er mit den Worten endete: „Und jetzt habe ich einen Mordshunger", ging sie ohne Kommentar in die Küche und sorgte für ein Abendessen. Als sie beide im Bett lagen und Fabio schnell im Zustand kurz vor dem Einschlafen war, kam eine kurze, kleine Frage: „Ist sie hübsch?" Fabio verstand nicht. „Wer soll hübsch sein?", fragte er leicht schlaftrunken zurück. „Deine neue Assistentin." Fabio nahm Elisabeth in den Arm. „Ja, die ist hübsch." „Und warum hast du mir noch nie was von ihr erzählt?" Elisabeth war hellwach. Fabio wollte schlafen. „Das habe ich vergessen. Komm lass uns schlafen." „So was vergisst man aber nicht", kam es etwas schnippisch zurück. Fabio wurde langsam wieder wacher, was ihm nicht gefiel. Der Tag morgen würde anstrengend werden. Er musste mit einem alten Auto einen steilen Berg hinauf, und wer weiß, wo dann noch dieser Bauer wohnte. Die ganze Gegend da oben war vor allem eines, nämlich steil. Und er wollte jetzt schlafen, damit er morgen frisch war. Und was wollte Elisabeth jetzt überhaupt wissen? „Tut mir leid, habe ich nicht drüber nachgedacht, lass uns jetzt schlafen, ich kann dir morgen alles erzählen, ja?“ Und eine tiefe Mattigkeit umschloss ihn. Er schlief ein. Elisabeth nicht.

Vierundzwanzig

Fabio stand früh auf, weil er früh aufbrechen wollte. Für den Weg ins Pfossental brauchte er mindestens eine Stunde. Mit dem alten Auto vielleicht auch länger. Außerdem konnte er nicht wissen, wie lange er nach dem „Schafbauern“ suchen musste. Dessen Handy war immer noch ausgeschaltet. Fabio war leise aufgestanden, um Elisabeth nicht zu wecken. Er hatte sich in der Küche ein schnelles Frühstück gemacht und schlürfte gerade seinen Kaffee, als eine einsilbige Elisabeth den Kopf durch die Tür steckte. Fabio, in seinen Gedanken gefangen, wie er den Tag angehen sollte, merkte nicht, dass Elisabeth nicht deshalb mürrisch war, weil sie gerade aufgestanden war. Elisabeth war sauer. Ihr Verlobter, den sie demnächst heiraten wollte, hatte „vergessen“ ihr zu sagen, dass er eine neue Assistentin hatte. Und eine hübsche noch dazu. „Sonst erzählt er doch auch immer alles“, dachte sie. „Jedes Detail, das ihm gerade durch den Kopf geht, wird gerne aufwendig erläutert. Aber dass sich in seinem persönlichen Umfeld etwas immerhin Wichtiges ereignet hat, das vergisst er mitzuteilen.“ So dachte Elisabeth, nur Fabio merkte es nicht. Der gab seiner Elisabeth nur einen kurzen Kuss auf den – wie er meinte – verschlafenen Mund und war schon aus der Tür. Der Punto sprang an und ruckelte los. „Den Gampenpass hinunter wird es das Auto schon schaffen“, dachte er. „Aber ob er den Anstieg zum Pfossental schafft? Bin gespannt.“ In seiner Hosentasche hatte er die Nummer der Carabinieri von Karthaus – für alle Fälle.

*

Elisabeth hatte sich auf einen Küchenstuhl gesetzt und war ins Grübeln gekommen. War es falsch, jetzt schon zu heiraten? Eigentlich sprach nichts dagegen. Aber wenn er „vergaß“, ihr von einer attraktiven Kollegin zu erzählen? So schusselig konnte doch kein Mann sein. „Der will sich die vielleicht warmhalten. Festhalten und weitersuchen? Aber Fabio ist doch nicht so.

Oder doch? Was weiß ich überhaupt von ihm?“ Vielleicht war das doch überstürzt mit der Hochzeit? Sie kannten sich doch auch erst seit vier Monaten. Das alles schien ihr jetzt ein wenig irrsinnig. Was sollte sie tun? Den Pfarrer anrufen und absagen? Dem könnte sie doch nur mit einer Lüge kommen. Etwa „Fabios Eltern können an den genannten Terminen unmöglich kommen“, das wäre zu kurzfristig gewesen. Also müssten wir im nächsten Jahr einen neuen Termin finden, sie würde sich wieder melden, oder so etwas. Aber das ging auch nicht, bevor sie das nicht mit Fabio geklärt hatte. Sie holte tief Luft. „Die Frage ist: Hat er etwas vor mir zu verbergen? Spielt die neue Kollegin eine Rolle? Kann ich mich auf den Mann hundertprozentig verlassen? Bevor diese Fragen nicht abschließend geklärt waren, wird nicht geheiratet.“

*

Fabios Punto kraxelte die steilen Kurven zum Pfossental hinauf. Die Temperaturanzeige stand schon seit einer halben Stunde im roten Bereich. Er ignorierte sie. Solange das Kühlwasser nicht qualmte, war alles in Ordnung. Er erreichte den Vorderkaser gegen halb zehn und stellte den Wagen auf dem großen Parkplatz ab. Der Kaffee im Vorderkaser tat gut. Die Wirtin erkannte ihn sofort. „Was bringt Sie heute Morgen hierher, ganz alleine? Wie Freizeit sieht es nicht aus.“ Fabio war der einzige Gast. „Ich finde es hier oben zwar sehr schön, aber ich habe auch ein Anliegen. Gibt es hier einen, der sich ‚Schafbauer‘ nennt?“ Die Wirtin nickte, machte dabei ein erstauntes Gesicht. „Was wollen Sie denn von dem?“ Fabio wiegte seinen Kopf und gab der Wirtin damit zu verstehen, dass er es ihr nicht sagen werde. „Glauben Sie etwa, der Schafbauer ...?“ Fabio winkte ab. „Nein, nein! Nicht dass Sie denken, wir glauben, der Mann habe etwas mit dem Fund zu tun.“ Fabio vermied Worte wie „Leiche“, „Mord“ oder „Mörder“. „Ich muss den Mann etwas fragen. Oder besser, seine Frau.“ Fabio beobachtete, wie diese Worte auf die Wirtin wirkten. Die Wirtin wirkte erstaunt. „Seine Frau? Der

Mann ist nicht verheiratet." Und dann sprudelte es aus ihr heraus: „Der Schafbauer heißt richtig Hintersee Alois, aber alle nennen ihn Schafbauer, weil auch schon sein Vater so geheißen hat. Und dessen Vater auch. Die haben hier oben einen Hof und halten Schafe. Daher der Name. Und sie leben sehr einsam und zurückgezogen. Die Eltern vom Schafbauern sind beide letztes Jahr gestorben; einer kurz nach dem anderen. Zuerst die Mutter, drei Wochen später der Vater. Der Sohn ist seither ganz allein und hat noch nie eine Frau gehabt. Der lebt jetzt da oben ganz für sich. Ganz selten, dass der mal hier zu uns kommt und ein Bier trinkt. Vielleicht zwei Mal im Jahr. Aber sonst ist der ganz für sich." Die Wirtin schüttelte den Kopf: „Wir sind hier oben nicht viele. Und jeder weiß alles über den anderen. Aber der", ihr Kopf ging nach oben, „über den wissen selbst wir wenig. Der spricht auch nicht mit uns. Der war schon immer komisch, und wenn Sie mich fragen, dann liegt das daran, dass seine Eltern ihn niemals haben zur Schule gehen lassen. Der hatte nie Kinder zum Spielen. Nie Freunde. Nur arbeiten hat der müssen. Und die Arbeit da oben ist hart. Im Winter ist es kalt, sehr kalt. Da kann einer nur komisch werden. Das geht gar nicht anders." Fabio sah der Wirtin die Erregung an. Natürlich wusste sie ganz genau Bescheid, über die Lebensumstände, über die Leute, und sie hatte natürlich auch eine Meinung. Wie die Wirtin selber gesagt hatte: Hier leben nur wenige Leute, und die kennen sich alle untereinander. Aber etwas machte Fabio Sorge. Mehrmals hatte die Wirtin „da oben" gesagt, und ihr Kopf ging auch immer nach schräg oben, wenn sie über den „Schafbauern" sprach. Fabio räusperte sich: „Wo finde ich denn den Schafbauern?" Und seine Befürchtungen trafen zu. „Da müssen Sie steil steigen. Das sind knapp 800 Höhenmeter. Sie müssen den Grafbach entlang hinauf und dann immer geradeaus. Der Weg ist aber nicht markiert. Aber da, wo der markierte Weg nach links abbiegt, müssen Sie geradeaus weitergehen, steil nach oben. Der Weg ist zu erkennen. Sieht aus wie ein Trampelpfad. Den müssen Sie immer höher hinaufgehen. Der Hof liegt in einer Senke, der ist deshalb von unten nicht zu erkennen. Nur weil er in der Senke liegt, kann man dort überhaupt leben, sonst würden die eisigen Winde das Leben dort sehr, sehr ungemütlich machen." Fabio seufzte. „Und eine Frau hat der bestimmt nicht?" Die Wirtin schüttelte den Kopf. „Das müsste ich wissen." Sie schmunzelte. „Der Mann ist über sechzig. Der hatte noch nie ...", sie stupste Fabio an, „... wenn Sie verstehen, was ich meine." Fabio verstand. „Und was soll der jetzt mit einer Frau anfangen? Außerdem ist das kein Platz für eine Frau. Ich kann auch gar nicht verstehen, wieso er da immer noch lebt. Jetzt wo seine Eltern nicht mehr leben, hält ihn doch nichts." Die Wirtin wurde nachdenklich. „Aber vielleicht, weil er nichts anderes kennt und sich nichts anderes vorstellen kann?" Fabio nickte. Er wollte jetzt aufbrechen. Versuchen musste er es ja doch. „Meinen Sie, ich treffe ihn da oben?" Die Wirtin nickte. „Da bin ich sicher. Wo soll er denn sonst sein? Allerdings ist er ein Schafbauer. Das heißt, dass er sich um seine Tiere kümmert. Und Schafe verlaufen sich schon mal. Und dann muss er hinter ihnen herlaufen." Sie schaute Fabio an und an seiner Kleidung herunter. Fabio hatte sich zweckmäßig gekleidet. Er hatte dazugelernt. „Tun Sie mir aber bitte einen Gefallen." „Und der wäre?" „Klettern Sie dem Schafbauern nicht hinterher. Das Gelände ist gefährlich. Und wenn man sich da nicht auskennt, kann leicht etwas passieren. Und ich möchte Sie nicht mit der Bergwacht holen müssen. Also, nur auf dem Weg bleiben und nur bis zum Hof. Dann kann Ihnen nichts passieren, alles klar?" Fabio dankte und ging. Der Weg war steil.

*

Elisabeth hielt es in ihrer Apotheke nicht aus. Die Gedanken gingen ihr nicht aus dem Kopf. Mittlerweile ärgerte sie sich über sich selbst. „Wie kann ich nur so misstrauisch sein", dachte sie. Aber dann kamen ihr wieder die Zweifel. Jedenfalls waren ihre Gedanken verwirrt. Sie musste mit jemandem reden. Jemand, dem sie vertraute und der vielleicht die Dinge neutral sah und mit einem gewissen Abstand, ohne gleich Partei zu ergreifen. Ihre Mutter schied daher aus. Die war parteiisch. Das galt demnach auch für ihre restliche Familie. Aber eine „beste Freundin" im engeren Sinne hatte sie nicht. Da fiel ihr Anna ein. Anna war eine erfahrene Frau und seit vielen Jahren verheiratet. Tommaso war sicher ein treuer Mann, aber war er das immer gewesen? Schließlich sah er auch jetzt noch klasse aus. Ein Bild von einem Mann, könnte man sagen. Dass der in jüngeren Jahren ein echter Hingucker war, das durfte man annehmen. Und ob er damals den Angeboten alle ausgewichen war ...? Elisabeth rief Anna an. Sie verabredeten sich zum Mittagessen. Da war die Apotheke ohnehin geschlossen.

*

Fabio fluchte, weil er ohne Wasser und ohne einen kleinen Proviant einzustecken losgegangen war. So musste er zwar nichts schleppen, aber wenn der Schafbauer nicht gastfreundlich war, würde er erst gegen Nachmittag wieder etwas im Vorderkaser bekommen können. Er rechnete mit mindestens zwei Stunden Aufstieg, einer Stunde Gespräch und zwei Stunden Abstieg. „Warum bin ich auch immer so kopflos. – Und warum muss ich das überhaupt alleine machen?", fragte er sich. Aber jetzt umzukehren war ihm peinlich. Gestern hatte er allen ihre Jobs zugeteilt und sich selber die Suche nach der Frau ausgesucht. Mit der Nachricht zurückzukommen, dass ihm der Aufstieg zu steil gewesen sei, konnte er sich nicht leisten. Auch wenn es vielleicht dort oben gar keine hinkende Frau gab – er musste es jetzt herausfinden.

*

Anna hörte sich alles an. Sie hatte sofort gespürt, dass Elisabeths Gefühle verworren waren. Und sie konnte sich gut in diese Situation hineindenken. Für sie war es damals, vor dreißig Jahren, auch keine leichte Entscheidung, Tommaso in die Fremde zu folgen. Er war 25, sie 20 Jahre alt, als er sie eine Woche nachdem sie sich kennengelernt hatten fragte, ob sie ihn heiraten wolle. Er war auf Heimaturlaub nach Sardinien gekommen und blieb zwei Wochen. Dann musste er wieder zurück nach Südtirol, und sein nächster Urlaub wäre erst wieder in einem Jahr gewesen. Die Entscheidung für Tommaso musste sie also sehr schnell, eigentlich völlig überstürzt fällen. Ihre Eltern waren ihr dabei auch keine große Hilfe. Die waren nur aufgeregt, und das brachte sie nicht weiter. Schließlich hatte sie es einfach gewagt. Volles Risiko! Entweder es klappt, oder es geht schief. Aber wenn, dann geht deshalb die Welt nicht unter. Das war ihr Motto damals. Und am Ende hatte sie es richtig gemacht. Tommaso war ihr ein treuer und liebender Ehemann. Die ganzen fünfundzwanzig Jahre. Und Fabio schätzte sie ähnlich ein. Das war kein Draufgänger, der nebenbei was hatte. Anna schätzte Fabio in der Tat so ein, dass er es einfach vergessen hatte, Elisabeth von der attraktiven Assistentin zu erzählen. Das war ihm nicht so wichtig. Anna wusste über Tommaso von Francesca Giardi. Sie war ebenfalls aus Sardinien und Tommaso und Francesca waren sofort beim ‚Du' gelandet und hatten sich viel zu erzählen. Tommaso hätte ihr bestimmt erzählt, wenn da etwas zwischen Fabio und Francesca gewesen wäre. Das wäre ihm nicht entgangen. Anna überlegte, wie sie Elisabeth beruhigen konnte. „Wo ist Fabio heute?" „Der wollte ins Pfossental, um da einen Bauern zu vernehmen, so habe ich das jedenfalls verstanden." Anna nickte. „Dann mach doch Folgendes. Du fährst heute nach Bozen, so gegen drei oder gegen vier, und gehst zur Questura, um Fabio abzuholen. Das ist doch halbwegs realistisch. Du gehst davon aus, dass er nachmittags im Büro ist, denn das Pfossental ist ja nicht so weit weg. Kannst du mir folgen?" Elisabeth nickte. „Aber Fabio wird doch bestimmt nicht mehr ins Büro fahren, das wäre doch ein Umweg. Der wird heute Abend vom Pfossental direkt nach Tisens kommen." Anna nickte. „Ja, natürlich. Aber du hast das eben anders eingeschätzt, kann doch passieren, oder?" Elisabeth begriff. „Und bei der Gelegenheit treffe ich dann diese Francesca Giardi und kann sie mir mal ansehen?" Anna nickte wieder, diesmal mit einem Lachfältchen mehr.

*

In der Questura war ordentlich Dampf im Kessel. Die ViceVicequestora hatte auf ihrer Pressekonferenz gestern alle Register gezogen. Die Zeitungen waren heute voll von dem großartigen „Schlag gegen die Illegalen". So hatte sie es den Journalisten in die Blöcke diktiert, konnte man meinen. Und sie hatte angekündigt, dass sie „null Toleranz" walten lassen würde. „Die Illegalen werden sofort ausgewiesen", hatte sie verkündet und den entsprechenden Befehl dazu gegeben. Francesca Giardi war schon früh im Büro. Sie wollte den Antrag für den Richter vorbereiten, damit der die Fangschaltungen bei der Scenazki genehmigte. Dafür war eine Menge Papierkram zu erledigen. Aber als sie las, dass alle Illegalen noch heute ausgewiesen werden sollten, erkannte sie sofort, dass damit auch ihre beiden Zeuginnen Gefahr liefen, des Landes verwiesen zu werden. Zum Glück hatte sie die beiden in den Zellen der Questura untergebracht und nicht im Gefängnis, wie alle die anderen. Jetzt musste sie schnell handeln, um zu verhindern, dass den beiden Frauen das gleiche Schicksal drohte, wie den anderen armen Schluckern. Sie überlegte, ob es Sinn machte, die ViceVicequestora darüber zu unterrichten, dass sie die beiden in ein Zeugenschutzprogramm nehmen wollte. Das wäre der richtige Weg gewesen. Aber ihre innere Stimme sagte ihr, dass es der Chefin weniger um die Aufklärung eines Verbrechens an den Frauen gehen würde, als um eine medienwirksame Abschiebung möglichst vieler „Illegaler". „Ich habe ja bis jetzt keinen Befehl erhalten, die Frauen abzuschieben", dachte sie. „Wenn ich die beiden Frauen schnell genug in einer unserer sicheren Unterkünfte unterbringen kann, dann sind sie vielleicht auch vor der Abschiebung sicher." Die Gedanken schossen ihr kreuz und quer durch den Kopf. Sollte sie den Commissario auf seinem Handy anrufen? Francesca hatte den Ehrgeiz, die Dinge selber zu gestalten. Gab es eine Möglichkeit, die Frauen sicher unterzubringen, sodass auch die Arme der ViceVicequestora sie nicht erreichen konnten? Die sicheren Plätze für Zeugen, die unter dem Schutz der Polizei standen, waren vor der ViceVicequestora nicht sicher. Aber wer konnte da helfen? Sie beschloss, Tommaso anzurufen. Zunächst war das ein Freund, ein Sarde. Und dann war der sehr erfahren und hatte vielleicht eine Idee, auf die sie nicht kommen konnte. Tommaso hörte sie an, dachte kurz nach und fragte: „Für wie lange brauchst du eine Unterkunft?" „Ich weiß noch nicht. Vorerst nur für ein paar Tage vielleicht." Sie wusste es nicht besser. „Nächste Frage. Wie hoch schätzt du die Gefahr, dass sich die Frauen aus dem Staub machen? Oder anders formuliert: Wenn der Ort, der mir vorschwebt, nicht garantieren kann, dass sie sich nicht aus dem Staub machen, was würde das für die Leute bedeuten, die den Ort zur Verfügung stellen, wenn die beiden abhauen?" Francesca spürte, dass Tommaso ihr helfen wollte und auch eine konkrete Idee hatte. „Nun, wenn ich die beiden in den nächsten Stunden aus der Questura bringen kann und ich ihnen erklären kann, dass das für sie im Moment das Beste ist, dann sagt mir mein Bauchgefühl, dass sie nicht abhauen. Denn sie vertrauen mir. Sollten sie dennoch abhauen, muss ich die Konsequenzen tragen." Tommaso atmete am anderen Ende hörbar tief ein und aus. „Francesca, ich verstehe die Zusammenhänge und ich verstehe, was dich bewegt. Wenn ich dir jetzt helfe, dann stecke ich auch mit drin. Das ist allein deshalb ein Problem, weil die Carabinieri nicht in diesem Fall aktiv sind, sondern allein die Questura. Also kann ich dir nicht als Carabiniere helfen." Francesca hörte fast, wie es in Tommaso brodelte. „Kriegst du es schnell hin, dass die beiden in das Zeugenschutzprogramm aufgenommen werden?" Francesca zögerte etwas: „Ich denke schon. Wenn ich ‚Gefahr im Verzug' annehme, und das kann ich begründen, kann ich selber die Anordnung treffen – jedenfalls vorläufig. Und dann bestimme auch alleine ich, wer über den Aufenthaltsort Bescheid wissen darf. Und ich bin fest entschlossen, das auch gegenüber der Chefin durchzuhalten. – Also, ich kann das mit der offiziellen Aufnahme in das Zeugenschutzprogramm schnell hinkriegen und den Aufenthalt einige Tage geheim halten. – Das müsste gehen." Tommaso hörte angestrengt zu. „Lass mich ein Telefonat führen, und dann kann ich dir sagen, ob das klappt, was ich mir denke." „Danke!" „Bis gleich."

*

Fabio war an der Abzweigung angekommen. Der markierte Wanderweg ging nach links ab. Ein Trampelpfad, der geradeaus gehen sollte, war auf den ersten Blick nicht zu erkennen. Beim Blick zurück bot sich ihm eine grandiose Landschaft. Die Spitzen der Texelgruppe mit ihren vielen Dreitausendern bildeten eine wildromantische Kulisse hinter dem Weg, den er genommen hatte. Der war steil bergan gestiegen und lief jetzt in einer Art ovalen Ebene aus. Links und rechts von dem Oval zogen sich die Berge in die Höhe, die Baumgrenze war klar auszumachen. Der markierte Wanderweg ging über den Grafbach steil links hinauf zum Atzboden. Die ovale Hochebene wurde nach vorne von einem Gebirgszug umrundet, der den Blick auf das, was dahinter liegen musste, verbarg. Da oben musste irgendwo der Schafbauer seinen Hof haben. In einer Mulde. Nun denn, Fabio ging langsam geradeaus und überwand die nächsten Höhenmeter. Schafsköttel lagen überall auf dem Boden. Es duftete nach wildem Thymian und anderen Kräutern. Er betrachtete die Grasnarbe. Ein Trampelpfad müsste doch zu erkennen sein.

*

Tommaso rief schon nach fünf Minuten zurück: „Also, Francesca, das tue ich nur für dich." Pause. „Meine Frau und ich nehmen die beiden Frauen bei uns auf. Wir haben ein Zimmer übrig und Anna richtet den beiden ein Lager. Das ist kein Problem. Aber ich kann Anna nicht zumuten, dass sie die beiden bewacht, und eine Bewachung durch unsere Leute kann ich nicht anordnen. Unter diesen Bedingungen kann ich die beiden für einige Tage bei uns behalten." Francesca atmete auf: „Danke. Das vergesse ich dir nie. Wenn es dir recht ist, bringe ich die beiden selber zu Anna. Ich werde das so einrichten, dass nur ich weiß, wohin die beiden kommen. Ist Anna heute den ganzen Tag über zu Hause?" „Da bin ich sicher. Ich gebe ihr Bescheid, dass du heute mit den beiden Frauen kommst, dann wird sie es schon einrichten, dass ihr euch nicht verpasst." „Danke, Tommaso, danke!" „Keine Ursache, kleine Schwester, keine Ursache." Dann legte er auf. „Kleine Schwester hat er gesagt, das klingt irgendwie nett", dachte Francesca.

*

Der Trampelpfad hob sich dadurch von seiner Umgebung ab, dass sich zwischen der spärlichen Vegetation in einer losen Abfolge mehr Steine als Gras fanden. Es schien, als hätten der Schafbauer und seine Vorfahren sich einfach den bequemsten Weg durch die Natur gesucht, um hinunter ins Pfossental zu gelangen. Mit der Zeit hatte sich Fabios Auge daran gewöhnt und er konnte den Trampelpfad als solchen erkennen. Er kam sich dabei ein bisschen wie ein alter Indianer vor, so wie er es in seiner Kindheit mit seinen Freunden gespielt hatte. Spurenlesen war da immer eine besondere Aufgabe. Allerdings war er in einer Großstadt aufgewachsen und die Spuren auf dem Kinderspielplatz und dem Platz vor der Kirche, auf dem sie immer gespielt hatten, existierten mehr in ihrer Fantasie, als dass sie echt waren. Heute verfolgte er also „echte" Spuren. Und er fand, dass er sich dabei gar nicht so ungeschickt anstellte. Außerdem genoss er es jetzt, so ganz allein in dieser herrlichen, unberührt erscheinenden Natur zu sein. Umgeben von Bergen, an der Baumgrenze, die Düfte der Wiesen in seiner Nase, das Rauschen des Baches im Ohr, hie und da ein Greifvogel in der Luft hoch über ihm, hie und da ein paar Schafe, all das beruhigte seine Nerven, und ein Gefühl von Entspanntheit erfüllte ihn. Bisher hatte er mit den Bergen nicht viel zu tun gehabt. In Rom gab es höchstens Aktenberge. Aber das Erlebnis mit seinem Schwiegervater, die Ausflüge mit Elisabeth und auch die mit Tommaso hatten ihm diese Welt eröffnet. Aber alleine war er noch nie in so einer Umgebung gewesen. Er begann zu verstehen, warum Berge den Menschen tief beeindrucken können. Inmitten dieser überwältigenden Natur, die es schon immer gab, jedenfalls verglichen mit seinen 32 Jahren, und die es immer geben würde, jedenfalls verglichen mit den vielleicht 80 Jahren, die er auf dieser Welt sein würde, kam ihm seine eigene Bedeutung plötzlich deutlich reduziert vor. Wie wichtig nahm man sich doch selber, und das jeden Tag. Und was bedeutete das eigene Handeln im Vergleich zum ewigen Atem der Berge? Das eigene Ego, das sich jeden Tag unermüdlich bemerkbar macht, verstummte im Anblick der Bergkulisse. „Vielleicht ist es auch nur außer Atem", dachte Fabio, denn der Anstieg machte ihm jetzt schon arge Mühe, und Durst stellte sich ein. „Was hatte der junge Jäger gesagt, als er sie zu dem Ort geführt hatte, an dem er den Fuchs gesehen hatte? Getränke gibt es hier oben gratis!" Also glitt Fabios Blick über die Grasnarbe und die buschige Vegetation, um einen Quell oder ein Bächlein zu erspähen. Und da öffnete sich ihm unvermittelt der Blick auf die Mulde, in der des Schafbauers Hof lag.

*

Anna hatte Elisabeth informiert, dass Francesca Giardi mit zwei Frauen vorbeikommen würde, die Tommaso für ein paar Tage bei ihnen unterbringen wollte. „Da kannst du dir die Giardi ganz unverfänglich anschauen", hatte sie gemeint. Elisabeth war dankbar, dass sich auf diese Art eine Gelegenheit bot, die neue Kollegin von Fabio kennenzulernen. Der Besuch in der Questura hätte schon ein wenig gewollt gewirkt, denn sie hatte Fabio noch nie von dort abgeholt. Und das ausgerechnet an einem Tag zu tun, an dem sein Erscheinen dort unwahrscheinlich war. Es brauchte keine große Kombinationsfähigkeit, um zu erkennen, dass der Grund ein anderer war, als der vorgegebene. So war es jedenfalls besser. Anna würde Bescheid geben, sobald sie wissen würde, wann Francesca Giardi bei ihr auftaucht.

*

Der Hof bestand aus zwei Häusern. Uralte, fast schwarze Balken standen auf einem Steinsockel. Kleine Fenster blickten blumenlos und ungeschmückt in die karge Landschaft der Bergwelt. Die Vegetation in der Mulde war allerdings nicht so spärlich, wie außerhalb der Mulde. Windgeschützt konnten sich hier niedrige Nadelgehölze und auch einige kleine Bäume halten. Links von den Häusern zog sich ein kleiner Wald hinauf, der am oberen Rand der Mulde dichter zu werden schien. Was dahinter lag, konnte man nicht erkennen. Rechts von den Häusern zogen sich dagegen Almwiesen die Berge hinauf. Wellig und spärlich mit niedrigen Büschen und Geflechten bewachsen, boten sie im mittäglichen Sonnenlicht ein idyllisches Bild. Fabio konnte in der Ferne Schafe ausmachen, die als dunkle und braune Punkte zu erkennen waren. „So ähnlich wie die Gämsen", dachte er und bedauerte es, kein Fernglas dabei zu haben. Bei den Häusern regte sich nichts. Sie waren niedrig gebaut. „Wahrscheinlich nur eine Erdgeschossetage", dachte Fabio. Die Dächer waren mit Holzschindeln belegt, die durch dicke Querbretter festgehalten wurden. Die Querbretter wiederum waren mit dicken Steinen beschwert. Den Bauwerken konnte man ansehen, dass sie über viele Jahre der Witterung ausgesetzt gewesen waren. Aber sie wirkten, als seien sie gut in Schuss. Einige Hühner gackerten um das Haus. Sonst bewegte sich nichts. Das Rauschen des Baches war in der Mulde nicht mehr zu hören. Allein der leichte Wind sorgte dafür, dass die Ohren etwas wahrnehmen konnten. Fabio schritt aus und hoffte, dass man ihm etwas zu trinken und etwas zu essen anbieten würde. Denn sein Magen knurrte und Durst hatte er ja auch. Aber auch als er sich den Häusern näherte, regte sich nichts. Keine Tür öffnete sich, kein Schafbauer überquerte die freie Fläche zwischen den Häusern. „Vielleicht sitzt er drinnen und isst?", dachte Fabio. Schließlich war es später Mittag. Fabio erreichte das Haupthaus. „Ist jemand zu Hause?", rief er. Keine Reaktion. Die Hühner schauten neugierig. Er klopfte an die Tür. Keine Reaktion. Er umrundete das Haus. Die kleinen Fenster schauten ihn an. Eines der kleinen Fenster war vergittert. Das fiel auf, denn die Gitter waren nicht verwittert, wie sonst alles am Haus. Und keines der anderen Fenster war vergittert. „Vielleicht die Vorratskammer“, dachte Fabio. Aber wer kam schon hierher, um Vorräte zu stehlen? Und wilde Tiere gibt es doch hier wohl nicht. Fabio rief erneut und es war ihm, als hätte er ein Rumpeln vernommen. Aber kaum, dass er es wahrgenommen hatte, war es auch schon wieder weg. „Komisch, das mit den Geräuschen“, dachte er. Hier ist es so still, dass ich mir schon Geräusche einbilde. Er inspizierte jetzt das andere Gebäude. Dabei schien es sich um einen Schuppen zu handeln. Es war fensterlos, was darauf hindeutete, dass niemand drin wohnen wollte oder sollte. Die Tür war nur angelehnt und Fabio spähte hinein. Arbeitsgeräte, wohin er auch schaute: Zaunpfosten, Drahtrollen und ähnliches Zeug. „Das, was man als Schafbauer so braucht“, dachte Fabio. Aber jetzt waren sein Hunger und sein Durst noch nicht gestillt. Der Schafbauer war offensichtlich nicht da, sondern irgendwo in den Bergen bei seinen Schafen, und er konnte hier nicht ewig auf ihn warten. Vielleicht konnte er ihm eine Nachricht hinterlassen. Fabio ging zum Haupthaus zurück. Er stand erneut vor der Tür und klopfte. Laut und deutlich. Er meinte wiederum ein leises Rumpeln zu hören. Vorsichtig drückte er die Klinke – die Tür war offen!

*

Francesca fackelte nicht lange. Gleich nach dem Telefonat mit Tommaso ging sie in den Trakt mit den Vorführzellen der Questura, um die beiden Frauen abzuholen. Sie dachte, schnelles Handeln käme einer neuen Befehlslage vielleicht zuvor. Der Beamte, der den Zugang zum Zellentrakt unter Kontrolle hatte, ließ sie dann auch mit den beiden Frauen ungehindert passieren. Nur eine Viertelstunde später erhielt genau dieser Beamte den Befehl, alles vorzubereiten, was für die Abschiebung der Frauen erforderlich war.

Anna war eine warmherzige Frau. Tommaso hatte sie in großen Zügen über das Schicksal der Frauen unterrichtet, die Francesca bei ihnen unterbringen wollte. Und dass sie die beiden verstecken wollten, was in Tisens zumindest vorübergehend gelingen würde. Tommaso war sich darüber im Klaren, dass es allein von Francesca abhing, ob die beiden Frauen sicher waren. Wenn sie es schaffte, den Aufenthaltsort für sich zu behalten, dann würde auch niemand auf die Verbindung zu Tommaso Caruso kommen. Denn die Carabinieri arbeiteten ja normalerweise nicht mit den Polizisten von der Questura zusammen. Und seine Allianz mit Fabio war auch außergewöhnlich und wurde zumindest von seinem Colonello nicht infrage gestellt. Und Fabios neue Chefin war vielleicht noch nicht dahintergekommen.

Francesca hatte den Frauen schnell erzählt, warum sie jetzt an einen sicheren Ort gebracht werden. Die Frauen hatten Vertrauen zu Francesca gefasst. In ihrer Situation hatten sie auch keine große Wahl. Dass man sie einfach abschieben wollte, glaubten sie. Und eine Abschiebung in ihre Heimat hätte bedeutet, dass sie dort den Häschern der Menschenhändler ausgeliefert worden wären. Abgesetzt am Flughafen in Bukarest, ohne Geld in der Tasche, hätten sie keinen Tag in Ruhe verbringen können. Bis zu ihrem Heimatdorf im Karparten-Gürtel war es eine Tagesreise mit dem Bus. Aber für die Fahrt hätten sie kein Geld gehabt. Und wenn sie es per Anhalter geschafft hätten, was nicht ohne Gefahr war, hätten sie im Dorf von ihrem Schicksal nichts erzählen dürfen. Und die Männer, die sie damals angeworben hatten, gab es bestimmt immer noch. Und denen konnte man in den einsamen Dörfern ihrer Heimat nicht entkommen. Alles war daher besser, als zurück in die Heimat gebracht zu werden.

Anna hatte Elisabeth angerufen, gleich nachdem sie von Francesca informiert worden war, dass sie in einer halben Stunde mit den beiden Frauen da sein werde. Elisabeth schloss ihre Apotheke ab und machte sich sofort auf den Weg. Sie wollte bereits da sein, wenn die neue Kollegin von Fabio eintraf.

*

Der Raum, den Fabio betrat, war dunkel, fast schwarz. Die kleinen Fenster ließen das Tageslicht nur spärlich herein und das Licht wurde von den dunklen Wänden sofort geschluckt. Es gab nur wenig in dem Raum, was das Licht widerspiegelte. Da waren ein weiß emaillierter Herd und einige Büchsen, die Lebensmittel enthielten. Als sich Fabios Augen an das Halbdunkel des Raums gewöhnt hatten, sah er, dass dieser Teil des Hauses die Küche sein musste. Und die Wände waren hier nicht aus Holzbalken, wovon er zunächst ausgegangen war. Die Küche hatte Wände aus Steinen. Die Steine waren allerdings schwarz. Schwarz vom Ruß, denn neben dem weißen Herd gab es eine Räucherstelle, die noch dunkler als der Rest des Raumes war. An der Decke hingen drei Schinken und einige Würste. Es roch rauchig, aber auch würzig. Die Möbel waren aus Holz und wirkten grob zusammengebaut. Der Herd war für den kleinen Raum recht groß. Ein dickes Rohr führte von ihm nach oben, knickte im rechten Winkel ab und verschwand in seinem weiteren Verlauf in der Wand nach außen. Ein Holzherd alter Bauart. Fabio hatte so einen schon mal im Museum gesehen. Unten eine Schublade für das Feuerholz, eine Klappe, um an die Asche zu gelangen, ein Backrohr und das eigentliche Feuerloch, direkt unter der großen Herdplatte. Auf einem schwarzen Tisch stand allerlei Zeug: Teller, Tassen, Dosen mit Tomatensugo, eine Flasche ohne Etikett mit einem Inhalt, der aussah wie Schnaps. Fabio rief in das Dunkel: „Ist jemand zu Hause?“ Nichts rührte sich. Der Bauer schien fort zu sein. Offensichtlich hatte er keine Angst, seinen Hof unversperrt zu lassen. Wahrscheinlich kam hier nie jemand herauf. „Und wenn, dann kennt man sich“, vermutete Fabio. Die Decke war niedrig, und als Fabio weiter in den Raum ging, musste er aufpassen, dass er nicht die an den Balken hängenden Schinken mit dem Kopf berührte. „Wenn ich schon mal da bin, dann will ich mir wenigstens ein Bild machen“, dachte er sich. Außerdem war es ihm, als betrete er eine vergangene Welt. Da kochte der Mann noch mit Holz und räucherte seine Schinken selbst. Eigentlich ganz klar, denn hier oben gab es sicher keinen Strom und kein Wasser floss aus dem Hahn, es sei denn, man hatte eine Quelle. Fabio erinnerte sich an die Hütte im Ultental, die er mit Elisabeth und später mit ihrem Vater besucht hatte. Das war urig und gemütlich – für eine Nacht. Vielleicht auch für zwei Nächte. Aber ein Leben lang? Das konnte er sich für sich selbst nicht vorstellen. „Da muss man hineingeboren werden und nichts anderes kennen, dann geht das vielleicht", dachte er, während er den Raum rechts neben der Küche betrat. Das war so was wie die gute Stube, vermutete er. Es gab einen Kachelofen und eine grob gezimmerte Bankreihe lief an den Wänden entlang. In einer der Ecken standen ein Tisch und zwei Stühle. Eine kleine Kommode war zu entdecken, sonst gab es keine Möbel. Hier waren die Wände aus den dunklen Holzbalken, die Fabio von außen gesehen hatte. Auch hier fand das Tageslicht zwar Eingang durch zwei sehr kleine Fenster, wurde aber von den dunklen Balken sofort geschluckt. Über dem Kachelofen gab es eine Ofenbank. Jedenfalls sah der hölzerne Aufbau so aus, als ob man sich dort oben hinlegen konnte. Von der guten Stube ging noch eine Tür ab, die sogleich Fabios Neugier weckte. Er drückte die Klinke – die Tür war verschlossen. Und hinter der Tür regte sich etwas. Da war ein Geräusch. Leise zwar, aber wahrnehmbar. Eine verschlossene Tür in einem ansonsten offenen Haus? Machte das Sinn? Das Geräusch konnte Fabio nicht einschätzen. Es war ein Schaben, ein leises Kratzen vielleicht, so wie ein Schuh über eine Oberfläche schabte, wenn man den Fuß nachzieht. Oder war es doch nur Einbildung? Fabio klopfte. Keine Reaktion. Er klopfte noch einmal. „Hallo, ist da jemand. Hier ist Fabio Fameo von der Polizei in Bozen. Ich möchte den Schafbauern sprechen? Sind Sie da drin? Machen Sie doch bitte auf!" Zunächst hörte Fabio nichts. Dann ein leises und mit der Zeit etwas lauter werdendes Schluchzen. „Da ist jemand! Und dieser Mensch ist eingesperrt oder hat sich aus Angst vor mir dort eingeschlossen", schoss es ihm durch den Kopf. „Die Hinkende vielleicht? Dann gibt es sie also doch! Oder der ängstliche Schafbauer?" Aber das Schluchzen, das er vernahm, war untypisch für einen Mann. Es passte besser zu einer Frau. Angst war daraus zu hören – nackte Angst.

Fabio rüttelte an der Klinke. Das Schluchzen wurde lauter. Kein Zweifel, hinter der Tür war jemand, der Angst hatte. Die Hinkende? Dann war sie Rumänin. Und wahrscheinlich konnte sie weder Italienisch noch Deutsch. Fabio versuchte es mit beiden Sprachen. Keine Reaktion, aber das Schluchzen wurde leiser. Fabio erinnerte sich, dass Francesca Giardi ihm erzählt hatte, dass sie mit ihren Spanischkenntnissen mit den beiden anderen Frauen habe sprechen können. Die meisten Rumänen verstanden Spanisch oder sprachen es auch. Die Sprachen sind miteinander verwandt. Aber Fabio konnte kein Spanisch. Aber vielleicht irgendeine Höflichkeitsfloskel? Er versuchte sich an irgendetwas zu erinnern, was er auf Spanisch gehört hatte. „Cétal?" Das Schluchzen wurde von einem Schneuzen unterbrochen. Er wiederholte „Cétal"? Und eine Frauenstimme antwortete. Fabio verstand aber nichts. Er überlegte, ob er die Tür irgendwie öffnen könnte – mit einem Werkzeug vielleicht. Oder von außen durchs Fenster hineinschauen? Und da erinnerte er sich, dass er gesehen hatte, dass ein Fenster vergittert war. Jetzt war ihm klar, dass er vor dem Zimmer stand, dessen einziges Fenster vergittert war. Jetzt wurde die Klinke von innen bewegt. Aber die Tür blieb verschlossen. Also war die Frau eingesperrt worden und hatte sich nicht vor ihm eingeschlossen. Fabio blickte sich um. „Die Lösung ist manchmal so einfach", dachte er. Genau neben der Tür hing an einem Nagel aufgehängt ein Schlüssel. Fabio probierte ihn. Er passte. Er öffnete ganz vorsichtig die Tür. Der Raum war kleiner als die Stube. Er sah ein Bett, einen Eimer und die Frau. Sie war in das Zimmer zurückgewichen und hielt ihre Hände in der Höhe ihres Halses, die Finger ineinander verhakt. Ihr Gesichtsausdruck war ängstlich. Sie wirkte, als wollte sie nach hinten durch die Wand aus dem Raum entweichen. Alles an ihr bewegte sich von ihm weg. Dabei ließ sie ihn nicht aus den Augen. Fabio blieb im Türrahmen stehen und zeigte ihr seine Handinnenflächen. Etwas Besseres fiel ihm nicht ein. Das sollte der Frau zeigen, dass er nichts in den Händen hielt, keine Waffe oder was auch immer ihr Angst machen könnte. Er versuchte es erneut mit dem Brocken Spanisch, der ihm eingefallen war. „Cé-tal?“, was so viel hieß wie „Wie geht es?“ Das Gesicht der Frau entspannte sich etwas. Sie nahm ihre Arme herunter. Sie sagte etwas, das Fabio nicht verstand. Ihm fiel ein, dass Francesca Giardi Spanisch sprach. Er wollte sie anrufen, ihr die Lage erklären und sie bitten, mit der Frau zu sprechen. Fabio griff in seine Hosentasche und holte sein Handy hervor. Die Frau wich ängstlich zurück und stolperte dabei über den Eimer. Der Eimer fiel um und eine Flüssigkeit ergoss sich über den Boden. Die Frau griff fast panisch nach einem Lappen und wischte die Flüssigkeit auf. Es roch nach Urin. „Da sperrt der Kerl die Frau ein und lässt ihr nur einen Eimer für die Notdurft“, schimpfte Fabio innerlich. „Das gibt’s doch gar nicht. Was ist das bloß für ein grober Klotz.“ Fabio tippte die Nummer von Francesca ein. Nichts passierte. „Mist, Funkloch.“ Er zuckte entschuldigend mit den Schultern. Wie konnte er Vertrauen aufbauen? Die Frau hatte inzwischen alles aufgewischt und saß jetzt zusammengekrümmt auf ihrem Bett. Die Hände hatte sie um ihre zusammengepressten Beine geschlungen. Wie ein kleines, hilfloses Paket saß sie da. Fabio trat von der Tür zurück in die Stube und machte eine Bewegung, dass sie ihm folgen möge. Die Frau schaute kurz auf und blieb sitzen. Fabio seufzte. „Was mache ich hier? Was mache ich jetzt? Was weiß ich? Ich weiß, dass das hier der Hof vom ‚Schafbauern‘ ist. Der ist nicht da, sondern weg. Vermutlich Schafe suchen. Auf seinem Hof hält der Mann eine Frau gefangen. Die spricht eine Sprache, die ich nicht verstehe, und die Sprachen, die ich kann, versteht sie nicht. Vermutlich ist es die hinkende Frau, die zu den beiden Rumäninnen gehört, von denen Francesca Giardi berichtet hat. Die Wirtin vom ‚Vorderkaser‘ weiß nichts von der Frau. Demnach hat der ‚Schafbauer‘ die Hinkende hier heraufgebracht, ohne dass seine wenigen Nachbarn etwas davon bemerkt haben.“ Wie lange die Frau schon hier war, konnte Fabio nur vermuten, denn Francesca Giardi hatte vergessen zu fragen, wann die Frauen aus Rumänien nach Brixen gebracht worden waren. So eingeschüchtert, wie die Frau hier oben war, und nach den Schilderungen der anderen Frauen, die viel durchgemacht hatten, hatte der Schafbauer die Frau bestimmt schon einige Monate hier oben. Fabio betrachtete die Frau. Sie war noch nicht alt und für einen Mann über sechzig sicher viel zu jung, das stand schon mal fest. Gekleidet war sie in eine Art Kutte. Ein unförmiges Gebilde Stoff, mit einem Ledergürtel in der Taille zusammengebunden. Die Haare wirkten ungepflegt. „Kein Wunder, wenn man hier so leben muss", dachte Fabio. Er machte erneut eine Geste, dass die Frau ihm folgen solle. Sie stand vorsichtig auf und trat einen Schritt auf ihn zu. Sie hinkte. Fabio ging in die Küche und wartete. Es dauerte etwas, bis die Frau aus der Stube in die Küche blickte. Fabio zeigte auf einen der Schinken, dann auf sich und dann auf seinen Bauch. Die Hinkende verstand. Aber sie hatte offensichtlich Angst. Ob vor ihm oder vor dem „Schafbauern" konnte Fabio nicht feststellen. Er versuchte etwas anderes. Er holte seinen Dienstausweis hervor und hielt ihn der Hinkenden hin: „Polizia di Stato – Commissario Fameo". Dabei zeigte er auf sich. „Polizia!" Die Hinkende schien in etwa zu verstehen, was er meinte. Sie kam näher und betrachtete den Ausweis. Ein leichtes Lächeln schien sich in ihr Gesicht zu stehlen. Tränen rannen ihr aus den Augen. Sie griff einen der Schinken und schnitt Fabio eine dicke Scheibe ab. Fabio nickte dankend und schnitt kleine Stücke ab, die er genüsslich kaute. Der Schinken schmeckte würzig, nach Kräutern, ein wenig Knoblauch und Wacholderbeeren. Fabio setzt sich auf einen der dunklen Hocker und schaute die Hinkende an, während er kaute. Er überlegte, wie er vorgehen sollte. „Am besten wäre es, die Hinkende mitzunehmen. Den ‚Schafbauern' kann ich mir auch noch später vornehmen. Aber wie sage ich der Hinkenden, dass sie mir folgen soll?" Da sah er auf dem Gesicht der Hinkenden eine dramatische Veränderung. Sie verzog ihr Gesicht zu einer Grimasse und zeigte mit der Hand auf das Fenster hinter Fabio. Der drehte sich um, konnte aber nur noch einen Schatten erkennen. Da wurde auch schon die Tür aufgerissen und ein Mann stürmte herein. Fabio erkannte nur ein von Wut verzerrtes Gesicht. Da war der Mann auch schon neben ihm. Fabio war im Begriff, sich vom Hocker zu erheben, als ihn der erste Schlag traf. Er stürzte nach hinten, fiel über den Hocker und krachte auf den Rücken. Fabio war zu überrascht, um an Gegenwehr zu denken. Instinktiv rollte er sich zusammen und nach rechts über die Schulter Richtung Wand. Dabei versuchte er schnell auf die Füße zu kommen. Das war sein Glück, denn der Mann war sofort über den Hocker gesprungen und wäre Fabio mit voller Wucht auf den Körper gesprungen. „Reden kann man mit dem nicht", schoss es Fabio durch den Kopf. Er hatte Mühe, das Gleichgewicht zu finden, denn der Mann setzte sofort nach. Fabio wich zur Seite aus und bekam den Griff von etwas Langem in die Hand, das auf dem Tisch lag. Ohne sich zu besinnen, schlug er damit in Richtung des Angreifers. Der war flink und wich dem Hieb aus. Das Ausweichmanöver brachte Fabio eine kurze Atempause. Der Mann war deutlich älter als er. Fabio konnte hinter der hassverzerrten Fratze ein vom Wetter gegerbtes Gesicht ausmachen. Der Mann hatte große, grobe und kräftige Hände. Er war genauso groß wie Fabio. Seine Augen lagen tief und dunkel in den Höhlen und funkelten ihn böse an. Er wirkte ungepflegt. Und er roch nach Schaf. Fabio wollte sagen, dass er von der Polizei war, aber dazu kam er nicht. Der Mann gab ihm keine Pause. Mit einem Schrei stürzte er nach vorne. Dabei holte er gewaltig aus und donnerte Fabio die rechte Faust auf die Brust. Fabio entwich die Luft und er brach zusammen. Benommen lag er auf dem Boden. Bewegungsunfähig nahm er wahr, dass der Mann seinen Rucksack packte, ihn anhob und hineingriff. In diesem Moment begann die Frau laut zu schreien. Sie schrie wie von Sinnen, laut und unmenschlich. Der Alte ließ den Rucksack fallen, trat zu der Frau und schlug ihr heftig ins Gesicht. Das Schreien ging in ein Jammern und Schluchzen über. Dieser Moment war es wohl, dem Fabio sein Leben verdankte.

*

Elisabeth traf kurz vor Francesca Giardi bei Anna ein. Anna nahm sie in den Arm und drückte sie. „Wirst schon sehen, da ist nichts." Elisabeth ließ es sich gefallen. Sie zuckte nur leicht mit den Schultern. In dem Moment fuhr Francesca mit den beiden Frauen vor. Anna ging ihnen entgegen und begrüßte sie herzlich. Sie begleitete die drei Frauen auf die Terrasse ihres Hauses, wo Elisabeth wartete. Francesca schaute erstaunt, eine weitere Person vorzufinden. Aber sie freute sich offensichtlich, als Anna sie als die Verlobte von Fabio vorstellte. „Sie sind die Verlobte meines Chefs? Wie schön, Sie kennenzulernen“, Francesca strahlte Elisabeth an. Das wirkte nicht geschauspielert. Schnell stellte Francesca den beiden Rumäninnen auf Spanisch Anna und Elisabeth vor. Die beiden schienen glücklich, dass sie von Frauen umgeben waren. Anna hatte Kuchen gebacken und machte dazu frischen Kaffee. Das Gespräch zwischen den Frauen verlief harmonisch. Elisabeth konnte nicht erkennen, dass Francesca ihr gegenüber irgendwie komisch war. „Spürte eine Frau eigentlich immer, wenn sie auf eine Rivalin trifft?“, fragte sich Elisabeth. „Wenn es dafür ein Bauchgefühl gibt, dann hat es sich heute jedenfalls nicht eingestellt“, stellte sie fest. Francesca konnte nicht lange bleiben, sie musste zurück zur Questura. Dort gab es noch viel Arbeit. Sie musste den Richter überzeugen, dass er ihr zwei Beschlüsse unterschrieb. Der erste sollte die Aufnahme der Frauen in das Zeugenschutzprogramm absichern, der zweite die Fangschaltungen bei der Scenazki. Francesca umarmte alle vier Frauen recht herzlich, als sie sich von ihnen verabschiedete. Eine von den beiden Rumäninnen machte daraufhin gegenüber ihrer Freundin eine Bemerkung, die sie mit einem Nicken bestätigte. Aber da weder Anna noch Elisabeth Rumänisch oder Spanisch konnten, verstanden sie sie nicht.

*

Francesca hatte es eilig. Sie hatte das Gefühl, dass sie ganz schnell einen richterlichen Beschluss brauchen würde, um die beiden Frauen ins Zeugenschutzprogramm zu bekommen. Dann könnte sie den Aufenthaltsort für sich behalten und wäre auch ihrer Vorgesetzten gegenüber nicht mehr zur Auskunft verpflichtet. Sie beschloss, direkt ins Gericht zu fahren und den jungen Richter zu sprechen, den sie bei der Razzia kennengelernt hatte. Vielleicht ging sie anschließend mit ihm aus – wenn das der Sache nützen würde.

*

Carlotta hatte alle Hände voll zu tun. Die Chefin wirbelte und tobte abwechselnd durch ihr eigenes und durch Carlottas Zimmer. Dabei bombardierte sie Carlotta mit Aufträgen: „Rufen Sie sofort den Chefredakteur an! Machen Sie dies, machen Sie das!" Sie gab zehn Interviews über Telefon. Und als ihr Frettchen Buffo mit sorgenvoller Mine in ihrem Zimmer verschwand, wurde es darin sehr schnell sehr laut. „Wieso sind die beiden Frauen nicht mehr im Gewahrsam. Was bildet sich diese junge Commissaria ein? Wieso holt die die einfach raus? Und wieso wissen Sie nichts davon?" Carlotta zog die Augenbrauen zusammen. Buffo öffnete die Tür und es schien, als wolle er schnell davonkommen. Aber die ViceVicequestora war ihm auf den Fersen. „Bringen Sie mir die beiden zurück. Und zwar schnell. Sonst ..." Sie sprach die Drohung nicht aus. Denn sie vergegenwärtigte, dass Carlotta im Raum war und alles mit anhören konnte. Buffo machte sich aus dem Staub, indem er schnell durch die Tür entwich. „Die ViceVicequestora sah jetzt etwas derangiert aus", dachte Carlotta. Sie hatte hektische rote Flecken im Gesicht. Und ihr Ausdruck war nicht mehr souverän. Sie blickte ihrem Frettchen hinterher, als wolle sie ihn beißen. Da war Wut auf ihrem Gesicht zu lesen. Aber auch noch etwas anderes. War es Furcht? Das machte aber keinen Sinn. Plötzlich drehte sie sich zu Carlotta um: „Was schauen Sie so nutzlos in der Gegend herum? Machen Sie gefälligst Ihre Arbeit und schaffen Sie mir diese Giardi herbei, oder besser, diesen Fameo, aber schnell, wenn ich bitten darf!" Sie rauschte ab in ihr Zimmer, ohne Carlotta noch eines Blickes zu würdigen. „Na warte", dachte Carlotta, „das bekommst du zurück."

*

Der junge Richter freute sich offensichtlich, als er Francesca wieder sah. Mit der Bemerkung: „Aber heute geben Sie mir keinen Korb, wenn ich Sie zu einem Kaffee einlade?“, ging er sofort in die Offensive. Francesca lächelte ihn an: „Das würde ich gerne, aber da ist noch ein Problem.“ Der junge Mann warf sich in die Brust. „Ich bin der geborene Problemlöser, vielleicht kann ich helfen?“ Dabei kam er Francesca auf Rasierwasserduftdistanz nahe. Er roch gut. Francesca wich nicht zurück, sondern warf ihr langes schwarzes Haar in den Nacken und ihm ein strahlendes Lächeln entgegen. „Ich muss noch heute zwei richterliche Beschlüsse für meinen Chef besorgen. Vorher bekomme ich nicht frei.“ Der junge Richter griff zu einem Stift, hielt ihn in die Luft und sagte nur: „Wo soll ich unterschreiben?“ Dann ließ er sich aber doch die Hintergründe erläutern, hörte konzentriert zu, stellte einige Fragen und diktierte dann schnell und präzise die beiden Beschlüsse. „Jetzt braucht die Kanzlei dafür noch eine halbe Stunde. Wollen Sie so lange warten?“ Francesca nickte. „Jetzt einen Kaffee?“ Auch Francesca konnte jetzt einen gebrauchen.

*

Fabio spürte, wie die Benommenheit von ihm wich. Der Schlag hatte sein Nervenzentrum unter dem Brustbein getroffen. Er sah, dass der Mann brutal und unberechenbar war. Kein Zweifel, dass er seine Haut retten musste. Mit diesem Mann konnte er nicht reden. In dem Moment, als der Mann durch die Schreie der Frau abgelenkt war und er die Frau schlug, raffte Fabio alle seine Kräfte zusammen, drehte sich blitzschnell um, kam auf die Beine und stolperte mehr als er lief Richtung Tür. Der Mann ließ sofort von der Frau ab und nahm die Verfolgung auf. Fabio erreichte die Tür und spürte, dass er immer noch einen Griff von irgendetwas in der rechten Hand hielt. Er nahm nur wahr, dass es schwer war und gut in der Hand lag. Fabio lief durch die Tür und hörte den Atem des anderen dicht hinter sich. Kaum im Freien, drehte sich Fabio auf der Stelle um, dabei holte er aus und schlug dem Verfolger mit voller Kraft das Ding, das er in der Hand hielt, gegen den Schädel. Der Schlag war heftig, ging aber daneben. Er traf den Bauern an der rechten Schulter. Der schrie auf und torkelte. Fabio überlegte nicht, ob er noch einmal zuschlagen sollte. Er wollte nur noch Raum gewinnen und rannte davon. Instinktiv schlug er die Richtung zum Waldrand ein. Er schätzte die Strecke bis zum Wald auf rund 500 Meter. Fabio lief, was er konnte. Der Atem des Verfolgers war nicht mehr zu hören. Er war jetzt bis auf 200 Meter an den Wald herangekommen. Fabio wagte es, einen kurzen Blick zurückzuwerfen. Das Blut gefror in seinen Adern. Der Bauer stand breitbeinig vor seinem Hof und zielte mit einem Gewehr auf ihn. Fabio konnte noch aus den Augenwinkeln sehen, wie die Frau auf den Mann zulief, da krachte der Schuss. Fabio spürte einen stechenden Schmerz in der linken Schulter. Das Blut rauschte in seinen Ohren, Übelkeit stieg auf. Aber er blieb stehen. „Streifschuss, das war bloß ein Streifschuss", schoss es ihm durch den Kopf. Unten vom Haus hörte er laute Schreie, von der Frau und dem Mann. Der Mann war wütend, die Frau laut und hysterisch. Fabio lief weiter. Er erreichte den Wald und verschwand in ihm. „Jetzt ganz ruhig bleiben", versuchte er sich zu beruhigen. „Der kann dich jetzt nicht mehr so gut sehen." Fabio atmete tief ein. „Aber der wird dich verfolgen. Also weiter." Fabio lief, so gut er konnte. Den Schmerz in der Schulter ignorierte er. Es schien auch nicht so schlimm zu sein, denn er konnte den linken Arm noch bewegen. Er blickte zurück und konnte aber im Wald nicht sehen, ob der Bauer ihn verfolgte. „Wo kann ich jetzt hin? Ich muss Hilfe herbeiholen. Er griff in seine Hosentasche zum Handy. Da war nichts. „Mist! Muss ich verloren haben. Ist sowieso Funkloch", dachte er, als der zweite Schuss krachte. „Dieser Wahnsinnige meint es ernst. Aber getroffen hat er diesmal nicht", dachte er grimmig. „Und wieso nehme ich nie eine Waffe mit, ich Idiot!", schimpfte er mit sich selber. Dabei lief er weiter in den immer dichter werdenden Wald. Der Hang stieg dabei immer steiler bergan. „Das macht mich langsam, und dieser verrückte Schafbauer hat Zeit, auf mich anzulegen", dachte Fabio, als er plötzlich an eine Abbruchkante kam. Hier ging es nicht weiter bergauf, sondern nur noch senkrecht bergab. Der Bach hatte sich ein tiefes Bett in die Felsen gegraben. „Das sieht ja fast wie bei der Gamsjagd aus. Nur dass ich jetzt die Gams bin, und wenn ich hier hinunter falle, dann kann mich niemand bergen“, schoss es Fabio durch den Kopf, als der dritte Schuss fiel und direkt neben Fabios Kopf in einen Baum einschlug. Fabio verlor das Gleichgewicht und stürzte den Abhang hinunter.

*

Tommaso erhielt den Anruf kurz vor Feierabend. Er wollte gerade seine Unterlagen für den nächsten Tag herrichten und seinen Schreibtisch aufräumen, als sich sein Kontaktmann aus dem Knast meldete: „Unser Mann hat telefoniert. Das Gespräch haben wir aufgezeichnet. Wir haben die Nummer. Er hat ein Handy angerufen. Wir versuchen gerade herauszufinden, zu wem es gehört. Wir geben dir den Text. Vielleicht können deine Spezialisten den Code knacken. Es hört sich alles ziemlich belanglos an.“ Tommaso bedankte sich und notierte die Nummer des angerufenen Handys.

*

Carlotta legte den Hörer langsam auf die Gabel. Ein Lächeln umspielte ihre Lippen. „Da schau an“, dachte sie. „Dann wollen wir doch mal sehen.“ In diesem Moment stieß die ViceVicequestora die Tür auf. Der Schwung war so groß, dass die Tür gegen die Wand krachte. Die ViceVicequestora schnaubte, ob wegen ihres Ungeschicks oder wegen eines Ärgers, war nicht auszumachen. Sie stürmte durch das Büro und drehte sich kurz um, bevor sie das Zimmer verließ und barsch rief „Was ist mit diesem Fameo oder der Giardi? Kommen die bald?“ Carlotta setzte ein feines, aber bewusst gekünsteltes Lächeln auf: „Dottoressa, ich kann die beiden nirgends finden. Sie sind wohl auf auswärtigen Terminen und ihre Handys sind ausgeschaltet, oder haben keinen

Empfang. Aber, Dottoressa, seien Sie versichert, ich kümmere mich darum." Die ViceVicequestora schaute Carlotta verwundert an. Ihr war das affektierte Benehmen nicht entgangen. Gut, sie hatte Carlotta darüber unterrichtet, dass sie zukünftig mit ihrem Doktorgrad angeredet werden wollte. Die Urkunde über die Promotion war erst vor einigen Tagen eingegangen. Und ab jetzt sollte man sie gefälligst auch mit Titel anreden. Aber dass Carlotta das jetzt so überbetonte, machte sie stutzig – zumal Carlotta das bisher eher vermieden hatte. Sie kam nah an Carlottas Schreibtisch heran. „Das will ich hoffen. Ich habe jetzt einen wichtigen Termin und ich weiß noch nicht, wann ich wieder zurück bin. Aber ich will einen dieser beiden dann hier sitzen sehen, wenn ich wiederkomme, ist das klar?!" Carlotta verzog keine Miene. Ihr gekünsteltes Lächeln war vielleicht einen Ton eisiger geworden. „Aber natürlich, Dottoressa, ich tue alles, was Sie anordnen." Carmelita Cantallielo schnaubte, warf den Kopf in den Nacken und verließ mit einem Staccato ihrer Absätze den Raum. Carlottas Gesichtszüge entspannten sich wieder. Sie grinste jetzt. „Das kommt ja wie gerufen – dann mache ich mich mal an die Arbeit."

*

Fabios Fall wurde jäh abgebremst. Ein kleiner Vorsprung fing seinen Körper ab. Er befand sich vielleicht zwei Meter unter der Abbruchkante, von der er hinuntergestürzt war. Fabio stöhnte auf. Alle Knochen schmerzten. Aber sein Hirn funktionierte perfekt. Der Bauer wird nicht lange brauchen, bis er die Abbruchkante erreicht. Der wird sehen wollen, ob Fabio nur verletzt oder tot war. Hier lag er wie auf dem Präsentierteller und gab ein perfektes Ziel ab. Er richtete sich vorsichtig auf. Die Rettung lag genau vor ihm. Der Felsvorsprung fand seine Fortsetzung in einer Art Nische im Felsen. Höhle wäre nicht die richtige Bezeichnung. Aber die Nische schien tief genug in den Fels zu gehen, dass er sich darin vor einem Blick von oben verbergen konnte. Wenn der Bauer nur von oben herunterblickte, würde er ihn dort nicht entdecken können. Es sei denn, er seilte sich den Abhang hinab. Was würde sein Schwiegervater in spe tun, wenn eine Gams einen Abhang hinuntergestürzt wäre? Er würde versuchen, sie zu finden. Hoffentlich hatte der Bauer dafür keinen Sinn oder kein Talent. Fabio kroch vorsichtig in die Nische und keilte sich dort fest, darauf bedacht, dass nichts von ihm gesehen werden konnte. Jetzt erst wurde ihm bewusst, dass seine Lage alles andere als sicher war. Der Bach rauschte in vielleicht fünfzig Metern Tiefe den Berg hinunter. Der Abhang war steil, teils ging es senkrecht hinab. Die Wand war hie und da mit Büschen und krüppeligen Bäumchen bewachsen. Bis zur gegenüberliegenden Wand mochten es knapp 100 Meter sein. Fabio war in einer denkbar blöden Situation. Da rieselten Steinchen von oben herab. Fabio hielt die Luft an. „Was wenn der Bauer die Idee hat, auf die kleine Steinplatte zu klettern?“ Sie lag nur einen bis zwei Meter unter ihm. Aber welchen Sinn sollte das für ihn haben. „Was würde ich an seiner Stelle tun? Ich würde meine Augen wandern lassen, ob ich irgendetwas erkennen kann, was darauf schließen lässt, dass der andere abgestürzt ist. Welchen Blick hat man wohl von da oben? Kann man von da den gesamten Bereich bis zum Bachlauf hinunter einsehen? Muss man dazu nicht auch seine Position ändern?“ Viele Gedanken schossen Fabio durch den Kopf. Währenddessen rieselten immer wieder kleine Steinchen auf ihn herunter. „Also wird der Bauer noch da oben rumturnen“, dachte er sich. Ihn wunderte es, dass er keinen Hund dabei hatte. Ein Schafbauer ohne Hund erschien ihm jetzt suspekt. Was wird er mit der Hinkenden machen? Zimperlich ist der nicht mit ihr umgegangen. „Wenn ich hier herauskomme, dann komme ich zurück, alter Mann“, grollte Fabio in sich hinein. „Und dann habe ich die Kavallerie dabei.“

Fünfundzwanzig

Francesca Giardi hatte gerade die frisch geschriebenen richterlichen Beschlüsse in Händen, als ihr Handy klingelte. Es war Carlotta, die sie kurz über die Befindlichkeit der ViceVicequestora und deren Wunsch, sie zu sehen, in Kenntnis setzte. Sie fügte hinzu, dass es wohl um die beiden Frauen ginge, die nicht mehr in der Gewahrsamszelle seien. Francesca grinste den jungen Richter an, ein bisschen dankbar vielleicht. „Danke Carlotta, ich komme gleich und habe dann auch zwei richterliche Beschlüsse, mit denen die Chefin ab jetzt leben muss." Sie beendete das Gespräch und der junge Richter kombinierte, dass er soeben der jungen Polizistin einen Gefallen getan hatte. Und da sie ihm gefiel, sehr gut gefiel sogar, fragte er: „Sehen wir uns wieder? Darf ich Sie zum Essen einladen, oder ins Theater, oder wohin Sie wollen?" Francesca fand den jungen Mann sehr charmant und sie war ihm auch dankbar. Aber er war eben nicht ihr Typ. Andererseits hatte er ihr geholfen. Aber wenn sie dem Typen Hoffnungen machte, dann würde sie ihn nur schwer wieder los. Sie sagte: „Vielleicht rufe ich Sie an", nahm ihre Beschlüsse, schenkte ihm ein Lächeln und verschwand.

Der Weg vom Gericht zur Questura war nicht weit: kurz über die Talfer und schon ist man bei der Polizei. Der kasernenartig gebaute Kasten sah in der Sonne des späten Nachmittags fast wie ein normales Verwaltungsgebäude aus. Wären da nicht die Kameras und die hohen Zäune gewesen. Aber verglichen mit der Kaserne der Carabinieri, die links von der Brücke zu sehen war, wirkte es wie ein in die Jahre gekommenes Hotel. Während Francesca über die Brücke spazierte, überlegte sie, welches Gesicht die ViceVicequestora wohl machen werde, wenn sie ihr die Beschlüsse zeigte. Mit der von ihr geplanten Blitzausweisung aller Illegalen war es dann nichts mehr. Und sie, die kleine Commissaria, hatte ihr das dann eingebrockt. Das konnte ihr nicht gefallen. Aber Francesca machte sich keine Sorgen. Auch wenn die Chefin toben sollte, rechtlich konnte sie nichts machen und faktisch auch nicht. Nur sie und Tommaso wussten, wo die Frauen waren. Und nur sie wusste, dass es Tommaso wusste. Und ob die ViceVicequestora so viel Macht hatte, einen richterlichen Beschluss zu kippen, das konnte man getrost bezweifeln. Also marschierte Francesca relativ gelassen in das Vorzimmer der Chefin und traf dort auf Carlotta. Die zwinkerte ihr munter zu. „Die ist noch nicht da. Musste wieder dringend weg."

„Zu ihrem Bertollini?"

„Weiß ich nicht. Ist jedenfalls nicht über meinen Apparat gelaufen. Kann ich mir aber vorstellen. Denn sonst sagt sie mir immer, wohin sie geht und mit wem. Nur wenn sie diesen Bertollini trifft, dann sagt sie nur, dass sie länger weg ist."

„Und ihre Stimmung ist gereizt? Wegen der beiden Frauen, die ich weggebracht habe?"

„Das Frettchen hatte ihr die Nachricht gebracht, dass die beiden nicht bei der Abschiebung dabei waren. Und dann haben die beiden wie wild telefoniert und dann festgestellt, dass du mit den beiden weg bist. Da ist die ViceVicequestora ausgerastet und hat ihr Frettchen zur Sau gemacht." Carlotta musste lachen. „Ach! Was sage ich da. Stell dir das mal vor. Aus einem Frettchen wird eine Sau – saukomisch." „So munter habe ich Carlotta noch nie erlebt, fröhlich, kommunikativ, von mir aus auch redselig, aber noch nie so aufgedreht", dachte Francesca. „Du amüsierst dich ja prächtig. Wie kommt's?"

Carlotta grinste und lehnte sich zurück. „Wenn ich mich nicht täusche, wird die Zeitung morgen mit einer Schlagzeile aufwarten, die unserer Chefin nicht gefallen wird. Und dann hat die ganz andere Sorgen, als uns zu drangsalieren. Und mit einem kleinen bisschen Glück sind wir die dann auch wieder los." Francesca setzte sich. „Du möchtest mich nicht schon heute einweihen?"

Carlotta schüttelte den Kopf: „Nein, ist besser so."

*

Die beiden hörten die Cantallielo über den Gang laufen. Ihre Absätze hämmerten laut und schnell auf dem blanken Steinboden. Carlotta raunte noch: „Achtung!“, da stand die Cantallielo schon im Zimmer. Ohne anzuklopfen betrat sie den Raum, sah Francesca Giardi und würdigte sie keines Blickes. „Ich will nicht gestört werden. Die Commissaria soll hier warten“, befahl sie und verschwand in ihrem Zimmer. Die Tür knallte sie hinter sich zu. Carlotta erhob sich, verbeugte sich Richtung Tür und sagte laut und deutlich: „Zu Befehl, Dottoressa.“

Francesca schaute sie amüsiert und fragend an: „Dottoressa? – Seit wann das denn?“

„Seit Kurzem. Und sie wünscht, mit ihrem neuen Titel angesprochen zu werden.“

Francesca schüttelte den Kopf. Carlotta lächelte in sich hinein.

*

Fabio saß fest. Der Nachmittag ging dahin und er konnte nicht erkennen, ob der Bauer noch oben auf ihn lauerte, oder ob er zu der Meinung gekommen war, dass er den Eindringling erledigt hatte. „Eindringling“, das Wort ging Fabio nicht aus dem Kopf. Der musste ihn als Eindringling empfunden haben. Einen, der seine Frau befreit hatte. Die war ja eingeschlossen, während der Bauer nach seinen Schafen geschaut hatte. So könnte es gewesen sein. „Warum reagiert ein Mann so, wie dieser Bauer? Der hat kein Wort gesprochen, ist gleich auf mich los. Mit aller Gewalt. Entweder der Mann ist durchgedreht, also irgendwie verrückt, oder der hat gemeint, ich wolle ihm die Frau entführen, wegnehmen, oder was weiß ich. Die Wirtin vom Vorderkaser hatte zwar gemeint, dass der Schafbauer ein wenig sonderbar sei, aber verrückt? Nein, das hatte sie nicht erwähnt. Auch wenn sie ihn nicht oft gesehen hat, so hätte sie doch mitbekommen, wenn er geistig verwirrt gewesen wäre. Die Frau war der Wirtin nicht bekannt. Also hat der Bauer die Frau irgendwie geheim gehalten. Wenn die Hinkende über die Scenazki vermittelt worden ist, dann hat der Bauer die Frau auf seinen Hof geschafft, ohne dass die anderen Bewohner des Pfossentals davon erfahren haben. Das dürfte nicht einfach gewesen sein. Denn der Wald hat viele Augen, und Neuigkeiten haben in dem einsamen Tal einen hohen Wert. Gut, der Mann wohnt sehr einsam und wird nicht oft Besuch haben. Aber die Frau über einen längeren Zeitraum vor aller Augen zu verbergen, bedarf dann schon einiger Überlegungen." Fabio dachte nach. Der Goebel war auf der Suche nach der Frau. Die Scenazki hatte ihm gesagt, dass die Hinkende im Pfossental war. Warum auch immer. Wenn der Goebel so eine Art Kopfgeldjäger war, dann hatte er Fähigkeiten, die Hinkende zu finden. Und dann war es doch denkbar, dass der Bauer den Goebel ... Fabio wurde schlecht. Ihm kam das Bild der halb aufgefressenen nackten Leiche wieder vor Augen. Ob ihm das auch passiert wäre, wenn der Bauer ihn erwischt hätte? Unwillkürlich machte er sich noch kleiner in seinem Versteck.

*

„Und Sie sagen mir jetzt sofort, wo Sie die beiden versteckt haben, sonst werde ich Sie suspendieren, augenblicklich!" Die ViceVicequestora tobte. Francesca blieb zu ihrer eigenen Überraschung relativ ruhig. Ihr Atem ging schneller als sonst, aber äußerlich sah man ihr keine Regung an. Sie hatte den richterlichen Beschluss präsentiert, der die Aufnahme der beiden Frauen in das Zeugenschutzprogramm festlegte. Und daraufhin war die Chefin ausfallend geworden. „Sie haben mich hintergangen, Sie, Sie Miststück!" Und damit hatte sie augenblicklich jeden Respekt eingebüßt, den Francesca vor ihrer Chefin gehabt hatte. Francesca beobachtete die ViceVicequestora, die wie eine Furie in ihrem Zimmer auf und ab ging und ihr drohende Blicke und Beleidigungen und schließlich Drohungen an den Kopf warf. Das alles war höchst unprofessionell. Das Verhalten war einer Vorgesetzten unwürdig. Es war nicht akzeptabel. Francesca dachte zuerst daran, den Raum einfach kommentarlos zu verlassen. Aber dann entschloss sie sich, das Schauspiel bis zum

Schluss auszukosten. Der Auftritt berührte sie jetzt nicht mehr persönlich. Diese Frau war niemals in der Lage, eine Questura zu leiten. Weiß der Teufel, wer die hierher geschickt hatte. Was Francesca interessierte war, warum sie so hinter den beiden Frauen her war. Ob zwei weniger als eingefangen abgeschoben würden, konnte doch nicht der Grund für diese Reaktion sein. Das wäre unlogisch. Also, warum macht die ViceVicequestora so viel Aufhebens wegen dieser beiden Frauen. Francesca beobachtete sie genau, analysierte jedes Wort, wurde aber nicht schlau aus ihr. Schließlich warf die ViceVicequestora Francesca einfach hinaus und brüllte Carlotta an: „Besorgen Sie mir diesen Fameo, auf der Stelle!" Dann knallte die Tür zu und Francesca und Carlotta standen allein im Raum. Die beiden schauten sich an und Francesca musste ein Lachen unterdrücken. Auch Carlotta hatte Mühe, ihre Gesichtszüge unter Kontrolle zu bekommen. „Was ist denn mit der los?"

Francesca zuckte die Schultern: „Ich kann mir keinen Reim drauf machen. Aber wir sollten Fameo vorwarnen." Carlotta nickte. „Ich versuche es schon seit einiger Zeit. Aber ich bekomme keine Verbindung zu seinem Handy. Entweder er hat es ausgeschaltet oder er ist in einem Funkloch. Aber das gibt es hier doch kaum noch. Selbst auf den höchsten Bergen kannst du heute telefonieren. Und in einem Tunnel kann er nicht den ganzen Tag stecken. Weiß du nicht, wo er ist?"

„Doch, weiß ich. Er wollte ins Pfossental, eine Vernehmung machen. Wir suchen noch nach einer Zeugin, und die soll im Pfossental leben. Da wollte er heute Morgen hin. Eigentlich könnte er schon zu Hause sein. Ruf doch da mal an."

„Eigentlich störe ich da nicht gerne." Carlotta blickte auf die Tür der ViceVicequestora. „Aber bei der Stimmung sollte ich vielleicht eine Ausnahme machen." Und sie wählte Fabios private Nummer. Elisabeth nahm ab: „Nein, Fabio ist noch nicht zurück."

*

Francesca überlegte. Hier wurde sie nicht mehr gebraucht und die ViceVicequestora würde sie sicherlich nicht noch einmal sprechen wollen. „Carlotta, ich mache Schluss für heute. Wenn noch etwas Wichtiges sein sollte", sie deutete mit einem Blick Richtung Chefzimmer, „kannst du mich auf dem Handy erreichen." Carlotta nickte und umarmte Francesca kurz. Dabei raunte sie ihr ins Ohr: „Lass dich von der nicht unterkriegen. Kauf morgen eine Zeitung. Mit ein bisschen Glück hat die ab morgen ganz andere Sorgen." Francesca hatte ein Fragezeichen im Gesicht, aber Carlotta legte ihren Zeigefinger auf die verschlossenen Lippen. Da leuchtete ein Lämpchen auf Carlottas Chefsekretärinnentelefon auf. „Aha! Die Chefin telefoniert. Und das völlig selbständig. Ohne dass ich für sie die Nummer wählen musste. Interessant!"

„Kannst du die Nummer erkennen?"

„Das geht leider nicht. Nein. Aber ich krieg die raus. Morgen früh lasse ich mir die Telefonliste ausdrucken. Und wenn die Nummer nicht unterdrückt worden ist, dann weiß ich, welche Nummer angerufen wurde." Ein feines Lächeln umspielte dabei ihre Lippen. „Ich möchte wetten, dass es eine der bewussten Telefonnummern ist."

„Eine von dem Bertollini?"

„Wetten?"

*

Francesca ging nicht nach Hause. Sie wollte die beiden Frauen aufsuchen. Sie musste herausfinden, warum die ViceVicequestora hinter ihnen her war. Vielleicht konnten die beiden ihr etwas erzählen, was die Puzzlestücke zusammenfügte. Es muss etwas mit der Geschichte zu tun haben, die die Frauen erlebt haben. Aber Francesca war zu sehr Polizistin, als dass sie sich einfach in ihr Auto setzte und losfuhr. „Was würde ich machen, wenn ich in der Situation der ViceVicequestora wäre? Ich hätte dann eine aufsässige Commissaria, die allein wusste, wo der Aufenthaltsort der beiden Frauen war, für die ich mich interessiere. Und diese aufmüpfige Untergebene rückt nicht mit der Sprache heraus, sondern verschanzt sich hinter einem Beschluss, gegen den ich nichts ausrichten kann. „Es sei denn, sie kennt den Gerichtspräsidenten“, schoss es Francesca durch den Kopf. Vielleicht hatte sie ja mit dem telefoniert? Aber sie wischte diesen Gedanken sofort weg. „Was würde ich an ihrer Stelle tun, um den Aufenthaltsort herauszubekommen? Klar – ich würde die renitente Person überwachen!“ Als Francesca die Questura verließ, schlug sie bewusst einen anderen Weg ein, als sie normalerweise ging. Sie überlegte. Wo könnte sie einen Schatten kommen sehen. Da fiel ihr die Bar ein, in der sie Fameo kennengelernt hatte. Sie war nicht weit von der Questura und hatte große Fenster zur Straße. Sie konnte von drinnen genau sehen, ob ihr jemand folgte. Der Wirt freute sich, sie zu sehen. „Signorina, ich freue mich, dass Sie den Weg wieder zu mir gefunden haben. Was kann ich für Sie tun?“ Es war früher Abend, die ersten Gäste waren auf ein Glas Veneziano nach der Arbeit eingetroffen. Noch war es nicht voll in der Bar. Francesca schenkte dem Wirt ein bezauberndes Lächeln und setzte sich so an den Bartresen, dass sie im großen Spiegel hinter dem Wirt die Straße draußen im Auge hatte. Sollte sie einen Schatten haben, musste er dort auftauchen. Sie bestellte ein Glas Fruchtsaft, denn sie wollte heute noch nach Tisens fahren und konnte daher keinen Alkohol trinken. Obwohl sie jetzt Lust auf etwas Alkoholisches hatte. Frederico umgarnte sie nach allen Regeln der Kunst, sodass einige der anderen Gäste die Szene amüsiert betrachteten. Francesca sah auch wieder reizend aus. Sie trug ein enges Kostüm und dazu die unvermeidlich hohen Absätze. Das rote Kleid sah zu ihren langen schwarzen Haaren einfach perfekt aus. Auch die anderen Gäste, es waren nur Männer, beobachteten sie teils verstohlen, teils offen – aber alle voller Bewunderung. Francesca kannte das. So war sie es gewöhnt. Und es war ihr lästig. Dem Wirt schenkte sie hin und wieder ein Lächeln und gab ihm kleine freche Antworten. Ihr Interesse galt aber dem Spiegel. Warum tat sich da nichts? Aus ihrer Schulung als Polizistin wusste sie, wie man jemanden beschattete. Sie hatte erwartet, dass jemand an der Bar vorbeigegangen wäre, um dann irgendwo außer Sichtweise zu warten, bis sie wieder herauskam. Aber genau das passierte nicht. Es gab nur einen, der direkt auf die Bar zusteuerte und sich zu seinen Kumpels setzte, die offensichtlich schon auf ihn gewartet hatten. Francesca dachte nach. Wie konnte sie beschattet werden, ohne dass man jemanden auf sie ansetzte? Da ging ihr Handy. Elisabeth war dran. „Wissen Sie, wo Fabio steckt? Ist er vielleicht in Bozen? Ich kann ihn nicht erreichen." Francesca schaute ihr Handy an, als sähe sie es das erste Mal. Natürlich, das Handy! Darüber konnte sie geortet werden, solange es eingeschaltet war. So könnte man es machen! Aber jetzt wollte Elisabeth erst einmal eine Auskunft. „Nein, das weiß ich leider auch nicht. Er müsste noch im Pfossental sein, oder auf dem Weg zurück."

„Aber ist es dafür nicht schon ein wenig zu spät. Ich meine, es wird Abend und sein Handy reagiert nicht."

„Machen Sie sich keine Sorgen. Es wird schon nichts passiert sein. Ich bin sicher, er taucht gleich auf. Vielleicht hat er das Handy ausgeschaltet und vergessen, es wieder einzuschalten, oder der Akku ist leer."

„Ja, wird schon so was sein. Vielen Dank jedenfalls."

„Keine Ursache."

Francesca drückte die Ende-Taste.

Wenn die ViceVicequestora angeordnet hatte, ihr Handy zu orten, das ging schnell – ein Anruf genügte, dann würde sie ihre Bewegungen verfolgen können, von Mobilfunkwabe zu Mobilfunkwabe. Und sie hätte ihren Aufenthaltsort auf 300 Meter genau bestimmt.

Francesca lächelte Frederico an: „Hast du ein Handy, das du mir bis morgen früh leihen kannst? Meins hat gerade seinen Geist aufgegeben."

*

Fabio fror. So langsam wurde es kalt in den Bergen. Der Abend brach herein und seine Seite des steilen Abhangs lag schon im Schatten. Er überlegte, ob er es wagen sollte, die zwei Meter hohe

Wand bis zur Abrisskante hinaufzuklettern. Um festzustellen, ob das überhaupt ging, hätte er den Kopf aus seinem Versteck strecken müssen. Er hielt es zwar für unwahrscheinlich, dass der Bauer immer noch da oben lauerte, aber völlig auszuschließen war es nicht. Es waren zwar schon lange keine Steinchen mehr heruntergeregnet, aber wenn er sich auf die Lauer gelegt hatte, dann wäre es ihm ein Leichtes, ihn endgültig zu erledigen. Die Frage war, sollte er die Nacht hier verbringen und mit dem ersten Morgenlicht den Aufstieg wagen, oder sollte er es jetzt, bei schwindendem Licht wagen, mit dem Risiko, dass oben der Bauer lauerte. Fabio wusste da bereits, dass er die Nacht hier verbringen musste.

*

Francesca schaltete ihr Handy aus, als Frederico sein Handy holen ging. „Der Akku ist noch halb voll, das wird auf jeden Fall bis morgen früh reichen." Er reichte es Francesca über die Theke, aber als sie zugreifen wollte, zog er es blitzschnell ein Stück zurück. „Ich trenne mich nur sehr ungern von meinem Handy, musst du wissen. Und ich tue es nur, weil ich dich dafür morgen früh wiedersehe, das musst du wissen!" Er sagte es mit einem charmanten, aber auch schmachtenden Blick. Seine brauen Augen waren weit geöffnet und alle seine Gesichtsmuskeln spielten für Francesca ganz großes Theater. Da waren Drama, Tragödie, Lustspiel, Heldensaga. Und alles nur, um ihr ein Handy zu leihen. Für eine Nacht. „Bravo!"

„Dann zahle ich meinen Saft auch morgen, zusammen mit dem Frühstück, ja?", lächelte sie ihm zu, griff nach dem Handy und verschwand. Ihr Blick wanderte über die Straßenszene, aber ihr fiel niemand auf, der als Schatten infrage kam. Trotzdem merkte sie sich alle Menschen, denen sie begegnete. Wenn ihr jemand ein zweites Mal begegnen würde, war die Sache klar. Mit Fredericos Handy rief sie Tommaso an. Der war noch im Büro. In kurzen Sätzen informierte sie ihn über ihre Lage. Tommaso hatte die Idee, dass sie sich auf dem obersten Parkdeck des Parkhauses am

Bahnhof treffen sollten. Dort wollte Tommaso Francesca abholen. Um diese Zeit war auf dem Parkdeck nicht viel los und sie konnte sofort erkennen, falls ihr jemand gefolgt war. Er würde vorfahren, sie einsteigen lassen und das Parkdeck sofort wieder mit ihr verlassen. Auch Tommaso wunderte sich über das Interesse der ViceVicequestora an den beiden Frauen. Die Aktion wurde ausgeführt, wie von Tommaso geplant. Er hatte sogar eine Decke auf den Rücksitz gelegt, unter der Francesca sich verbergen konnte, bis sie aus Bozen raus waren. Auf der MeBo fuhr Tommaso extra langsam, um zu beobachten, ob jemand ihnen mit langsamem Tempo folgte. Aber alle Fahrzeuge überholten nur und einige der Fahrer gaben ihm zu verstehen, dass sie seine langsame Fahrweise für eine Zumutung hielten. Tommaso war sich schließlich sicher, ohne Verfolger zu sein.

„Meinst du wirklich, die Cantallielo würde dich bespitzeln lassen?"

„Ist nur so ein Gefühl. Vielleicht sehe ich auch Gespenster! Aber mein Bauch sagt mir, dass ihr Interesse an den beiden Frauen größer ist, als zwei weitere Nummern auf der Abschiebeliste zu haben. Du hättest die mal erleben sollen. Die war wie von Sinnen."

Tommaso konnte sich das Verhalten nicht erklären. Aber was ihn die ganze Zeit schon wunderte war, dass sein Chef keine Anstalten gemacht hatte, ihn wegen seiner mehr oder weniger inoffiziellen Zusammenarbeit mit Fameo zu rügen. Es schien Tommaso fast so, als sei es ihm sogar recht. Einmal hatte er sich ganz vorsichtig erkundigt, ob Fameo irgendetwas über „die Neue" gesagt hätte. Das fragte er so ganz nebenbei – beiläufig fast. Aber daraus sprach ein gewisses Interesse. Tommaso bemerkte, dass Francesca etwas bekümmert neben ihm saß. „Machst du dir Sorgen wegen Fabio? Der wird bestimmt schon zu Hause sitzen. Denn langsam wird es dämmrig, dann sollte er aus den Bergen zurück sein. Aber ich kann auch noch mit den Wirten oben im Pfossental telefonieren. Die werden bestimmt wissen, ob er schon gefahren ist. Und er wird bestimmt noch Käse eingekauft haben, bevor er zurückfährt."

„Käse?"

„Ja, prima Käse machen die da oben. Ich habe noch ein Stück, kannst du gleich mal probieren. Du musst eh zum Essen bleiben und übernachten musst du auch, denn ohne Auto ist es schwer, spät abends herunterzukommen von Tisens."

Tommaso hatte eingeplant, dass Francesca als weiterer Gast in seinem Haus übernachten würde. Mit Anna konnte er das zwar nicht abstimmen, es würde aber schon irgendwie gehen, hatte er sich gedacht. „Wir fahren ohnehin bei ihm vorbei, dann fragen wir gleich mal nach." Der Wagen fuhr von der MeBo ab und bog nach links in die Straße nach Nals ein. Als Tommasos Auto die Steigung nach Prissian nahm, überlegte Francesca, wie sie – ohne die Frauen zu beunruhigen – von ihnen erfahren konnte, was die ViceVicequestora wohl an ihnen so interessant fand. Konnten sie etwas wissen, was der Vice gefährlich werden konnte? Das war völlig unwahrscheinlich. Dass sie die beiden Frauen bei der Razzia aufgegriffen hatten, war der reine Zufall. Sie hielten das Lokal für einen Betrieb, der illegale Spül- und Küchenhilfen beschäftigte. Dass es ein getarnter Puff war, fiel erst auf, als sie die Zimmer im ersten Stock durchsuchten. Und dabei hatten sie auch die beiden Frauen befreit oder festgenommen, wie man es gerade nahm. Francesca dachte nach. Wenn die beiden Frauen die Cantallielo kennen würden, dann läge darin ein nachvollziehbarer Grund, dass sie die beiden so schnell wie möglich loswerden wollte. Francesca beschloss, den beiden das Porträtfoto von der Cantallielo auf der Internetseite der Questura zu zeigen. Vielleicht war da ja die Lösung für das rätselhafte Verhalten der Cantallielo.

*

Tommaso parkte direkt vor der Apotheke. Elisabeth hatte gerade abgeschlossen, öffnete aber sofort, als sie die beiden erkannte. „Ist Fabio schon da?"

Elisabeth verneinte. „Dann müsste er aber sicher bald kommen. Ich fahre jetzt nach Hause. Sei doch bitte so nett und sage ihm, er soll kurz anrufen, wenn er da ist. Zum einen möchten wir wissen, was er in Erfahrung gebracht hat, und zum anderen sollte er wissen, was Francesca heute erlebt hat. Dann kann er sich auf morgen besser vorbereiten."

„Was Schlimmes?"

„Was Komisches. Ist aber eigentlich nicht zum Lachen. Die ViceVicequestora scheint einen merkwürdigen Führungsstil zu pflegen."

Tommaso und Francesca stiegen wieder ein und fuhren davon. Elisabeth blickte ihnen mit einem komischen Gefühl im Magen nach.

*

Fabio zog die Kälte in die Glieder. Die Nische, in die er sich verkrochen hatte, war nicht sehr groß. Ganz ausstrecken konnte er sich nicht. Es wurde langsam dunkel und er spürte auch die Müdigkeit in sich aufsteigen. Seine Wunde am Arm war inzwischen verkrustet und schmerzte nicht mehr stark. Aber beim Aufprall auf den Stein, dem er sein Leben verdankte, hatte er sich einige Knochen geprellt. Jedenfalls taten ihm der Rücken und das rechte Bein weh. „Was für eine blöde Lage", fluchte er innerlich. „Wenn ich wenigstens ein Handy hätte." Aber so konnte er nur hoffen, dass sie ihn vermissten und morgen nach ihm suchen würden. Aber dann würden sie unvermittelt auf den tollwütigen Alten treffen. Keine beruhigende Vorstellung. Er musste versuchen, ihnen zuvorzukommen. Mit dem ersten Licht wollte er am nächsten Morgen versuchen hinaufzuklettern und die Abrisskante zu erreichen, dann bergab immer den Bach entlang und beim Vorderkaser Verstärkung herbeirufen. Jetzt blieb ihm nur, die Nacht hier zu überstehen. „Etwas unbequem ist es schon", und ihm erschien das Bild vom eigenen Bett in Tisens. Und nun musste er an Elisabeth denken. „Die wird sich Sorgen machen. Sie wird hoffentlich das Richtige tun und Tommaso informieren. Der wird dann alles Nötige in die Wege leiten." Fabio, in der Kälte der heraufkommenden Nacht zitternd, noch benommen von dem Gewaltexzess des Bauern, gefangen von Gefühlen wie Einsamkeit, Schwäche und Hilflosigkeit, spürte, wie ihn der Gedanke an Elisabeth zunächst ein bisschen traurig machte, ihm dann aber Kraft gab. Traurig, weil er wusste, dass sie leiden würde, weil sie sich um ihn sorgte. Aber Kraft gab ihm der Gedanke auch, weil sie der Grund war, warum er nicht aufgeben würde. Er wollte diese Frau heiraten. Und das sollte auch so geschehen. Und daran würde ihn kein tollwütiger Bauer und keine unwirtliche Nacht und kein steiler Berg hindern – hoffentlich. Er rollte sich so gut es ging zusammen und schloss die Augen.

*

Francesca begrüßte Anna und ging dann sofort zu den beiden Frauen, die sich sichtlich freuten, Francesca wiederzusehen. Anna brutzelte derweil in ihrer Küche und köstliche Düfte durchzogen das Haus. Francesca sprach Spanisch mit den beiden Frauen. Die Verständigung war nicht perfekt, aber sie funktionierte ganz gut. Sie zeigte den beiden das Foto von der Cantallielo, aber sie hatten diese Frau noch nie gesehen. Weder in ihrer Heimat noch in der Zeit ihrer Gefangenschaft. So drückten sie es aus. „Damit wäre dieser Strohhalm geknickt“, dachte Francesca und war ein bisschen enttäuscht. Was für ein Interesse konnte die ViceVicequestora nur haben, die beiden sofort abzuschieben? Sie wollte die beiden noch einmal ihre Geschichte erzählen lassen, um genau hinzuhören. Vielleicht war ihr ein Detail entgangen, aber da rief Anna zum Essen.

*

Elisabeth rief zum zehnten Mal auf Fabios Handy an und nie ging er dran. Irgendwann meldete sich dann die Mailbox. Es war inzwischen dunkel und Elisabeth begann sich Sorgen zu machen. Das Auto war ein klappriges Gerät, das sie ihm da mitgegeben hatten. Warum kaufte er sich eigentlich nicht selber ein vernünftiges Auto? Er wusste doch, dass er für länger hier blieb

– vielleicht für immer. Aber noch nie hatte er davon gesprochen, sich ein Auto zu kaufen. Dem war das egal. Das fiel Elisabeth erst jetzt auf. Ein Mann, dem es egal war, ob er ein Auto hatte oder nicht. Der es irgendwie so einrichtete, dass er mitgenommen wurde, dass er immer einen Fahrer hatte. Aber selbst wenn er mit dem alten Punto liegengeblieben wäre, dann hätten die örtlichen Carabinieri ihm sicher geholfen. Ein Gedanke schoss durch ihren Kopf. Was, wenn er einen Unfall hatte? Der Weg zum Pfossental war steil und kurvenreich. Wenn er dort ... Sie mochte es sich nicht ausmalen. Aber was sollte sie tun? Sie beschloss bis 21 Uhr zu warten und dann Tommaso anzurufen. Der konnte in Erfahrung bringen, ob seine Carabinieri irgendetwas wussten. Die Zeit schlich langsam dahin.

*

Anna hatte köstlich gekocht und Tommaso hatte Wein aus dem Keller geholt. Die beiden Frauen aus Rumänien schienen es sehr zu genießen. Francesca übersetzte so gut sie konnte und das Tischgespräch riss nicht ab. Um 21 Uhr schellte das Telefon. Anna nahm ab und kam damit an den Tisch. „Fabio ist noch nicht da." Mit diesen Worten reichte sie Tommaso den Hörer. Der hörte eine Weile zu und sagte: „Ich telefoniere jetzt ein bisschen und rufe dich anschließend an. Oder möchtest du vielleicht zu uns kommen, dann musst du nicht alleine warten."

„Das ist nett, aber ich möchte doch lieber hier bleiben. Vielleicht kommt er ja in den nächsten Minuten und da sollte ich schon da sein. Aber vielen Dank."

„Also bis gleich."

Tommaso ging mit dem Hörer aus dem Zimmer und Francesca erläuterte den beiden Frauen kurz, um was es ging. Denn die hatten ja kein Wort verstanden von dem, was gesprochen worden war.

Tommaso rief zuerst den Wirt vom Vorderkaser an. Die Wirtin bestätigte, dass Fabio am frühen Mittag zum „Schafbauern" aufgebrochen war. Und er war seitdem nicht wieder bei ihr eingekehrt. Sie schickte einen ihrer Jungen zum Parkplatz unter dem Haus, um nachzuschauen, ob dort noch ein alter Punto stand. Und als er die Nachricht brachte, dass ein alter Punto dort parkte, gab Tommaso die Anweisung, dass sie ihn sofort anrufen solle, wenn Fameo bei ihr auftauchte. Die Lage schien ernst. Der hatte sich verlaufen, in diesen Bergen. Er hätte ihn nicht alleine gehen lassen sollen. Hoffentlich war er nicht verunglückt. Er telefonierte mit der Bereitschaft der Carabinieri und gab alle Daten durch, die man dort brauchte, um nach einer vermissten Person zu suchen. Anschließend telefonierte er mit seinem Freund von der Bergwacht und setzte ihn ins Bild.

„Da gibt es nur eins. Morgen beim ersten Licht müssen wir da oben sein und nach ihm suchen. Wenn er den Weg genommen hat, den die Wirtin ihm beschrieben hat, dann kennen wir die Richtung, in der wir suchen müssen. Ich versuche für morgen früh einen Hubschrauber zu bekommen, der uns aus der Luft unterstützt. Ich bin morgen um vier Uhr oben mit den Hunden. Schaffst du das auch?"

„Wie viele Männer brauchen wir?"

„Ich kann noch zwei mitbringen. Vielleicht hast du noch zwei von deinen Leuten? Aber die sollten schon Erfahrung auf dem Berg haben. Wenn der da oben irgendwo abgestürzt ist, dann brauchen wir vielleicht auch Bergungsmaterial. Ich lade das alles ins Auto. Dort sollten dann zwei Leute warten, bis wir sie rufen, und das Material heranschleppen, wenn wir es brauchen. Wenn wir alles mitnehmen, dann sind wir für den Anfang der Suche zu langsam."

„Danke. Ich bringe morgen zwei gute Leute mit, mindestens zwei, und ich informiere die Carabinieri in Karthaus, die werden uns unterstützen."

Tommaso besprach sich mit dem diensthabenden Carabinieri-Unteroffizier in Karthaus. Der hielt eine Suche in der Nacht für gefährlich. „Da oben kannst du nicht bei Nacht suchen, ohne dass du dich selbst gefährdest. Aber ich kann zwei Leute hinaufschicken zum Vorderkaser. Die treffen dort vielleicht auf die Jäger. Vielleicht hat einer von denen was gesehen. Außerdem sollen sie den Wagen sichern und bereitstehen, wenn sich was ereignet. Da hätten wir schon mal jemanden vor Ort, der Meldung machen kann." Tommaso bedankte sich und rief anschließend die Wirtin vom Vorderkaser an: „Wir rechnen damit, dass Commissario Fameo einen Unfall hatte. Wir werden morgen um vier oben bei Ihnen sein, um mit der Suche zu beginnen, sobald der Tag anbricht. Sind Sie dann schon auf?" Die Wirtin sagte zu, um vier bereitzustehen und auch für alle ein Frühstück zu richten. Sie sagte, dass es gegen halb fünf anfing, hell zu werden. „Wie weit ist es bis zum Hof des ‚Schafbauern' und ist der Weg schwierig? Gibt es dort Stellen, wo man vom Weg abkommen kann? Gibt es gefährliche Stellen dort oben, die ein unerfahrener Mann vielleicht nicht rechtzeitig erkennen kann?"

Die Wirtin kannte den Weg zum Schafbauernhof. Sie war ihn zwei-, dreimal gegangen.

„Also der Weg ist steil und schwer zu gehen. Und es dauert, bis man oben ist. Aber gefährlich ist er nicht, wenn man auf dem Trampelpfad bleibt. Der Weg ist nicht markiert, aber eigentlich gut zu erkennen." Sie dachte nach. „Natürlich gibt es da oben viele Stellen, die auch unsere Männer meiden, weil es dort gefährlich ist. Aber mit Erfahrung und mit Vorsicht kann man das dort gut bewältigen. Bedenken sie, dass wir unser Vieh dort oben haben. Der Schafbauer selber hat seine Schafe da oben, und die geraten schon mal in ein Gelände, aus dem sie alleine nicht wieder herauskommen. Da muss man dann hin. Also", sagte sie etwas gedehnt, „mit Vorsicht und Erfahrung passiert da nichts. Aber wenn man keine Erfahrung hat ..." Sie machte eine Pause. „Und ich habe ihm auch gesagt, dass er immer auf dem Weg bleiben soll. Und er soll auch nicht dem Schafbauern nachlaufen. Der kennt sich da oben aus. Der Commissario eben nicht." Sie schnäuzte sich. „So ein netter Mann."

Tommaso überlegte: „Kommen heute noch die Jäger ins Gasthaus?"

Er hörte, wie sich die Wirtin erneut schnäuzte und danach ihre Stimme wieder fester wurde. „Die Jäger, ja, die müssten gleich kommen. Meist kommen die nach Eintritt der Dunkelheit. Aber ich weiß nicht, wie viele heute kommen werden. Warum?"

„Fragen Sie die doch bitte, ob ihnen etwas aufgefallen ist. Egal was. Alles ist interessant. Wenn Fameo zum Beispiel gestürzt ist, dann hat er vielleicht versucht, sich bemerkbar zu machen. Und jemand hat aus der Entfernung irgendetwas wahrgenommen, das er nicht einordnen konnte, dann wäre das für uns vielleicht ein Hinweis. Und noch etwas: Da kommen heute Nacht zwei Carabinieri von Karthaus zu Ihnen. Denen teilen Sie bitte alles mit, was Sie in Erfahrung bringen können. Und jetzt gebe ich Ihnen noch meine Telefonnummer. Rufen Sie mich immer an, wenn Sie etwas erfahren, egal wie spät es ist. Geht das in Ordnung?"

„Das mache ich gerne. Ich würde auch meinen Mann bitten, zum Schafbauern zu gehen, aber das ist in der Nacht ein gefährlicher Weg."

„Verstehe ich. Mein Freund von der Bergwacht schätzt das auch so ein. Wir suchen morgen beim ersten Tageslicht. Bis dann. Es sei denn, Sie erfahren noch etwas."

„Ich rufe Sie dann sofort an, versprochen."

Die Wirtin machte einen besorgten Eindruck am Telefon. Sie hatte ein schlechtes Gewissen. Gegen Nachmittag hatte sie noch an Fameo gedacht und überlegt, dass er eigentlich schon zurück sein müsste. Aber dann hatte sie viel zu tun. Der Vorderkaser war das Tor zum Pfossental und täglich gingen rund hundert Wanderer durch das Tal. Viele Urlauber mit kleinen Kindern, die den wenig steilen Weg zu den drei Höfen im Tal als gemütlichen Spazierweg schätzten. Und die Wanderer, die den Meraner Höhenweg gingen. Eine Tagesetappe führte sie ebenfalls durch das Pfossental. Die einen hatten Kinder, leichtes Gepäck und Fotoapparate dabei, die anderen hohe Rucksäcke mit Kleidung für alle Wetter und meist Teleskopwanderstöcke. Viele von denen mit kleinen Kindern kehrten im Vorderkaser ein, aßen Kuchen, tranken Kaffee oder Holunderblütensirup. Und gerade heute war der Teufel los. Alle Plätze, sowohl draußen als auch drinnen, waren binnen einer halben Stunde belegt. Auf dem Klo war Hochkonjunktur, und die Wirtin und die Serviererin konnten des Ansturms kaum Herr werden. Die Küchencrew rotierte. Nur ihr Mann, der Kaser, beriet mit Ruhe und Ausdauer die Touristen, die seinen Käse bewunderten – auch wenn sie nachher nur „ein bisschen hier von und ein bisschen da von“ kauften.

Über diesen Trubel war ihr der Commissario aus dem Sinn geraten. Jetzt, da wieder Ruhe eingekehrt war, die Touristen das Tal verlassen hatten, der Parkplatz wieder leer war, erinnerte sie der Anruf von Tommaso an den Commissario. Sie beschloss, alle zu befragen, die heute noch bei ihr vorbeischauen würden. Denn das waren nur Bewohner des Tales, die tagsüber auf ihren Weiden bei ihrem Vieh waren, und einige waren am späten Nachmittag bestimmt in die Berge gestiegen, um Wild zu beobachten oder zu jagen.

*

„Elisabeth“, fing Tommaso an, „es sieht so aus: Fabios Auto steht noch auf dem Parkplatz beim ‚Vorderkaser‘. Das bedeutet, dass er noch irgendwo in den Bergen oberhalb des ‚Vorderkaser‘ sein muss. Denn von da ist er am frühen Mittag zum Hof des Schafbauern aufgebrochen. Der Weg dorthin soll nicht gefährlich sein, hat mir die Wirtin erzählt. Aber wenn er sich verlaufen hat, dann kann es sein, dass er bei Dunkelheit den Weg nicht zurückfindet.“ Tommaso hörte Elisabeth ganz leise schluchzen. Es war mehr ein Schniefen, jedenfalls spürte er, dass sie Angst um Fabio hatte. „Ich gehe einfach mal davon aus, dass der Junge sich verlaufen hat und jetzt die Nacht da oben verbringt. Das überlebt man ohne Probleme. Schließlich ist ja noch nicht Winter.“ Er versuchte optimistisch zu klingen, wusste aber nicht, ob das seiner Stimme gelang. „Ich habe mich bereits mit einem Suchtrupp verabredet und werde hier um halb drei in der früh aufbrechen. Dann sind wir vor vier Uhr oben im Pfossental, frühstücken dort und brechen auf, sobald die Sonne aufgeht.“

„Ich komme mit!“

Damit hatte Tommaso schon gerechnet.

„Gut, dann hole ich dich um halb drei ab.“ – „Oder möchtest du heute bei uns übernachten?“

„Danke. Aber ich bleibe lieber hier. Für den Fall, dass Fabio doch noch hier anruft.“

„Wir finden ihn schon. Es geht uns keiner verloren. Ich glaube, dass er sich verlaufen hat. Fabio ist die Berge halt nicht gewohnt. Das kriegen wir schon wieder hin.“ Tommaso ahnte, dass seine Versuche, Elisabeth zu trösten, ein wenig hilflos waren. Und wahrscheinlich klangen sie auch so. Sie sagte aber: „Das ist lieb von dir.“ Und wieder mit einer etwas festeren Stimme: „Ich bin morgen um halb drei startbereit.“ Dann hängte sie ein.

*

Als Tommaso die Küche betrat, in der die vier Frauen sich anscheinend blendend unterhielten, verstummte das Gespräch, als sie sein Gesicht sahen. „Was ist mit dem Commissario?“, fragte Francesca. Tommaso blickte in die Runde. Ihm war völlig klar, dass die Lage nicht gut aussah. Wenn Fabio nicht auftauchte, konnte das nur bedeuten, dass er dazu nicht in der Lage war. Im schlimmsten Fall war er tödlich verunglückt, im besten Fall hatte er sich den Fuß gebrochen, war in einer einsamen Ecke des Berges und kam nicht weiter.

„Fabio ist verschollen. Morgen suchen wir ihn. Ich breche um halb drei von hier auf und treffe mich mit den Männern von der Bergrettung um vier oben im Pfossental. Elisabeth will mitkommen. Das kann ich verstehen.“

Francesca überlegte nicht: „Ich komme auch mit.“ Sie stand auf. „Ich fahre jetzt nach Hause und zieh mich um.“

Tommaso betrachtete ihr eng anliegendes rotes Kleid. „Das ist eine gute Idee“, sagte er grinsend, „nimm meinen Wagen und sei damit bitte kurz nach zwei wieder hier.“ Im Hinausgehen raunte er ihr zu: „Wenn du meinst, du würdest beschattet, dann fahre zur Carabinieristation Terlan und ruf mich von da an. Alles klar?“

Francesca nickte dankbar und verschwand.

*

Gegen zehn Uhr wählte die Wirtin vom Vorderkaser die Nummer von Tommaso. Ihre Stammgäste aus dem Tal hatten ihr berichtet, dass sie heute Nachmittag drei Schüsse gehört hätten. Eindeutig eine Jagdwaffe, vom Klang her. Komisch war die Uhrzeit. Eigentlich zu früh am Tag. Und drei Schüsse in relativ langen Abständen. Vielleicht zwei drei Minuten. Wenn ein Jäger nicht richtig trifft, dann setzt er den zweiten Schuss direkt nach dem ersten. Es sei denn, das Wild ist davon und er muss nachsuchen. Dann kann es dauern mit den zweiten Schuss. Aber einen dritten braucht es eigentlich nie. Das war Thema des Tages am Stammtisch. Und da die meisten Jäger versammelt waren, blieben nicht mehr viele, die für die Abgabe des Schusses infrage kamen. Aber alle galten als gute Schützen. Sodass am Stammtisch schnell von einem Wilderer gesprochen wurde. Vor Jahren hatte es hier Wilderer gegeben, denen schwer beizukommen war. Sie waren zum Teil als Wanderer getarnt ins Tal gekommen und hatten ihre zerlegbaren Waffen in ihren Rucksäcken versteckt. Andere derselben Bande arbeiteten als Lohnempfänger bei einem Sägewerk. Die hatten ihre Waffen ganz einfach in einem Erddepot versteckt und fuhren nach der Arbeit nicht nach Hause, sondern gingen vorher und nachher wildern. Das Wildbret hatten sie an einen Großmetzger in Naturns verkauft. Und der war dann bei einer Routinekontrolle des Gesundheitsamtes aufgefallen. Die Guardia di Finanza hatte anschließend die Bücher mit den Lagerbeständen verglichen. Und so kam es, dass beim Zählen der Bestände das Jagdglück der Wilderer aus dem Pfossental die Kühlhäuser als überzählige und nicht registrierte Stücke wieder verließ. Konfisziert von der Guardia di Finanza. Der Metzger tat alles, damit man ihm sein Geschäft nicht zusperrte, und verriet auch seine Lieferanten. Die Wilderei hatte damit vorerst ein Ende. Und jetzt lebte die Furcht vor neuen Wilderern wieder auf. Es hatte auch ernste Auseinandersetzungen in den Bergen gegeben. Es war zwar niemand verletzt worden, aber man hatte damals aufeinander geschossen. Nach der Darstellung des Bauern, der einen der Wilderer ertappt haben wollte, hätte der sofort und ohne Warnung auf ihn angelegt und geschossen. Allerdings hätte er nur in den Boden vor ihm geschossen, ob aus Absicht oder weil er nicht besser hatte schießen können, konnte man ihn nicht fragen, denn er sei davongelaufen und man habe ihn nicht erwischt.

Als die Wirtin Tommaso von den Schüssen und der Spekulation über die Wilderer erzählte, konnte er sich sofort an die Geschichte erinnern. Er war zwar damals damit nicht betraut gewesen, aber in den Dienstbesprechungen unter den Marescial-los der Gegend war das Thema gewesen. Tommaso bedankte sich für die Information. Sie beunruhigte ihn. Drei Schüsse. Zu einer Zeit, in der Fabio dort oben unterwegs gewesen sein musste. „In den Bergen gibt es keine Zufälle", dachte er. „Drei Schüsse. Und Fabio hatte bestimmt seine Dienstwaffe – wie immer – nicht dabei." Er telefonierte sofort mit der Carabinieristation in Karthaus. Dort antwortete eine etwas verschlafene Stimme. In Karthaus war sonst nichts los und nach zehn gab es dort schon seit Jahren keinen Anruf mehr. Aber auch dort wusste sich der Wachhabende keinen Reim auf die Schüsse zu machen. „Nein, mit Wilderern haben wir derzeit nichts zu tun. Da scheint es ruhig geworden zu sein." Zwei seiner Leute seien schon oben und hätten dasselbe gemeldet, was ihm Tommaso soeben mitgeteilt habe. Aber es gebe weiter nichts Auffälliges. Niemand hätte irgendetwas Auffälliges bemerkt. Kein Rauch, kein Rufen, kein Winken mit einem Tuch, kein Notsignal, nichts. Nur die drei Schüsse am Nachmittag. Auch jetzt sei nichts zu sehen oder zu hören. Aber der Wachhabende wollte morgen mit zwei weiteren seiner Leute an der Suche teilnehmen. „Dann habe ich noch einen Mann auf der Station. Sie wissen ja, üppig ist das hier nicht mit der Personalausstattung." Tommaso dankte ihm. Er überlegte: Zwei Carabinieri waren schon oben, die würden morgen müde sein. Drei kommen morgen hinauf, macht fünf Mann. Drei von der Bergwacht, Francesca und Elisabeth. Die von der Nachtwache müden Männer würden sie bei den Fahrzeugen lassen, die müssten im Fall der Fälle das Bergungsmaterial hinauftragen. Dann wären sie bei der Suche neun Leute und hätten die Unterstützung durch den Hubschrauber, den sein Freund von der Bergwacht angefordert hatte. Das müsste reichen. Für den Fall, dass Fabio an einen Wilderer geraten war, würde der über alle Berge sein. Für den Fall, dass er „nur" verunglückt war, müsste ich mir um die Sicherheit meiner Leute keine Gedanken machen. Aber wegen des Gedankens an einen möglichen Wilderer dachte Tommaso daran, Elisabeth zu Hause zu lassen. Aber dann verwarf er den Gedanken sofort wieder. „Ich passe einfach auf sie auf."

*

Kurz nach vier Uhr in der Früh trafen sie sich alle am Vorderkaser. Die Wirtin hatte Wort gehalten und ihnen ein ordentliches Frühstück hingestellt. Sie hatte immer noch ein schlechtes Gewissen, dass sie sich am späten Nachmittag nicht mehr um den Verbleib des Commissario gekümmert hatte. Die Männer von der Bergwacht hatten die beiden Hunde dabei, die schon einmal dort oben zum Einsatz gekommen waren. Tommaso nahm seinen Freund beiseite: „Hör mal, das sind doch die beiden Leichenspürhunde, oder?" Sein Freund nickte und verstand. „Das weiß aber außer dir und mir keiner. Und andere habe ich nicht. Und einer Spur können die auch folgen – wenn wir eine finden." Tommaso nickte. „Ich habe die Verlobte von Fameo dabei, da vorne steht sie, die Elisabeth. Also, sei bitte vorsichtig, mit dem, was du sagst. Wenn dir was auffällt, was uns Sorgen machen könnte, sag es einfach nur mir, ja?"

Elisabeth war sehr still gewesen, als sie zu ihnen in das Auto gestiegen war. Bis zum Pfossental sagte sie nicht viel. Sie saß jetzt in sich versunken am Tisch mit den anderen und nippte an ihrem Kaffee. „Die macht sich Sorgen. Ist ja klar."

*

Francesca war rechtzeitig in Tisens aufgetaucht. Sie hatte nicht feststellen können, dass ihr jemand gefolgt war, oder dass jemand ihre Wohnung gefilzt hatte. „Vielleicht sehe ich schon Gespenster", hatte sie vermutet. Ihr schickes Kleid hatte sie gegen eine Art Kampfanzug getauscht. Tommaso staunte jedenfalls nicht schlecht, als er die kleine Person – diesmal nicht auf hohen Hacken, sondern in einer Art Kampfstiefel – wieder sah. Die steckten in einem dunklen Overall, der mit einer Koppel in der Mitte optisch getrennt war. An den Armen waren mal Abzeichen angenäht gewesen. Aber jetzt sah man nur noch die Einstiche der Nadeln. An der Koppel hing allerlei: Pistole, Handschellen, Messer und noch einige kleine Lederbehälter. Ihre langen dunklen Haare hatte sie zu einem Knoten zusammengesteckt, der unter einem Barett verschwunden war. Er dachte: „Die Lara Croft von Südtirol!" Francesca bemerkte Tommasos Blick. „Sieht wild aus. Ich weiß. Ist aber praktisch. Und ich habe auch sonst nichts, was man in den Bergen anziehen könnte. Ehrlich! Ich habe sonst nur Kostüme und Kleider, kannst du mir glauben. Nimmst du mich so mit?" Und mit einem Augenaufschlag: „Du weißt ja, mit hohen Absätzen bin ich unschlagbar, aber nur auf Asphalt." Tommaso musste lächeln. Aber ihm kam die Erinnerung an Francescas Einsatz an der Mautstation. Und deswegen ahnte er, dass sie ihm nicht alles erzählte. Kampfanzüge dieser Art gab es bei der Polizei nur in einem Truppenteil. Francesca hatte damals ganz bescheiden von ihren Erfolgen im Kampfsport erzählt. Hatte es so dargestellt, dass sie selber überrascht gewesen sei, dass sie so schnell reagiert hatte, als der Mann, den sie den Führungsoffizier genannt hatten, sie angriff. Tommaso schaute sich die kleine drahtige Francesca an. Was steckte hinter der süßen Fassade wirklich? In ihrem Anzug sah sie aus wie eine kleine Raubkatze. Und was hatte sie bloß in diesen kleinen Lederbehältern, die sie dabei hatte? Aber bevor er noch fragen konnte, saß sie schon im Auto und startete.

*

„Der Hubschrauber startet bei genügend Helligkeit und ist dann in einer Viertelstunde hier." Tommaso erwachte aus seinen Gedanken, sein Bergführerfreund sprach mit ihm. „Dann wird er das Gebiet vor uns", er deutete den Berg hinauf, „beim ‚Vorderkaser' beginnend, langsam in Quersuche abfliegen. Wir haben Funkgeräte, so dass wir uns mit dem Hubschrauber und den beiden Carabinieri, die wir bei den Fahrzeugen lassen, verständigen können. Wenn die von oben etwas entdecken, werden die uns dorthin lotsen. Einverstanden?"

„Ja. Klar. So machen wir es. Wir gehen den Weg, den wahrscheinlich Fabio genommen hat. Zuerst den Wanderweg entlang, dann, wo dieser nach links abbiegt, geradeaus. Ab da könnte er in die falsche Richtung gelaufen sein, weil der Trampelpfad zum Hof des Schafbauern nicht markiert ist. Den müssen wir übrigens auch befragen. Vielleicht hat der ja was gesehen – oder gehört." Er nahm seinen Bergführer an die Seite: „In der Gegend sind gestern drei Schüsse gefallen. Alle Zeugen sind der Meinung, dass es sich um Schüsse aus einem Jagdgewehr gehandelt haben muss. Also könnte es sein, dass sich ein Wilderer hier herumtreibt. Wenn es so war, dann gehe ich davon aus, dass der heute jedenfalls nicht hier auftaucht, wenn ein Hubschrauber kreist und ein großer Suchtrupp das Gelände durchkämmt. Sei aber trotzdem auf der Hut."

„Und die Lady soll ich nicht beunruhigen, richtig?"

„Richtig. Elisabeth braucht das nicht zu wissen. Meine Polizisten wissen Bescheid. Und jetzt auch du. Okay?"

*

Fabios Versteck wurde von der aufgehenden Sonne perfekt ausgeleuchtet. Die Strahlen der Morgensonne waren noch nicht sehr intensiv, aber eine Wohltat für den durchgefrorenen Körper. Viel geschlafen hatte Fabio nicht. Dafür war es zu unbequem und einfach zu kalt. Er hatte versucht, die Nacht irgendwie zu überstehen. Dafür hatte er seine Gedanken auf die Reise geschickt. Sie wanderten mit ihm zu Elisabeth, die er sich auf ihrem sonnenüberfluteten Balkon vorstellte. Seine Gedanken schickten ihm viele Bilder, in denen die Sonne schien und es warm war. Das half gegen die Kälte der Nacht. Elisabeths Haar hatte viele kupferfarbene Strähnen und die Sonne ließ diese Kupfereffekte aufblitzen. Sie lächelte ihn an. Dann standen sie beide vor dem Altar und der Pfarrer stellte ihnen die wichtigen Fragen: „Willst du Fabio ... willst du Elisabeth ...“, und dann gab es einen Knall und alles wurde undeutlich. Das nächste Bild verwirrte ihn. Er sah sich vor der Kirche stehen, in einem tollen Anzug und hatte ein Hühnerei in der rechten Hand. Elisabeth war da nicht zu sehen. Und dann hatten sie Kinder. Viele, aber wie viele konnte er nicht erkennen. Auch nicht, ob sie Buben oder Mädchen waren. Und immer schien die Sonne und die Dolomiten leuchteten rot.

*

Tommaso blickte durchs Fenster und sah, dass die Sonne hinter den Bergen ihr Licht ausschickte. „Fertig machen! Die Sonne kommt raus.“ Elisabeth, Francesca und die Männer schoben ihre Stühle nach hinten, die Hunde reckten sich, leckten ihre Lefzen und wedelten mit den Schwänzen.

Der Anstieg war steil und das Licht noch spärlich. Aber der Weg und die Markierungen waren zu erkennen. Die Hunde gingen voran und hatten sichtlich Spaß. Tommaso beobachtete, wie leichtfüßig Francesca alle Steigungen nahm. „Na klar, die wiegt ja auch nichts“, dachte er. Aber da war auch eine unheimliche Kraft in dieser kleinen Frau.

*

Fabio versuchte, seine Glieder wieder geschmeidig zu bekommen. Alles war steif und ihm tat alles weh. Sein Arm, der den Streifschuss abbekommen hatte, schmerzte am meisten. „Hoffentlich hat sich da nichts entzündet“, dachte er grimmig. Jetzt musste er es wagen, seinen Kopf aus dem Versteck zu strecken. Er hielt es zwar für unwahrscheinlich, dass der Bauer die ganze Nacht an der Abbruchkante gelauert hatte, aber es bestand die Möglichkeit, dass er sich heute, bei Tageslicht, noch einmal davon überzeugen wollte, dass sein Opfer auch wirklich tot war. „Wenn ich der wäre, dann würde ich mich heute hier abseilen, um nachzusehen, oder ich würde einen Weg wählen, um in den Taleinschnitt hinunterzuklettern und die Leiche zu suchen. Fabio fühlte, wie seine Kraft langsam wiederkam. Er bewegte seine Hände, die Arme, die Beine, machte alle großen Gelenke warm, indem er Arme und Beine in der ihnen gemäßen Bewegungsrichtung streckte, dehnte und wieder zurücknahm. Als er eine hinreichende Wärme im Körper spürte, suchte er in seinem Versteck nach einem Stein, den er gut in der Hand halten konnte, und fand ihn auch. Er dachte, wenn der Bauer blöderweise oben auf der Lauer lag und ihn dabei sah, wie er den Kopf herausstreckte, dann hätte er vielleicht eine kleine Chance, ihm den Stein an den Kopf zu werfen. Aber als Fabio ganz vorsichtig den Kopf aus seinem Versteck streckte, war da zum Glück kein Bauer, der auf ihn herabsah. Da war nur eine senkrechte Wand.

*

Tommasos Suchtrupp war jetzt bei der Abzweigung angekommen, wo der markierte Wanderweg nach links abbog. Sie waren gut eine Stunde gegangen und die aufgehende Sonne leuchtete den westlichen Teil des Tales aus. „Wo bleibt eigentlich der Hubschrauber? Der müsste doch eigentlich schon da sein."

Der Bergführer zuckte mit den Schultern. „Der müsste wirklich bald kommen. War halt keine präzise Auskunft. Die wollten bei Sonnenaufgang starten und brauchen dann eine knappe Viertelstunde bis hierher. Aber wann bei denen Sonnenaufgang ist, habe ich vergessen zu fragen. Aber ich kenne die Jungs, die kommen gewiss."

*

„So eine Scheiße!“, dachte Fabio, als er die senkrechte Wand sah. Von da bin ich also herabgestürzt. Jetzt erst konnte er sich ein Bild davon machen, was ihm gestern passiert war. Der kleine Felsvorsprung, auf den er gefallen war, schien der einzige vorstehende Felsvorsprung weit und breit zu sein. Ansonsten ging es steil bergab. Hie und da gab es kleine Bäume, die sich im Felsen festkrallten. Moose und Farne fühlten sich hier wohl. Und über ihm war eine vielleicht drei Meter hohe Wand, die er hochklettern musste, um wieder genügend festen Boden unter den Füßen zu haben. Fabio schaute auch über „seinen“ Felsvorsprung nach unten. Und da wusste er, dass der Bauer ihn für tot gehalten haben musste. Der Bach rauschte in vielleicht fünfzig Metern Tiefe, und bis dort unten ging es steil bergab. Nach unten nahm die Vegetation zu, sodass man einen dort hinuntergefallenen Körper nicht unbedingt von oben erkennen konnte. „Der Bauer wird geglaubt haben, dass ich erledigt bin“, ging es ihm durch den Kopf. Und mit einem Blick nach oben: „Und ich bin erledigt, wenn ich auf dem Weg nach oben abrutsche.“ Fabio sah sich seine Umgebung ganz genau an. Es gab in Griffhöhe eine kleine Kiefer, deren Wurzeln sich in den Fels gekrallt hatten. „Vielleicht hält die mich eine kleine Weile.“ Dann entdeckte er kleine Felsvorsprünge, Risse im Stein, in die man seine Finger krallen konnte. „So muss sich ein Bergsteiger fühlen, der frei klettert. Nur, dass der weiß, was er macht, und ich hier herumexperimentiere.“ Aber Fabios Kopf arbeitete jetzt so klar, wie er es gewohnt war, wenn es galt, Erkenntnisse aus einem Fall aufzuarbeiten und in eine logische Reihenfolge zu bringen. Er überlegte, welche Hand in welche Felsspalte passte, wo und wie er seine Füße aufsetzen konnte und ob er eine Alternative zu der kleinen Kiefer hatte. Denn sie schien ihm am unsichersten bei seinem Unternehmen. Man konnte ihr nicht ansehen, ob sie seiner Zugkraft Stand hielt. Fabio hatte seinen Plan. Vorsichtig stellte er sich auf den Felsvorsprung und richtete sich auf. Jetzt war die Abrisskante schon nicht mehr so weit entfernt. Vielleicht eineinhalb bis maximal zwei Meter. Die musste er überwinden. Seine rechte Hand griff in einen Felsspalt und zog an. Den linken Fuß platzierte er auf einem kleinen Vorsprung. Der Arm zog, das Bein kam nach. Fünfzig Zentimeter waren geschafft. Jetzt die linke Hand schräg nach oben an einen vorstehenden Felszipfel. Der rechte Fuß bekam Halt, indem er die Zehen in eine kleine Spalte quetschen konnte. Armzug, Beinstreckung und wieder waren dreißig Zentimeter geschafft. Rechte Hand senkrecht nach oben in eine Spalte, linker Fuß auf kleinstem Vorsprung, vorsichtig Kraft aufgenommen – da rutschte der Fuß ab und Fabio hing kurz nur an beiden Armen, da bekam der rechte Fuß wieder Halt. Fabio musste schlucken. „Jetzt bloß nicht die Nerven verlieren. – Ganz ruhig.“ Der linke Fuß fand wieder den kleinen Vorsprung. Jetzt noch mit mehr Vorsicht ziehen. Die Lage war brenzlig. Zuerst mit den Armen sichern. Da war die kleine Kiefer, für die linke Hand das Einzige, was zu erreichen war. Die rechte Hand fand Halt in einer Spalte. Fabio zog sich langsam in die Höhe. Die Kiefer bog sich unter der Spannung. Fabio spürte, wie die Wurzeln sich in den Fels krallten, saugten, versuchten, ihn und die kleine Kiefer zu halten. Und sie hielten der Belastung stand. Dann griff er beherzt mit der rechten Hand über die Kante und bekam eine Wurzel zu fassen. „Hoffentlich hält die genauso gut. Nach unten konnte er jetzt nicht mehr blicken. Er musste sich entscheiden, ob er sein Leben an die Wurzel hängen sollte. Fabio winkelte sein rechtes Bein an und suchte blind nach einem Tritt. Der linke Fuß hatte noch Stand, seine linke Hand hing an der kleinen Kiefer und die rechte umfasste etwas, von dem er nicht wusste, wie viel Gewicht es aushielt. Da fand sein rechter Fuß eine vorstehende Kante. Fabio gab Druck auf den rechten Fuß. Die Kante schien zu halten. Mit allmählich großer Kraftanstrengung unterstützt durch den höheren Stand des rechten Fußes, zog er sich über die Kante. Es war geschafft! Und jetzt dröhnte es in seinem Kopf.

*

Der Hubschrauber war schon zu hören, bevor er zu sehen war. Das stille Tal war von dem Lärm der Rotorblätter und des Motors erfüllt. Er schwebte ein wie eine riesengroße Hummel. Im Funkgerät knackte es und Tommasos Freund nahm den Kontakt auf. Der Hubschrauber begann mit der Quersuche, so wie es die Hunde gemachte hatten, die nach der Leiche gesucht hatten. „Blöder Vergleich“, schoss es Tommaso durch den Kopf.

*

Als Fabio das Dröhnen in seinem Kopf als das wahrnahm, was es war, wusste er, dass man nach ihm suchte. Aber dann wusste es auch der Bauer. Und der würde vielleicht jetzt auf die Idee kommen, nach seinem Opfer Ausschau zu halten, bevor der Hubschrauber es finden könnte. Also musste er so schnell wie möglich von hier weg. Die Richtung war einfach. Fabio wusste, dass der Bach unten beim Vorderkaser vorbeirauschte. Also musste er sich am Bachlauf entlang nach unten bewegen. Dann, schätzte er, würde er den Vorderkaser in rund zwei Stunden erreichen. Er machte sich auf den Weg.

*

Tommasos Trupp suchte nach dem Weg zum Hof des „Schafbauern“. Die Wirtin sprach von einem Trampelpfad. Er war nicht einfach zu finden. „Kein Wunder, wenn sich Fabio hier verlaufen hat“, dachte Tommaso. Niedergetrampeltes Gras gab es hier überall. Schließlich ist das eine große Weide – vornehmlich für Schafe. Die Hunde waren keine große Hilfe. Sie suchten in allen Richtungen und freuten sich, dass sie draußen waren. Aber da sie auf Leichengeruch abgerichtet waren, wussten sie mit den anderen Düften nicht viel anzufangen. „Irgendwie auch beruhigend“, dachte Tommaso. Francesca fand dann den Weg. Sie musste Augen wie ein Luchs haben, denn sie war die Einzige, die im langsam heller werdenden Morgen erkannte, dass es nur einen Weg geben konnte. Und das ist der des geringsten Widerstandes. Sie hatte sich überlegt, wie sie gehen würde, wenn sie möglichst bequem höher kommen wollte. Folgerichtig war das nicht immer der direkte Weg. Und so hatte sie die abseits gelegenen Regionen untersucht und entdeckt, dass ein ganz dünner Bereich weniger stark von Flechten und Moosen bewachsen war, als seine direkte Umgebung. Das deshalb, weil auf ihm regelmäßig herumgetrampelt wurde. Das war der Trampelpfad. Er zog sich in unkonventionellen Windungen in die Höhe und schien sich in der Ferne zu verlieren. „Du bist ja wie ein alter Indianer", zollte Tommaso Francesca seinen Respekt. Die grinste ihn an: „Großer weißer Mann, gelernt ist gelernt."

*

Fabio versuchte im Schutz des spärlichen Bewuchses möglichst viel Entfernung zwischen sich und dem Hof des Bauern zu legen. Nach seiner Kalkulation musste der Bauer spätestens durch den Lärm des Hubschraubers wissen, dass nach ihm gesucht wird. Wenn er sich nicht hundertprozentig sicher war, dass er, Fabio, wirklich tot war, dann müsste er jetzt handeln. Handeln bedeutete, sich vom Tod seines Opfers zu überzeugen. Und wenn es noch lebte, es zu eliminieren. Dazu musste er schleunigst zum Tatort zurückkommen. Wenn er ihn dann den Berg hinunterlaufen sah, wäre es ihm ein Leichtes, erneut auf ihn zu schießen. Von Elisabeths Vater wusste er ja, dass ein guter Schütze auch 300 Meter weit schießt und sein Ziel trifft. Er wollte es dem tollwütigen Bauern so schwer wie möglich machen. Fabio rannte, stürmte den Berg hinunter, immer in Bewegung. Darauf bedacht, möglichst immer im Schatten der niedrigen Bäume zu bleiben und nicht auf eine freie Fläche zu gelangen. Er schaute sich nicht um. „Bringt nichts", dachte er. Wenn er anhielt und der Bauer würde tatsächlich auf ihn angelegt haben, dann wäre das der Moment, in dem er abdrückte. Wie sein zukünftiger Schwiegervater damals bei der Gams. Immer in Bewegung bleiben war das Sicherste im Moment.

*

Francesca hatte die Führung der Gruppe übernommen. Sie schien auch die Fitteste zu sein. Elisabeth blieb etwas zurück. Tommaso gesellte sich neben sie. „Alles in Ordnung?"

„Geht schon. Hab halt nicht schlafen können. Kannst du bestimmt verstehen."

Tommaso nickte, griff nach ihrer Hand und drückte sie.

Elisabeth lächelte ihn ein wenig an. Sie zog ihre Nase hoch. Tommaso griff in die Tasche und suchte nach einem Taschentuch, aber Elisabeth hatte sich schon eines aus der eigenen Tasche gefischt.

„Was meinst du denn – ernsthaft?"

„Wir finden ihn."

„Ernsthaft – bitte."

Tommaso schluckte. „Ich weiß nicht. Wenn Fabio nicht in der Lage war, letzte Nacht von hier hinunterzukommen, dann gibt es mehrere Optionen."

„Ja und ..."

„Die hast du dir doch auch schon alle ausgemalt, stimmt's?"

Elisabeth nickte.

„Ich bin halt Optimist. Der hat die Nacht hier verbringen müssen, weil er von irgendwo nicht wegkonnte. Vielleicht eine Verletzung. Aber dann werden wir ihn finden und nach Hause bringen."

Tommaso beobachtete seinen Freund, den Hundeführer, wie er hektisch zu seinem Funkgerät griff und den Himmel nach dem Helikopter absuchte. Dann lief er zu Tommaso.

„Die haben einen Mann gesehen, der bergab läuft. Tiefer als wir. Der hat es eilig und versucht, im Dickicht zu bleiben. Helle Hose und dunkel Jacke. Könnte das unser Mann sein?"

Elisabeth jauchzte auf: „Er hatte ein helle Hose und eine dunkle Jacke an. Vielleicht ist er das. Was wissen Sie noch?"

Der Hundeführer sprach in das Funkgerät. „Sie fliegen jetzt über ihn, damit wir ihn lokalisieren können. – Er ist jetzt stehen geblieben und winkt ihnen. – Jetzt zeigt er talwärts und läuft weiter."

Elisabeth war nicht mehr zu halten: „Ich muss sofort zu ihm." Der Hubschrauber war deutlich zu sehen, wie er fast bewegungslos an einer Stelle am Himmel hing. Darunter lief ihr Fabio. Sie wollte da jetzt auch hin. Es waren vielleicht vier oder fünf Kilometer bergab. Sie wischte sich einige Tränen aus dem Gesicht und wollte losgehen. Tommaso hielt sie zurück. Elisabeth machte nicht den Eindruck, als wolle sie sich etwas sagen lassen. Tommaso lächelte sie an: „Nicht alleine. Ich schlage vor, dass du mit den Männern von der Bergwacht gehst. Und wir, er zeigte auf Francesca und sich, wir gehen weiter voran und suchen den ‚Schafbauern'. Wollen doch mal nach unserer Zeugin schauen. Und du", er zeigte auf seinen Freund, den Hundeführer, „du sagst uns Bescheid, wenn es Fabio ist, der da den Berg hinunterläuft." Er entließ die Gruppe und pfiff seine zwei Carabinieri heran: „Ihr folgt ihnen und gebt Acht, was da vor sich geht. Wenn es wirklich Commissario Fameo ist, dann frage ich mich, warum er den Berg hinunterläuft. Das ist nicht logisch. Wenn er es ist, dann ist er auf der Flucht. Aber dann würde ich schon gerne wissen, vor wem. Und wenn er es nicht ist, dann wüsste ich gerne, wer das ist. Verstanden?"

Die beiden Carabinieri grüßten knapp und marschierten schnellen Schrittes hinter der ersten Gruppe her. „Und wir beide", er wandte sich an Francesca, „wir schauen uns den ‚Schafbauern' mal an. Ist schon komisch. Nehmen wir mal an, das ist Fabio, der da den Berg hinunterläuft. Wen hat er gestern gesucht, und hat er ihn möglicherweise gefunden? Und jetzt läuft er den Berg hinunter, als sei der Teufel hinter ihm her." Francesca nickte: „Ist komisch. Wir schauen nach." Und dann schritt sie mit großen Schritten schnell voran. „Erstaunlich, wenn man bedenkt, wie klein sie ist", dachte Tommaso, der ihr nur mit Mühe folgen konnte.

*

Elisabeth hatte immer den Helikopter im Auge, dem sie mit jedem Schritt näher zu kommen schien. Aber das war nicht so, denn Fabio, der in Sichtweite des Helikopters weiter, so schnell er konnte, den Berg hinunterlief, war schneller als die Truppe mit Elisabeth. Der Hundeführer fragte, ob der Helikopter irgendwo landen könnte, um den Mann an Bord zu nehmen. Der Pilot meinte, es gebe eine Wiese, die groß genug sei, etwas tiefer im Tal. Dort, wo der offizielle Wanderweg nach links abbog. Er wolle versuchen, dort zu landen.

*

Francesca und Tommaso erreichten den Rand der Mulde, in der der Schafbauern-Hof lag. Alles schien still und friedlich. Türen und Fenster waren verschlossen, einige Hühner scharrten um das Haus herum. Francesca hatte sich auf den Bauch gelegt und ein kleines Fernglas aus einem ihrer ledernen Behälter herausgefischt. Sie beobachtete das Haus sehr genau und sehr lange. Tommaso hatte es ihr gleichgetan und sich ebenso auf den Bauch gelegt. „Da war eine Bewegung hinter dem Fenster neben der Tür. Da ist jemand im Haus und bewegt sich“, flüsterte sie. Das fand Tommaso übertrieben, denn zum Haus waren es mindestens 400 Meter, wenn nicht mehr. Da ging die Tür auf und ein alter Mann trat heraus. Er hatte einen Kübel in der Hand und trug ihn zum anderen Haus, das wie ein alter Stall aussah, verschwand darin und kam ohne Kübel wieder zurück. Er blieb vor dem Haus stehen und schaute in die Runde, so als wolle er den Helikopter suchen, den er von seiner Position nicht sehen, aber hören konnte. „Sieht doch ganz friedlich aus“, murmelte Tommaso. „Ich gehe da jetzt hin und rede mit ihm.“ Francesca hielt ihn zurück, indem sie eine Hand auf seine Schulter legte. „Ich weiß nicht. Solange wir nicht wissen, warum Fabio den Berg hinunterläuft, sollten wir vielleicht nichts unternehmen.“

„Meinst du, von dem alten Mann geht eine Gefahr aus? Das glaubst du doch selber nicht. Was soll der denn gegen mich machen?“ Tommaso wirkte amüsiert. „Gib mir doch mal das Fernglas. Ich will mir den auch mal ansehen. Sie reichte es ihm. Der Bauer sah alt aus und ging eine wenig gebeugt. Er wirkte nicht kräftig oder gefährlich. Sollte das wirklich der Mann sein, der sich von der Scenazki eine Frau hatte besorgen lassen? Er war ein wenig gebeugt, hatte einen leicht schlurfenden Gang und war etwas nachlässig gekleidet. Seine Hosen hatten eine undefinierbare Farbe: Schlammbraun mit grauen Einsprengseln. Ein Hemd von hellerer Farbe, das ziemlich fleckig war, bedeckte seinen Oberkörper. Es steckte zum Teil in der Hose, zum Teil hing es heraus. Hosenträger sorgten dafür, dass der Hosenbund bis zum Rippenbogen gezogen wurde. Der Mann war schlank und wirkte trotz seines Alters und der leicht gebeugten Haltung drahtig und agil. Plötzlich blickte er genau zu Tommaso. Dem war, als blicke er ihm direkt in die Augen. Aber nur für einen Moment, dann schlurfte er wieder in sein Haus. „Glaubst du, der hat uns gesehen?", fragte Tommaso. Francesca wusste es nicht. Auch sie hatte bemerkt, dass der Bauer in ihre Richtung geblickt hatte. Aber eigentlich konnte er sie nicht gesehen haben. „Dann müsste er super Augen haben. Aber da er sich sofort wieder abgewendet hat, glaube ich nicht, das er uns gesehen hat. Was tun wir jetzt?"

Tommaso überlegte nicht lange: „Ich gehe da jetzt runter und knöpfe mir den Mann vor. Und dich möchte ich bitten, die Sache im Auge zu behalten, o.k?" Francesca überlegte kurz: „Bevor du da hinuntergehst, ziehe ich mich zurück und versuche, von hinten an das Haus heranzukommen. Dafür brauche ich nicht lange. Siehst du die kleine Buschgruppe gleich oberhalb des Hauses?" Tommaso nickte. „Wenn ich dort bin, rüttele ich kurz an dem mittleren Busch, dann kannst du losgehen."

„So machen wir es."

*

Francesca robbte zurück und bewegte sich behände seitlich fort, darauf bedacht, vom Haus aus nicht gesehen zu werden. Eine heikle Stelle gab es. Die Mulde hatte einen Durchlass, der vom Haus aus eingesehen werden konnte. Tommaso beobachtete, wie Francesca schlangengleich diese Stelle passierte. Sie verschmolz förmlich mit dem Untergrund. „Das hat die trainiert, das kann man nicht einfach so", bewunderte Tommaso Francescas Technik. Dann verschwand sie aus seinem Blickfeld. Es dauerte vielleicht fünf Minuten, da sah er den mittleren Busch hinter dem Haus leise zittern. „Keine Ahnung, wie sie es bis dahin geschafft hat. Es war doch nichts zu sehen von ihr auf der gesamten Strecke." Tommaso überprüfte seine Waffe. „Man weiß ja nie", dachte er. Dann richtete er sich auf und ging die 400 bis 500 Meter zu dem Haus, langsam und mit dem Blick auf die Tür gerichtet. Nichts rührte sich. Vor dem Haus blieb er stehen und sah sich um. Die Hühner waren neugierig und kamen näher. Da hörte er einen unterdrückten Schrei im Haus. Mehr ein Ton, den er nicht einordnen konnte. Er ging zur Tür, um zu klopfen, als sie von innen aufgerissen wurde.

*

Der Helikopter landete sachte auf der großen Wiese und die aufgewirbelte Luft brachte eine große Menge Schafsköttel durcheinander. Der Pilot hatte Fabios Laufrichtung richtig eingeschätzt, der genau auf sie zugerannt kam. Fabio hatte die Absicht des Piloten erahnt und gehofft, dass er diesen Platz wählen würde. Als er den Helikopter erreichte, waren die Rotorblätter bereits zur Ruhe gekommen. „Commissario Fameo?" begrüßte ihn der Pilot. Fabio war noch außer Atem, aber nicken konnte er noch.

*

Der Bauer richtete das Gewehr direkt auf Tommasos Brust. „Reinkommen!", befahl er. Sein Blick war irre, das sah Tommaso sofort. Er hob beschwichtigend die Hände: „Alles friedlich, alles friedlich."

„Ruhe! Maul halten!", kam es scharf entgegen. Des Bauern Augen zuckten, aber die Waffe zuckte kein bisschen. Die hielt er ganz ruhig. Sie war beständig auf Tommasos Brust gerichtet. „Hinknien!", kam der Befehl. Tommaso widerstrebte es, dem zu folgen, aber die Mündung des Gewehrs gab ihm keinen Spielraum. Langsam ließ er sich auf seine Knie nieder und beobachtete den Bauern. Der wirkte äußerst nervös und angespannt. Er wollte es noch einmal versuchen: „Ich bin von der Polizei. Ich habe eine Frage an Sie. Ich will Ihnen nichts tun." Der Bauer musterte ihn. Ob seine Worte Wirkung hatten, war nicht festzustellen. Aber er unterbrach Tommaso auch nicht. „Wenn Sie wollen, zeige ich Ihnen meinen Dienstausweis. Ich will Ihnen wirklich nur eine Frage stellen." Der Bauer nagte an der Unterlippe, ließ das Gewehr aber weiterhin auf Tommaso gerichtet. „Hoffentlich macht Francesca jetzt keinen Fehler", dachte Tommaso, als er aus der Stube hinter dem Bauern ein Poltern hörte. Der Bauer reagierte nicht darauf, sondern starrte weiter nur auf Tommaso. „Wollen Sie nicht nachsehen?", versuchte Tommaso ihn aus der Erstarrung zu lösen. Da sagte der Bauer plötzlich: „Ihr wollt sie mir wegnehmen. Alle wollt ihr sie mir wegnehmen." Dann machte er eine Pause. Bevor Tommaso fragen konnte, wer ihm was wegnehmen wolle, fuhr er fort. „Aber ich lass sie mir nicht wegnehmen. Auch von dir nicht." Dabei verzog sich sein Gesicht zu einer Fratze. Er nahm die Büchse aus der Vorhalte nach oben, presste den Schaft in das Armgelenk, legte auf Tommaso an und zielte auf seinen Kopf.

*

Der Pilot holte eine Decke aus dem Helikopter. Fabio hatte sich auf einen Stein gesetzt. Die Anspannung fiel ein wenig von ihm ab. Dankbar griff er nach der Decke. „Ich muss sofort telefonieren. Haben Sie ein Handy oder Funk? Da oben lebt ein durchgeknallter Bauer, der alle umbringt, die sich ihm nähern. Wir brauchen hier eine Einsatztruppe, die ein Haus stürmen kann und dabei eine unbeteiligte Person befreien muss." Der Pilot zeigte den Berg hinauf.

„Da oben meinen Sie?"

Fabio folgte mit seinem Blick der Richtung, in die der Pilot zeigte.

„Ja, genau diese Richtung. Haben Sie da etwas aus der Höhe gesehen?"

„Da sind eine Menge Leute hin unterwegs, um Sie zu suchen. Aber ich habe über Funk durchgegeben, dass wir Sie gefunden haben. Jetzt werden die sicher zurückkommen."

Fabio wurde unruhig, warf die Decke ab und stand auf.

„Wer genau ist da hoch?" Er ahnte, dass Tommaso die Suche organisiert hatte. Und er fürchtete, dass Elisabeth drauf bestanden hatte mitzukommen.

Der Pilot wusste es nicht genau.

„Ich weiß, dass Ihr Freund von der Bergwacht mit seinen beiden Hunden da oben ist. Der hat uns auch gestern angefordert. Der hat noch zwei von der Bergwacht dabei. Und von oben habe ich noch zwei in Uniform und drei ohne Uniform gesehen.

„War eine Frau dabei? Rotblond? Klein und zierlich?"

„Das kann ich Ihnen nun wirklich nicht sagen. Kann sein, aber von der Höhe sehen Menschen wie Ameisen aus. Unsere Aufgabe war es, Sie zu finden. Und das ist ja auch gelungen."

„Kann ich mit jemandem von der Truppe sprechen?"

Der Pilot brachte Fabio zum Helikopter. Dort konnte er das Funkgerät benutzen. Es meldete sich sofort der Hundeführer von der Bergwacht.

„Ja, schön, dass Sie wieder da sind, Commissario. Ich hoffe, Sie sind nicht verletzt?"

Fabio unterbrach ihn abrupt.

„Hören Sie, das ist jetzt nicht wichtig. Beantworten Sie mir einfach meine Fragen: Wo sind Sie jetzt und wer ist bei Ihnen?"

Der Hundeführer begriff, dass das keine Unhöflichkeit war, sondern dass ein Problem im Raum stand. Er machte präzise Meldung.

„Wir sind auf dem Weg zu Ihnen. Ich schätze wir sind in einer Stunde da. Bei mir sind zwei Kameraden von der Bergwacht, Ihre Verlobte und zwei Carabinieri, warum?"

Fabio atmete auf. Elisabeth war in Sicherheit.

„Hören Sie, sind das alle, die bei der Suche dabei waren?"

„Nein. Ihr Freund Tommaso und Ihre Kollegin wollten noch den ‚Schafbauern' besuchen, weil er ein Zeuge sei, haben sie gesagt."

Fabio überlegte fieberhaft. Was war jetzt zu tun?

„Wie weit ist es von Ihnen bis zum Hof des Bauern?"

„Ich schätze 30 bis 40 Minuten zu Fuß. Wir waren ja nicht mehr weit, wie es schien, bevor wir umgekehrt sind. Und jetzt sind wir vielleicht 20 Minuten gegangen."

„Geben Sie mir bitte einen der Carabinieri, schnell!"

Der Hundeführer winkte einen der Carabinieri heran. „Pronto!"

„Hören Sie, ich bin Commissario Fameo von der Questura in Bozen. Meine Assistentin und Tommaso sind in Gefahr. Der Bauer, den sie besuchen wollen, ist ein durchgeknallter Typ, der bewaffnet ist. Der hat gestern versucht, mich umzubringen. Und ich habe den Verdacht, dass er auch mindestens einen Mord begangen hat. In seiner Gewalt ist eine Frau, deutlich jünger als er. Sie hinkt, daran ist sie gut zu erkennen. Hat Tommaso ein Funkgerät dabei oder ein Handy? Können Sie ihn warnen?"

„Nein, Commissario, er hat kein Funkgerät dabei und die Handys funktionieren hier nicht. Wir haben es gerade eben ausprobiert. Aber wir machen uns sofort auf den Weg. Vielleicht kommen wir rechtzeitig."

„Nehmen Sie bitte das Funkgerät mit und schicken Sie meine Verlobte talwärts. Die Männer von der Bergwacht sollen sie begleiten. Haben Sie das verstanden?"

„Si, Commissario. Und was ist mit dem Hubschrauber? Können wir den nicht einsetzen?"

Der Pilot, der die Funksprüche mitgehört hatte, schüttelte den Kopf und nahm Fameo das Mikrofon aus der Hand.

„Hören Sie, hier spricht der Pilot, ein Hubschrauber kann nur transportieren. Aber wenn man auf uns schießt, dann fällt ein Hubschrauber auch einfach so vom Himmel. Je nachdem, wo er uns trifft. Und dann kann er gar nichts mehr. Das Risiko kann ich nicht verantworten. Wir sind ein Bergungsteam, keine Polizeimannschaft. Aber ich kann versuchen, Kontakt zur Einsatzstaffel aufzunehmen."

Der Carabiniere verstand.

„Machen Sie das. Aber lassen Sie den Commissario entscheiden, was angefordert wird. Wir gehen jetzt los." Der Pilot hängte das Mikro zurück.

„Und wenn Sie mich nach oben fliegen, näher ran an den Hof?"

„Commissario, da oben kann ich nirgendwo landen. Und wie gesagt, das ist kein Kampfhubschrauber. Der hat keine Panzerung. Da geht ein Schuss leicht durch. Tut mir leid, aber das geht einfach nicht."

Fabio überlegte. Die Bereitschaftspolizei hatte ihre Hubschrauber in Bozen. Die könnte in einer halben Stunde hier sein. Das könnte reichen.

„Geben Sie mir das Funkgerät. Wie komme ich damit an die Bereitschaftspolizei?"

Der Pilot stellte ihm die Frequenz ein. Es meldete sich der Unteroffizier vom Dienst.

„Hier ist Commissario Fameo von der Questura in Bozen. Ich brauche ein Kommando hier oben im Pfossental."

*

Der Bauer zögerte. Irgendetwas lenkte ihn ab. Tommaso ahnte, was. Ein kleines Geräusch hinter der Kammertür war es, das den Bauern misstrauisch werden ließ. „Bist du allein hier?"

Tommaso rührte sich nicht. Er beobachtete den Mann. Seine Lage war übel. Sehr übel. Kniend war er nicht in der Lage, sich schnell zu bewegen, und mit der Mündung vor dem Gesicht war das auch nicht ratsam. Er wunderte sich selber, dass er so ruhig blieb. Er analysierte die Lage nüchtern: „Wenn der Mann abdrückt, ist es vorbei. Wenn er sich durch was auch immer ablenken lässt, habe ich eine Chance", dachte er. Er wusste nicht, ob Francesca schon ins Haus eingedrungen war, oder ob sie die Lage von ihrer Position hinter dem Busch beobachtete. Der Bauer jedenfalls, misstrauisch bis ins Mark, wollte dem Geräusch nachgehen und wandte sich zur Tür. Dabei nahm er die Büchse wieder in die Vorhalte. Tommaso wollte den Moment abwarten, in dem der Bauer sein Gesicht zur Tür drehte. Dann wollte er sich fallen lassen, sich über die rechte Schulter abrollen und hinter den kleinen Schrank kommen, der mitten im Raum stand.

Mit ein bisschen Glück war da etwas zum Werfen. Und er hatte vielleicht auch die Gelegenheit, seine Waffe zu ziehen, die unter seiner Jacke verborgen war. Seine Nerven und seine Muskeln waren auf das Äußerste angespannt.

Der Bauer drehte sein Gesicht immer noch nicht zur Tür, sondern blickte weiterhin auf den knienden Tommaso. Aber da war ein Geräusch, eines, das nicht hierher gehörte. Die Frau konnte es nicht sein, die rührte sich nicht, das wusste er. Ob der Mann nicht alleine war? Die Gedanken des Bauern waren verwirrt. „Und wenn der Mann von gestern gar nicht tot war? Wenn sie zu zweit waren? – Was war hinter der Tür?" Er richtete die Waffe drohend auf Tommaso. Aber dabei bewegte er sich langsam Richtung Tür. Tommaso sah, wie sich das Türblatt ganz leicht in den Raum hinein bewegte, sodass ein kleiner Spalt entstand.

Dann hörten sie es zischen.

Der Bauer machte ein ungläubiges Gesicht, dann knallte es, ein Blitz erfüllte den Raum und Nebel breitete sich explosionsartig aus. Tommaso ließ sich wie geplant fallen, rollte nach rechts über die Schulter ab, ein Schuss fiel, die Tür wurde aufgestoßen und Tommaso sah, wie eine dunkle Gestalt durch die Türöffnung flog und dem Bauern erst links und dann blitzschnell rechts gegen den Kopf trat.

Die Waffe flog durch die Luft, der Bauer fiel, wie vom Blitz getroffen, in sich zusammen und rührte sich nicht mehr. Die dunkle Gestalt war schon über ihm, drückte ihm ein Knie in den Rücken und holte mit der Rechten zu einem senkrechten Schlag auf die Schläfe aus. In dieser Position verharrte die Gestalt. Dann kletterte sie herab, stieß die Waffe noch ein Stück weiter weg, zog ein Bündel Handschellen aus dem Gürtel und fixierte die Hände des bewusstlosen Bauern auf dem Rücken.

Tommaso rappelte sich auf und schaute in die dunklen Augen von Francesca.

*

Carlotta hatte es heute eilig, ins Büro zu kommen. Auf dem Weg kaufte sie als Erstes eine „24DerTag24“ und ging in eine Bar, um in Ruhe zu lesen. Die Schlagzeile enttäuschte sie. Erst auf der Seite 3 fand sie, was sie gesucht hatte. Und es war viel kleiner, als sie geglaubt hatte.

Doktortitel nur gekauft?

Es gibt Anzeichen dafür, dass die neue ViceVicequestora der Questura in Bozen, Carmelita Cantallielo, möglicherweise ihren Doktortitel nicht rechtmäßig erworben hat. Die Universität in der Schweiz, die ihr diesen Titel verliehen hat, ist in das Fadenkreuz der Schweizer Ermittler geraten. Den Professoren dieser privaten Universität wird vorgeworfen, ihren Studenten schnell und unbürokratisch zu akademischen Weihen zu verhelfen. Die Universität selber gab dazu keine Stellungnahme ab. Wie aus gut informierten Kreisen zu erfahren war, haben eine ganze Reihe von europäischen Nachwuchspolitikern an dieser Privatuniversität studiert und meist auch promoviert. Die Universität rühmt sich auf ihrer Internetseite, dass sie besonders begabten Menschen den schnellen Weg zu einer großen Karriere ermöglicht. Jetzt steht der Verdacht im Raum, dass diese Universität besonders betuchten Menschen die Türen zu einflussreichen Kreisen im europäischen Rahmen öffnet. Wie zu erfahren war, hat auch unsere neue ViceVicequestora dort studiert und in Rekordzeit das Studium absolviert. Ihre Promotionsurkunde wird noch druckfrisch sein, denn erst auf der letzten Pressekonferenz vor zwei Tagen erfuhr die Öffentlichkeit ganz nebenbei, dass die ViceVicequestora promoviert hat. Aus ihrem Umfeld wird berichtet, dass sie sich seither nur mit ihrem Titel ansprechen lässt. Jetzt wird sie wegen der Ermittlungen in der Schweiz möglicherweise unter Druck geraten.

Carlotta war ein wenig enttäuscht. Nach ihrem Telefonat gestern hatte sie mehr erwartet.

*

Als der Hubschrauber der Bereitschaftspolizei einschwebte und zur Landung neben dem Helikopter der Bergwacht ansetzte, knackte das Funkgerät. Der Pilot winkte Fabio herbei, der sich zum Polizeihubschrauber aufgemacht hatte. Er hatte vor, die Einsatzkräfte zum Ziel zu führen. Aber der Pilot des Bergungshubschraubers winkte heftig. Fabio bedeutete dem Polizeihubschrauber zu warten. Die Zeit brannte ihm unter den Nägeln. Wenn das jetzt nicht wirklich wichtig war ...

„Das ist einer von den Carabinieri für Sie", brüllte der Pilot gegen den Lärm des Polizeihubschraubers an. Der hatte zwar aufgesetzt, aber die Turbinen liefen noch für den Alarmstart.

„Commissario? Sind Sie dran?"

Tommaso musste brüllen, damit er ihn verstand.

„Ja, ich bin dran. Was gibt es? Wir haben das Kommando hier und sind in zwei Minuten bei euch!"

„Gefahr vorüber. Bauer unschädlich gemacht. Frau befreit. Ihre Assistentin und Tommaso nicht verletzt", meldete der Mann.

Fabio fiel ein Stein vom Herzen.

„Wir kommen trotzdem. Danke!"

In dem Moment trafen Elisabeth und die Männer von der Bergwacht ein.

*

Als Carlotta ihr Büro betrat, war die ViceVicequestora schon da – und sehr wütend. „Wieso weiß dieses Schmierenblatt, wo ich studiert habe? Wieso wissen die, dass ich in der Schweiz promoviert habe? Könne Sie mir das verraten?" Sie fauchte Carlotta an, als ob sie schuld sei, dass die Zeitung etwas Negatives berichtet hatte. Die Augen funkelten böse. Die Cantallielo hatte den Verdacht, dass die Informationen aus der Questura gesickert waren. Und Carlotta hatte Zugang zu den Personalakten. Dort befand sich die Promotionsurkunde im Augenblick, denn sie hatte die Urkunde vor drei Tagen eingereicht. Carlotta hatte mit dieser Frage gerechnet. Ihr war klar, dass die Cantallielo sie verdächtigen würde. Erst recht nach der Lektüre des kleinen Artikels in 24DerTag24. Carlotta war daher weder überrascht, noch machte ihr die Cantallielo Angst. Die nicht. Und seit gestern schon gar nicht mehr. Sie nahm daher kühl Maß und platzierte ihre Antwort ganz bewusst. Dabei schaute sie der Cantallielo direkt in die Augen.

„Was sollen diese Fragen? Wollen Sie damit andeuten, dass Sie mich verdächtigen, Informationen an die Presse gegeben zu haben? Nehmen Sie sich in Acht! Ich lasse mir von Ihnen nichts unterstellen." Mit diesen Worten trat sie einen Schritt nach vorne, um an ihren Schreibtisch zu gelangen. Die Cantallielo stand aber immer noch im Weg. Sie wirkte, als hätte sie eine Schreckstarre bekommen. Sie hatte nicht mit einer solchen Reaktion einer Untergebene gerechnet.

„Darf ich jetzt bitte an meinen Schreibtisch?", forderte Carlotta mit fester Stimme. Die Distanz, die man üblicherweise unter Menschen einhielt, war längst unterschritten.

Die ViceVicequestora wusste, dass sie gegen diese kleine Sekretärin verloren hatte. Wenn sie jetzt losbrüllte, würde sie nicht nur die Form nicht wahren. Sie hatte ja auch nichts in der Hand. Carlotta sah, wie es in ihr arbeitete. Ihre Blicke saugten sich förmlich fest. Die Wut sprühte aus den Augen der Vice-Vicequestora. Sie zischte: „Das letzte Wort ist noch nicht gesprochen." Damit verschaffte sie sich einen immerhin drohend wirkenden Abgang. Sie knallte die Tür hinter sich zu und war verschwunden.

Carlotta atmete tief durch. „Hoffentlich war das jetzt kein Fehler", dachte sie. Und sie erinnerte sich daran, dass sie gestern beschlossen hatte, heute ihren Freund von der Technik zu bitte, alle Verbindungen der ViceVicequestora aufzulisten. Sie wollte herausfinden, mit wem sie gestern an ihr vorbei telefoniert hatte. Sie schwirrte aus ihrem Zimmer und ging in die Kantine. Das war unverdächtig, weil das fast alle um diese Zeit taten, um sich ein Hörnchen zu holen und einen Kaffee zu trinken. Sie sah Paolo, den Techniker, schon von Weitem. „Paolo, schön dich zu treffen. Hast du heute Mittag Zeit, um mit mir zu essen?" Paolo und Carlotta kannten sich seit vielen Jahren und waren gut miteinander befreundet. Carlotta hatte ihm den Job in der Questura besorgt und Paolo war ihr deshalb immer noch dankbar. Schließlich musste er zu Hause fünf hungrige Mäuler durchfüttern, wie er immer sagte. Er freute sich und sie verabredeten sich in einer Pizzeria, fünf Minuten von der Questura entfernt.

*

Fabio und Elisabeth lagen sich in den Armen. Der Einsatzhubschrauber verbreitete einen Höllenlärm, aber die beiden hörten ihn nicht. Elisabeth hatte sofort begriffen, dass Fabio nicht nur eine schlechte Nacht hinter sich hatte. Seine Kleidung war verschmutzt, er war zerzaust, seine Wangen waren eingefallen. Sie sah aber auch die Verletzung durch den Streifschuss. Die Jacke war an dieser Stelle aufgerissen und die Verkrustung war zu erkennen. Und Fabios Augen hatten etwas Fiebriges. Dieser Mann hatte Schlimmes erlebt, das sah sie sofort. Aber er lebte!

Fabio spürte, dass die Anspannung von ihm schlagartig abfiel, als er Elisabeth in die Arme nahm. Sie war da. Ihr war nichts geschehen. Den anderen war nichts geschehen. Der tollwütige Bauer war gestellt. Da überkam ihn ein Schwächeanfall und er sackte in Elisabeths Armen zusammen.

*

Der Capitano des Kommandos hatte die Szene beobachtet und eilte zu Elisabeth. Die hatte Fabio auf den Boden gebettet. Fabio war nur kurz weggetreten, denn Hunger, die Kälte und die

Anspannung der letzten Stunden hatten ihm die Beine weichgemacht, wie er sich später ausdrückte. Fabio war in kurzer Zeit wieder fit und instruierte den Capitano kurz. Die Gefahr sei vorbei, aber sie sollten trotzdem nach dem Rechten sehen. Einer der Bergführer erklärte sich bereit, das Kommando zu leiten.

Später würde er erzählen, dass es ein tolles Erlebnis war. Der Capitano hatte seinen Leuten gesagt, dass sie jetzt eine Übung flögen. Der Hubschrauber sei blitzschnell aufgestiegen, hätte Kurs auf den Hof genommen, den man vom Hubschrauber aus gut sehen konnte, und dann wäre das Kommando in Windeseile aus dem Hubschrauber über Seilwinden aus vielleicht zehn Metern Höhe abgestiegen.

*

Capitano Rocco Mori war ein erfahrener Truppenführer. Er war als Erster am Boden und hatte sich bereits vom Seil freigemacht und die Waffe im Anschlag, als der nächste Mann seines Kommandos den Boden berührte. „Immer schneller als die anderen", war seine Devise. Er wusste, dass sie keinen echten Einsatz hatten, aber alle Bewegungen waren so in Fleisch und Blut übergegangen, dass er gar nicht anders konnte. Runter vom Hubschrauber, rein ins Gebäude, Lage klären, Angriff, Zugriff, Festnahme. Tausend Mal geübt. Hundert Mal angewendet. Aber als ihm heute aus dem Haus eine kleine Figur entgegentrat, die denselben schwarzen Anzug trug, nur ohne Abzeichen, da stutzte er für eine Sekunde. Die Person kam ihm lächelnd entgegen. Sie trug keine Sturmhaube, so wie er und seine Männer, sondern ein Barett. Jetzt zog sie das Barett ab und schüttelte ihr langes dunkles Haar, das in der Sonne herrlich funkelte. „Francesca! Was in Teufels Namen machst du hier!" „Rocco! Du kommst zu spät. Alles erledigt!"

Tommaso, der diese Szene von der Tür aus beobachtet hatte, zählte zwei und zwei zusammen. „Francesca trägt den Kampfanzug der Elitetruppe. Sie kennt den Kommandoführer persönlich. Und sie hat mit einer Blendgranate und ihrer Kampftechnik einen bewaffneten Mann kampfunfähig gemacht." Jetzt dämmerte es Tommaso, mit welchem Kaliber er es hier zu tun hatte.

*

Carlotta mochte Paolo. Sie hielt ihn für ein Genie. In der Welt der Bits und Bytes war er auch ein Genie. In der Questura war er der Herrscher über die Server. Alle Computer kannte er sozusagen von innen. Und er konnte alle Datenbewegungen nachvollziehen. Das war Carlotta hin und wieder ganz hilfreich gewesen. Noch bevor sie ihre Pizzen bestellt hatten, raunte er ihr zu: „Hast du Stress mit deiner Chefin? Die hat meinen Chef angewiesen, dass er ihr alle deine Telefondaten der letzten vier Tage auflisten soll." Carlotta lächelte: „Kam der Auftrag dazu heute Vormittag?"

„Ja, woher weißt du?"

„Damit habe ich gerechnet. Die Dame misstraut mir seit heute. Hast du die Zeitung gelesen?"

„Spricht sowieso heute jeder drüber. Die hat gar keinen Doktortitel oder so. Den hat sie gekauft, hat mir einer erzählt. Aber das ist doch sowieso egal. Die ist doch schon Chefin. Ist doch egal ob mit oder ohne Titel. Verstehst du das?"

„Vielleicht braucht sie den Titel für was anderes? Oder sie ist einfach eitel? Jedenfalls hat die mich ganz schön genervt. Kam vor drei Tagen rein und befahl mir, dass ich sie in Zukunft mit Dottoressa anzureden habe. Ich habe da wohl nicht sofort reagiert, jedenfalls ist sie ziemlich hässlich gewesen, weil ich es nicht sofort gemacht habe."

„Und warum will die alle deine Telefondaten?"

„Sie sucht denjenigen, der sie verraten haben könnte. Und sie verdächtigt mich. Das ist der Grund."

„Und – hast du?"

Carlotta schüttelte energisch mit dem Kopf.

„Ich habe nie mit der Presse gesprochen – nie!"

„Na, dann kann dir ja auch nichts passieren."

„Ihr habt ihr die Telefondaten also schon gegeben?"

„Mein Chef hat das getan. Ich habe das nur mitbekommen. Aber ich denke, dass sie die Daten schon vorliegen hat."

Carlotta nickte. „Soll sie doch. Die kriegt das sowieso nicht raus", dachte sie trotzig.

Und zu Paolo gewandt flüsterte sie: „Ich hätte da auch eine Bitte. Aber topsecret das Ganze. Darf nie jemand spitzbekommen. Kannst nur du für mich machen."

Paolo kam näher und wandte Carlotta sein rechtes Ohr zu. Sie flüsterte schnell: „Ich brauche alle Telefondaten von der Cantallielo von gestern. Kannst du mir die unauffällig besorgen?"

Paolo musste grinsen: „Zickenkrieg bei euch?"

Carlotta musste schlucken. „Zickenkrieg?" Aber wenn er das so einschätzte, dann musste sie ihm auch nichts erklären.

„Kann man so sagen. Also? Machst du es?"

„Kein Problem für mich. Kriegt auch keiner mit, versprochen. Wie soll ich dir die Liste geben?"

„Kannst du sie mir in den Briefkasten schmeißen?"

Paolo nickte.

*

Das Kommando war abgeflogen. Der Vorderkaser war zur Verpflegungsstation und zum Vernehmungszimmer geworden. Die Bergführer und die Hunde saßen vorne bei der Bar und ließen es sich schmecken. Der hintere Raum war verschlossen worden. Dort saßen Fameo, Tommaso, Francesca, die Carabinieri von Karthaus und der Schafbauer, dem sie die Hände mit Handschellen gebunden hatten. Elisabeth kümmerte sich um die Hinkende im vorderen Zimmer. Die Wirtin versorgte alle mit Getränken und warmem Essen.

Als die Wirtin das Essen für die Polizisten hereinbrachte, sprach Fabio gerade den Schafbauern an. „Wenn wir Ihnen die Handschellen abnehmen, können Sie auch etwas essen. Aber wenn Sie Schwierigkeiten machen sollten, dann werden wir Ihnen die Hände auf den Rücken binden und zusätzlich Fußfesseln anlegen. Also, wollen Sie etwas essen?" Der Schafbauer wirkte jetzt sehr müde. Er nickte wortlos. Auf einen Wink von Fameo wurden ihm die Handschellen abgenommen. Dankbar löffelte er seine Suppe.

Die Polizisten des Sondereinsatzkommandos hatten den Schafbauern zu Fuß bis zum Vorderkaser gebracht. Die Carabinieri von Karthaus hatten seine Waffe beschlagnahmt und seinen Hof versiegelt. Francesca hatte sich mit der Hinkenden unterhalten. Es war genau so, wie sie und Fabio es sich schon gedacht hatten. Es passte alles zusammen. Die Hinkende war im Keller der Scenazki von ihren Freundinnen getrennt worden. Irgendwann war dieser Bauer gekommen und hatte sie wortlos mitgenommen. Es war Nacht und sie hatte Angst. Er war mir ihr bis in die Berge gefahren und dann im Dunkeln einen steilen Pfad hinaufgegangen. Auf dem Hof habe sie sich wie eine Gefangene gefühlt. Der Bauer habe nur ganz selten mit ihr gesprochen. Und sie habe ihn nicht verstehen können – er sie anscheinend auch nicht. Er habe ihr gezeigt, wie sie das Essen zu machen habe und was für Arbeiten sie auf dem Hof zu verrichten hatte. Er habe sie nicht schlecht behandelt. Aber als er am zweiten Abend zu ihr ins Bett gekrochen war, sei sie vor Angst beinahe gestorben, denn sie hatte Schlimmes auf dem Weg von zu Hause nach hierher erlebt. Sie sei stocksteif dagelegen. Der Bauer habe sie nicht bedrängt. Er habe sie in seiner Sprache angesprochen, aber sie habe ja nichts verstehen können. Irgendwann habe er geseufzt und sei wieder gegangen – in sein Bett. Er habe versucht, nett zu ihr zu sein. Ab und zu habe er ihr über die Wangen gestreichelt. Einmal habe er ihr Blumen mitgebracht. Sie habe nicht gewusst, wo sie war. Nur Berge um sie herum. Und da sei im späten Herbst im vergangenen Jahr ein junger Mann vorbeigewandert. Der Bauer sei irgendwo gewesen, wahrscheinlich bei seinen Schafen in den Bergen.

Der junge Mann habe ganz wild ausgesehen. Er hatte komische Sachen an: Fellmütze und eine Jacke aus Stroh. Er habe sie in allen möglichen Sprachen angesprochen, auch in Spanisch, und das verstand sie ganz gut. Sie habe versucht, ihm zu erklären, dass sie hier gefangen gehalten würde. Und da habe sie der junge Mann mitgenommen. Sie waren immer höher gewandert. Er hatte ihr gesagt, dass es bis Österreich nicht weit sei. Das könnten sie in einem Tagesmarsch schaffen. Und da sei er zu Hause und würde sie zur Polizei bringen. Er wollte ihr helfen. Sie waren zwei Stunden unterwegs gewesen, als ein Schuss fiel und der junge Mann neben ihr zusammenbrach. Er lebte noch, war aber schwer verletzt. Er konnte nicht mehr aufstehen. Und da war der Bauer auch schon bei ihnen. Er hatte sie verfolgt und den jungen Mann angeschossen. Als er vor ihm stand, habe er wortlos in seinen Rucksack gegriffen, ein Beil herausgeholt und dem Mann damit auf den Kopf geschlagen. Der war sofort tot. Dann habe er den Mann in eine Felsspalte gesteckt, sodass er nicht mehr zu sehen war. Wortlos waren sie dann zu seinem Hof zurück, wo sie in ein Zimmer eingesperrt worden war. Das hatte der seither immer getan, wenn er den Hof verlassen wollte. Aber daran war seit diesem Tag ohnehin nicht mehr zu denken, denn am nächsten Tag waren die Temperaturen stark gefallen und der Winter kam schneller als gedacht. Der Bauer habe sie seither misstrauisch beobachtet. Aber er habe ihr auch kein Leid zugefügt oder sie bedrängt. Und er habe sie auch gerettet.

Vor gar nicht langer Zeit sei wieder ein Mann gekommen. Der Bauer war bei den Schafen und sie war im Zimmer eingeschlossen. Der Mann musste den Zimmerschlüssel gefunden haben, denn er stand plötzlich in ihrem Zimmer. Er redete nicht, sondern schlug sie sofort und riss ihr die Kleider vom Leib. Dann fesselte er sie und verging sich an ihr.

Als die Frau das erzählte, liefen ihr die Tränen über das Gesicht und sie zitterte am ganzen Körper. Francesca nahm sie in die Arme und sprach ruhig auf sie ein.

Der Bauer habe plötzlich im Zimmer gestanden und habe mit dem Gewehr auf den Mann gezielt. Dann habe er ihn aufgefordert, aufzustehen und in die Stube zu gehen. Sie habe nur einen dumpfen Schlag gehört. Dann sei der Bauer zu ihr, habe ihre Fesseln gelöst und ihr Kleider gereicht. Er sei dann zu dem Mann und habe ihn, nackt wie er war, an den Händen gefesselt. Dann habe er einen Eimer kaltes Wasser geholt und den Mann nach draußen gezogen. Dort habe er ihn mit dem kalten Wasser übergossen, worauf der Mann wach wurde. Dann habe er sich mit seinen Stiefeln auf die Beine des Mannes gestellt und mit einem Messer blitzschnell das Geschlechtsteil abgeschnitten. Der Mann habe geschrien und gebrüllt vor Schmerz. Der Bauer habe ihn einfach vor der Tür liegen lassen.

Und dann habe der Bauer den toten Hund entdeckt. Dem musste der Mann die Kehle durchgeschnitten haben, als er zum Hof gekommen war. Die Frau hatte noch das Anschlagen des Hundes gehört, dann ein kurzes Jaulen, dann nichts mehr. Kurz darauf war der Mann in ihrem Zimmer erschienen. Der Bauer habe dem Mann, der nur noch wimmerte, den Hundekadaver vor die Füße geworfen, ihn grob auf die Beine gestellt und ihn vor sich hergetrieben. Die Hinkende hatte den Mann nie mehr wieder gesehen ...

*

„Warum haben Sie die beiden Männer umgebracht?"

Nachdem alle gestärkt waren, begann Fabio mit dem Verhör. Er wusste, dass unter dem Druck der Ereignisse die meisten Menschen leichter redeten. Es sei denn, sie waren abgebrüht. Aber so schätzte er den Bauern nicht ein.

Der Bauer saß zusammengesunken auf der Bank vor seinem leeren Teller. Er rieb sich immerzu die Hände.

Tommaso beobachtete, wie es in dem Bauern arbeitete. Er kannte diesen Menschenschlag. Es gab nicht mehr so viele von ihnen. Sie waren an die Einsamkeit in den Bergen gewöhnt. Sie waren aber nicht gewöhnt, viel zu reden. Sie trotzten der wilden Natur ihre wertvollen Gaben ab. Sie waren stark an Körperkräften, zäh im Aushalten der Härte der Natur, erdverbunden wie Naturvölker. Die moderne Welt war ihnen nicht unbekannt, aber sie wurde von ihnen nicht geliebt. Sie zogen ihr einsames, karges und doch so reiches Leben in der Einsamkeit der Berge einem bequemeren Leben im Tal vor. Und dieser Mann sollte jetzt reden, sollte sein Leben offenbaren, sollte seine Motive schildern, die Tatverläufe schildern, sich dabei nicht in Widersprüche verstricken. Tommaso sah, dass diesem Mann das nicht möglich war. Er befürchtete, dass Fabio mit seinen modernen Vernehmungstaktiken hier an eine Grenze kam, die ihm vielleicht fremd war.

Aber Fabio ahnte, dass, wenn er diesen Mann zum Sprechen bekommen wollte, er ihm Zeit lassen musste.

Der Mann blickte im Raum herum, als ob er hier zum ersten Mal wäre. Dabei hatte die Wirtin ihnen erzählt, dass er durchaus hin und wieder hier vorbeischaute. Und plötzlich sprach er.

„Nie hab ich wegkönnen. Nie hab ich eine Schule besuchen dürfen. Immer wollten sie, dass ich alles mache. Und Geld gibt es keines, hat es geheißen. Für mich war nie Geld da. Nicht für die Schule. Nicht für die Stadt. Sie haben mich immer im Glauben gelassen, dass kein Geld da war."

Der Bauer geriet in Erregung, das sah man deutlich. Seine Augen blickten jetzt wirr im Kreis herum. Er knetete seine Hände. Die Carabinieri nahmen eine Haltung ein, die jedem signalisierte, dass sie sofort eingreifen würden, wenn er sich jetzt komisch verhielte. Aber es schien, als würde der Bauer das nicht wahrnehmen. Er redete jetzt mehr in den Raum hinein, als zu den Anwesenden, so, als würde er mit jemand anderem sprechen.

„Ihr habt mich für dumm gehalten, all die Jahre. Ihr wolltet nicht, dass ich etwas lerne. Ihr habt mich um die Jugend betrogen. Nie habe ich eine Frau kennengelernt. Nie durfte ich hinunter aufs Fest. Immer nur Arbeit, immer nur Schafe."

Der Bauer schaute jetzt unvermittelt Fabio an.

„Verstehen Sie das? Sie haben mir alles genommen. Und jetzt wollen mir alle das Einzige nehmen, was ich jemals besessen habe."

Der Bauer brach in Tränen aus. „Das Einzige, was ich jemals besessen habe."

Fabio schluckte: „Sie meinen die junge Frau, die Sie über das Heiratsinstitut kennengelernt hatten?"

Der Bauer schnäuzte sich die Nase. Das Taschentuch, das er hierzu aus seiner Hosentasche zog, hatte eine undefinierbare Farbe und diente wahrscheinlich allen möglichen Aufgaben.

„Sie war meins. Ich habe 6.000 Euro bezahlt. Und ihr wollt sie mir alle wegnehmen."

Das Gesicht verzog sich zu einer Fratze und er blickte Fabio böse an. Die Carabinieri standen auf und stellten sich zwischen Fabio und dem Tisch, hinter dem der Bauer saß. Fabio lugte zwischen den beiden Polizisten hindurch den Bauern an.

„Ich will Ihnen die Frau nicht wegnehmen. Das ist ein Irrtum! Ich bin Polizist! Ich wollte die Frau als Zeugin vernehmen. Aber Sie haben mich ja nicht ausreden lassen. Sie haben direkt zugeschlagen und dann auf mich geschossen."

Die Gesichtszüge des Bauern entspannten sich etwas. Er wirkte jetzt verwirrt. „Nicht wegnehmen?" „Aber die anderen, die wollten sie mir wegnehmen. Und der eine, der hat …" Der Bauer schlug die Hände vor sein Gesicht und es schüttelte ihn.

Fabio wusste, was er meinte. Aber er musste es noch einmal von dem Mann selber hören.

„Was haben denn die Männer gemacht mit Ihrer Frau?"

Der Bauer blickte Fabio aus tiefgeröteten Augen an. Sein Blick wirkte unstet. Die Augen gingen hin und her. Die Antwort kam stockend, stoßweise.

„Da ist einer mit ihr weggegangen. Er hat sie mir geraubt. – Aber ich habe sie mir zurückgeholt." Der Bauer machte eine Pause. Sein Blick ging nach unten. Dann sagte er leise: „Und der andere, der hat meiner Frau wehgetan." Dann stockte er.

„Und was haben Sie dann mit ihm gemacht?" Fabio musste es von ihm hören.

„Ich habe ihn getötet." Die Stimme war jetzt fest und klang grimmig. „Auge um Auge, Zahn um Zahn."

„Stimmt es, dass Sie ihn entmannt haben und dann fortgebracht? Und stimmt es, dass sie ihn weiter oben erschlagen und an einen Baum gehängt haben, damit ihn die Füchse fressen?"

Der Bauer schaute Fabio ausdruckslos an. Dann lachte er. Es klang hohl und trocken.

„Wenn Sie es eh schon wissen, warum fragen Sie?"

„Und Sie haben gedacht, dass ich auch so einer bin wie die anderen Männer?"

Der Bauer nickte, jetzt sichtlich müde.

Fabio lief es kalt den Rücken herunter.

„Eine Frage habe ich noch. Sie sagten soeben, dass sie niemals Geld hatten in ihrer Familie. Aber Sie haben für die Frau 6.000 Euro bezahlt, wie Sie es ausdrückten. Woher haben Sie denn das Geld?"

Der Bauer schaute nach unten und murmelte: „Geerbt."

„Wie bitte? Ich habe das nicht verstanden."

Der Bauer blickte Fabio jetzt direkt in die Augen. Und er sprach jetzt klar und deutlich: „Ich habe das verdammte Geld von meinen Eltern geerbt. Als meine Mutter vor einem Jahr gestorben ist, bekam ich Post von einem Notar. Und ich bin dann da hin. Mein Vater hat all die Jahre das Geld, das er mit den Schafen verdient hat, gespart. Und er hat es angelegt, wie der Notar gesagt hat. Ich verstehe nichts davon. Aber eines habe ich sofort verstanden. Dieser Mann hat mich mein Leben lang betrogen, um meine Jugend, um meinen Lohn, um mein Glück." Der Bauer kochte vor Wut, das sah man ihm jetzt deutlich an. Er hatte Mühe, seine Erregung zu unterdrücken. „Wissen Sie, wie viel ich geerbt habe? Wissen Sie wie viel?" Fabio schüttelte stumm den Kopf. „Die haben mehr als 300.000 Euro hinterlassen. Und ich wusste nichts davon. Dachte immer, wir sind arm wie die Kirchenmäuse." Er schluchzte jetzt. „Hier im Wirtshaus", er zeigte auf den Raum hinter der Tür, dort, wo die Bar stand, „habe ich mir nie etwas gegönnt. Wenn ich mal ein bisschen Geld hatte, habe ich mir dreimal überlegt, ob ich mir ein Bier gönne." Den

Bauern schüttelte es. „Und als ich wusste, dass ich jetzt endlich Geld in der Hand hatte, habe ich gespürt, dass ich nicht mehr weiß, was ich damit soll. Und so habe ich eines Tages hier gesessen und alte Zeitungen gelesen und ein Bier getrunken. Und in einer der Zeitungen hat eine Anzeige gestanden:

Vermittlung von Lebenspartnerinnen

Frauen aus Osteuropa freuen sich auf ein Leben mit einem einfühlsamen Mann, gerne aus bäuerlicher Umgebung ...

Und dann habe ich da angerufen. Ich bin später da hin und habe der Frau 3.000 Euro gebracht. Ich musste mir ein Telefon kaufen. So eins, das man mit sich herumtragen kann. Damit die mich anrufen konnte. Und irgendwann kam der Anruf. Da habe ich die restlichen 3.000 Euro eingesteckt und bin nach Brixen gefahren, um die Frau zu holen." Der Bauer schaute jetzt wieder traurig. „Aber die war zu jung für mich. Das habe ich gleich gemerkt. Aber sie war wenigstens da und ich war nicht mehr allein. Und wir haben uns auch gut verstanden. Bis dann diese Männer kamen, um sie mir wieder wegzunehmen." Das finstere Gesicht des Bauern betonte, dass er das nicht ertragen konnte.

*

Auf der Fahrt nach Hause saßen Tommaso, Francesca, Fabio und Elisabeth lange schweigend im Auto. Die Mordfälle im Pfossental waren aufgeklärt. Der Täter war geständig. Sie wurden ermordet, weil der Bauer dachte, sie nähmen ihm die Frau weg, für die er 6.000 Euro bezahlt hatte und die er deshalb für sein Eigentum hielt. Die hinkende Frau hatten sie mitgenommen. Francesca hielt es für eine gute Idee, sie mit ihren Freundinnen zusammenzubringen. Und die freuten sich riesig, als sie ihre Freundin wiedersahen. Anna war telefonisch informiert worden und hatte zusammen mit den beiden Frauen ein üppiges Essen zubereitet. Das gemeinsame Kochen funktionierte auch ohne dass man dieselbe Sprache sprach. Fabio hatte sich entschieden, erst morgen der ViceVicequestora Bericht zu erstatten, nachdem Francesca ihm erzählt hatte, was sie mit der Cantallielo erlebt hatte.

Abends, zu Hause, drückte Fabio seine Elisabeth eng an sich.

„Ich hatte ganz schön Angst, dich nicht wiederzusehen." Elisabeth schmiegte sich an ihn. „Und ich hatte schreckliche Angst um dich. Mach so was bitte nicht noch mal."

„An mir soll es nicht liegen. Ist auch sonst gar nicht meine Art, die Nacht in einem Erdloch zu verbringen. Ehrlich!"

Elisabeth vergrub ihr Gesicht in seiner Schulter.

„Liebst du mich?"

„Wie verrückt. Und das weiß ich ganz sicher."

Sechsundzwanzig

Tommaso war pünktlich wie immer. Fabio verfluchte es jetzt, dass er kein eigenes Auto besaß. „Irgendwann sollte ich mir ein eigenes Auto kaufen. Dann kann ich auch mal länger schlafen“, sagte er, als er gähnend in Tommasos Auto einstieg. Der nickte begeistert. „Diesem Gedanken solltest du vielleicht nachgeben, mein Lieber. Ist auch sonst ganz praktisch, so ein eigenes Auto.“ Fabio war der besondere Ton in Tommasos Satz nicht entgangen. Er hatte schon längst kapiert, dass man sich in seiner Umgebung darüber wunderte, dass er kein Auto hatte. Aber es war eben so, dass ihm Autos völlig egal waren. Und solange er irgendwo mitfahren konnte, war doch alles in bester Ordnung. Als Polizeioffizier hatte er eigentlich immer irgendwo mitfahren können. Und – ganz ehrlich – in Südtirols Bergen fuhr es sich nicht so einfach. Waren die Straßen ausgebaut, ging es, aber wenn er hoch hinaus musste, dann waren die Straßen eng, und da hatte er Probleme.

Tommaso fuhr den bekannten Weg und als sie auf der MeBo Richtung Bozen waren, fragte Fabio: „Was für ein Auto soll ich mir denn kaufen?“

Tommaso wunderte sich etwas. Männer hatten doch immer irgendein Modell im Kopf, das ihnen gefiel. Darum nahm er die Frage nicht besonders ernst.

„Ich würde dir ein Modell mit vier Rädern empfehlen, mein Lieber.“

Fabio wirkte ein wenig eingeschnappt. Tommaso verstand nicht.

„Es ist so, lieber Freund“, sagte er etwas geziert, „dass ich mich noch nie mit Autos beschäftigt habe. Schon als Kind habe ich nicht mit Autos gespielt, sondern mit Stoffresten. Das hat mich wohl geprägt.“ Fabio nahm jetzt Fahrt auf, ihn amüsierte die Sache. „Autos waren für mich noch nie sexy. Und jetzt brauche ich einen Einkaufsberater. Ich weiß überhaupt nicht, was der Markt so zu bieten hat. Ich kenne eigentlich nur die Modelle, die wir bei der Polizei haben. Alfas halt. Soll ich mir so einen Alfa kaufen? Da weiß ich wenigstens, wie wenig Platz man drinnen hat."

Tommaso musste jetzt lachen.

„Pass auf mein Freund. Ich gehe mit dir ein Auto kaufen, wenn du willst. Ich nehme dich an der Hand, wenn du magst. Aber vielleicht möchte Elisabeth ja auch mitreden. Du solltest sie zuerst fragen. Abgemacht?"

„Abgemacht!"

*

Will ViceVicequestora Cantallielo nach Brüssel?

Die ViceVicequestora Cantallielo will offensichtlich nach Brüssel, wie „24DerTag24" aus gut unterrichteten Kreisen erfahren hat. In der Wahlkampfzentrale ihrer Partei sind Wahlplakate für den anstehenden Wahlkampf gefunden worden. Darauf ist das Konterfei der ViceVicequestora abgedruckt. Ihr Name enthält bereits den Doktortitel. Nach unseren Recherchen waren die Plakate zu einem Zeitpunkt gedruckt worden, als der ViceVicequestora der Titel noch nicht verliehen worden war. Wegen der Verleihung von Promotionsurkunden wird derzeit in der Schweiz gegen verschiedene Professoren der privaten Uni ermittelt, an der die ViceVicequestora studiert hat. Gut informierte Kreise schließen nicht aus, dass auch die ViceVicequestora ihren Titel nicht rechtmäßig erworben haben könnte. Im Europawahlkampf wäre der Partei aber eine promovierte Kandidatin gut zu Gesicht gestanden, wie aus innerparteilichen Quellen zu vernehmen war. Niemand möchte so weit gehen, zu vermuten, dass der Titel passgenau zum Wahlkampf „erworben" worden ist. Aber die ViceVicequestora muss jetzt erklären, wie sie den Titel erlangt hat. Wenn nicht alle Umstände zum Titelerwerb geklärt werden, könnte das dem politischen Gegner Munition für den Wahlkampf liefern.

Carlotta legte die Zeitung zufrieden zur Seite. Der Bericht war immerhin auf Seite 1 gedruckt. Als „Eckenbrüller" links oben auf der Seite, also prominent neben den Hauptschlagzeilen platziert. Die Cantallielo war noch nicht im Büro. „Komisch“, dachte Carlotta. Gestern war sie doch noch vor ihr da. Und heute hatte sie offensichtlich Wichtigeres zu erledigen. „Kann ich mir gut vorstellen. Die wird jetzt mit ihren Parteioberen abstimmen müssen, was zu tun ist. Krisenmanagement ist jetzt gefragt.“ Carlotta war schon lange dabei. Sie wusste, dass die Presse immer nur häppchenweise einen Skandal aufdeckte. Auch wenn die Rechercheure viel wussten, so würden sie niemals alles auf einmal preisgeben. Es fing immer harmlos an, steigerte sich dann über die Tage, und wenn derjenige, um den es ging, sich in Widersprüche verwickelte, dann gab es irgendwann einen Showdown. Carlotta legte die Zeitung so auf ihren Schreibtisch, dass jeder sie sehen musste, wenn er zur Tür hereinkam.

*

Fabio begrüßte Francesca heute Morgen besonders herzlich. Tommaso hatte ihm ausführlich von ihrem Einsatz erzählt. Und dass der Capitano des Kommandos sie offensichtlich kannte.

„Sie sind ja ein Teufelskerl!“ und im selben Moment musste er lachen. Zum einen, weil ihn Francesca fragend anschaute, und zum anderen, weil ihm auffiel, dass er soeben eine attraktive Frau mit „Teufelskerl“ angesprochen hatte. Francesca sah heute wieder genauso attraktiv und verführerisch aus wie immer. Ein enges malvenfarbenes Etuikleid und farblich passende Schuhe gaben ein prächtiges Bild ab. Fabio grinste übers ganze Gesicht. Er freute sich einfach. Seine Mordfälle waren gelöst, Elisabeth liebte ihn, er hatte einen zuverlässigen Freund und jetzt auch noch eine patente Assistentin, die mehr draufhatte, als man erwarten konnte.

„Ich bin dafür, dass wir uns mit Vornamen ansprechen, in Ordnung?“

Francesca spürte Fabios aufgeräumte Stimmung.

„Gerne, ich heiße Francesca.“

„Natürlich – und ich Fabio.“

Beide mussten lachen. War eine komische Situation. Aber Fabio fand, dass sie jetzt zum „Du" übergehen sollten. Francesca hatte bewiesen, dass sie sich für einen Kollegen einsetzte. Und sie hatte bewiesen, dass sie das offensichtlich trainiert hatte.

„Du warst bei den Spezialeinheiten?"

Francesca nickte.

„Ich war ein Jahr dort. Ich habe mit ihnen zusammen trainiert. Aber dann habe ich mich dagegen entschieden."

„Darf ich erfahren warum?"

„Darüber möchte ich lieber nicht sprechen. Nur vielleicht so viel." Francesca biss jetzt auf ihre Unterlippe, was Fabio an ihr noch nie gesehen hatte.

„Ich wäre dort nicht glücklich geworden. Es gab Differenzen."

„Aber du hast dort offensichtlich viel gelernt?"

Francesca schaute ihn jetzt lachend an.

„Das habe ich. Die Ausbildung ist toll. Und du weißt ja, dass ich von meiner Jugend an Kampfsport betrieben habe. Ich habe da ganz gut hineingepasst. Ehrlich gesagt, mir hat die Ausbildung viel Spaß gemacht."

„Dann ist es vielleicht schade, dass du sie nicht abgeschlossen hast?"

Francesca holte Luft.

„Ich bin jetzt froh, hier zu sein. Ganz ehrlich! Die Arbeit mit dir macht mir Spaß. Bozen gefällt mir. Das Land gefällt mir. Die Leute gefallen mir. Ist in Ordnung hier."

Fabio nickte und lächelte Francesca an.

„Die Blendgranate, hattest du die noch aus der alten Zeit?"

„Das war reiner Zufall. Ich habe nichts, was ich in den Bergen anziehen könnte. Ich habe wirklich nur Kostüme und Kleider. Ich werde mich demnächst neu einkleiden müssen. Und als ich mit Tommaso loswollte, um dich zu suchen, da habe ich meinen alten Anzug genommen. Und an der Koppel hatte ich noch eine Blendgranate hängen. Purer Zufall. Aber wirkungsvoll! Hat doch gut geklappt!"

Francesca wirkte amüsiert.

„Tommaso hat mir berichtet, wie du durch die Luft gewirbelt bist. Der Mann hätte keine Chance gehabt, hat er gesagt."

„Wenn du den Kopf richtig triffst, dann ist der Gegner ausgeschaltet. Du musst aber richtig treffen, das ist das Problem. Aber ich wusste, dass ich den ersten Treffer gut platziert hatte. Der zweite war zur Sicherheit."

„Da steht dieses zierliche Persönchen vor mir und strahlt mich an. Und dabei ist sie eine Kampfmaschine", dachte Fabio.

„Heute schon die Zeitung gelesen?", fragte sie, wie es schien amüsiert.

„Nein. Gibt es denn schon was über unsere Mordfälle?"

„Das haben die noch nicht spitz. Nein – heute ist die Vice-Vicequestora dran. Die Zeitung will wissen, dass sie für das Europaparlament kandidiert und dass sie sich ihren Doktortitel vielleicht nur gekauft hat. Klingt schon alles irgendwie leicht skandalös. Jedenfalls hat die heute andere Sorgen, als sich um unsere Frauen zu kümmern, die wir sicher untergebracht haben."

Fabio nahm die Zeitung, die ihm Francesca hinhielt, und las.

„Dumme Sache das", murmelte er. „Egal, ich werde ihr Bericht erstatten. Willst du dabei sein?"

„Warum eigentlich nicht! Die wird dich wahrscheinlich auch auf die Frauen ansprechen. Und sie wird versuchen, dich zu zwingen, ihren Aufenthaltsort zu nennen."

„Ist mir schon klar."

*

Carlotta hatte sich die Telefonliste, die ihr Paolo in den Briefkasten geworfen hatte, genau angesehen. Es gab nur drei Nummern, die vom Apparat der ViceVicequestora direkt angewählt worden waren: immer dieselben Nummern zu unterschiedlichen Uhrzeiten. Und diese Nummern kannte sie alle. Es waren die Nummern, die sonst die ViceVicequestora anriefen. Immer war es dieser Bertollini. Eine der Nummern war jene aus der Parteizentrale in Rom, und da gab es noch eine Handynummer und die Nummer des „Vier Jahreszeiten". Wenn Bertollini die

Signora anrief, liefen die Anrufe immer über sie. Vorzimmerfunktion hieß das in der Bürosprache. Die Signora ließ sich für gewöhnlich die Gespräche von ihr holen. Sie konnte aber auch an ihr vorbei, direkt wählen. Und sie hatte anscheinend viel Gesprächsbedarf in letzter Zeit. Nach der Zeitungslektüre machte sich Carlotta ihren Reim auf diese Telefonate. Dieser Bertollini hatte jedenfalls etwas mit der Partei zu tun. Aber ein Mann dieses Namens war ihr noch nie im Zusammenhang mit dieser Partei untergekommen. Vielleicht war es auch nicht sein richtiger Name?

*

„Was ist eigentlich aus den Ermittlungen rund um die Scenazki geworden? Wir hatten doch vor zwei Tagen Aufträge verteilt. Sind die inzwischen abgearbeitet worden?"

Francesca konnte bestätigen, dass sie die Telefonüberwachung noch in Auftrag gegeben hatte, aber dann war sie in Fabios Rettungsaktion eingebunden gewesen.

„Ich rufe die beiden Kollegen, die sollen uns berichten."

Einer der beiden jungen Kollegen kam sofort. „Ich komme alleine. Der Kollege ist im Außeneinsatz, aber ich habe alles zusammengetragen." Fabio nickte ihm auffordernd zu und bot ihm einen Stuhl an.

Der junge Mann war ein wenig aufgeregt, trug aber sehr sachlich und konzentriert vor.

„Die Telefonüberwachung hat noch nichts gebracht. Es gab keine Ankündigung einer weiteren Lieferung. Zwei unserer Männer bewachen das Haus rund um die Uhr. Für die Scenazki haben wir einen Platz im Zeugenschutzprogramm, wenn es nötig sein sollte. Und ich habe mich um den Verlag gekümmert, bei dem die Scenazki in der Kreide steht. Das ist interessant. Es handelt sich um einen Verlag mit Sitz in Österreich. Sein Inhaber ist dafür bekannt, dass er rechtskonservative Kreise unterstützt. In Österreich hat es ein Ermittlungsverfahren gegen ihn gegeben. Ihm wurde vorgeworfen, die Neuen Nationalen zu unterstützen. Das Verfahren ist eingestellt worden. Dem Mann war nichts nachzuweisen. Der Verlag bringt Bücher heraus, die in der rechten Szene gelesen werden. Außerdem hat er einen Internetableger. Und der Scenazki hat er in der Tat einen Internetauftritt verpasst. Die hat sich aber ganz einfach über den Tisch ziehen lassen. Das hätte sie erstens billiger und zweitens besser haben können. Aber die haben ihr einen Knebelvertrag aufgeschwatzt. Sie hätte ihn nie erfüllen können, und so ist sie darauf eingegangen, ihr Haus als Umschlagplatz nutzen zu lassen."

Fabio unterbrach den Mann.

„Wenn ich das jetzt richtig verstanden habe, dann hat dieser Verlag die Scenazki ganz bewusst in die Schulden getrieben, um sie gefügig zu machen. Die haben alles über sie und ihre finanzielle Lage gewusst, gaben zuerst vor, ihr zu helfen, und als sie sich dann bei ihnen verschuldet hatte, haben die sie erpresst und sie gezwungen, ihnen ihr Haus zur Verfügung zu stellen. Richtig?"

„Richtig! Die Sache war von langer Hand geplant. Es sieht ganz danach aus, als ob der Verlag, oder wer auch immer dahintersteckt, gezielt Orte auswählt, die für eine längere Zeit unverdächtig sind. Zum Beispiel ein Heiratsinstitut, das seit vielen Jahren in Brixen etabliert ist und damit auch unverdächtig. So funktioniert der Menschenhandel eben. Bis die Polizei diese Orte findet, vergeht viel Zeit, und wenn ein Ort verbrannt ist, haben die bestimmt schon längst neue Lokale gefunden."

Fabio rieb sich die Hände.

„Und jetzt kommt die spannende Frage: Wer verbirgt sich hinter dem Verlag?"

Der junge Mann nickte.

„Das ist nicht so ganz einfach. Der Inhaber ist ein 80-jähriger Mann, der nach unserer Einschätzung als Strohmann dient. Der Mann, der die Fäden in der Hand zu halten scheint, ist kein Österreicher. Er ist Italiener und hat mit dem Verlag nur insoweit zu tun, als der Verlag ihn als Berater beauftragt."

„Berater?"

„So eine Art Unternehmensberater. Er hat eine Consulting-Firma mit Sitz in Rom. Und jetzt kommt der Knaller. Er berät unter anderem auch die Partei des Nationalen Aufbruchs."

Fabio pfiff leise durch die Zähne.

„Die Partei, für die unsere ViceVicequestora für das Europaparlament kandidiert? Interessant."

Francesca hielt es nicht länger hinter ihrem Schreibtisch. Sie stand auf und ging im Zimmer auf und ab.

„Sei meinen, der Berater hat Einfluss auf den Verlag, der die Scenazki in der Hand hat, und er berät die Partei unserer Chefin. Sie wissen schon, dass das eine gewagte Behauptung ist? Wie sicher sind Ihre Erkenntnisse?"

Der junge Mann blieb ganz ruhig. Er wusste, dass er seine Hausaufgaben gemacht hatte, und ihm war die pikante Note seiner Erkenntnisse durchaus bewusst.

„Die Sache wird noch verwunderlicher. Dieser österreichische Verlag könnte mit den Umsätzen, die er mit seinen Publikationen macht, niemals überleben. Eigentlich müsste er schon lange pleite sein. Ist er aber nicht. Ich bin erst am Anfang der Untersuchung und es ist schwierig, Details aus Österreich zu bekommen. Aber im Internet habe ich schon einiges gefunden, was mir ein Bild gibt." Er machte eine Pause und genoss, dass er die Spannung bei seinen Zuhörern damit steigerte.

„Ich glaube, dass der Verlag auch wieder nur so eine vorgeschobene Attrappe ist. Genauso, wie die Scenazki nur eine unbedeutende Statistin ist. Und ich glaube, dass der Inhaber der Beraterfirma dies alles steuert. Ob wir damit am Ende der Fahnenstange sind, weiß ich nicht. Wir müssten herausfinden, wer von dem Menschenhandel letztendlich profitiert. Wer kassiert die Gewinne und wie werden sie angelegt? Wir müssen die Zahlungsströme ermitteln. Und es würde mich nicht wundern, wenn der Berater da eine zentrale Rolle spielt."

Francesca hatte gut zugehört. Sie hatte das Bild vor Augen, das der junge Mann entworfen hatte. Die Frauen, die sie sicher untergebracht hatte, waren vielleicht ein Schlüssel für seine Fragen. Es hing sehr viel von ihren Beobachtungen und ihren Aussagen ab, um weiterzukommen. Francesca drehte sich zu dem jungen Kollegen um.

„Wie heißt eigentlich dieser Mann, dieser Berater?"

„Claudio Bertollini."

*

Tommaso fühlte sich ein wenig müde. Der Tag gestern war nicht spurlos an ihm vorbeigegangen. „Ich bin eben keine zwanzig mehr", sinnierte er. In seinem Büro türmten sich die Akten. „Kaum bin ich mal einen Tag nicht da, überhäufen die mich schon mit Papier", dachte er, als sein Telefon klingelte. Es war sein Bekannter aus dem Knast. Tommaso hörte zu, wischte sich über die Stirn und stand auf, den Hörer immer noch in der Hand. „Das kann doch nicht sein! Wann, sagst du? So ein Mist! Und der Täter? Es waren mehrere?" Tommaso setzte sich wieder. Sein Gesicht war um etliche Nuancen bleicher geworden. „Danke. Danke für die schnelle Information. Du hältst mich bitte auf dem Laufenden, ja?"

Das durfte doch nicht wahr sein! Wie konnte das passieren? Tommaso überlegte, was zu tun sei. Fabio informieren, klar. Und er musste dafür sorgen, dass die illegale Abhöraktion nicht publik wurde, sonst könnten sich Fabio und er warm anziehen. Am besten war, er ließ sich die Protokolle sofort kommen und nahm sie unter Verschluss. Tommaso telefonierte mit einem ihm eng verbundenen Kollegen. Der hatte ihnen die Abhöraktion für das Handy eingerichtet, das sie dem Führungsoffizier zugespielt hatten. Ihm musste er nicht viel erzählen, denn der Kollege wusste schon vom Mord an dem „Führungsoffizier".

„Ist mir schon klar", fing der das Gespräch an. „Ich bringe sie dir gleich in einer kleinen Tüte vorbei. Das sind die Pralinen, die du für deine Frau bestellt hast. Die Pralinen gibt es nur einmal. Da hat keiner eine Kopie hergestellt. Und ich weiß auch nicht, wie die gemacht werden – egal, was du mit den Pralinen anstellst."

Tommaso fiel ein Stein vom Herzen. Auf den konnte man sich verlassen.

„Danke, alter Knabe. Danke!"

Tommaso wählte Fabios Nummer.

„Man hat den ‚Führungsoffizier' umgebracht. Im Knast. Mit Messerstichen. Beim Freigang. Ist gerade erst passiert. Es müssen mehrere Täter gewesen sein. Das Wachpersonal hat es erst gemerkt, als er tot auf dem Boden lag. Vielleicht geben die Aufzeichnungen der Überwachungskameras etwas über den Tathergang preis. Aber soweit ich unterrichtet worden bin, ist das so passiert, dass sich beim Freigang eine Traube von Männern gebildet hat. Und als die wieder auseinandergingen lag unser Mann tot am Boden. Wer von den anderen zugestochen hat, wissen wir noch nicht." Tommaso schluckte: „Denkst du auch, was ich denke?"

Fabio nickte am anderen Ende der Leitung.

„Das war ein befohlener Mord."

*

Die beiden Männer trafen sich im Hinterzimmer des „Vier Jahreszeiten".

„Na, was meinst du? Wie lange geben wir ihr noch?"

„Keine drei Tage, schätze ich. Hängt jetzt ein bisschen davon ab, wie schnell die Konkurrenz ist. Aber wie ich die so kenne, werden die heute loslegen."

Die beiden lachten leise in sich hinein.

„Und was machen wir heute? – Ich meine, was sollen deine Leser morgen wissen?"

Der angesprochene Mann lehnte sich in den Sessel zurück.

„Morgen werden sie sich darüber wundern, dass die junge Dame in einer sensationellen Zeit ein volles Studium abgeleistet hat, während sie schon persönliche Referentin im Innenministerium war. Und dass sie dann noch Zeit für eine Promotionsarbeit gehabt haben soll, als sie Pressesprecherin war, das glaubt dann sowieso keiner mehr."

Der andere nickte.

„Und danach?"

„Danach beleuchten wir ein bisschen die Europapolitik der Partei, der unsere Dame dient. Ist schon interessant, dass sie hier in Bozen das Thema ‚Ausländerkriminalität' hochschraubt und ihre Partei dafür eintritt, Zuwanderung streng zu reglementieren. Und das in einem vereinten Europa."

Die beiden schauten sich an.

„Wollen wir jetzt nicht etwas Gutes bestellen?"

„Ja, das haben wir uns verdient."

*

Fabio hatte Francesca und ihren jungen Kollegen kurz informiert.

„Wir haben einen Mord im Knast. Mehrere Täter haben unseren ‚Führungsoffizier' umgebracht. Vermutlich erstochen. Einer von uns sollte da jetzt hin. Gehst du?" Die Frage war an Francesca gerichtet.

„Klar, mache ich."

Da aber Francesca noch nicht sofort ging, sondern umständlich ihre Sachen zusammensuchte, dachte Fabio, dass sie ihm vielleicht noch etwas unter vier Augen sagen wollte.

Er wendete sich an den jungen Polizisten.

„Vielen Dank bis hierhin. Das war alles sehr interessant. Ich werde Ihren Bericht sorgfältig lesen. Ich glaube, das hilft uns weiter. Wenn Sie etwas hören, sagen Sie uns bitte sofort Bescheid. Danke."

Der junge Mann verstand und ging.

„Du hast noch was auf dem Herzen?"

„Claudio Bertollini, so heißt der Mann, mit dem die ViceVicequestora immer telefoniert."

„Was sagst du da? Woher weißt du das?"

Francesca blieb äußerlich ganz ruhig, aber seit sie diesen Namen gehört hatte, saß sie auf glühenden Kohlen.

„Carlotta hat es mir erzählt. Die ViceVicequestora würde oft von einem Bertollini angerufen. Und sie hat sich auch alle Nummern notiert, über die er sie erreicht. Eine davon ist direkt aus der Regierungszentrale in Rom. Andere Nummern sind, glaube ich, Handynummern. Aber da war auch ein Anruf aus dem ‚Vier Jahreszeiten'. Gestern erst, glaube ich. Und sie trifft sich mit ihm. Du musst Carlotta fragen, die hat das herausgefunden."

„Und du bist sicher, dass du dich nicht täuschst?"

„Bertollini, das war der Name, da bin ich sicher."

*

Tommaso bekam seine „Pralinen". Sie waren tatsächlich in einer Pralinenschachtel! Sein Kumpel hatte Humor, oder gerade nichts anderes zur Hand. Jedenfalls hatte der Führungsoffizier nur ein einziges Mal telefoniert. Er hatte eine Handynummer angerufen. Tommaso legte das Band ein, auf dem das Gespräch aufgezeichnet war. Es war sehr kurz.

„Ich bin es. Die haben mich am Arsch. Hol mich hier raus, ... sonst ..."

„Sonst was?"

„Kannst du dir doch denken."

„Ganz ruhig, ganz ruhig. Ich schicke dir morgen einen Anwalt. Der holt dich da raus."

„Gut."

„Was wissen die?"

„Nichts."

„Sicher?"

„Ja."

„O.k., morgen regeln wir das."

Damit war das Gespräch beendet. „Und die haben es geregelt", dachte Tommaso. Und wie.

*

Fabio ging zu Carlotta. Er nickte ihr zu: „Ist sie da?“ Carlotta strahlte ihn an. „Heute schon Zeitung gelesen?“ Fabio nickte und schaute sie fragend an. Carlotta wirkte entspannt. „Ist sie nicht da?“

„Erraten. Sie ist nicht da. Und das um diese Zeit!“ Carlotta schlug ihre Beine grazil übereinander und setzte sich mit geradem Rücken hin. „Das wirkt, als ob sie posiert“, dachte Fabio. Das Verhalten verwirrte ihn etwas. Carlotta war so anders als sonst. So, als ob sie ihre Oberfläche verbreitern würde. So, als ob für niemand anderen im Raum Luft sei. Aber Fabio spürte auch, dass dies nicht ihm galt. Es galt der ViceVicequestora! Carlotta dehnte sich aus, um der anderen die Luft abzuschnüren – so wirkte das. Aber warum? Ihre Augen funkelten amüsiert. „Die Zeitung schreibt böse Sachen über unsere Chefin. Das wird ihr nicht gefallen.“

„Carlotta, das weiß ich. Aber lass mich kurz zur Sache kommen, solange sie noch nicht hier ist.“ Er schaute sich noch einmal um und schloss die Tür. „Du bist sicher, dass ...“

Carlotta schnaubte leicht. „Ja ich bin sicher. Aber wenn du willst, kannst du ja selber nachsehen.“

„Nein, nein.“ Fabio wiegelte ab. Bloß kein Streit wegen solcher Kleinigkeiten. „Francesca hat mir erzählt, dass die ViceVicequestora immer Anrufe von einem gewissen Bertollini bekommen hat und dass du dir die Nummern notiert hast, von denen er hier anruft. Diese Nummern, die hätte ich gerne.“

Carlotta wuchs noch ein wenig auf ihrem Bürostuhl. Sie beugte sich aber nach unten und holte ihre Handtasche hervor, die unter dem Schreibtisch stand. Aus ihr zauberte sie einen kleinen Zettel hervor, außerdem ein Telefonprotokoll, wie es hier im Hause gefertigt wurde. „Mein lieber Fabio, damit das klar ist: Ich kenne dich gar nicht, wenn man diese Zettel bei dir findet. Aber es sind auch immer nur drei Nummern. Eine Handynummer und zwei Festnetznummern. Die eine ist vom ‚Vier Jahreszeiten‘ und die andere gehört zur Parteizentrale in Rom. Und gestern hat sie öfter bei ihm angerufen, ohne dass ich das Gespräch vermitteln musste.“

„Und die hat keine Ahnung, dass du die Nummern hast?“

„Diese Chefs halten uns Sekretärinnen meistens für zu blöd, um irgendetwas zu merken. Die denken immer, wir funktionieren, kapieren nichts und schweigen. Und die Cantallielo ist derart arrogant, dass sie nicht merkt, wie ihr Vorzimmer arbeitet. Solche Chefs sind ganz leicht zu durchschauen.“

Fabio nickte nur. Interessant! Irgendwie.

„Und der Alte?“

Carlotta nickte.

„Netter im Umgang, großzügiger, galanter, aber im Prinzip genau dasselbe. Ich könnte dir Dinge erzählen ... Tue ich aber nicht. Bei dem bin ich lieber die funktionierende, schweigsame Sekretärin, die nichts kapiert.“ Sie schaute Fabio belustigt an. „Und wenn ich mal pensioniert bin, schreibe ich ein Buch darüber. ‚Sekretärinnen wissen alles‘, werde ich es nennen und den Herren in den Chefetagen mal ordentlich den Kopf waschen.“ Carlotta musste jetzt selber lachen.

Fabio hatte die Zettel eingesteckt. Und das war gut so, denn plötzlich und ohne anzuklopfen polterte die ViceVicequestora ins Zimmer. Sie erfasste mit einem Blick, dass hier eine gute Stimmung herrschte. Carlotta und Fabio erfassten mit einem Blick, dass die Cantallielo bis in die Haarspitzen voller Ärger war. Sie schäumte praktisch vor Wut. Sie erblickte Fabio und bemerkte die Zeitung auf dem Schreibtisch von Carlotta.

„Sie kommen mit!“ Dieser Befehl galt Fabio. Er folgte ihr in das Büro. Die Cantallielo schloss die Tür etwas zu geräuschvoll. Sie knallte ihre Tasche in die Ecke der Sitzgruppe und bot Fabio keinen Platz an. Sie selber nahm aber auch nicht Platz. Sie ging einige Schritte im Zimmer auf und ab.

„Die Zeitung kennen Sie?“

„Ja.“

„Alles Quatsch!“

„Natürlich.“

Sie schnaubte wie ein Pferd, das man gegen seinen Willen angebunden hatte.

„Soll ich vor die Presse treten?“

„Das fragen Sie mich?“
„Ja. Sie.“
„Nun, ich weiß nicht. Aber wenn Sie nicht vor die Presse treten, dann werden Sie heute viele Anfragen haben. Und wenn die Behauptungen doch alle Quatsch sind, dann ist es sicher das Beste, Sie klären das auf, oder?“
Sie schaute ihn mit etwas zusammengekniffenen Augen an.
„Commissario, Sie waren gestern nicht greifbar. Das hat mich geärgert. Ich hatte einen Disput mit Ihrer Assistentin. Ich will, dass Sie die zur Ordnung rufen. Wenn ich eine Auskunft von ihr haben will, darf sie mir die nicht verweigern. Klären Sie das bitte sofort.“ Sie machte eine kleine Pause.
„Und wo waren Sie gestern?“
„Ich habe den Mörder überführt, der die beiden Morde im Pfossental begangen hat. Wir haben sein Geständnis. Die Verhöre laufen noch. Aber ich bin mir sicher, dass er es war. Gar kein Zweifel.“
Das Gesicht der ViceVicequestora hellte sich auf.
„Wann habe ich den Bericht?“
„Das kann noch dauern. Aber ich kann mündlich berichten.“
Die Cantallielo blickte suchend im Raum herum. Dann fiel ihr Blick auf die Tasche, sie sie soeben achtlos in die Ecke geschleudert hatte. Sie fischte ein Päckchen Zigaretten heraus und steckte sich eine an. Dann deutete sie auf die Sitzgruppe und nahm selber Platz.
„Ich habe nicht viel Zeit. Fassen Sie sich bitte kurz.“ Dann zog sie gierig an ihrer Zigarette.
Fabio berichtete knapp und beschränkte sich auf die wesentlichen Aussagen. Seine persönlichen Erlebnisse ließ er außen vor. Die Cantallielo unterbrach ihn nicht einmal. Als er zu Ende gesprochen hatte, frage sie: „Diese Frau, die Sie da oben gefunden haben, wo haben Sie die hingebracht?“ Sie fragte scheinbar unbeteiligt, fast so, als würde sie das nicht interessieren. Aber Fabio wusste ja, dass sie hinter den anderen beiden Frauen her war.
„Wir haben sie in einer Pension untergebracht und einen Betreuer da gelassen, der sich um die Frau kümmert“, log er.

„Und wo genau?“

„Da war eine Pension im Pfossental, den Namen habe ich nicht parat, aber es ist einfach zu finden. – Wenn man die richtige Abzweigung nimmt, meine ich. Also dort, im Pfossental, da sieht ja ein Baum aus wie der andere, wenn Sie verstehen, was ich meine.“ Sein kleines Lachen, das er dabei einsetzte, wirkte allerdings nicht ansteckend auf die Cantallielo. Sie musterte ihn misstrauisch und zog heftig an ihrer Zigarette.

„Hören Sie, Ihre Assistentin hat zwei Frauen versteckt, die wir bei der Razzia festgenommen haben. Zwei gewöhnliche Prostituierte. Ich wollte sie abschieben, aber Ihre Assistentin hat das verhindert. Sie hat einen richterlichen Beschluss erwirkt, dass die beiden unter ein Zeugenschutzprogramm fallen. Und mir hat sie nicht sagen wollen, wo sie die beiden versteckt hat. Wie stehe ich jetzt da? Im eigenen Laden weiß ich nicht Bescheid? Das wird noch Konsequenzen für die junge Dame haben. Aber zunächst muss ich wissen, wo die beiden sind. Haben Sie das verstanden?“

Fabio nickte, sagte aber nichts. Er wollte abwarten, wie weit diese Frau ging.

„Wenn Sie das verstanden haben, dann besorgen Sie mir die Information ganz schnell. Ganz schnell, wenn ich bitten darf.“

Und mit einer Geste, die man benutzte, um eine lästige Fliege wegzuscheuchen, wollte sie Fabio verabschieden, oder besser, rauskomplimentieren.

Fabio stand ganz langsam auf, blieb stehen und musterte die Cantallielo. Sie wirkte nicht mehr so souverän, wie sonst. Ihre Stirn bekam Falten und leichte dunkle Ränder waren unter den Augen.

„Frau Dr. Cantallielo, so möchten Sie doch angesprochen werden, ich schaue mir den Beschluss gerne an. Aber wenn die beiden in ein Zeugenschutzprogramm genommen worden sind, das meine Assistentin überwacht, dann entscheidet sie allein, wer Zugang erhält. Ich melde mich dann wieder.“

Mit diesen Worten wollte er gehen.

Die Cantallielo sprang auf, ging schnell auf ihn zu und erreichte ihn, als er die Tür öffnete.

„Sie! Sie! Was bilden Sie sich ein?“ Ihre Stimme überschlug sich fast. „Sie besorgen mir jetzt sofort die Informationen, sonst werden Sie mich kennenlernen. Ich werde Sie suspendieren, Sie und Ihre Assistentin. Machen Sie, dass Sie rauskommen! Und in fünf Minuten habe ich die Informationen. Raus!!“

Fabio überlegte, ob er zurückbrüllen sollte. Aber bevor er reagieren konnte, hatte sie die Tür hinter ihm zugeschlagen.

Carlotta saß hinter ihrem Schreibtisch mit offenem Mund. Fabio schaute sie an und zuckte mit den Schultern. Er beugte sich zu ihr und sprach so leise, dass nur Carlotta es verstehen konnte: „Ich bin jetzt längere Zeit weg. Wenn die mich sucht …“, er deutete auf die Tür, „… weißt du nicht, wo ich bin. Du kannst mich aber jederzeit über mein Handy erreichen.“ Er zwinkerte ihr zu. Sie zwinkerte zurück. Fabio ging.

*

Draußen, vor der Schranke zur Questura, atmetet Fabio auf. „Nur weg von hier!“, dachte er. „Die ist ja irre!“ Er zückte sein Handy und rief Tommaso an: „Ich muss mit dir sprechen.“

„Ich auch mit dir.“

„Wo?“

„Bei Frederico?“

„Ich bin in zwei Minuten da.“

„Bis gleich.“

In Fredericos Bar war um diese Zeit nicht viel los. Der Ecktisch, der von der Straßenfront nicht beobachtet werden konnte, war frei. Frederico begrüßte sie mit den Worten: „Eh, wisst ihr, wo die kleine Commissaria ist? Die hat mein Handy und wollte es mir heute Morgen zurückgeben.“ Er schaute plötzlich traurig. „Und wir wollten zusammen frühstücken. Ich habe extra einen Tisch gedeckt.“ Fabio und Tommaso schauten Frederico erstaunt an. Der hatte sich anscheinend in Francesca verguckt. Fabio antwortete kurz: „Die hat einen Einsatz. Ich habe sie selber losgeschickt. Tut mir leid, aber die hatte echt keine Zeit." Frederico schien das ein wenig zu trösten. „Dann kommt sie vielleicht nach dem Einsatz?"

Fabio nickte ihm aufmunternd zu. „Wird schon. Aber wir haben auch einen Wunsch. Bringst du uns zwei Kaffee?"

Frederico ließ den Espressoautomaten zischen.

„Wo ist sie denn?"

„Ich habe sie zum Knast geschickt. Ermitteln."

„Mhm."

„Was ist?"

Tommaso holte einen zusammengefalteten Zettel aus der Tasche. Er hatte den kurzen Dialog von dem Band mit der Hand auf die Schnelle abgeschrieben.

„Ein einziges Telefonat. Beachte den Schlusssatz."

Fabio las.

„... O.k., morgen regeln wir das."

„Sie haben es geregelt."

Beide schwiegen einen Moment.

„Wenn wir das Gespräch haben, haben wir auch die angerufene Nummer?"

„Habe ich auf der Rückseite notiert."

Fabio drehte den Zettels um und las die Nummer. Plötzlich stockte er.

„Moment!"

Er kramte in seiner Hosentasche und holte den Zettel hervor, den er von Carlotta hatte. Er verglich die Handynummer auf Carlottas Zettel mit der Handynummer, die Tommaso auf die Rückseite seines Zettels geschrieben hatte.

„Tommaso, bist du sicher, dass die Nummer stimmt?"

Tommaso nickte. „100 Prozent. Nützt aber nichts. Dürfen wir nicht verwenden."

„Aber wir wissen jetzt, wen er angerufen hat."

Tommaso richtete sich auf.

„Wen?"

„Seine Name ist Bertollini. Und er ist ein enger Kontaktmann zu unserer ViceVicequestora. Er spielt eine Rolle als Berater für die Partei unserer ViceVicequestora und ist der ‚Berater' eines Verlages, der eine Zeugin erpresst hat, die in einen Fall von Menschenhandel verstrickt ist." Fabio schaute Tommaso an. „Das wäre ..."

„Das wäre ein ganz dickes Ding. Aber mir geht das jetzt etwas zu schnell. Nochmal langsam für deinen älteren Kollegen. Wer ist dieser Bertollini? Was ist mit ihm? Woher weißt du das alles von ihm? Und wen berät der? Und wie hängt das alles zusammen?"

Tommaso schaute Fabio ratsuchend an. In Fabios Kopf schwirrten die Gedanken wild umher. Das war schon alles etwas viel und vor allem so plötzlich. So als ob sich mit dem kleinen Zettel, den er immer noch in der Hand hielt, der letzte Stein in das Mosaik legen ließe. Aber das Bild war trotzdem noch nicht klar.

Er holte tief Luft und schaute Tommaso direkt in die Augen.

„Also, ich versuche jetzt die Dinge zu ordnen. Frag einfach, wenn ich zu schnell bin. Oder wenn ich unlogisch werde."

Die „Handynummer", er zeigte auf den Zettel, den er von Carlotta bekommen hatte, „von diesem Handy ist die ViceVicequestora öfter angerufen worden. Auch noch von anderen Festnetzanschlüssen. Aber eben auch von einem Mobiltelefon mit genau dieser Nummer. Der Anrufer war immer ein gewisser Bertollini." Tommaso hob die Hand. Er wollte eine Frage stellen. Fabio nickte ihm zu. „Woher weißt du das?" Fabio nickte wieder. „Das weiß ich von Carlotta. Die hat sich die Nummern notiert. Die ist clever. Sie hat auch eine Gesprächsdatenliste aus dem Hauscomputer erhalten." Tommaso nickte. „Also das dürfen wir gar nicht haben, richtig?" Fabio nickte. „Richtig. Aber wir wissen das jetzt. Und wir wissen, dass dieser Bertollini eine zwielichtige Figur ist. Der ist Berater der Partei unserer Vice. Das ist noch nichts Schlimmes. Viele Parteien engagieren Berater. Aber dieser Berater ist noch mehr. Der macht möglicherweise auch Geschäfte, die nicht rechtens sind." Fabio machte eine Kunstpause. „Bertollini hat irgendwie mit dem Verlag zu tun, der unsere liebe Zeugin Domenica Scenazki erpresst hat." Tommaso schnaubte: „Du meinst, dieser Bertollini ist in den Menschenhandel verstrickt?“ Fabio wiegte den Kopf. „Jedenfalls hat er irgendwie die Finger drin.“ „Ist das denn sicher?“ „Ist von unseren Leuten so recherchiert worden. Ich konnte das noch nicht überprüfen. Ist mir bisher nur mündlich berichtet worden. Aber überleg doch mal, was das bedeuten könnte.“ Tommaso gab sich Mühe, aber die vielen Details verwirrten ihn etwas. Fabio fuhr fort: „Das würde einiges erklären, auf das ich mir bisher keinen Reim machen konnte.“ Tommaso schaute Fabio aufmunternd an. Der fuhr fort: „Also, die ViceVicequestora scheint von ihrer Partei ganz schön herumkommandiert zu werden. Ihr ‚Berater‘ heißt Bertollini. Ziel ist es, sie im Europaparlament zu installieren. Dabei soll ihr dieser Mann helfen. Bertollini ist aber auf vielen Geschäftsfeldern unterwegs. Möglicherweise ist er auch an einem Menschenhändlerring beteiligt. Nehmen wir mal an, dass dies so ist. Jetzt berät er die ViceVicequestora dahingehend, bei uns sofort gegen die vermeintlich blühende Ausländerkriminalität vorzugehen und das medienwirksam zu inszenieren. Als braves Mädchen macht sie das auch und fängt bei ihrer Razzia auch zufällig zwei Opfer des Menschenhändlerringes ein, an dem Bertollini beteiligt ist.“ Tommaso lehnte sich zurück: „Jetzt wird mir einiges klar. Deshalb war die ViceVicequestora so hinter den beiden Frauen her. Hätte Francesca die beiden nicht schnell untergebracht, wären sie abgeschoben worden und man hätte in ihren Heimatländern dafür gesorgt, dass sie niemals eine Aussage machen können. Bertollini wird die Cantallielo genötigt haben, die beiden so schnell wie möglich abzuschieben.“ Er pfiff durch die Zähne. Fabio war zufrieden. „Genau so. Und die Cantallielo ist nicht in der Lage, sich diesem Ansinnen zu widersetzen.“

Tommaso stieß deutlich hörbar die Luft aus. „Das wäre ...“

„Ja, das wäre es.“

Tommaso ballte seine Hände zu Fäusten.

„Und wir dürfen das Abhörprotokoll nicht nutzen. Und wenn es rauskommt, dass wir es haben, dann kriegen die uns am Arsch. Besonders, wenn deine Chefin da irgendwie drinhängt.“

„Wer weiß außer uns von der Aktion?“

„Nur zwei Männer, denen ich vertraue.“

„Gibt es Kopien?“

Tommaso grinste leicht.

„Keine Kopien.“

„Aber das Handy hat der Mann vielleicht noch auf seiner Zelle?“

„Wenn man es findet, kann man es untersuchen.“

Die beiden wussten, was zu tun war. Sie zahlten schnell und Tommaso rief einen Wagen der Bereitschaft. „Schnell zum Knast!“

*

Francesca stieß auf eine Mauer des Schweigens. Alle Männer, die mit dem Führungsoffizier gemeinsam auf dem Freistundenhof waren, hatte sie nacheinander vernommen. Mehr als ihren Namen hatte keiner gesagt. Keiner hatte auch nur eine Frage beantwortet.

Nachdem man die Männer abgeführt hatte, ließ sie sich die Kameraaufzeichnung zeigen. Aber das war ein Reinfall. Die Kamera überwachte nicht den ganzen Hof. Sie sparte einen kleinen Teil aus. Und genau da war es passiert. Man konnte noch erkennen, dass sich die Männer, die an der Tat beteiligt gewesen sein mussten, gemeinsam in Marsch gesetzt hatten und den Teil des Hofes angesteuert hatten, der nicht von der Kamera überwacht wurde. Genau dort musste sich der Führungsoffizier aufgehalten haben. Die Männer waren nur kurze Zeit aus dem Bild, dann erschienen sie alle wieder und gingen ganz ruhig auseinander. Francesca vernahm dann noch die beiden Beamten, die zum Zeitpunkt der Tat auf den Kanzeln Wache hatten. Aber die hatten das Geschehen nicht verfolgt. Angeblich hatten sie andere Teile des Hofes beobachtet. Sie hatten lediglich einen Mann gesehen, der am Boden lag und daraufhin internen Alarm ausgelöst. Ein Team der Wachmannschaft war dann auf den Hof gerannt, um nach dem Rechten zu sehen, und hatten den Toten gefunden.

Die Leiche war von vielen Stichen in alle möglichen Körperteile, vor allem aber Hals und Brust, entstellt. An der Kleidung von zehn Häftlingen, die auf dem Hof waren, waren Blutspritzer gefunden worden. Die mussten also in unmittelbarer Nähe gestanden haben, oder sogar die Täter gewesen sein. Aber die sagten kein Wort. Kurz nachdem Francesca die kurzen Vernehmungen beendet hatte, meldete sich ein Anwalt als Vertreter für fünf der Häftlinge. Es war ein bekannter, sogar ein wenig berühmter Strafverteidiger. Er forderte sofort Akteneinsicht und verbot eine weitere Vernehmung seiner Mandanten ohne seine Anwesenheit.

Der Anstaltsleiter nahm Francesca zur Seite.

„Ich habe so etwas noch nie erlebt. Aber ich kenne einen Fall, der sich so ähnlich abgespielt hat. Der Fall damals war eine Hinrichtung. Ein Verräter wurde hingerichtet. Und die Täter waren Mithäftlinge. Einer war der Anführer, die anderen wurden gezwungen mitzumachen. Genauso sieht es hier auch aus."

„Wieso hat man die Tatwaffe nicht gefunden?"

Francesca traute hier keinem mehr. Als sie die Untersuchung aufgenommen hatte, musste sie feststellen, dass man zwar einen Toten präsentieren konnte, die Tatwaffe aber verschwunden war. Sie wandte sich an den Anstaltsleiter: „In einem Knast ersticht einer oder erstechen mehrere einen Mann mit einem oder mehreren Messern oder Stichwaffen und nichts, aber auch gar nichts wird gefunden. In der Leiche steckt nichts, auf dem Boden liegt nichts herum, bei den Häftlingen ist nichts gefunden worden."

Der Anstaltsleiter schaute auf den Boden.

„Ich kann mir das nicht erklären. Wir werden den Hof noch einmal gründlich durchsuchen. Irgendwo muss die Waffe doch sein."

„Oder die Waffen. Ich glaube, es waren mehrere spitze Gegenstände, mit denen gleichzeitig auf den Mann eingestochen worden ist. Die Gerichtsmedizin wird das feststellen, aber wenn ich mir die Verletzungsmuster ansehe und in Betracht ziehe, dass die Tat in wenigen Sekunden vollzogen worden ist, dann gibt es keine andere Erklärung dafür. Oder sehen Sie das anders?"

Der Anstaltsleiter nickte, sagte aber: „Nein, ich habe auch keine andere Erklärung."

Francesca überlegte. Es konnte sein, dass der Anstaltsleiter nicht beteiligt war und auch nichts wusste. Aber er wusste um die Strukturen im Knast. Er musste eine Vorstellung davon haben, wie eine solche Tat passieren konnte, und er würde sich denken können, welche Personen dafür infrage kamen, von den Gefangenen und möglicherweise auch von den Bediensteten.

„Kann ich die Zelle sehen?"

In dem Moment traten Tommaso und Fabio durch die Tür. Francesca stellte sie dem Anstaltsleiter vor und fasste kurz die Ermittlungen zusammen. Als der Name des Strafverteidigers fiel, zog Fabio deutlich hörbar die Luft durch die Zähne. „Na, da haben wir aber ein besonderes Exemplar. Der Mann nimmt einen Tagessatz, für den einige Menschen einen Monat arbeiten müssen. Kann mir nicht vorstellen, dass die Häftlinge, die er vertritt, ihn bezahlen. Dieser Anwalt wird geschickt. Und dem, der ihn schickt, ist es eine Menge Geld wert, dass die Häftlinge anwaltlich gut betreut werden. Interessant."

„Ich wollte mir gerade die Zelle ansehen."

Fabio und Tommaso sahen sich kurz an.

„Gute Idee, wir kommen mit."

Der Anstaltsleiter führte sie. Sie betraten den Trakt der Haftzellen durch eine schwere Metalltür. Das Einrasten des Schlüssels in das Schloss, das Geräusch, wenn der Schlüsselbart im Schloss herumgewirbelt wird und damit die Sperren löst, der Lufthauch, wenn die Tür aufgezogen wird, die Gerüche, die sich durch den Spalt ihren Weg bahnen, das Knallen der Türen, wenn sie hinter einem zufallen, wieder das scharrende, schnarrende, ratschende Geräusch des Schlüsselbartes in wirbelnder Umdrehung und schließlich das geräuschvolle Herausziehen des Schlüssels aus dem Schloss – alles dies rauschte um sie herum – vielfach und immer wieder, bis sie auf ihrem langen Weg durch viele Gänge des Zellentraktes in den Bereich kamen, in dem die Zelle lag, in der der Tote untergebracht gewesen war. Es war eine Gemeinschaftszelle. Drei Betten waren zu sehen, ein kleiner Tisch, drei Stühle, ein Waschbecken, eine Kloschüssel, drei schmale Spinde. Es roch nach kaltem Rauch und Männerschweiß. Die beiden anderen Zellenbewohner waren anwesend. Einer lag auf seinem Bett und las eine Zeitung. Der andere saß auf einem der Stühle und machte gar nichts. Sie blickten auf, als sich die Tür öffnete und der Gefängnisdirektor und die Polizisten den Raum betraten. Der Gruß der Eintretenden wurde von ihnen nur knapp erwidert. Aber niemand von den beiden machte Anstalten, sich zu erheben. Der auf dem Bett las weiter in seiner Zeitung, als sei niemand sonst im Zimmer, und der auf dem Stuhl schaute die Polizisten interessiert und irgendwie neugierig an. Der Direktor stelle seine Begleiter als Polizisten vor. Bei Tommaso war das wegen seiner Uniform ohnehin nicht zu übersehen. Da Uniformen auch bei dieser Sorte Menschen Eindruck machten, fragte Tommaso den, der auf dem Stuhl saß: „Welcher Spind gehörte Ihrem Kameraden?" Der Angesprochene wusste zwar, wen Tommaso meinte, antwortete aber betont langsam:

„Welchen Kameraden meinen Sie?"

Tommaso machte einen schnellen Schritt auf den Mann zu und stand jetzt ganz nah bei ihm. „Wen glauben Sie, meine ich wohl? Aber wir können auch gleich alle Spinde durchsuchen. Aufmachen!"

Der auf dem Stuhl sah ein, dass er hier schlechte Karten hatte. Der auf dem Bett legte seine Zeitung beiseite. Vom Bett aus zeigte er auf den rechten Spind. „Der ist es."

Der Spind war offen. Das war erstaunlich, denn die Spinde der anderen beiden waren verschlossen.

„Wer war hier dran, bevor wir kamen?"

Die Frage ging an alle. Aber die beiden hatten nur ein stummes Schulterzucken als Antwort.

Im Spind fanden sich einige Kleidungsstücke, Seife, Shampoo. Mehr nicht. Ein Handy war jedenfalls nicht im Spind. Tommaso setzte sich auf einen der Stühle an den kleinen Tisch und wendete sich dem Mann zu, der ebenfalls am Tisch saß. „Wer hat den Spind vor uns durchsucht?" Keine Reaktion. Tommaso legte seine beiden großen Hände auf den Tisch und spreizte seine Finger. „Groß wie zwei Bratpfannen", dachte Fabio.

„Stumm ist ganz schlecht. Dann nehme ich Sie mit. Und wir unterhalten uns – unter vier Augen. Wollen Sie das?"

Der Direktor wurde etwas unruhig. Fabio stellte sich neben ihn und legte ihm die Hand auf die Schulter. Da zuckte er zusammen. Er fühlte sich nicht wohl in seiner Haut. Was wollten die Polizisten? Warum setzte der eine den Häftling unter Druck? Warum drohte er ihm? Dem Direktor war klar, dass er ein Problem hatte. Einer seiner Häftlinge war ermordet worden – das war schon schlimm genug. Aber wenn die Polizei gleich mit drei Personen hier aufkreuzte und dann noch von zwei verschiedenen Waffengattungen, die sich ansonsten nicht gerade vertrugen, dann musste man sich so seine Gedanken machen. Er wusste nichts über den Toten, außer dass er erst vor zwei Tagen hier eingeliefert worden war. Als Untersuchungshäftling. Der Direktor war durchaus erfahren. Die Art und Weise, wie der Mann zu Tode gebracht worden war, erinnerte an die Ermordung von Verrätern im Knast, wie es sie immer wieder einmal gibt. Dann musste er aber auch zugestehen, dass es auch in seinem Knast Strukturen gab, die es nicht geben durfte. Und das wiederum konnte für ihn sehr unangenehm werden. Wenn diese Polizisten etwas wussten oder ahnten – und das war wahrscheinlich –, dann konnten ihre Untersuchungen für ihn Folgen haben. Ein Kollege von ihm war wegen einer solchen Sache degradiert worden. Das sollte ihm nicht passieren. Das würde er verhindern, wenn es in seiner Macht stünde. Er räusperte sich: „Meine Herren ...", und es war nicht klar, wen er meinte, die Gefangenen oder die Polizisten oder einfach alle, „... meine Herren, vielleicht sollten wir draußen kurz miteinander reden?" Damit war klar, dass er die Polizisten meinte. Francesca schaute ihn etwas streng an. Wieder einer dieser Typen, die sie ignorierten, sobald ein Mann auftauchte. Dann sahen Typen wie dieser sie nicht mehr als ernst zu nehmende Gesprächspartnerin. Da meldete sich Fabio, der Francescas Mienenspiel beobachtet hatte: „Francesca, geh du doch bitte mit dem Herrn Direktor vor die Tür. Und wir“, er wendete sich zum Tommaso, „wir unterhalten uns inzwischen mit den Herren hier.“ Fabio machte eine aufmunternde Geste Richtung Direktor und wandte sich dann ab und dem Mann auf dem Bett zu. Der schaute misstrauisch Richtung Fabio. Der Direktor wusste nicht, wie ihm geschah. Aber er traute sich auch nicht, dem Polizisten zu widersprechen, und ging mit Francesca vor die Tür. Allein mit den beiden Gefangenen im Zimmer begannen Fabio und Tommaso mit dem Verhör.

„Ihr Zimmernachbar ist tot. Ermordet. Ärgerlich das.“ So begann Tommaso in einem lässigen Tonfall. Seine großen Hände lagen immer noch auf der Tischplatte und seine Augen waren in die Augen des ihm gegenübersitzenden Häftlings versenkt. Dem wurde es sichtbar ungemütlich. Er rückte auf seinem Stuhl hin und her. Fabio griff den Tonfall von Tommaso auf und sprach zu dem Mann auf dem Bett.

„Sehr ärgerlich sogar. Und Sie beide haben mit ihm eine Zelle geteilt. Da stellen sich Fragen.“

Der Mann auf dem Bett richtete sich ein wenig auf und machte ein freches Gesicht. So als wolle er sagen: „Na und? Was hat das mit mir zu tun?“

Da nahm Tommaso den Faden auf.

„Wenn wir mal ins Blaue sprechen, dann müssen Sie sich das so vorstellen. Irgendeiner wird an dem Tod schuld sein. Wenn wir die Videobänder ausgewertet haben und die Zeugenaussagen vom Wachpersonal, dann wissen wir schon eine ganze Menge über den Tathergang. Wer wann was gemacht hat. Und dann nehmen wir die Kerle auseinander. Ist doch klar.“ Tommaso nahm jetzt einen kumpelhaften Tonfall an.

Fabio fuhr fort – im selben kumpelhaften Tonfall.

„Und wenn wir zu einem frühen Zeitpunkt Unterstützung erhalten, sagen wir mal, von jemandem, der den Toten gekannt hat, dann kann das auch für ihn gut sein.“

„So laufen die Geschäfte. Wir haben es einfacher und Sie haben einen Vorteil“, ergänzte Tommaso. Auf dem Gesicht des Mannes, der auf dem Stuhl saß, zeigte sich Unsicherheit. Ein feiner Schweißfilm zeigte sich auf seiner Stirn. In ihm arbeitete es. „Der hat Schiss", dachte Tommaso. „Aber er weiß was."

Der Mann auf dem Bett hatte bisher nichts gesagt. Plötzlich richtete er sich auf und ließ die Beine vom Bett herunterpendeln. „Wir wissen nichts. Beide." Das war alles, und der Mann am Tisch zuckte nur zusammen und schaute auf den Boden. „Fabio ging auf den Mann zu und blieb kurz vor ihm stehen. „Sie wissen also nichts. Gut. Dann will ich jetzt Ihren Spind sehen. Bitte öffnen!"

Der Mann schaute Fabio durchdringend an. „Und was wollen Sie da finden?" Er grinste jetzt. Fabio war jetzt sicher, dass er nichts finden würde. Der Mann sprang vom Bett, schlenderte zu seinem Spind, schloss ihn auf und machte eine einladende Handbewegung: „Bitte."

Tommaso machte eine Bewegung zu dem anderen Spind hin und sein Gesprächspartner öffnete seinen Spind ebenfalls. Der jeweilige Inhalt war sehr übersichtlich und ein Handy war – natürlich – nicht dabei. Tommaso und Fabio schauten einander an. Der Führungsoffizier hatte gestern Nachmittag telefoniert. Nachmittags waren die Häftlinge auf ihren Zellen. Also musste er vermutlich aus dieser Zelle heraus telefoniert haben.

„Wo waren Sie gestern Nachmittag?" Fabios Frage war an beide Männer gleichzeitig gerichtet. Es antwortete der vom Bett mit einem Grinsen: „Oh, ich war shoppen in den Lauben und mein Kumpel war, glaube ich, einen klar machen." Fabio ignorierte die Antwort. „Wir können Sie auch mitnehmen und so lange befragen, bis eine vernünftige Antwort aus Ihnen herauskommt." Er sprach ganz leise und ganz langsam. Da antwortete der vom Bett: „Was glauben Sie, wo wir waren?" Seine Stimme klang scharf. „Hier natürlich. In diesem stinkenden Loch. Was glauben Sie denn!"

„Na also, geht doch. Und Ihr Zimmergenosse, der heute Morgen ermordet worden ist, war auch hier?"

„Ja."

„Und was hat der so gemacht, den ganzen lieben Nachmittag lang?"

„Rumgehangen wie wir und gewartet, dass die Zeit vergeht."

„Irgendetwas besonderes? Vielleicht etwas, was hier nicht erlaubt ist, aber trotzdem schon mal passiert?“

Der vom Bett schaute Fabio feindselig an.

„Was glauben Sie eigentlich, was hier abgeht? Waren Sie überhaupt schon mal länger als eine Stunde im Knast? Da war nichts. Nichts, nichts, nichts.“

Tommaso nickte Fabio kurz zu.

„Meine Herren, das war es fürs Erste. Wenn Ihnen noch etwas einfällt, lassen Sie es uns wissen.“

„Leck mich!“

„Hast du was gehört?“ Fabio fragte Tommaso.

„Eine Ratte hat gehustet. Und wenn Ratten Husten haben, dann gibt es dafür nur ein Mittel.“ Mit diesen Worten ging Tommaso am Häftling auf dem Bett vorbei und rempelte ihn scheinbar unbeabsichtigt an. Die Bewegung kam so schnell und war so akkurat, dass sie kaum auffiel. Aber der vom Bett bekam für einen Moment nur schwer Luft und fand sich auf seinem Hosenboden wieder.

„Ich werde mich beschweren. Das wird Ihnen noch leid tun!“

„Hast du was gehört?“

Fabio grinste: „Wenn man hier steht, versteht man kein Wort, ehrlich.“

Draußen vor der Tür trafen sie auf den Direktor und auf Francesca.

„Sie können wieder abschließen. Die Befragung war nicht ergiebig.“

*

Als die drei vor der Haftanstalt standen, waren sie mehr als unzufrieden. Fabio und Tommaso wussten, dass der Tote gestern Nachmittag telefoniert hatte. Sie wussten wann, sie wussten mit wem, sie kannten den Dialog. Sie wussten, dass die beiden Zimmergenossen das Gespräch mitbekommen haben mussten. Sie wussten, dass sie darüber schwiegen. Sie wussten, dass das Handy nicht mehr in der Zelle war. Und sie wussten, dass sie all diese Informationen nicht verwenden durften, weil das Einschmuggeln und das Abhören des Handys eigenmächtig vollzogen worden war. Francesca hatten sie inzwischen eingeweiht. Sie konnte berichten, dass der Direktor ihrer Meinung nach die Hosen voll hatte. „Der hat nur Angst um seine Karriere. Dem ist völlig klar, dass in seinem Knast aufgrund eines Befehls von außen gemordet worden ist. Aber seine Hilfsbereitschaft hält sich in Grenzen, die er für nützlich hält. Dem geht es weniger um die Aufklärung des Falls, sondern mehr darum, dass man ihm nichts am Zeug flickt. Der ist auch bereit, Dinge zu vertuschen, wenn es ihm hilft." Fabio nickte: „Das kann gut sein. Sind eigentlich die Zellen der Männer, die als Täter infrage kommen, durchsucht worden?" Francesca wusste es nicht. „Ich habe alle diese Männer vernommen. Sie haben mir ihren Namen gesagt und danach auf keine meiner Fragen geantwortet. Dann hat man sie wieder abgeführt. Da die hier keine Zelle frei haben, werden sie also wieder in ihre Zelle gebracht worden sein. Dass dieser Direktor angeordnet hat, die Zellen zu durchsuchen, halt ich für unwahrscheinlich." Fabio nickte.

„Wenn der große Unbekannte, oder von mir aus dieser Bertollini, gestern Nachmittag einen Anruf von unserem ‚Führungsoffizier' erhalten hat, dann wird er schnell gehandelt haben, damit man heute früh unseren Mann ermordet. Wie bekomme ich einen solchen Befehl in einen Knast?"

„Das ist einfach", warf Tommaso ein. „Entweder es gibt einen Gefangenen, den man auf seinem Handy anrufen kann, oder es gibt einen Anwalt, der die Befehle bei einem Mandantenbesuch weitergibt, oder es gibt jemanden in der Anstalt, der auf der Lohnliste von Bertollini steht und den Befehl dann an die Täter weitergibt. Das kann jeder Beamte sein, der in der Anstalt arbeitet und Kontakt zu den Tätern hat."

„Also schwierig, das herauszufinden."

Francesca meldete sich zu Wort.

„Wenn man davon ausgeht, dass alles sehr schnell gegangen ist, gestern Nachmittag. Was hättet ihr an Bertollinis Stelle gemacht, um schnell dafür zu sorgen, dass heute Morgen der Mord passiert?"

Fabio nickte ihr aufmunternd zu.

„Ich hätte sofort telefoniert, um die Dinge zu organisieren. Und am einfachsten wäre das mit dem Handy gewesen, das ich in der Hand gehalten habe, als der Anruf von dem ‚Führungsoffizier' kam. Also?"

Tommaso begriff.

„Wenn wir die Telekommunikationsdaten des Handys von Bertollini haben, dann wissen wir vielleicht, wen er angerufen hat, nachdem er mit unserem Mann gesprochen hatte."

„Und vielleicht hat er ja einen Mann im Knast angerufen. Dann haben wir einen weiteren Anhaltspunkt."

„Nur, welcher Richter gibt uns dazu eine Genehmigung?"

„Wir haben in der Tat nicht viel zu bieten. Und Bertollini ist auch nicht irgendeiner. Der hat Einfluss, und wenn ein Richter einen solchen Abhörbeschluss unterschreibt, dann braucht er in diesem Fall besonders stichhaltige Beweise."

„Ich kenne da einen jungen Richter, der hat mir schon mal gut geholfen. Dem kann ich vielleicht die Geschichte erzählen – ohne zu erwähnen, dass ihr beide dem ‚Führungsoffizier' das Handy zugespielt habt. Vielleicht kommen wir dann einen Schritt weiter?"

„Francesca, das wäre natürlich toll. Aber sei dabei bitte vorsichtig. Denn wir haben eigentlich nichts in der Hand. Gar nichts. Das Handy ist weg. Das nützt uns auch wenig. Wer in die Anstalt hineinregiert und den Befehl für den Mord gegeben hat, ist schwer herauszufinden. Sollte das über einen Handyanruf geschehen sein, so können wir sicher sein, dass auch dieses Handy nicht mehr zu finden sein wird. Genauso wie das Handy von unserem Mann verschwunden ist."

Siebenundzwanzig

Im Büro der ViceVicequestora stand das Telefon nicht still. Carlotta hatte alle Hände voll zu tun, um die Interviewwünsche zu notieren. Ihre Chefin hatte sich in ihr Zimmer zurückgezogen und die Devise ausgegeben, alle Anrufe zu notieren, aber keine Zusagen zu geben. Sie hatte ihr Frettchen kommen lassen und die beiden wollten ungestört bleiben. Carlotta konnte sehen, dass hin und wieder an ihrem zentralen Telefonpult die Lampe aufleuchtete, die anzeigte, dass die Chefin telefonierte. Carlotta glaubte zu wissen mit wem, konnte die Nummer aber nicht ablesen, wenn die Chefin sie selber gewählt hatte. Hin und wieder kam das Frettchen heraus, verließ grußlos den Raum und kam mit irgendeiner Unterlage unter dem Arm wieder, um wortlos im Zimmer der Chefin zu verschwinden. Kurz vor Mittag kam die Chefin selber heraus und fragte nach Fameo. Carlotta tat, als versuche sie ihn zu erreichen. Die Cantallielo winkte ab: „Fragen Sie ihn, ob ich mich auf seinen mündlichen Bericht von heute Morgen verlassen kann. Und diese Info brauche ich wirklich schnell."

„Die hat ja Kreide gefressen", wunderte sich Carlotta und rief Fabio auf seinem Handy an, als die Cantallielo wieder verschwunden war.

„Die will wissen, ob dein Bericht von heute Morgen verlässlich ist. Kannst du dir darauf einen Reim machen?"

„Ja, kann ich. Die wird mit meinem Erfolg heute eine Presseerklärung herausgeben oder sogar eine Pressekonferenz geben. Das lenkt dann vielleicht von ihrer eigenen Geschichte ab." Nach einer kurzen Pause: „Du kannst ihr sagen, dass der Bericht verlässlich ist und dass ich in einer Stunde im Büro sein werde."

Fabio hatte kurz überlegt, wie er weiter vorgehen sollte. Nach dem Auftritt heute Morgen hatte er wenig Neigung, der Cantallielo weiter die Steigbügel zu halten. Außerdem wollte er Francesca vor ihr schützen. Aber wenn die Cantallielo wirklich vorhatte, ihm oder Francesca zu schaden, dann war es besser, dabei zu sein, als in Abwesenheit verhauen zu werden. Außerdem wollte er nicht, dass sie seinen Fahndungserfolg möglicherweise falsch wiedergab. Damit könnte sie mehr Schaden als Nutzen anrichten.

Die drei saßen in einer kleinen Bar, als Carlotta Fabio anrief. Nach dem Besuch im Knast hatten sie gemeinsam eine Kleinigkeit gegessen. Fabio berichtete, dass er vorhatte, ins Büro zu fahren und, wenn nötig, die ViceVicequestora bei der Pressekonferenz zu unterstützen, mit der sie – seiner Vermutung nach – von dem für sie unangenehmen Thema ablenken wollte.

Tommaso wollte auch wieder ins Büro. Vielleicht gab es da etwas Neues.

Fabio wandte sich an Francesca: „Du bleibst heute der Questura fern. Ich will nicht, dass du heute auf die ViceVicequestora triffst. Du kannst versuchen, über den jungen Richter, von dem du uns erzählt hast, etwas über die Telefonnummer von diesem Bertollini herauszufinden. Und ansonsten solltest du dich intensiv mit den drei Frauen beschäftigen. Vielleicht haben die doch irgendetwas beobachtet, was für uns wichtig sein könnte."

Fabio nickte seinen Freunden zu.

„Und ich gehe wieder in die Höhle der Löwin."

*

„Ich habe da noch einen Umschlag für dich." Die beiden Herren waren beim Cognac angekommen und hatten sich dazu eine gute Havanna kommen lassen. Der aromatische Duft der edlen Zigarren erfüllte den Raum. Der diskrete Service des Nobelrestaurants hatte sich zurückgezogen und die beiden hatten nach einem ausgezeichneten Essen noch die Zeit für ein Mußestündchen. Der eine hatte derzeit ohnehin nicht viel zu tun und der andere hatte zwar viel Verantwortung, aber auch gute Leute, auf die er sich verlassen konnte, damit der Laden lief.

„Dann lass mal schauen, was du da für mich hast."

Er öffnete den Umschlag und entnahm ihm einige Fotos.

„Das ist ja interessant. Wirklich interessant. Von wann sind die?“

„Das Datum steht hinten drauf.“

Der Mann mit den Fotos drehte sie um.

„Das ist ja noch nicht lange her.“

Er betrachtete die Fotos wieder.

„War das hier?“

„Genau hier, in diesem Raum.“

„Du bist doch ein gerissener Hund.“

Der angesprochene Mann lachte tonlos, zog genüsslich an seiner Zigarre und sage leise: „Danke für die Blumen.“

*

„Hören Sie, Fameo“, die Cantallielo wirkte jetzt sehr konzentriert. Von ihrem Wutausbruch am Morgen war nichts mehr zu spüren. „Wegen der Sache mit Ihrer Assistentin reden wir ein anderes Mal. Heute will ich wegen Ihres Fahndungserfolges zu einer Pressekonferenz einladen. Mir ist schon klar, dass man mich auch zu den Behauptungen in diesem Blatt befragen wird. Deshalb kommt es mir gerade recht, dass ich Ihren Erfolg nach vorne stellen kann. Dann bleibt von diesen hässlichen Gerüchten morgen vielleicht nicht mehr so viel übrig. Also, setzen Sie mich bitte knapp ins Bild. Und dann brauche ich noch einen Redetext, den wir vor der Konferenz auslegen werden. Wir haben noch zwei Stunden. Lassen Sie uns keine Zeit verschwenden.“ Die Cantallielo wirkte jetzt wieder sehr professionell. Fabio gab ihr die wichtigen Fakten an die Hand. Sie machte sich Notizen. Dann diktierte er schnell einen Pressetext, in dem die heute schon als gesichert geltenden Fakten enthalten waren.

Carlotta hatte im Auftrag der ViceVicequestora die üblichen Pressevertreter für den späten Nachmittag eingeladen. Und als die ViceVicequestora und Fabio den Raum betraten, den sie für Pressekonferenzen nutzten, war er zum Bersten voll.

Die Cantallielo trat sehr professionell auf. Sollte sie aufgeregt gewesen sein, war es ihr nicht anzumerken. Sie verlas den von Fabio verfassten Pressetext und bot dann Gelegenheit, Fragen zu stellen. Sie ließ diese überwiegend von Fabio beantworten, der neben ihr Platz genommen hatte.

Als die Journalisten mit den Fragen zu den Mordfällen fertig waren, bot die Cantallielo von sich aus an, zu den Behauptungen über sie in der Tagespresse Stellung zu nehmen.

Sie gab an, dass zweifelhafte Hinweise aus einem Ermittlungsverfahren in der Schweiz von interessierten Kreisen in die Öffentlichkeit lanciert worden seien. Es sei richtig, dass man in der Partei, der sie angehöre, derzeit darüber rede, wer für das Europaparlament kandidieren solle. Es sei falsch, dass es beschlossene Sache sei, dass sie als Kandidatin aufgebaut werde. Schließlich sei es auch noch über ein halbes Jahr bis zur Wahl. Die Behauptung, sie habe ihren Doktorgrad nicht rechtmäßig erworben, sei falsch. Sie könne nichts dazu sagen, ob an der privaten Uni, an der sie studiert habe, mit akademischen Titeln gehandelt worden sei. Sie habe davon jedenfalls nichts mitbekommen. Und es sei schlussendlich ein durchsichtiges Manöver von Menschen, die ihr schaden wollten, sie mit einem Ermittlungsverfahren in der Schweiz in einen Zusammenhang zu bringen, der hier in Italien nicht überprüft werden könne. „Es ist immer einfach, etwas zu behaupten, das man hier in diesem Land nicht widerlegen kann. Dann hat man als Opfer einer solchen Rufmordkampagne keine Chance, sich zu wehren. Ich hoffe daher sehr, dass Sie bei der Berichterstattung über diese Vorwürfe streng darauf achten, dass die Quellen, die Sie verwenden, auch zuverlässig sind." Mit diesen Worten wollte sie ihre Stellungnahme beenden. Aber es gab noch Fragen.

„Ist es richtig, dass Plakate mit Ihnen als Kandidatin für die Europawahl bereits mit dem Doktorgrad gedruckt worden sind, bevor er Ihnen verliehen worden ist?"

Die Cantallielo lächelte süßsauer.

„Nein, das stimmt nicht. Es gibt noch keine Plakate, weil die Diskussion in der Partei, wer kandidieren wird, noch nicht beendet ist."

„Das heißt, dass Sie nicht kandidieren werden?"

„Das habe ich nicht gesagt. Und wer kandidiert, das entscheiden die dafür bestimmten Gremien in der Partei."

Die Reporterin blieb hartnäckig. Es war die junge Frau, die Fabio zu „Ötzi2" geführt hatte.

„Aber wenn es doch schon Plakate mit Ihrem Porträt gibt und Ihr Namenszug auf diesem Plakat schon den Doktorgrad enthält, also zu einem Zeitpunkt, als Sie die Doktorwürde noch nicht verliehen bekommen hatten, dann ist die Frage doch erlaubt, ob man in Ihrer Partei vielleicht vorausschauend denkt und lenkt."

Die Cantallielo wurde jetzt sichtlich böse. Sie hatte Mühe, ihre Erregung und ihre Wut unter Kontrolle zu halten. Fabio spürte das fast körperlich. Er saß dicht neben ihr und fühlte, wie es in ihr kochte und brodelte. Es war dasselbe Gefühl, das er heute morgen hatte, kurz bevor die Cantallielo ausfallend wurde.

„Jetzt kommen Sie schon wieder mit dieser Behauptung. Ich weiß nicht, woher Sie diese Information haben wollen. Bis zur Wahl sind es noch mehr als sechs Monate. Da sind noch überhaupt keine Plakate gedruckt. Und mir wollen Sie unterstellen, dass ich meine schon fertig habe? Zu einem Zeitpunkt, an dem die Partei noch in der Diskussion ist? Merken Sie denn nicht, dass das alles an den Haaren herbeigezogen ist?"

Fabio freute sich schon auf die nächste Frage dieser jungen, frechen Reporterin. Aber die sagte nur:

„Danke."

Die Cantallielo stand auf und verließ den Saal. Draußen vor der Tür gab sie noch einigen Fernsehsendern Interviews zur Aufklärung der Mordfälle. Fabio versuchte, die junge Reporterin von 24DerTag24 zu erwischen. Aber die zwinkerte ihm bloß aus der Traube der Journalisten zu, die sich dem Ausgang zuschoben, und verschwand dann in der Menge.

Achtundzwanzig

Als Fabio an diesem Abend nach Hause kam, saß Elisabeth vor den Fernsehnachrichten und bewunderte „ihren Fabio". „Komm rein mein Held und schau dir ein wenig selber zu." Sie umarmte ihn, als er sich zu ihr auf das Sofa setzte. Der Kommentator des Beitrags beendete den Bericht mit den Worten: „Zwei schreckliche Verbrechen sind mit hoher Sicherheit aufgeklärt. Akribische Polizeiarbeit unter der Leitung der wegen unbestätigter Vorwürfe ins Gerede gekommenen neuen ViceVicequestora in Bozen haben zu diesem Erfolg geführt. Das zeigt, dass Erfolge mit Planungswillen zu erzielen sind."

Fabio schaltete den Fernseher aus. „Ich kann es kaum hören, was ich da hören muss. Aber ich verstehe nicht, warum die nicht kapieren, dass diese Frau nichts, aber auch gar nichts mit akribischer Polizeiarbeit zu tun hat. Die verfolgt doch ganz andere Ziele. Die benutzt uns, um ihr Ding zu machen." Fabio war dabei, sich in Rage zu reden, aber Elisabeth hinderte ihn daran. Sie nahm sein Gesicht in ihre Hände und küsste ihn zärtlich. Er schaute sie amüsiert an.

„Weißt du, was ich begriffen habe, als du diese schreckliche Nacht im Pfossental warst?"

„Das wäre?"

„Ich will ohne dich nicht mehr leben. – Oder anders herum, ich will nur noch mit dir leben."

„Das ist aber eine sehr schöne Liebeserklärung. Und ich habe im Pfossental, in dieser kalten, unbequemen Höhle ständig an dich denken müssen. Das hat mir geholfen, die Nacht zu überstehen. Mir geht es genauso: Ich will nur noch mit dir leben."

Sie umarmten und küssten sich.

Später fragte sie ihn: „Wollen wir die Hochzeitsvorbereitungen angehen?"

„Ja. Gleich morgen legen wir den Termin mit dem Pfarrer fest."

*

Als Tommaso Fabio am nächsten Morgen von der Apotheke abholte, spürte er deutlich, dass sein Freund anderer Stimmung war. „Dir geht es heute besonders gut?"

„Ja. Elisabeth bespricht heute mit dem Pfarrer den Termin für die Hochzeit."

„Dann geht es also los?"

„Ja, es geht los. Und ich freue mich drauf. Weißt du, vorletzte Nacht im Pfossental, da ist mir bewusst geworden, wie sehr ich an ihr hänge. Und der Gedanke an sie hat mir geholfen, diese Nacht zu überstehen. Auch wenn wir uns noch gar nicht so lange kennen, glaube ich nicht, dass es übereilt ist."

Tommaso brummte in sich hinein.

„Was hast du gesagt?"

„Ach nichts. Aber auch ich hatte nicht viel Zeit damals. Hier war keine Frau zu bekommen. Und ich hatte nur ein paar Wochen Urlaub in meinem Heimatdorf. Damals bin ich Anna begegnet und sie musste sich nach zwei Wochen entscheiden, ob sie mit mir kommen wollte." Tommaso brummte es vor sich hin.

„Ich habe bis heute nicht verstanden, warum sie das getan hat. Ich glaube, so viel Mut hätte ich nicht aufgebracht."

„Aber bei euch hat das ja gehalten. Also war es die richtige Entscheidung."

„Ja, ja, das war es. Zweifellos. Aber wie gesagt, sie hat den größeren Mut gehabt. Ich riskierte ja nichts. Sie hat ihre Heimat verlassen und ist mir, einem ihr noch fremden Mann, einfach so gefolgt."

„Aber sie mochte dich schon."

Tommaso lachte jetzt.

„Da bin ich mir sicher."

Fabio wusste nicht, ob er Tommaso die Frage stellen sollte:

„Meinst du, das klappt mit mir und Elisabeth?"

Tommaso schaute Fabio etwas erstaunt an.

„Sie mag dich doch, oder?"

*

Der Wachhabende im Kontrollbereich der Questura winkte Fabio zu sich, als er die Schranke passieren wollte. „Haben Sie schon die Zeitung gelesen, Commissario?“ Fabio musste verneinen. Er hatte oben in Tisens noch keine Zeitung abonniert und wusste auch nicht recht, ob das Sinn machte. Denn im Büro gab es sie ohnehin gratis. „Was haben die denn heute wieder geschrieben?“, fragte er. Fabio ging davon aus, dass die Zeitungen voll mit seinen Ermittlungsergebnissen waren. Der Wachhabende reichte ihm eine Ausgabe von „24DerTag24“. Auf der Titelseite prangte ein Foto, das die ViceVicequestora zeigte, wie sie zusammen mit einem älteren Herrn ein Plakat in die Höhe hielt, auf dem ihr Porträt abgebildet war. Sie hielten es gemeinsam und betrachteten es. Die ViceVicequestora war deutlich zu erkennen, der Herr nur im Profil, und das lag im Schatten, oder war jedenfalls nicht gut beleuchtet. Das Plakat war ein Werbeplakat und zeigte die Cantallielo als Kandidatin für die Europawahl. Ihr Namenszug trug den Promotionszusatz.

Fabio begriff. Wenn das heute die Schlagzeile war ...

ViceVicequestora Cantallielo Marionette von Claudio Bertollini?

Die neue ViceVicequestora Cantallielo soll offensichtlich als Kandidatin ihrer Partei für den Europawahlkampf in annähernd sechs Monaten kandidieren. Auch wenn sie dies gestern auf einer Pressekonferenz vehement abstritt, so zeigt das Foto, das sie zusammen mit Claudio Bertollini zeigt, dass es zumindest Probeabzüge für Wahlplakate gibt. Bertollini ist Inhaber einer Beratungsfirma, die auch in der Politikberatung aktiv ist. Er fiel in der Vergangenheit hin und wieder als Finanzier rechtsradikaler Kreise auf. Auch wenn er dies jedes Mal heftig dementieren ließ, so kann es als sicher gelten, dass er den österreichischen Verlag des 80-jährigen, ewig gestrigen und den rechtsradikalen Kreisen eindeutig zugehörenden Hubert Weinzierl mittlerweile zu 100 Prozent besitzt. Ein Verlag, dessen Publikationen nur noch in einschlägigen Kreisen Absatz finden und dessen finanzi-

elles Überleben nicht durch die geschätzten Verkaufszahlen zu erklären ist.

Bedenklich ist, dass der Politikberater Bertollini offensichtlich auch aktiv in die Kandidatenkür der rechtspopulistischen Partei eingebunden zu sein scheint. Wie die ViceVicequestora gestern noch auf Nachfrage unserer Zeitung bestätigte, sei die Kandidatenkür noch nicht abgeschlossen. Die für die Kandidatenkür zuständigen Gremien hätten noch nichts entschieden. Auch wenn man ihr zugestehen kann, dass sie Parteiinterna nicht öffentlich kundtun muss, so mutet es doch befremdlich an, wenn sie bereits sechs Monate vor der Europawahl Wahlkampfplakate mit einem Politikberater bespricht. Und das zu einem Zeitpunkt, in dem sie ihre Promotionsurkunde noch nicht in Händen hat halten können, ihr akademischer Titel aber schon auf dem Plakat aufgedruckt worden war. Wie es scheint, wird von langer Hand geplant. Die ViceVicequestora bestritt auf der Pressekonferenz vehement, dass sie den Doktorgrad unredlich erworben habe. Recherchen an der Schweizer Privat-Uni haben ergeben, dass die ViceVicequestora dort zwar eingeschrieben war, aber so gut wie nie dort erschienen ist. Im Zeitraum ihres zweiten Semesters an dieser Schweizer Hochschule hat sie bereits als Assistentin des Vorsitzenden ihrer Partei gearbeitet. Im Zeitraum kurz vor Abschluss des Studiums war sie bereits persönliche Referentin des Innenministers, und als sie dessen Pressesprecherin wurde, müsste sie parallel zu ihrem 14- bis 16-Stunden-Tag an ihrer Promotionsarbeit geschrieben haben.

Bertollini gilt in Politikerkreisen als Macher, der nicht nur Kampagnen für Parteien entwirft. Er gilt auch als erfahrener Stratege, der Stimmungen in der Bevölkerung nutzt, und sie in politische Machtentfaltung umbaut. So wundert es nicht, dass die ViceVicequestora, kaum war sie in Bozen, eine Razzia gegen illegale Ausländer befohlen hat. Deren medienwirksame Abschiebung hat den Fokus auf die Ausländerkriminalität gelenkt, deren Bekämpfung im Wahlprogramm ihrer Partei eine hohe Bedeutung hat. Auch wegen der engen Beziehung zum Politikberater Bertollini stellt sich die Frage, ob die ViceVicequestora vielleicht nur auf Zwischenstation in Bozen ist. Führt ihr Weg über die kurze Etappe in Bozen nach Brüssel? Ist die Polizeiarbeit damit in guten Händen? Oder ist hier nur eine Marionette von Bertollinis Gnaden installiert worden?

Fabio ließ die Zeitung sinken. Das war starker Tobak. Er fragte den Wachhabenden, ob die ViceVicequestora schon da sei. Der verneinte. Fabio dankte ihm und ging die Stufen zum Haupteingang hinauf.

Francesca erwartete ihn in ihrem gemeinsamen Büro. Sie sah heute wieder hinreißend aus. Heute nicht rot, nicht schwarz, sondern sonnengelb war ihr dünnes, kurzes – wie soll man es nennen? – Kleidchen, das an zwei Spaghettiträgern hing. Dazu passende gelbe Schuhe – eine Frau wie aus einem Modemagazin. Fabio holte Luft, setzte sein bestes Lächeln auf und pfiff zwischen den Zähnen. Na, ja, er tat so, denn er konnte gar nicht pfeifen. Francesca amüsierte das. Sie lachte. Fabio wiegte den Kopf hin und her.

„Da wird sich Frederico aber freuen, wenn du in dem Aufzug mit ihm frühstückst?"

„Frederico? Wieso Frederico?"

„Er hat mir erzählt, dass du ein Handy von ihm geliehen hast. Und dass du mit ihm frühstücken wolltest."

„Ups! Das habe ich ja völlig vergessen. Stimmt. Das Handy habe ich noch. Aber das mit dem Frühstück ist mir jetzt peinlich. Aber es stimmt schon. Das habe ich ihm versprochen." Und mit einem Lachen: „Dafür ist es heute zu spät. Aber wenn du mich begleitest, können wir heute bei Frederico zu Mittag essen."

„Gute Idee, vielleicht kommt Tommaso mit. Ich rufe ihn gleich an."

Francesca setzte sich etwas missmutig auf ihren Bürostuhl und machte einen Schmollmund.

„Ist noch was?"

„Ja. Ich habe gestern versucht, den jungen Untersuchungsrichter dazu zu bewegen, die Verbindungsdaten des Bertollini-Handys ausspähen zu dürfen. Das hat leider nicht geklappt. Der ist zwar ganz nett, und ich glaube, der würde mir jeden Gefallen tun. Aber in diesem Fall war nichts zu machen. Er hat es mir so erklärt: „Meine junge Polizistin, auch wenn ich für Sie gerne etwas täte, aber ich muss schon den Hauch von belastendem Material haben, um einen Abhörbeschluss auszustellen. Aber Sie haben ja nichts außer Vermutungen. Und das ist einfach zu wenig." „Tja, das war's." Francescas Schmollmund verwandelte sich in ein süßes Lachen. „Und dann wollte er mich schon wieder zum Essen einladen, oder zum Tanzen, oder zum Spazierengehen, oder was immer ich will. Ist doch süß, oder?"

„Und – willst du?"

„Ehrlich gesagt ja. Aber dann ist es immer dasselbe. Die Kerle wollen eben nicht nur essen, tanzen oder spazieren gehen. Und dann wird es wieder kompliziert."

Das süße Lachen war plötzlich verschwunden.

Fabio betrachtete seine junge Kollegin. Superattraktiv, schlau, sehr sportlich, viele unerwartete Talente, und doch – irgendetwas war da, was sie unglücklich machte. Aber er wollte nicht in sie dringen. Wenn da etwas war, würde sie es irgendwann sagen.

*

Tommaso erwartete sie bereits bei Frederico. Fabio hatte sich ein wenig verspätet, weil er sich bei Carlotta verquatscht hatte. Er war routinemäßig bei ihr vorbeigegangen, um zu erfahren, welche Stimmung die Chefin heute hatte, nach dieser Berichterstattung. Aber die war bisher nicht erschienen. Carlotta meinte: „Die kommt nicht wieder, wirst schon sehen." Aber Fabio hielt das für etwas weit hergeholt. Carlotta hatte sich in ihrem Sessel zurückgelehnt. „Weißt du, Fabio, ich bin schon lange dabei. Und ich glaube zu wissen, wie die Leute von der Zeitung arbeiten, wenn sie einen Skandal aufdecken."

„Und wie machen die das?" Fabio war amüsiert.

„Die fangen immer harmlos an und rücken jeden Tag mit etwas mehr heraus. Das dicke Ende halten die zurück, solange das Opfer noch glaubt, es bleibt ungeschoren."

„Du meinst, die haben noch was Dickes gegen unsere Frau Doktor in der Hinterhand?“

„Da bin ich mir sicher, mein Lieber. Da bin ich mir sicher. Und wenn die Frau Doktor schlau ist, oder vielleicht auch nur schlau beraten wird, wie wir heute aus der Zeitung wissen, dann taucht sie unter, bevor das dicke Ende sie endgültig unmöglich macht.“

Fabio staunte nicht schlecht. Carlotta hatte begriffen, wie das Geschäft funktionierte. Nur, was war es, das sie so sicher machte, dass da noch ein dickes Ende kam?

„Carlotta, was weißt du noch alles?“ Fabio legte einen verführerischen Unterton in seine Stimme. Aber Carlotta war zu gewieft, um darauf hereinzufallen.

„Viel mehr als die meisten. Punkt.“

„Du lässt mich zappeln?“

„Ist nicht zu deinem Schaden, glaub mir. Und jetzt raus hier. Ich muss arbeiten.“

Klare Ansagen waren Carlottas Ding.

Jedenfalls freute sich Fabio auf ein leckeres leichtes Mittagessen bei Frederico. Und der freute sich, als er Francesca in ihrem gelben Kleidchen sah, aber er freute sich deutlich weniger, als sie in Begleitung ihrer Freunde kam. Frederico wäre nicht Frederico, wenn er nicht trotzdem die gute Miene des freundlichen Wirtes aufsetzte. Er empfahl heute seine hausgemachten Ravioli mit Waldpilzen. Dazu einen leichten Weißwein. Francesca schob ihm sein Handy über den Tisch, hauchte leise, aber laut genug, dass es alle hören konnten, ein lang gezogenes „Grazie“ in sein Ohr und klimperte ein wenig mit ihren dunklen Augen. Frederico war hin und weg. „Es tut mir leid, aber ich konnte unsere Verabredung nicht einhalten. Du hast mir aber sehr geholfen. Danke noch einmal.“ Dabei berührte sie seinen Arm und Frederico blieb für den Bruchteil einer Sekunde die Sprache weg. „Lähmung des Sprachzentrums“, dachte Fabio, aber da sprudelte Frederico auch schon wieder los. „Bei waschechten Italienern kann man das Sprachzentrum nur ganz, ganz kurz lähmen!“ Diese Erkenntnis war es wert, aufgeschrieben zu werden, dachte Fabio und achtete nicht weiter auf das, was Frederico in Form von Komplimenten über Francesca auskippte. Sie jedenfalls quittierte seinen Redeschwall mit einem bezaubernden Lächeln. Aber irgendwann musste er von ihnen ablassen, denn auch andere Gäste wollten ihre Bestellung aufgeben.

„Puh, meine Liebe, der hat es aber drauf", sagte Tommaso.

Francesca zuckte nur mit ihren Schultern.

„Das ist doch immer so. Ich kann nichts dafür."

Tommaso sagte nichts, sondern schaute nur zu Fabio, der auch nichts sagte. Bevor das Schweigen überhandnehmen konnte, räusperte sich Fabio.

„Ich habe eben mit Elisabeth gesprochen. Die war beim Pfarrer. Wir haben einen Hochzeitstermin." Er blickte freudig lächelnd in die kleine Runde.

„Tommaso, du bist mein Trauzeuge. Ohne dich geht das also nicht. Ich hoffe, du hast am Sonntag, den 27. Oktober noch nichts vor?"

„Da wollte ich eigentlich – meinen Keller aufräumen, – aber das kann ich ja auch verschieben." Er lachte.

„Kannst du auch am 27. Oktober?", fragte er Francesca.

„Ich bin eingeladen?" Sie freute sich sichtlich. „Ich komme sehr gerne. Ich freue mich."

„Dann lasst uns darauf anstoßen!" Frederico hatte den Wein gebracht und die Gläser klingelten beim Anstoßen. Fabio bemerkte dabei in Tommasos Gesichtszügen wieder einmal diesen Ausdruck, den er hie und da aufsetzte, wenn ihn etwas bewegte, er aber nicht damit herausrücken wollte. Er sprach in an: „Alter Freund, irgendetwas bewegt dich. Was ist es?" Tommaso fühlte sich ertappt. „Vor dir kann ich nichts verbergen, wie mir scheint." Mit einem verlegenen Lächeln, die Augen auf den Tisch gerichtet, sagte er: „Und nach der Hochzeit fahrt ihr dann bestimmt in die Flitterwochen?" Jetzt wusste Fabio, was seinen Freund bewegte. Er klingelte mit seinem Glas an Tommasos Glas. „Nein, fahren wir nicht. Weil wir nämlich am 31. Oktober auf eine Silberhochzeit eingeladen sind. Und die lasse ich mir nicht entgehen, um nichts in der Welt. Schließlich will ich Elisabeth vorführen, wie eine Ehe auch nach fünfundzwanzig Jahren noch halten kann.

Sie hatte auch diesen Termin im Auge, als sie mit dem Pfarrer über unsere Hochzeit sprach. Tommasos Augen strahlten, und wie es schien, glänzten sie auch ein wenig feucht.

*

Nach dem Kaffee redeten sie über Bertollini. Tommaso erzählte, dass er seine beiden Freunde eingeschaltet habe, die ihm die Sache mit dem Handy ermöglicht hatten. Die hätten viele Kontakte bei den verschiedenen Telefongesellschaften. Einer hatte herausgefunden, dass das Handy, das sie Bertollini zugeordnet hatten, von jemandem mit einem ganz anderen Namen betrieben wurde.

„Also hat der alte Fuchs auch diese Spur verwischt." Fabio rieb sich die Stirn. „Wir haben die Aussage einer Chefsekretärin, dass jemand mit dem Namen Bertollini unter der bewussten Handynummer mit der Vicequestora gesprochen hat. Wir wissen, dass diese Handynummer jemand anderem zugeordnet ist. Das dürfen wir aber nicht verwerten, weil wir es nicht wissen dürfen. Wir wissen, dass unser toter Führungsoffizier diese bewusste Handynummer angerufen hat, bevor er umgebracht wurde. Aber auch das dürfen wir nicht verwerten. Was haben wir also wirklich?"

„Nichts als einen Verdacht. Aber keine Beweise. Nicht einen." Francesca schaute die beiden an. „Und ich habe deshalb angeordnet, dass die Inhaber der Kneipe, in der wir die beiden Rumäninnen gefunden haben, noch einmal in die Mangel genommen werden. Aber ratet mal, was mit denen war?"

Tommaso riet: „Verschwunden?"

„Exakt. Beide sind verschwunden. Einfach weg. Und keiner weiß wohin."

Fabio riet weiter: „Und die Überwachung der Scenazki hat auch nichts gebracht?"

„Exakt. Da tut sich nichts. Gar nichts."

„Das bedeutet?"

Tommaso fasste für alle zusammen: „Das bedeutet, dass wir dem Kraken einen Nadelstich in einen seiner Arme gegeben haben und der Krake diesen Arm für einen Moment zurückgezogen hat."

Und Fabio ergänzte: „Und wie groß der Krake ist, haben wir noch nicht einmal gesehen."

Neunundzwanzig

Die Tage in der Questura zogen sich wie Kaugummi. Die Cantallielo war, so wie Carlotta es vorhergesehen hatte, nicht wieder aufgetaucht. In irgendeiner Nacht hatte sie ihre persönlichen Sachen geholt. Das ergab sich aus dem Wachbuch. Aber gesehen hatte sie nur der Wachhabende, sonst niemand. Aus Rom kam keine Order. Fabio war der bestellte Vertreter und regelte die Geschäfte, so gut er konnte. Die Situation war grotesk. Die Presse hatte kurz darüber berichtet, dass die ViceVicequestora abberufen worden sei. Als Quelle nannte sie „gut informierte Kreise". Aber mehr war nicht in Erfahrung zu bringen. Auch Fabios Anrufe in Rom blieben ohne Erkenntnisgewinn. Dort wurde er wenig freundlich mit seinen Fragen abgewimmelt. Carlotta hatte gute Laune. Sie ging pfeifend über den Gang, gönnte sich lange Kaffeepausen und das eine oder andere Plauderstündchen unter Kollegen auf dem Gang.

*

Fabios Fahndungserfolg wurde jetzt in der Presse gebührend gewürdigt. Die junge Reporterin von 24DerTag24 bekam das eine oder andere Exklusivstatement. Der Schafbauer war geständig, die Fälle konnten gut aufgeklärt werden. Es gab keine Widersprüche. Francesca hatte versucht, aus den Aussagen der drei Frauen irgendetwas herauszufiltern, was ihnen weiterhalf. Aber da war nichts herauszufiltern. Die Frauen waren derart perfekt abgeschottet worden, dass sie keine Hinweise geben konnten, die den Hauch eines Anknüpfungspunktes ergaben. Auch bei der Scenazki gab es nichts Auffälliges. Wie es schien, hatte man sie abgeschaltet. Auf Geheiß der Polizei hatte sie sogar die Telefonnummer des Verlags in Österreich angerufen, um zu fragen, wie es jetzt weitergehe. Aber dort hatte man so getan, als wisse man nicht einmal, wer sie sei. Schließlich wurde die Polizeiüberwachung und die Telekommunikationsüberwachung abgebrochen. Hier kamen sie einfach nicht weiter. Von der Cantallielo hörten sie nichts mehr.

*

Elisabeth war mit der Vorbereitung der Hochzeit ausgefüllt. Auch Fabio hatte alle Hände voll zu tun. Seine Familie freute sich, alle würden kommen, seine Eltern, sein Onkel mit Waltraud Geheim, einige Freunde, Tommaso und Francesca. Sein Vater hatte ihm einen nach seinen Maßen geschneiderten Anzug geschickt. Der saß perfekt und sah einfach toll aus. Elisabeth hatte das Hochzeitskleid ihrer Familie auf ihre Größe umarbeiten lassen. Das Essen war auszusuchen, Friseurtermine waren festzulegen und, und, und. Fabio war mehr zu Hause als im Büro. Das war nicht immer einfach, da er auch die Geschäfte des Vicequestore wahrzunehmen hatte. Aber da erhielt er plötzlich Entlastung.

*

Eines Morgens hörte Fabio Carlottas lautes Lachen aus ihrem Büro. Neugierig trat er ein.

„Hallo, mein lieber Fameo!", rief ihm der Vicequestore entgegen und kam mit ausgebreiteten Armen auf ihn zu. Er drückte ihn herzlich an beiden Armen.

„Wie Sie sehen, bin ich wieder da." Er zwinkerte ihm zu.

„Ich habe es Ihnen ja gesagt. Das war eine kleine Intrige gegen mich. Aber die haben nichts anhaben können. Nichts!" Der Vice lachte.

„Ich habe aber alles verfolgt, was sich hier abgespielt hat. Und ich muss sagen, ich bin sehr beeindruckt. Das haben Sie toll hingekriegt." Er klopfte Fabio auf die Schulter. Dann wandte er sich Carlotta zu: „Und Sie, Sie sind ein Teufelsbraten." Carlotta strahlte. Fabio wunderte sich. „Teufelsbraten?" Was hatte er nicht mitbekommen?

„Wundern Sie sich nicht, Fameo. Hat alles seine Ordnung." Er schaute stolz auf Carlotta. „Wer solche Mitarbeiter hat, braucht seine Feinde nicht zu fürchten." Carlotta wurde rot.

Er drehte sich eilig zu Fabio um.

„Kommen Sie, wir müssen reden." Damit bugsierte er Fabio in sein altes Zimmer.

Er schwebte förmlich durch den Raum, machte eine einladende Bewegung zur Sitzgruppe, und so saß er also wieder dort, wo er gesessen hatte, bevor der Vicequestore mir nichts, dir nichts die Questura verlassen hatte.

Der Vice wirkte zufrieden. Er nahm gelassen auf einem einzelnen Sessel Platz und schaute zufrieden vor sich hin.

„Ich will mich kurz fassen, auch wenn ich heute nicht in Eile bin. Aber Carlotta hat mir von Ihrer bevorstehenden Hochzeit erzählt und dass Sie ganz schön viel zu tun haben. Wenn Sie wollen, gebe ich Ihnen ab heute frei." Er lächelte. „Aber nur, wenn Sie wollen."

Fabio nickte freundlich. Der Vice fuhr fort: „Dass an der Geschichte mit den angeblich nicht genehmigten Nebentätigkeiten nichts dran war, habe ich Ihnen schon erzählt." Fabio nickte.

„Das war mir natürlich von Anfang an klar. Aber! Es gibt Feinde, die scheuen nicht davor zurück, die Wahrheit zu manipulieren." Er machte ein wichtiges Gesicht.

„Und damit musste ich durchaus rechnen." Jetzt grinste er wieder leicht spitzbübisch.

„Ich mache es kurz: Meine Feinde haben es nicht geschafft, mir etwas am Zeug zu flicken." Er lehnte sich zufrieden zurück.

In die entstehende Pause hinein fragte Fabio: „Und wieso ist die Cantallielo so plötzlich verschwunden?"

Da lachte der Vicequestore auf: „Das war gar nicht so einfach, mein Lieber. Gar nicht so einfach." Er schaute jetzt ruhig in die Ferne. „Wissen Sie, mein lieber Fameo, die ist eigentlich ein armes Ding. Allerdings verdient sie kein Mitleid. Die ist gerissen und skrupellos, aber doch irgendwie arm dran." Er wirkte jetzt nachdenklich. Dann beugte er sich in seinem Sessel nach vorne, sodass er ein wenig näher bei Fameo war. Die Geste sollte Vertrautheit oder Vertraulichkeit herstellen. „Die ist da von mächtigen Leuten installiert worden. Die Questura war nur als kleines Sprungbrett vorgesehen. Bei der ist jeder Karriereschritt von langer Hand vorbereitet worden. Allerdings musste sie von Anfang an funktionieren. Und wehe, sie regelte die Dinge nicht so, wie man es ihr aufgetragen hatte." Er lehnte sich wieder zurück und wirkte jetzt müde.

„Die Leute, denen sie dient, gehören zu einem großen Machtverbund. Die Parteien sind da nur Spielfelder. Es geht um Macht, Geld und Einfluss. Nichts sonst."

Fabio räusperte sich.

„Und wir haben in den Arm eines großen Kraken gepikst?"

Der Vice schaute Fabio amüsiert an.

„Nettes Bild. Aber haben Sie eine Vorstellung, wie groß der Krake ist?"

Fabio zuckte mit den Schultern.

„Nein, das wissen wir nicht. Aber wir haben feststellen müssen, dass ein gewisser Bertollini eine Rolle spielt. Der war ständig zugegen, aber nicht zu packen. Und sobald wir irgendwo etwas Greifbares hatten, wurde es uns entzogen."

Der Alte nickte jetzt müde.

„Genauso war es. Und dieser Bertollini, das sollten Sie wissen, ist zwar schon sehr mächtig, aber auch er ist nur eine kleine Nummer, vermute ich."

„Sie vermuten?" Fabio wollte jetzt mehr wissen. Der Vice schien gut informiert über das, was sich während seiner Abwesenheit zugetragen hatte. Aber dann sollte er auch alles sagen.

„Also vermuten Sie nur, oder wissen Sie etwas?"

Der Alte schaute Fabio etwas von unten an. Der Ton gefiel ihm nicht. Auch wenn er seinen jungen Kollegen gut verstehen konnte. Aber der hatte nicht begriffen, dass die Geschichte einige Nummern zu groß war.

„Ich weiß nichts, was uns hier weiterbringt. Aber ich weiß auch so viel, als dass man uns fürs Erste in Ruhe lassen wird. Die Sache ist ausgestanden."

Beide schwiegen eine Weile.

Plötzlich fragte der Vice unvermittelt: „Was haben Sie mit den drei Frauen gemacht?“

„Sie wissen ...?“

Der Vice schaute amüsiert. „Ja. Ich weiß.“ Er zog ein wenig die Schultern hoch, fast entschuldigend. „Also, was haben Sie mit ihnen vor?“

„Da haben wir ein Problem. Dort, wo sie sind, können sie nicht bleiben. Da sind sie schon zu lange. Aber wir haben auch keinen Grund, sie festzuhalten. Abschiebung kommt auch nicht infrage.“

„Ich habe eine Lösung. Wir bringen Sie zu Leuten, die ich kenne. Dort sind sie sicher und können einer normalen Arbeit nachgehen, wenn sie wollen. Gleichzeitig haben wir sie im Auge, für den Fall, dass sich gewisse Kreise für sie interessieren.“

„Sie meinen, wir halten sie uns als Lockvögel?“

„Nein. Aber wenn wir sie in ihre Heimat abschieben, dann hätten sie kaum eine Chance, glauben Sie mir. Und wenn sie hier, in diesem Land, als Illegale leben wollten, dann wäre die Chance nur ein kleines bisschen größer. Die Lösung, die ich vorschlage, ist für die Frauen die sicherste.“

Der Vice wirkte sehr entschieden. Es schien, als wisse er mehr über die Hintergründe. Aber es schien genauso sicher, dass er nicht darüber sprechen wollte. Fabio konnte es nicht darauf beruhen lasse.

„Vicequestore, Sie kommen hier rein und machen mir begreiflich, dass Sie die Dinge, die hier ablaufen, durchblicken. Aber Sie sagen mir nicht, was Sie wissen. Wie soll ich das denn verstehen?“

Der Vicequestore nickte stumm. Sein Gesichtsausdruck war nachdenklich, zurückgenommen, in sich gekehrt. Er sprach langsam und leise, als er zu reden begann.

„Ach, wissen Sie Fameo, das ist auch eine lange Geschichte. Die ganze Geschichte möchte ich niemandem zumuten. Vor allem Ihnen nicht. Sie sind noch jung und voller Enthusiasmus. Den sollten Sie sich erhalten. Aber ich will Ihnen helfen. Deshalb habe ich auch dafür gesorgt, dass Sie die junge Francesca als Assistentin bekommen haben.“

Ein Lächeln huschte über sein Gesicht.

„Ein Teufelsbraten, nicht wahr?"

„Das kann man so sagen, ja."

„War gar nicht einfach, das noch so schnell hinzubekommen. Aber mir war klar, dass Sie eine wirklich gute Assistentin brauchen würden."

Der Vicequestore stand auf und ging zu einem Bild, das hinter seinem Schreibtisch hing, und nahm es ab. Dahinter war ein Tresor. Er zückte einen Schlüssel aus der Uhrentasche seiner Weste und schloss ihn auf. Er drehte sich zu Fabio um und hatte eine Flasche und zwei Gläser in der Hand.

„Als ich hektisch aufbrechen musste, habe ich nicht gewusst, wohin damit, und habe den alten Cognac einfach in den leeren Tresor gesperrt. Er wäre für die junge Dame zu schade gewesen. Und ich war ja sicher, dass ich wiederkomme."

Mit diesen Worten setzte er sich, goss zwei Gläser ein, schob eines in Richtung Fameo, schwenkte das seine und atmete das Aroma ein.

„Mmh, tut gut, wieder zu Hause zu sein."

Fabio griff zögernd nach seinem Glas, und nachdem der Vice ihn ermuntert hatte, nippten beide an dem delikaten Brand.

„Wir machen es so", fing der Vice an. „Sie erzählen mir der Reihe nach, was passiert ist, und ich kommentiere Ihr Wissen vor dem Hintergrund meines Wissens. Dann haben Sie am Ende ein Bild. Das muss dann aber auch reichen."

Der Vice schaute Fabio erwartungsvoll an.

So erzählte Fabio von den beiden Leichen aus dem Pfossental, der Razzia und deren Ergebnissen, ihrem Erfolg in der Aufklärung der Morde, von der Scenazki, deren Heiratsinstitut ein logistischer Umschlagplatz für Menschenhändler war, die Frauen in die Prostitution zwangen. Fabio erzählte von dem „Führungsoffizier", der offensichtlich ermordet worden war. Er verschwieg nicht die Kooperation mit den Carabinieri, was bei dem Vice ein Stirnrunzeln auslöste. Er berichtete ebenso über die illegalen Abhöraktionen und die Erkenntnisse, die sie daraus gewonnen hatten, aber nicht verwerten konnten.

Der Vice hörte geduldig zu und unterbrach Fabio nur an einer Stelle.

„Sie sagten, dass der Mann, den sie den ‚Führungsoffizier' nennen, dasselbe Schließfach benutzt hat, wie ein anderer Mann, der ebenfalls Zugang zu dem Fach hatte."

„Ja, wir haben sogar ein Foto von dem Mann. Das ist allerdings für sich allein nicht verwertbar gewesen. Wir haben versucht, das Gesicht zu rekonstruieren. Aber unsere Bilddatenbank konnte damit nichts anfangen. Wir wissen nicht, wer der Mann ist."

Der Vice rieb sich die Stirn.

„Ich habe jahrelang eine traditionelle Feindschaft mit meinem Kollegen von der Carabinierihauptwache gepflegt. Und jetzt kommen Sie daher und kooperieren mit diesem Caruso und haben auch noch Erfolg damit." Der Vice grinste Fabio an: „Teufelskerl!"

Fabio nahm das als Kompliment.

„Sie haben doch das Foto in der Zeitung gesehen, auf dem die Cantallielo von diesem Bertollini das Wahlplakat gezeigt bekommt?"

„Ja, ich kenne das Foto."

„Das ist nicht besonders gut."

Der Vice stand auf, ging zu seiner Tasche, die neben seinem Schreibtisch stand, und holte ein Kuvert heraus.

„Hier sind bessere."

Fabio griff in das ihm hingehaltene Kuvert und fischte eine Reihe von Fotos hervor. Alle zeigten denselben Mann und die Cantallielo immer in demselben Zimmer. Gesprächssituationen im Stehen, im Sitzen. Sie beugten sich über etwas, das auf einem Tisch lag, und eines der Fotos war das aus der Zeitung. Sie hatten offensichtlich das Plakat, das vorher auf dem Tisch lag, in die Höhe gehalten.

„Sie waren das?"

Der Vice zog die Schultern leicht hoch und machte ein unschuldiges Gesicht.

„Nicht allein."

Fabio betrachtete die Fotos genau. Der Mann, der Bertollini sein sollte, kam ihm bekannt vor. Wo hatte er ihn schon mal gesehen?

„Nehmen Sie die Fotos und zeigen Sie sie ihrem Freund von den Carabinieri. Vielleicht können seine Experten von der Bilddatenbank mit dem Foto von Bertollini was anfangen?“

„Sie meinen Bertollini ist der Unbekannte vom Schließfach?“

„Ich glaube, dass es im Bereich des Möglichen liegt. Und jetzt hören Sie mir bitte in aller Ruhe zu.“

Der Vice leerte sein Glas mit einem Schluck.

„Was haben Sie? Sie haben einen toten Zeugen, diesen ‚Führungsoffizier‘, von dem Sie nicht mal den Namen wissen. Sie haben drei eingeschüchterte Frauen, die man gejagt hat. Dummerweise hat der Bauer den Jäger kalt- gemacht. Also haben wir einen weiteren Zeugen nicht mehr verfügbar. Die Frauen nützen als Zeugen leider nicht, sind aber nach wie vor gefährdet. Die Scenazki weiß nichts, und wenn sie Glück hat, lässt man sie deshalb am Leben. Die Zuhälter der beiden Frauen, die Sie aus Sicht der dunklen Seite blöderweise aus deren Händen befreit haben, sind auf und davon. Wenn sie noch leben, dann weit weg von hier. Die Cantallielo hatte es verdammt eilig, die beiden Frauen abzuschieben, damit sie als Zeuginnen nichts aussagen können.“ Der Vice schnaubte jetzt leicht.

„Und wenn wir das jetzt einfach mal zusammenrechnen, was, mein lieber Fameo, kommt dann unter dem Strich dabei heraus?“

Fabio war etwas verwirrt. Der Vice hatte trotz seiner Abwesenheit alles im Blick gehabt und anscheinend noch etwas mehr.

„Wir haben einen überführten, weil geständigen Mörder. Der ist durch Zufall in eine größere Geschichte geraten. Die Cantallielo hatte einen klaren Auftrag und war im Übrigen eine Marionette von Bertollini. Der benutzte möglicherweise dasselbe Schließfach, wie unser ‚Führungsoffizier‘, der sich um die Kartendiebe kümmerte. Und der Goebel, der als Menschenjäger fungierte, gehörte auch zu diesem Kreis.“

Der Vice nickte.

„Und wenn Sie jetzt Ihre Erfahrungen und Erfolge aus Rom dazunehmen, aufgrund derer man Sie von dort in die Provinz versetzt hat, was glauben Sie dann zu erkennen?"

„Ganz klar, das sind Strukturen von organisierter Kriminalität. Möglicherweise kennen sich die drei vom Schließfach gar nicht untereinander. Jeder bekommt Befehle, erhält sein Geld über das Schließfach. Ein toter Briefkasten halt. Ganz einfach."

Fabio machte eine Pause.

„Aber wenn das so wäre, dann gibt es mehrere Geschäftsfelder: Betrug, Diebstahl, Menschenhandel, Zwangsprostitution."

„Bravo, Fameo! Bravo! Das ist es, was ich glaube, nein, wo ich mir sicher bin, dass es hier passiert ist. Zuerst haben die mich entfernt. Bei aller Bescheidenheit, mein lieber Fameo, aber ich glaube, dass ich es in den vergangenen Jahren geschafft hatte, diese Meute aus dieser Idylle fernzuhalten. Aber jetzt?"

Der Vice machte einen leicht resignierten Eindruck.

„Jetzt, fürchte ich, geht das hier auch los. Das Bild, das Sie eben gebraucht haben, von dem Arm des Kraken, das war gar nicht so falsch. Es beginnt immer mit einem zarten Vortasten. Und wenn die Saugnäpfe erst mal zugepackt haben, schiebt er sich vor, der Krake."

„Und wer steht dahinter?"

„Wenn ich das wüsste. Das ist auch mir nicht klar."

Er kniff die Augen zusammen und fixierte Fabio.

„Aber die kommen wieder, ganz sicher. Allerdings sollten wir davon ausgehen, dass sie alle Spuren verwischen, wenn sie sich aus taktischen Gründen zurückziehen. Wenn uns der Zufall keine Zeugen in die Hand spielt, müssen wir warten."

Sein Gesicht verfinsterte sich jetzt.

„Und wir müssen auf uns aufpassen – leider ist das so."

Fabio lief es kalt den Rücken hinunter. Daran hatte er noch gar nicht gedacht.

*

Elisabeth saß bei Maria und ließ sich beraten. Sie war aufgeregt. Schließlich heiratet man nicht alle Tage. Aber Maria war nicht nur eine routinierte Friseurmeisterin. Sie war auch die erfahrenste Gesprächspartnerin im Dorf. Sie konnte zuhören, wenn es jemand brauchte, sie konnte Ratschläge erteilen, wenn es jemand brauchte, sie konnte Neuigkeiten durchs Dorf tragen, wenn es jemand brauchte, und sie hatte schon mehrere Dutzend Bräute aller Altersklassen auch optisch auf ihren schönsten Tag vorbereitet. Aber so manche hatte sie auch psychologisch beraten. Unprofessionell zwar, aber effektiv und vor dem Hintergrund eines gesunden Menschenverstandes, was vom Ergebnis her betrachtet oft die richtige Stimmung erzeugte.

„Der Mensch ist mehr Gefühl als Verstand", pflegte sie zu sagen. Und deshalb verstand sie sich auf das Pflegen von Gefühlen. Das sollte jeder Friseurmeister können!

„Ist ja nicht mehr lange bis zur Hochzeit. Und der Pfarrer hat gesagt, dass er sich freut, dass ihr in seiner Kirche heiratet."

„Ja, das glaube ich. Aber das war für uns irgendwann ganz klar. Hier leben wir, hier wollen wir heiraten. Fabios Eltern waren da auch nicht so das Problem. Die sind auf der ganzen Welt zu Hause. Aber meine Eltern hätten wohl gerne gehabt, dass ich im Ultental heirate."

„Und wie hast du das hinbekommen, dass sie sich nicht ärgern?"

„Ich ziehe das Hochzeitskleid an, das man in meiner Familie seit Generationen anzieht." Elisabeth rümpfte leicht die Nase.

„Ist nicht der letzte Schrei, aber mit ein paar Änderungen geht es. – Außerdem haben alle Ehen gehalten, die in diesem Kleid geschlossen worden sind. Nicht dass ich abergläubisch bin ..."

Die Frauen kicherten.

„Jetzt brauche ich noch zwei kleine, süße Mädchen, die Blumen streuen wollen. Kennst du welche, denen das Spaß machen würde?"

„Da kommt gerade eine Mutter von einem kleinen, süßen Mädchen." Sie nickte Richtung Eingangstür. Brigitte vom Trogerhof stimmte sofort zu, dass ihre Kati als Blumenmädchen zur Hochzeit eingeladen wird. „Und dann fragen wir noch die Eltern von der Katja, das sind die Wirtsleute von der Brücke, gleich gegenüber. Das ist auch ein liebes Mädchen. Die hat bestimmt einen Mordsspaß."

Und so waren die Blumenmädchen für die Hochzeit organisiert.

Dreißig

„Und du meinst, das klappt?"

„Wenn ich es euch doch sage. Der Commissario wird sein blaues Wunder erleben. Die Bombe geht hoch, wenn er die Kirche verlassen will."

„Ich weiß nicht. Was ist mit den anderen? Den Gästen?"

Der Angesprochene lachte.

„Die sollen uns alle kennenlernen. Das hat noch keiner gemacht. Die sollen noch Jahre davon reden."

Sie schwiegen einen Moment.

Der Anführer schaute in die Runde. Die Gesichter waren angespannt, aber auch irgendwie voller Tatendrang.

„Jeder weiß, was er zu tun hat?"

Alle nickten.

„Na dann. Viel Glück!"

Einunddreißig

Die Tisner Dorfkirche war bis auf den letzten Platz besetzt. Alle wollten sie dabei sein, wenn die Apothekerin heiratet. Das Wetter war wie bestellt. Ein milder Herbsttag mit goldenem Licht ließ im Freien niemanden frieren. Fabios Eltern genossen es, mit vielen Leuten ins Gespräch zu kommen. Elisabeths Eltern waren stolz auf ihre Tochter. Dass sie nicht im Ultental heiraten wollte, hatte sie zunächst etwas verstimmt. Aber schließlich hatten sie ihre Entscheidung respektiert. „Sie war halt schon immer eigen und hat ihren Kopf durchgesetzt."

Elisabeth sah hinreißend aus. Das traditionelle Hochzeitskleid hatte sie von einer Schneiderin umarbeiten lassen. „Was Schneiderkunst so alles schaffen kann", hatte sie gedacht, als sie sich zum ersten Mal im Spiegel sah. Fabio war der Mund offen geblieben, als er sie so sah. Mit dem Anzug, mit dem ihn seine Eltern ausgestattet hatten, hatte sein Vater sich selbst übertroffen. Der Stoff war allererste Qualität. So etwas Feines hatte selbst Fabio noch nie getragen. Die beiden Brautjungfern waren süß. In ihren weißen Kleidchen mit rosa Schleifchen sahen sie wie Puppen aus. Aber ihre lustigen Augen versprühten ein Temperament, das schon jetzt erahnen ließ, dass aus ihnen irgendwann einmal flotte Teenager werden würden.

Pfarrer Alexander Raich war ein Virtuose auf der Kanzel, ein Entertainer vor dem Altar, ein Menschenfischer, wie ihn sich jede Gemeinde nur wünschen konnte. Die Hochzeit geriet zum Fest der Sinne, erfüllte die Gemüter und den Innenraum der mit Heiligenskulpturen reich geschmückten Kirche. Nach dem Höhepunkt der Hochzeitszeremonie stellte der Pfarrer dem Brautpaar die wichtige Frage, ob sie denn wollten. Beide gaben die richtige Antwort und durften sich zur Belohnung direkt im Anschluss küssen. Die Mütter schluchzten, die Väter versuchten ihre Rührung zu unterdrücken, die Blumenmädchen wurden für ihren Einsatz in Position gebracht. Die Orgel setzte ein, um den Auszug zu begleiten. Das Brautpaar schritt langsam hinter den Blumenmädchen her. Kati und Katja streuten umsichtig eine Blume nach rechts, eine Blume nach links. Da bückte sich Kati und fing an, die verstreuten Blumen wieder einzusammeln, was Heiterkeit bei den Betrachtern der Szene auslöste. Das Brautpaar kam aufgrund dieser Aktion nur langsam voran. Das fiel ihnen aber nicht auf. Elisabeth strahlte und alle würden anschließend schwören, dass sie knapp über dem Boden geschwebt sei.

Plötzlich gab es einen lauten Knall. Die Türen der Beichtstühle flogen auf und explosionsartig stürzten sich Hühner aus den engen Öffnungen auf die Hochzeitsgäste. Die fingen an zu kreischen, auch die Hühner kreischten, oder gackerten jedenfalls aufgeregt.

*

Lautes Kinderlachen hinter den Beichtstühlen wies den Weg zu den Verursachern. Florian vom Trogerhof, Katis großer Bruder, gestand sofort und zögerte auch nicht mit der Begründung für die Tat.

„Wenn der Commissario meine Schwester als Blumenmädchen engagiert hat, da habe ich gedacht, dass ich ihm auch eine Freude mache.“ Er lachte über das ganze Gesicht und seine Kumpanen hatten auch ihren Spaß. Auf die Frage des Pfarrers, warum sie denn um alles in der Welt die Hühner in die Beichtstühle gepackte hätten, hatte Florian eine klare Erläuterung.

„Ich habe im Fernsehen die Traumhochzeit gesehen. Da haben die immer weiße Tauben nach der Hochzeit aufsteigen lassen. Und Tauben haben wir hier nicht. Aber Hühner haben wir, und da haben wir alle weißen eingesammelt.“ Er war sichtbar stolz auf die Leistung seiner Bande, die zum gelungenen Abschluss der Feierlichkeit beigetragen hatte.

Der Pfarrer schaute sich in seiner Kirche um.

„Und warum sind da auch braune Hühner dabei?“

Florian konnte auch das erklären.

„Wir haben halt nicht genug weiße einsammeln können. Und dann haben wir die hellbraunen halt dazugenommen, die sind ja fast weiß."

Der Pfarrer hatte Humor und ein großes Herz, und Fabio lud alle Bandenmitglieder zum Fest ein.

Ob der Pfarrer seinen Großmut bereute, als er sich am nächsten Tag auf ein frisch gelegtes Ei in seinem Beichtstuhl setzte, wurde nicht überliefert.

Zweiunddreißig

Der Herbst zeigte sich mild. Warmes Sonnenlicht streichelte Bozens Häuser und floss durch seine Gassen. Tommaso freute sich sehr, dass er seine Silberhochzeit mit Anna zusammen mit den engsten Freunden feiern konnte. Fabio und Elisabeth waren ihm und Anna ans Herz gewachsen. Und Francesca war für ihn mehr als eine gute Kollegin. Schon seit ihrem gemeinsamen Einsatz an der Mautstelle hatte er Respekt vor ihr. Und dass sie ihm wahrscheinlich das Leben gerettet hatte, würde er ihr nie vergessen. Seine Gefühle ihr gegenüber schwankten zwischen väterlicher Wärme und Achtung vor ihren Leistungen. Sie hätte für ihn und Anna die Tochter sein können, die sie nicht hatten haben können. Heute Abend waren sie zu fünft unterwegs zum Batzenhäusl, der weltberühmten Schenke Bozens, in der seit dem Mittelalter lustige Zecher eingekehren, um Bozner Wein zu genießen. Tommaso hatte lange mit der Wirtin über das Essen gesprochen. Denn Anna war ja selber eine sehr gute Köchin, und ihr wollte er schon etwas Besonderes bieten. Heute Abend würde es etwas geben, was Anna noch nie gekocht hatte. Anna kochte virtuos sardische Küche, aber heute sollte es etwas geben, was hier, in dieser Gegend, an Festtagen aufgetragen wurde.

Die Stimmung der fünf war prächtig. Sie bummelten ein wenig durch die Lauben und beobachteten, wie die Touristenströme abnahmen, je näher der Geschäftsschluss rückte. „Wie viele Tausende Euro werden heute wieder in die Kassen geflossen sein?", sinnierte Fabio vor sich hin. Elisabeth sah ihn von der Seite an. „Seit wann interessierst du dich für den Einzelhandel?", fragte sie. Fabio lächelte: „Ich staune nur. Das ist alles. Die Lauben sind ja wie ein Magnet. Wenn ich in die Gesichter der Menschen schaue, dann sehe ich teils entspannte Flaneure, teils wirken die Menschen, als hätten sie keine Zeit, und müssten schnell alles zusammenraffen, was sich ihnen bietet. Manche haben so einen Scannerblick." „Scannerblick?", Anna kannte den Ausdruck nicht. „Ja, die scannen die Warenauslagen in den Geschäften. Schneller

Blick, kurze Entscheidung, interessiert mich, interessiert mich nicht, und dann sofort weiter. Nächstes Geschäft, nächste Auslagen, Entscheidung, und dann schnell weiter. Dabei wird noch am Eis geschleckt und gleichzeitig der Handtaschenriemen auf der Schulter zurechtgerückt. Alles gleichzeitig. Nichts passiert mit Muße. Manche wirken fast schon hektisch. Dabei haben die doch alle Urlaub. Versteht ihr das?“

Francesca grinste ihn an: „Bist du ein Romantiker? Zeit hat doch heute keiner mehr. Und wenn die Leute einmal aus ihrem Hamsterrad heraus dürfen, dann braucht es Zeit, um sich zu entschleunigen. Aber weil die Leute immer nur Kurzurlaube machen, schaffen sie das eben nicht. Die versuchen doch nur, in der kurzen Zeit, die sie haben, möglichst viel zu erleben.“

Bei diesen Worten bogen sie in die Andreas-Hofer Straße ein. Der weiße Anstrich des Batzenhäusls schimmerte im goldenen Licht des frühen Abends leicht rötlich. Herbstliches Blätterwerk umrankte die Fassade und aus den Blumenkübeln drängte die dichte Pracht der Blüten. Vor dem Haus saßen einige fröhliche Menschen vor ihrem Schoppen. Die Wirtin stand in der Tür und genoss offensichtlich die Wärme. Als sie Tommaso erkannte, ging sie auf ihn zu und begrüßte zuerst ihn, dann seine Gäste. „Wir haben für Sie in der Künstlerstube reserviert, genau den Tisch, der Ihnen so gut gefallen hat.“ Sie begleitete die fünf in die erste Etage. Fabio war zum ersten Mal hier. Er dachte: „Das Haus ist innen kleiner, als es von außen aussieht. Die Treppe ist eher schmal und führt offensichtlich weiter zur nächsten Etage.“ Die Wirtin bemerkte seinen Blick. „Zum ersten Mal hier?“ Fabio nickte. „Es geht hier noch weiter.“ Sie deutete auf die Treppe, die in den zweiten Stock führte. „Jede Etage ist anders eingerichtet. Aber überall finden Sie Originalbilder aus vielen Jahrhunderten. Das Batzenhäusl war ein Treffpunkt für Künstler und der Grundstock für die Sammlung war ein gemalter Kuhkopf, den ein Kunstprofessor 1889 gespendet hat. Sie finden ihn hier in der Künstlerstube.“ Sie deutete auf ein kleines Bild, das rechts neben dem Kamin hing. Man sah es sofort, wenn man den Raum betrat. Der Rest der Wände war mit vielen Bildern geschmückt.

Meist Bilder in dunklen Rahmen, überwiegend Portraits, einige Tierbilder, wenige Landschaftsbilder. Fabio zählte zwei Esel, einen Hund, eine Ziege, ein Eichhörnchen. Er musste sich immer alles merken. Alte Angewohnheit. Später würde er den anderen genau erzählen können, wo welches Bild gehangen hat. Er besaß ein recht gut ausgebildetes fotografisches Gedächtnis. Das hatte ihm bei seiner Arbeit schon manches Mal geholfen. Die Decke des Raumes war zur Hälfte mit Kassetten getäfelt. Danach ging die Deckenverkleidung in dunkle Balken über. Links in der Ecke gab es einen hübschen Erker und genau daneben einen länglichen, festlich gedeckten Tisch. Dorthin lotste sie die Wirtin. Anna und Tommaso nahmen mit dem Rücken zu den bleiverglasten Fenstern Platz. An der Kopfseite wurde Francesca platziert und Fabio setzte sich Anna gegenüber, Elisabeth schaute Tommaso in die Augen. Die Wirtin verschwand kurz und kam mit einem Tablett mit fünf „Veneziani" zurück. „Ein Begrüßungsschluck des Hauses. Wir wünschen Ihnen eine schöne Feier." Und zu Tommaso gewandt fügte sie hinzu: „Sagen Sie nur, wenn es losgehen soll, wir sind startklar." Tommaso strahlte über das ganze Gesicht. Da saß dieser massige Mann, der voller Kraft war, neben ihm seine zierliche Frau, beide glücklich miteinander seit 25 Jahren. Tommaso erhob sein Glas und der orange glänzende Veneziano wirbelte ein wenig. „Auf euch! Und dass ihr hier seid. Und dass ihr unsere Freunde seid." Wie es schien, verschlug es ihm beinahe die Sprache. Aber in den Worten schwangen Ehrlichkeit, Rührung und Freude mit. Und alle verstanden. Fabio freute sich über seinen Lieblingsaperitif. Da bemerkte er die beiden farbigen Fensterbilder, die in die Scheiben hinter dem Jubelpaar eingelassen waren. Hinter Tommaso war ein Mann in mittelalterlicher Kleidung zu sehen und hinter Anna eine dazupassende Frau. Fabio versuchte den Schriftzug zu entziffern. „Friedrich und Chaterina Anna", sagte er laut vor sich hin. Tommaso drehte sich um und sah sich die Bilder an. „Da sitzen wir wirklich passend. Vielleicht waren die auch 25 Jahre verheiratet und haben hier ihre Silberhochzeit gefeiert." „Oder es waren die früheren Besitzer und wollten den Gästen beim Essen und Zechen zusehen", flocht Anna ein. „Oder ganz anders." Das war Francesca. „Es war vielleicht das damals herrschende Fürstenpaar. Der Kleidung nach könnte es so gewesen sein. Und sie wollten ihr Volk auch beim Weingelage daran erinnern, wer hier in Bozen das Sagen hatte." Elisabeth wiegte ihren Kopf: „Ich finde, der Fürst sieht genauso würdevoll aus wie Tommaso. Und die Fürstin hat etwas von Annas Liebreiz." Die Gesichter drehten sich amüsiert zu Elisabeth. Die nahm das gelassen. „Und ich bin mir sicher, ganz sicher, dass es keine Zufälle gibt. Dass ihr zwei heute hier genau unter diesen Bildern sitzt, hat eine Bedeutung." Elisabeth machte eine Pause und genoss die neugierigen Blicke der Freunde. Es machte ihr Spaß, sie ein wenig auf die Folter zu spannen. „Die beiden ...", sie deutet auf die farbigen Glasbilder, „... die beiden haben euch heute hierher bestellt. Die waren bestimmt glücklich verheiratet. Aber wie man der alten Inschrift und an den Kleidern sehen kann, lebten sie in einem anderen Jahrhundert." Elisabeth machte wieder eine Pause. Die Spannung stieg. „Könnt ihr euch vorstellen", sie meinte Tommaso und Anna, „dass ihr die direkten Nachkommen dieser beiden seid?" Tommaso kratzte sich am Kopf: „Wie soll das gehen. Ich komme aus Sardinen. Ich habe hier oben im Norden keine Verwandten." Elisabeth schmunzelte: „Ich glaube, dass die Seele eines Menschen nicht stirbt, sondern dass sie nach dem Tod des Körpers in ein nächstes Leben wechselt. " Pause. Die anderen verharrten. „Seelenwanderung nennt man das." Francesca nickte, die anderen staunten. Fabio sah seine Elisabeth interessiert von der Seite an. Wollte die jetzt einen Witz machen, oder beschäftigte sie sich tatsächlich mit solchen Themen. Sie hatten noch nie darüber gesprochen. Fabio fragte sich: „Wie gut kenne ich diese Frau eigentlich?" Elisabeth nahm einen Schluck Veneziano und lehnte sich entspannt zurück. „Die Seelen dieser in farbigem Glas abgebildeten Menschen gibt es noch heute, da bin ich mir sicher. Und warum sollten die beiden Seelen es nicht geschafft haben, sich in einem nächsten Leben wieder zu vereinen, um sich heute hier an genau diesem Tisch zu versammeln, um Silberhochzeit zu feiern?" Fabio ergriff als Erster das Wort:

„Glaubst du das wirklich?" Die Frage klang erstaunt. Tommasos Gesichtsausdruck strömte eine gewisse Zufriedenheit aus. Anna lächelte etwas verlegen. Francesca hatte ihre Stirn in Falten gelegt. Tommaso sagte: „Das ist ein schönes Bild. Es gefällt mir. Ich finde, wir müssen das nicht erforschen. Wenn es so ist, ist es gut. Wenn es ganz anders ist, dann ist es einfach eine schöne Vorstellung." Und mit diesen Worten winkte er der Wirtin, die um die Ecke lugte, um festzustellen, ob die Gäste mit dem Essen beginnen wollten.

Es gab vorweg „Tiroler Aufschnitt". Nicht zu viel, denn danach wurde eine „Kastaniencremesuppe mit Gorgonzolacroûtons" serviert. Die Wirtin empfahl zum Hauptgang einen „Lagrein Riserva Rottensteiner", und der passte vorzüglich zum gefüllten Ochsenschwanz in Lagrein geschmort, auf Selleriepüree und gebackenen Schupfnudeln gebettet. Die Stimmung der fünf stieg mit jedem Glas. Und bald war die dritte Falsche angebrochen. Die Küche ließ ihnen genug Zeit, um sich auf den Nachtisch zu freuen. Es war nach zehn, als kleine „Schokoladentörtchen mit geschmolzenem Herz" serviert wurden. „So gut habe ich lange nicht mehr gegessen", war das Einzige, was Francesca dazu noch sagen konnte. Denn sie war es nicht gewohnt, so viel zu essen. Ihr auch diesmal wieder entzückend aussehendes Kleidchen spannte etwas, wie sie feststellen musste. „Morgen würde sie auf die lange Distanz gehen", dachte sie und meinte damit einen 10-Kilometer-Lauf. Aber sie hatte den Abend sehr genossen. Auch für sie war es ein gutes Gefühl, hier irgendwie angekommen zu sein. Denn auch sie war eine Fremde in neuer Umgebung, so wie Fabio, so wie Tommaso und Anna. Auch wenn die schon lange hier lebten. Fabio sah Francesca zufrieden an. Eine tolle Assistentin hatte er in ihr. „Wann würde sie hier wohl heimisch werden? Bewerber gab es ja genug. Frederico, der Wirt ihrer Lieblingsbar, war sicher nur einer der Kandidaten. Der junge Richter, der ihr anscheinend jeden Gefallen erfüllte, ein weiterer Kandidat." Und aus diesen Gedanken heraus fragte er sie, schon ein wenig weinselig: „Und wann, Francesca, können wir damit rechnen, deine Hochzeit zu feiern?"

Francescas Gesichtsausdruck änderte sich schlagartig. Sie wirkte vor der Frage völlig entspannt. Nach der Frage zogen sich die Gesichtsmuskeln augenblicklich alle, aber ausnahmslos alle, zusammen. So als hätte sie in eine sehr saure Zitrone gebissen. Fabio verstand nicht, und die anderen hatten das nicht so richtig mitbekommen, weil sie gerade über einen Witz lachten, den Tommaso erzählt hatte.

Francesca fing sich aber sofort wieder, blickte Fabio kurz in die Augen und sagte nur: „Man wird sehen."

Ein Nachwort

Liebe Leserin, lieber Leser,

mit Band 2 der Krimireihe locke ich Sie in das schöne Pfossental. Wie bei allen Bänden der Reihe können Sie davon ausgehen, dass die erfundenen Handlungen an vielen Originalschauplätzen spielen. Sie werden also den Weg ins Pfossental so vorfinden, wie ich ihn beschrieben habe. Auch der Käse im Gasthaus „Jägerrast" wird Ihnen schmecken. Sie sollten aber wissen, dass es keine Einödbauern oberhalb der „Jägerrast" mehr gibt. Das habe ich recherchiert. Wenn Sie aber atmosphärisch in diese erfundene Welt eintauchen wollen, dann folgen Sie dem Wanderweg 27 ab dem Parkplatz Vorderkaser. Es geht steil nach oben, aber die Mühe wird durch einen traumhaft schönen Ausblick belohnt. Außerdem duftet es im Sommer nach wildem Thymian. Einfach herrlich! Für diesen Weg brauchen Sie festes Schuhwerk. Gemütlicher geht es Richtung Eishöfe, den Weg 39 entlang. Hier kann man auch mit Turnschuhen wandern. Beim Mitterkaser wird oft ein gutes Gulasch gekocht. Wenn man Glück hat, gibt es von den selbst gemachten Würsten. Ein Genuss!

Erfunden habe ich die Partnervermittlungsagentur in Brixen. Ein Besuch in dieser Stadt lohnt. So wie auch in Meran und in Bozen finden Sie in den Laubengängen viele attraktive Geschäfte. Von den vielen guten Restaurants gefällt mir der „Finsterwirt" gut. Hier hätte ich Fameo eigentlich einkehren lassen müssen. Aber der hatte dafür einfach keine Zeit.

Die Questura und Carusos neuen Arbeitsplatz finden Sie am Ufer der Talfer in der Dantestraße in Bozen. Leicht zu finden. Aber Fabios und Tommasos Lieblingsbar, „Fredericos Bar", gibt es nicht. Suchen ist also zwecklos. Das „Batzenhäusl" hingegen gibt es und ist einen Besuch wert.

Unter **www.südtirolkrimi.de** finden Sie Informationen zu den Originalhandlungsorten und Tipps für Rundgänge auf den Spuren von Fabio Fameo und seinen Freunden. Schauen Sie mal vorbei!

Ralph Neubauer

Erläuterungen

Damit insbesondere die Leserinnen und Leser aus Deutschland verschiedene Begriffe aus der italienischen Polizeiwelt besser verstehen, habe ich diese Erläuterungen angefügt. Denn die Polizei ist in Deutschland anders organisiert als in Italien.

Das Polizeisystem in Italien besteht aus mehreren nationalen Polizeikörpern.
Da gibt es die zivile Staatspolizei, die Polizia di Stato. Dieser gehört Fabio Fameo an.
Die Carabinieri sind eine militärische Einrichtung, unterstehen dem Verteidigungsministerium und versehen nach Weisung des Innenministeriums Polizeidienst. Daraus ergibt sich ein ganz eigenes Selbstbewusstsein. Dieser Einheit gehört Tommaso Caruso an.

Dann gibt es noch die Guardia di Finanza. Das ist eine militärisch organisierte Finanz- und Zollpolizei. Sie untersteht dem Wirtschafts- und Finanzministerium und ist insbesondere für die Bekämpfung der Wirtschaftskriminalität zuständig. Schwerpunkt ist die Steuer- und Zollfahndung.
Dann gibt es noch besondere Polizeibehörden, wie die Gefängnispolizei, die Forstpolizei und die Küstenwache, sowie – auf Gemeindeebene – die Gemeindepolizei (Polizia Municipale). Diese prägen häufiger als andere Einheiten das Stadtbild, denn sie kümmern sich u. a. um die Parkraumbewirtschaftung, den örtlichen Straßenverkehr und die kleinen Kümmernisse der Bevölkerung.

Diese nicht ganz vollständige Aufzählung zeigt, dass das Polizeiwesen in Italien komplizierter ist als in Deutschland.

Für die Leser der Krimireihe ist es vielleicht wichtig zu wissen, dass Polizia di Stato und Carabinieri zwar beides Polizeieinheiten sind, aber nicht so zu betrachten sind wie Kriminalpolizei und Schutzpolizei in Deutschland. Es besteht ein relativ ausgeprägtes Konkurrenzverhältnis zwischen diesen beiden Polizeieinheiten. Deshalb ist die Freundschaft zwischen Fameo und Caruso auch etwas Besonderes. Im richtigen Leben kann es vorkommen, dass sie an ein und derselben Sache dran sind, sich aber gegenseitig nicht helfen, sich nicht in die eigenen Karten schauen lassen und Ermittlungsergebnisse nicht austauschen. Sinn dieser Konstruktion ist, dass man in Staaten wie Italien (Vergleichbares gibt es in Frankreich und Spanien) eine Machtkonzentration der Polizei in einer Hand vermeiden wollte. Dafür nimmt man bis heute in Kauf, dass unter Umständen doppelt gearbeitet wird.

Blickt man heute auf die Polizeieinheiten, nimmt man wahr, dass die Polizia di Stato (Zivilpolizei) vorwiegend in den Städten und die Carabinieri (militärische Gendarmerie) vorwiegend mit einem engmaschigen Netz von Carabinieri-Stationen auf dem Land vertreten sind. Das ist in Südtirol auffällig.

In Bozen findet sich die Questura (vergleichbar einem Polizeipräsidium in Deutschland) in unmittelbarer Nähe zu einer großen Carabinieri-Kaserne. Auch deshalb habe ich Caruso im zweiten Band hierher „befördert", weil er dann enger mit Fameo zusammenarbeiten kann. Kurze Wege eben.

Fameo arbeitet als Commissario Capo in der Questura. Ein Commissario Capo ist in etwa mit einem deutschen Polizeirat zu vergleichen. Sie können seine Position also so einschätzen, dass er durchaus noch Karriere machen kann. „Kommt Rat, kommt Oberrat", sagt man in Deutschland. Aber er soll ja Vicequestore werden. Das hat man ihm in Rom versprochen, als man ihn in die Provinz nach Bozen versetzt hatte. Ein Vicequestore ist

vergleichbar einem deutschen Polizeioberrat/Polizeidirektor/leitenden Polizeidirektor. In Italien gibt es dafür so schöne Namen wie Vicequestore Aggiunto, Vicequestore Vicario und Dirigente Superiore (Questore).
Ich habe den fiktiven Leiter der Questura in Bozen zu einem Vicequestore gemacht. Damit ist er zwar ein hoher Offizier, aber noch nicht im Generalsrang. Und dieses Ziel hat man Fameo in Aussicht gestellt. Mal sehen, wann er es erreicht. Das hängt vor allem davon ab, was aus dem Vicequestore wird. Lassen Sie sich insoweit überraschen.

Nun zu Tommaso Caruso. In Band 1, „Rache ist honigsüß", war er noch ein Maresciallo Capo in Terlan und leitete dort die Carabinieri-Station. Maresciallo heißen in Italien ganz allgemein die Chefs der örtlichen Carabinieri-Stationen. Ihr militärischer Rang ist der eines Unteroffiziers mit Portepee – also ab Feldwebel aufwärts in der Rangordnung. In der deutschen Polizeiwelt wäre ein Maresciallo Capo vergleichbar einem Polizeihauptmeister. In Deutschland hätte er vier grüne Sterne auf der Schulter. Caruso ist also schon wer, als er die Station in Terlan leitet. Aber auch so ziemlich am Ende der Karriereleiter angekommen.

Deshalb und weil ich ihn ab Band 2 in der Nähe von Fameo haben wollte, habe ich ihn nicht nur in die Carabinierikaserne in Bozen versetzt, sondern ihn auch zum Maresciallo Aiutante befördert. So eine Art „Fachoffizier". Jedenfalls ist er jetzt im Rang eines Polizeihauptmeisters mit den Funktionen eines Polizeikommissars. Nicht ganz gleichrangig mit des Commissarios neuer Assistentin Francesca Giardi. Aber – mit Blick auf seine langjährige Erfahrung – mit ihr auf Augenhöhe.

Francesca Giardi ist Vicecommissario. In Deutschland wäre das mit einer Polizeikommissarin zu vergleichen, die noch eine Probezeit zu absolvieren hat, bevor sie endgültig zur Kommissarin ernannt wird.

Dieses Dreiergespann stellt also drei Stufen in der Hierarchie der Polizei dar: Unteroffizier (Caruso), Offizier (Giardi), Stabsoffizier (Fameo). Oder – aus Sicht der Beamten – Mittlerer Dienst, Gehobener Dienst, Höherer Dienst.

Und sie spiegeln zwei wichtige Polizeieinheiten Italiens, die Zivilpolizei (Polizia di Stato) und die militärische Gendarmerie (Carabinieri) wider. Dass diese drei so eng zusammenarbeiten, ist wegen der oben beschriebenen Konkurrenzsituation der beiden Polizeien nicht selbstverständlich. Insoweit beschreibe ich einen Zustand, wie man ihn im richtigen Leben wahrscheinlich nicht antrifft. Aber das ist das Schöne an fiktionalen Texten: Man kann als Autor (fast) alles erfinden, wenn es das Kino im Kopf entzündet.

Es gibt vielleicht noch Begriffe, die ich verwendet habe und die Sie nicht kennen, wie zum Beispiel: „MeBo". So nennt sich die Schnellstraße zwischen Meran (Me) und Bozen (Bo).

Sollten Sie Fragen haben, so schreiben Sie mir. Unter www.südtirolkrimi.de finden Sie ein Kontaktformular.

In diesem Sinne: Viel Spaß beim Lesen!

Ralph Neubauer

Ralph Neubauer, geboren 1960 in Düsseldorf.

Der Autor lebt mit seiner Familie in Haan/Rheinland und er arbeitet für die Justiz in Nordrhein-Westfalen. Er war als Statistiker, Event-Manager und Pressesprecher im Justizministerium tätig und koordiniert heute die Öffentlichkeitsarbeit und alle Forschungsprojekte.

Seine Reisen führten ihn nach Rumänien, Costa Rica und Nicaragua, aber sein liebstes Reiseziel ist und bleibt Südtirol. Er liebt das Land, die Leute und die Küche.

Mit seinem Südtirolkrimi schafft er eine Plattform, um Geschichten von Menschen zu erzählen. Und so sind seine Figuren vielleicht echter als im wirklichen Leben.